KB187157

위상시학(位相詩學)

시 치료의 원리와 방법

김 윤 정

박문사

이 저서는 2016년 정부(교육부)의 재원으로 한국연구재단의 지원을 받아 수행된 연구임(NRF-2016S1A6A4A01017392)
This work was supported by the National Research Foundation of Korea Grant funded by the Korean Government(NRF-2016S1A6A4A01017392)

책을 내면서

위상시학(Topological Poetics)은 생소한 용어일 것이다. '위상학(Topology)'은 수학이나 과학 혹은 건축학에서 사용하는 용어이지 문학 분야에서 흔히 사용되는 것은 아니기 때문이다. 위상시학은 이러한 위상학과 시학을 결합시켜 만든 합성어이다. 도형의 위치와 상태에 관해 논하는 학문으로서의 위상학(位相學)은 도형 내에서 질적 내용들을 사상(捨象)한 채 요소들을 추상화시켜 그들 요소들 사이의 관계에 따라 특징을 다루게 된다. 시와 관련하여 위상학이 적용될 수 있는 부분은 시의 구성 요소를 문제 삼는 창작 방법론이 될 수 있지만(본 저서의 5장 3절), 새로운 용어로서의 위상시학은 다루는 대상이 시 내부의 시적 요소들 간의 관계가 아닌 인체, 그 중에서도 고차원의 미시적 영역의 인체이다. 위상시학에서는 인체 내 구성 요소들 간의 관계를 문제 삼으며 이에 따른 위상학적 인체가 시와 어떻게 반응하고 작용하는가를 중심으로 고찰하게 된다.

인체가 시에 대해 반응을 나타내고 시가 인체와 작용을 일으키려면 양 측 모두 에너지적 성질을 띨 때 가능해진다. 즉 인체가 에너지장이고 시 역시 일종의 에너지일 때 이들 사이의 교섭이 에너지 반응 현상으로 나타나게 된다. 에너지장으로서의 인체가 존재하고 시를 읽고 수용함에 따라 인체 에너지장이 변화한다는 관점이 여기에 있다. 시가 에너지일 수 있는 것은 시적 언어가 지닌 의미적 요소와 음성적 요소 양 측면에서 비롯되는 것이고 주로 시의 정서 환기적 기능 및 소리에 따른 청각 자극 기능에 따른 것이다. 감정은 직접적으로 호르몬을 자극하는 에너지가 될 수 있고 소리는 그 자체로 파동 에너지로서 작용하기 때문이다.

문제는 인체 에너지장을 어떻게 구현할 것인가 하는 점이다. 인체가 에너지장을 띤다는 얘기는 새로운 것이 아니다. 그것은 고대에서부터 지녀온 인체에 대한 관점이기도 하기 때문이다. 오래전부터 일반적으로 사용되어온 '그 사람에게서 아우라(Aura)가 느껴진다'든지 '좋은 기운 혹은 나쁜 기운이 느껴진다'든지 '후광이 있다'라든가 '빛이 난다'라고 하는 등의 표현들은 인체를 에너지장의 관점에서 본다는 것을 뜻한다. 그러나 이러한 부정확하고 신비주의적인 접근으로 인체와 시의 반응 양상이 규명될 리 없는 까닭에 위상시학에서는 인체 에너지장에 관한 물리학적 접근을 시도하였다. 그리고 이때 적용한 개념이 상대성이론과 양자역학 등의 현대 물리학적 이론들이다.

일반 상대성이론은 중력에 의한 공간의 변화 및 중력장 내에서의 에너지와 물질 사이의 상호관계를 제시한다. 중력이 작용하는 중력장 내에서 공간은 편평하지 않고 만곡되며, 이때의 에너지와 물질 간의 교류는 시공간의 특수한 함수 속에서 구현될 것이라는 관점이다. 공간의 만곡으로 시간의 지연이 발생하고 이러한 시간의 차이는 각 계에서의 시공이 상대적이라는 사실을 말해준다. 이는 중력장 내의 현상을 기술할 때 시간을 포함하는 4차원의 계를 상정할 것을 요구한다. 시공의 상대성으로 인해 중력장 내에 포섭된 물질은 그에 지배된 채 존재하게 되어 그 안에 머물기도 하고 갇히기도 하고 멈추기도 한다. 시간의 상대성에 의해 사건화되는 물질은 쏘아버린 화살 같이 흘러가

버리지 않고 중력장 내부에 머물며 각기 존재의 흔적을 이룬다. 이러한 현상은 공간이 편평하며 시간의 속도가 모두 동일한 경우와 썩 다른 것이다. 그리고 이는 고차원 인체의 구조를 기괴한 위상기하학의 형태로 이끌게 된다.

고차원의 인체를 대상으로 하는 위상시학은 인체 역시 중력이 영향을 미치는 중력장의 하나라는 점에 착안하여 물리학에서 말하는 여러 현상들이 인체에서도 고스란히 일어나고 있다는 전제 위에 구축되었다. 특정한 질량과 밀도를 지니므로 중력장을 형성하고 그에 따른 공간의 굴곡과 시간의 지연을 야기하는 인체는 하나의 완전한 계이자 에너지장이 된다. 단 거대 우주가 아닌 일상생활을 영위하는 동안의 중력장이므로 이러한 중력장에 영향을 받을 인체 계는 미시적 규모의 그것일 것이다. 이러한 미시적 규모의 중력장 내에서 물질의 미립자로서의 존재와 그것들의 운동이 고찰의 대상이 되는 것은 아주 자연스러운 일이 된다. 여기에서 시공의 상대성이론과 양자역학이 결합된 논의가 쉽게 이루어질 수 있다.

주지하듯 상대성이론과 양자역학의 현대 물리학의 양대 축에 관한 논의는 지금까지 100여 년 동안 진행되어 온 과학적 성과들이다. 오늘날 정보 통신 영역을 비롯해 산업의 60%가 양자역학 위에서 성립된 것이라든가 인공지능을 위시한 4차 산업 혁명을 내다보게 된 것도 모두 이 두 축의 현대 물리학의 결과에 따른 것임은 물론이다. 그만큼 현대물리학은 우리 시대를 이끌어가고 있는 시스템의 근간이다. 그것은 산업계는 물론 인간의 인식과 감각의 패러다임도 변화시키는 근거가 되고 있을 정도로 우리 시대의 근본적 원리에 해당한다고 할 수 있다.

상황이 이러하므로 우리들 모두가 이에 대한 이해를 갖는 것은 필수불가결하다. 또한 이러한 이해를 바탕으로 하나의 자연 현상이자 물리적 실체인 인체를 통찰하는 것 역시 불가피한 일이라 하겠다. 말하자면 인체에 관해 현대 물리학적 성과를 적용한 고찰은 가능하고 유효하며 긴요하다는 것이다. 실제로 위상시학에서 에너지장으로서의 인체에 대한 규명은 이러한 시공간의 상대성이론과 양자역학, 그리고 이 둘의 결합으로서의 초끈이론, 또한 그에 대한 기하학적 규정으로서의 위상기하학 등의 현대 물리학적 개념들을 그대로 적용하여 이룰 것이다.

이러한 바탕 위에서 인체 에너지장의 문제적 상황과 긍정적 상황의 기준이 제시될 것인데, 그것은 블랙홀로 대표되는 공간구조의 기형성 및 블랙홀의 해소가 의미하는 공간구조의 평면성으로 가름된다. 블랙홀의 형성과 그 심화로 인체 내 공간 구조가 왜곡되는 경우 그것은 곧 인체의 불균형을 초래하고 여러 병증을 일으키는 원인이 된다. 반면 블랙홀이 해소되고 공간구조의 기형성이 교정된다면 인체는 균형을 회복하게 되고 건강한 상태가 된다. 인체 에너지장의 측면에서 보았을 때 후자가 효율적이고 정상적인 에너지장인 반면 전자는 비효율적이고 병적인 에너지장이 된다.

인체 에너지장의 성질이 이와 같으므로 이와 교섭하는 시적 에너지가 작용해야 하는 방향은 분명하다. 에너지원로서의 시는 인체 에너지장을 비정상적인 것으로부터 정상적인 것으로 변화시켜야 한다는 당위성을 지니게 되는 것이다. 이점에서 인체 에너지장을 효율적이고 건강한 상태가 되도록 하는 데 기여한다면 그때의 시는 좋은 시가 되고 반면에 기형적이고 왜곡된 인체 에너지장을 더욱 심화시킬 뿐이라면 그때의 시는 나쁜 시가 된다. 그것이 어떤 성질의 시인가 하는 것은 개별 인체에의 작용을 통해 판별될 수 있는 상대적인 것이다. 따라서 모든 자아는 그 시가 자신의 인체 에너지장에 긍정적 영향을 미칠 것인가 혹은 부정적 영향을 미칠 것인가를 구별하고 판단할 수 있어야 한다. 이를 위해 자신의 인체 구조에 대한 이해를 갖는 일이 선결적이고도 필수적인 조건이 된다.

이러한 관점은 위상시학이 인체에 대한 치료의 관점을 지니게 됨을 의미한다. 위상시학은 에너지장으로서 기능하는 인체의 위상기하학적 구조를 변화시킴에 따라 인체를 정상화시키고자 하는 과학적 치료의 시학이다. 본 논의의 명칭이 위상시학이 된 까닭도 시공간의 상대성이론과 양자역학이 적용되는 인체 에너지장의 구조를 위상기하학의 형태로 파악하게 된 데서 기인한다. 위상시학은 인체의 에너지장이 중력장에 따라 공간 구조의 왜곡이 일어나고 그것이 외부적 조건과의 교섭으로 어떻게 변화하는가에 주목하여 시가 이러한 인체의 공간 구조에 어떤 작용을 할 것인가를 고찰하고자 하는 이론이다.

인체에 관한 구조적 변화와 실질적 치료를 추구하는 위상시학은 치료의 방법으로 크게 네 가지 경로를 제시하고 있다. 크게 정서적 경로와 물리적 경로가 있고 각각의 경로는 동종 요법과 이종 요법의 하위 범주를 지닌다. 정서적 경로와 물리적 경로는 시적 언어의 성질에 기댄 구분으로 정서적 경로가 언어의 의미적 요소와 관련된다면 물리적 경로는 음성적 요소와 관련된다. 시의 가능한 유형들을 망라하여 상관되는 네 가지 경로는 모두 치료의 관점에서 인체의 공간 구조인 위상기하학적 구조를 변화시키는 데 기여하게 된다.

인체의 구조를 현대 물리학의 제반 이론들을 적용하여 규명하는 일은 인체에 관한 과학적 이해 및 통찰에 해당한다. 이것이 인체의 실상에 정합적이라는 점은 인체의 질병을 근본적으로 다루는 데 있어서 매우 중요한 부분을 차지한다. 이는 지금까지 전개되어온 서양의학의 한계를 넘어서는 일이자 인체의 근본적인 질병 치료 및 향후 발생할 질병에 대한 원천적 차단과 예방에도 기여하는 일이라고 생각되기 때문이다. 위상시학의 통찰은 인체의 근본적 치료가 에너지에 의한 것이고 위상기하학을 계기로 하는 공간 구조의 원리에 따른 것임을 보일 것이다. 또한 위상시학은 이러한 치료가 시를 통해서 이루어지는 과정을 고찰하되 비단 시를 통해서만 가능한 것은 아니라는 사실 또한 암시하게 될 것이다. 위상시학은 인체를 실질적이고도 효과적으로 치료할 수 있는 가장 효율적인 방법의 에너지의학이 계발되기를 바란다. 그러나 시 역시 그 중 하나로서 기능할 수 있으며 또 실제로 기능하고 있음을 믿는다.

이번 저서에서는 위상시학의 개념을 정립하고 인체 에너지장의 원리를 규명하였으며 나아가 시의 에너지적 요소를 규정하고 그것의 작용 원리에 대해 해명하는 데 주력하였다. 이번 저서를 통해 인체 에너지장과 에너지로서의 시적 성질을 다루었다 하겠다. 그러나 보다 진전된 위상시학에서는 각각의 시들이 정서와 청각적 요소 외에 의식과 인지적 영역까지 포괄한 채 보다 정교하게 다루어져 그것들이 뇌의 변화 및 인체 구조에 어떻게 복합적이고 세밀하게 작용하는지 고찰하고자 한다. 이러한 인식들을 통해 인체의 질병이 근본적으로 다스려지고 또한 그것이 시간의 함수 속에서 가능한 신속한 방법으로 치료되기를, 그 길을 찾을 수 있기를 소망한다.

위상시학은 나 자신의 질병에 기반하여 이론화된 것임을 알려둔다. 그런 만큼 이론화는 물론이고 학계에 처음으로 제출되는 개념이다. 그렇기에 구체적이고 실증적인 것이라 할 수 있다. 앞선 연구가 없었으므로 모든 논리를 한 단계씩 채워나가야 했고 그런 시간들이 결코 짧지도 쉽지도 않았다. 인체라는 실체에 정합적이고도 완성된 논리를 구축하기 위해 학문의 이 영역 저 영역을 헤집고 다녔다. 물리학과 한의학, 뇌과학, 음악치료학, 문학치료학 등이 그것이다. 이들 학문들을 헤매다니면서 인체의 내적 상태를 표현할 수 있는 용어와 개념들을 구했고 이들 학문의 도움으로 인체의 변화 원리를 고구했다. 이들 모든 영역에서의 전문가가 아니기 때문에 당연히 부족한 부분이 있을 것이다. 그 점을 생각하면 여전히 두렵고 부끄럽다. 그러나 나의 고찰이 하나의 아이디어가 되고 시발점이 되어 누군가 보다 완전한 치료학을 계발해 주기를 바라는 간절한 마음이 두려움과 부끄러움을 앞선 듯하다. 위상시학에 대한 많은 관심과 질정과 제언들이 이어지기를 부탁드린다. 끝으로 실험적 연구인만큼 모험과 책임이 요구되는 『위상시학』을 기꺼이 발행해주시는 박문사 출판사에 진심으로 감사드린다.

2019년 8월

저자 김윤정

목차

위상시학
(位相詩學)

1

위상학(Topology)과 위상시학(Topological Poetics)

1) 위상학의 개념과 위상구조체의 의미

양자(量子, quantum)는 어떤 것의 수량, 즉 특정한 양이자 일정한 분량으로서 존재하는 물질을 가리킨다. 특정한 양으로서 존립하는 양자의 운동을 다루는 양자역학은 분량의 운동을 연구하는 학문이다.[1] 이는 입자들이 독립적이고 고정적으로 존재하는 것이 아니라 무리와 더미를 이룬 채 이리저리 쏠림 운동을 빚는 현상을 관찰의 대상으로 한다는 것을 의미한다. 입자의 이러한 성질에 의해 양자는 소위 불확정성의 성질을 나타낸다. 불확정성의 원리는 원자 이하의 세계, 즉 입자계에서 한 입자의 위치와 운동량을 절대적으로 정확하게 산출하지 못한다는 것을 가리킨다.[2] 입자의 위치와 운동량은 동시에 결정되지 않는다. 입자의 위치를 정확히 측정할수록 운동량은 커지고 운동량을 정확히 측정할수록 위치는 부정확해진다. 이는 원자 이하 대상에 대한 관찰에 있어서 관찰자의 작용, 더 정확히는 관찰자의 의식의 작용을 전제하는 것으로, 이들 대상에 대한 객관적인 관찰과 인식이 불가능하다는 점을 역설한

1 G. 주커브, 『춤추는 물리』, 김영덕 역, 범양사, 1981, p.59.
2 위의 책, p.70.

다. 이에 따라 양자 운동의 양상은 정확하게 수치화되는 대신 '어느 정도'와 같은 확률적으로만 설명된다. '양자'의 quantum이라는 것 자체가 양적 의미, '얼마나 많이, 어느 정도로, 어떤 길로 어느 쪽으로'[3] 등의 의미로 환산된다.

양자의 이와 같은 속성이 과학계에 지각변동을 일으켰음은 주지의 사실이다. 양자의 이같은 불확정적 성질은 거시세계와 미시세계의 구분을 이루게 된 계기가 되었으며 뉴튼 물리학의 한계를 인식시키는 출발이 되었다. 뉴튼 물리학에서 절대적 진리라고 입증되는 세계는 흔히 눈에 보이는 세계인 거시 세계로서, 여기에서는 대상의 위치와 운동량이 정확한 수치로 표현될 수 있는 반면 원자 이하의 입자로서 존재하는 미시세계에서는 뉴튼 물리학을 통할 경우 정확한 수치화가 불가능한 채 운동의 양상을 '어느 정도'로써만 표현할 수 있게 된다.[4] 하지만 그러한 소립자야말로 만물의 기본이자 물질의 바탕이므로 우리가 궁극의 실재에 대하여 말할 수 있는 것은 결국 불확실한 상태로서일 뿐이다.

뉴튼의 절대적 세계관이 흔들리고 현대물리학이 등장하는 시기와 때를 같이 하여 엄정한 수학적 이론을 대변하는 유클리드 기하학은 비유클리드 기하학으로 대체되기 시작하였다. '임의의 점과 다른 한 점을 잇는 직선은 단 한 개뿐이다'라든가 '직선 외의 한 점을 지나면서 그 직선에 평행인 직선은 한 개이다', '직각은 모두 같다' 등의 대표적인 공리에서 알 수 있듯이 유클리드 기하학은 선분이나 면과 같은 평

3 김상일, 『한의학과 러셀 역설 해의』, 지식산업사, 2005, p.185.
4 미시세계라 할 수 있는 원자 규모의 대상은 플랑크 상수의 영향을 받는 질량이 10^{-27}kg 이하일 때다. 이 이상의 더 크고 집단적이고 거시적 현상에 양자법칙을 적용하면 세세한 양자 효과들은 제거되고 뉴튼의 법칙들과 맥스웰을 방정식들을 적용한 때와 같은 결과가 나온다. 레온 레더만 외, 『시인을 위한 양자물리학』, 전대호 역, 승산, 2013, p.177.

면 위의 도형을 다루는 기하학이다. 평면 도형에 대한 논리적 규준에 의해 건축물의 축조가 가능해진 만큼 유클리드 기하학은 수학의 원천이자 문명의 근본으로서 2천년 동안 절대적인 진리로 간주되었다. 그러나 유클리드 기하학은 3차원의 평면에서만 참인 제한적 진리의 기하학으로 전락하게 되는데, 그러한 계기가 된 것이 구부러진 곡면이나 휘어진 공간을 다루게 되면서부터이다. 지구의 표면처럼 2차원의 평면에서도 휘어진 공간에서는 '두 점을 지나는 직선은 여러 개'가 되고 '삼각형의 내각의 합은 180도보다 크거나 작아지'는 등 유클리드의 공준들이 모두 맞지 않는다. 이처럼 휘어진 공간에 대한 개념의 등장으로 유클리드 기하학의 공준들이 무너지기 시작했다.[5] 그리고 이러한 휘어진 공간에 대한 상상의 극점에서 아인슈타인의 상대성이론이 탄생하게 된다.

아인슈타인의 결정적 공헌은 중력이 공간을 휘게 만든다는 중력장 이론[6]의 정립에 있다. 아인슈타인은 우리가 사는 공간이 중력에 의해

5 이는 소위 비유클리드 기하학이 탄생되는 장면에 해당하는 것으로 수학의 역사는 이것의 출발을 1800년대 초의 가우스(Johann C. F. Gauβ, 1777-1855, 독일의 수학자)의 곡면이론이라 말하고 있다. 가우스로부터 시작하여 그의 제자 리만(G. F. Bernhard Riemann, 1826-1866, 독일의 수학자)으로 이어지는 곡면에 적용되는 새로운 기하학이 비유클리드 기하학이다. 즉 유클리드 기하학이 평면 속 도형에만 관심을 기울였다면 비유클리드 기하학은 도형의 연구에서 공간의 연구로 관심사가 바뀌게 된다. 그것은 뉴튼 물리학이 공간 안의 사건을 다루던 데 비해 아인슈타인의 상대성 원리가 공간 자체의 휘어짐으로 관심을 돌려놓은 것과 같다(김상일, 『초공간과 한국문화』, 교학연구사, 1999, p.34). 아인슈타인의 상대성이론은 비유클리드 기하학 위에서 성립된 것이라 할 수 있다.

6 일반 상대성이론을 가리킨다. 아인슈타인(Albert Einstein, 1879-1955)은 질량을 가진 모든 물체는 그가 놓인 공간을 휘어지게 한다고 함으로써 중력이 공간을 왜곡시키는 원인이라 지적하였다. 즉 우주 속의 물질과 에너지는 시공을 휘고 비틀리게 하여 이러한 시공속의 물체가 직선으로 움직이려 해도 그 경로 역시 휘어지게 한다. 뿐만 아니라 이렇게 휘어진 공간은 시간의 속도마저도 느려지게 한다. 이는 뉴튼이 생각했던 것처럼 시간과 공간이 절대적으로 분리되어 있는 것이 아니라 서로 상호작용하며 하

휘어져 있음을 증명함으로써 우리에게 휘어져 있는 공간에 대한 개념을 일반화시키고 비유클리드 기하학의 새로운 지평을 열었다. 그리고 이렇게 하여 우리 시대의 전면에 등장하게 된 비유클리드 기하학은 4차원 이상의 고차원의 공간에 대한 규준들을 제시하면서 더욱 정교하고 복잡한 기하학으로 거듭나게 된다. 그 중 하나가 고무판 기하학이라 불리며 그 복잡성과 유연성을 나타내는 위상 기하학(topological geometry)이다.

위상학(topology) 혹은 위상기하학은 유클리드 기하학 이후 등장한 현대 기하학의 한 분야에 해당한다. 유클리드 기하학이 고전기하학을 대표하는 것이며 정연한 도형의 길이와 체적, 크기 등의 양적 측면에 대해 다루는 것이라면 위상기하학은 고전기하에서 처리할 수 없었던 다양한 도형들, 일그러진 것이라든가 굴곡지고 기괴한 것들, 엉키고 꼬여있는 것 등 특수한 형상의 도형들을 포함한 모든 일반적 도형들을 고찰의 대상으로 하여 그들의 구조를 문제 삼게 된다. 위상기하학은 고전기하와 달리 도형의 양적 성질에 관여하는 대신 도형이 공간 속에서 차지하는 점, 선, 면 및 위치에 따라 그 위(位)와 상(相)에 관한 연구를 진행한다. 이때의 도형은 공간을 전제로 하여 존재하는 것이므로 각 점을 중심으로 근방이 정의되는 것이라면 그 도형이 자리하는 공간은 위상 공간[7]이라 불린다.

나로 결합하는 성질의 것임을 말해준다. 공간을 휘게 하는 중력은 빛도 휘게 만든다. 이때 거대 중력이 작용하여 공간이 심하게 왜곡되는 함몰된 공간이 생길 수 있는데, 여기에서 빛마저 삼켜버릴 수 있는 블랙홀이 생겨나게 된다. 중력을 중심으로 한 아인슈타인의 일반 상대성이론은 우리의 상상력을 초거시세계인 우주의 한가운데로 향하도록 이끈 계기가 되었다.

7 혼다 마쓰오, 『위상공간으로 가는 길』, 임승원 역, 전파과학사, 1995, p.14. 위상공간(topological space)이라 불리는 도형은 참으로 광범위해서 직선, 평면, 원구, 삼각형, 다면체 등의 여러 도형뿐 아니라 지구, 지구표면, 도시도로망, 통신망 등도 모두 위상공간이라 할 수 있다.

도형의 양적 성질에 대해 고찰하기보다 위치와 형상, 즉 위상(位相)을 다루는 위상학은 도형의 연속성과 연결성에 따라 동형과 이형을 구분하기도 한다. 수학자들이 주로 제시하는 모델인 구형태의 동그란 빵과 가운데 구멍이 나 있는 도너츠의 경우 그것들의 선을 아무리 이리저리 변형시키거나 무한히 확장시키더라도 두 빵은 위상 동형이 될 수 없다. 둘 사이엔 테두리의 수가 다르기 때문이다. 반면 구멍이 없는 동그란 빵과 타원의 빵, 혹은 사각형인 빵의 경우는 위상 동형이 된다. 이들 사이엔 점과 점 사이, 선과 선 사이의 연결에 연속성이 있기 때문에 성질이 같다고 말할 수 있다.[8]

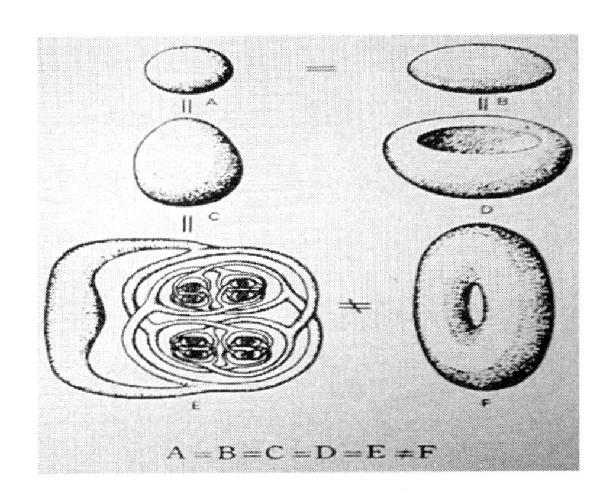

이처럼 위상학(topology)이란 공간의 요소를 크기나 거리를 사상(捨象)한 채 연속이나 불연속과 같은 위치와 경계의 형태로써 파악하는 방법론을 의미한다. 즉 그것은 공간의 구조적인 측면, 늘이거나 줄여도 성질이 변함없는, 공간 내 요소들의 위치 관계들을 다루는 태도를 가리킨

8 다음 그림은 계영희, 『수학과 미술』, 전파과학사, 1984, p.170. 그림에서처럼 A, B, C, D, E 사이엔 동형의 관계가 성립하지만 F는 위상동형이 아니다.

다. 따라서 위상학적 공간이란 특정 유기체가 지니고 있는 변별적인 위치 체계를 가리킨다. 모든 사물은 다양한 방법으로 위상공간을 구축하거니와 이들은 유기체로서의 가장 안정되고 최적화한 상태로의 위상구조체를 지향한다.[9] 위상학은 사태에 관한 구조적 인식의 결과 생겨난 개념인바, 이때 위상공간을 특이성(의미있는 질점)들 간의 관계로 볼 경우 사태의 연속과 변환, 밀도와 곡률 등의 성질을 다룰 수 있게 된다. 위상학의 이와 같은 개념은 부분과 전체 간의 연속적 관계틀을 확보함으로써 미분다양체에 관한 설명의 토대를 제공한다.

삼각형이나 사각형, 육면체나 원기둥과 같은 일정한 크기를 지닌 정연한 도형이 아닌, 기괴하고 굴곡진 도형을 다룬다고 해서 고무판 기하학이라고도 불리는 위상기하학이 수학과 물리학에서 관심을 끌게 된 것은 평면의 도형보다 곡면의 도형을 다루었던 수학자 리만에게서 비롯되며 나아가 공간이 편평한 것이 아니라 중력에 의해 함몰되고 휘어졌다고 하는 아인슈타인의 일반 상대성이론에 의한다. 질량을 지닌 모든 물질은 에너지를 지닌다고 하는 아인슈타인의 $E=mc^2$ 이라는 공식은 중력에 의해 휘어진 공간이 그 공간적 성질로 인해 에너지장을 띠게 됨을 제시하고 있거니와, 굴곡진 도형이 관심의 중심으로 등장한 이래 공간은 더 이상 3차원적 존재나 형태적인 단위로 파악되는 것이 아니라 에너지와 질량, 속도 간의 상관적으로 규정되는 여러 국면들에 의한 구조로서 이해하게 되었다.

여러 국면들의 관계 속에서 규정되는 위상학적 도형, 즉 위상공간은 평면 및 부피 등의 크기를 내포하는 3차원의 차원을 벗어나게 됨으로써 수학과 물리학을 무한의 영역으로 이동시킨다. 공간은 단지 3

9 아사다 아키라, 『구조주의와 포스트구조주의』, 이정우 역, 새길, 1995, pp.19-25.

차원에 국한되어 있는 것이 아니라 우주의 모든 방향 어느 지점으로도 연장가능하다. 즉 순수공간의 위치분석을 가능하게 하는 위상기하학의 관점으로 인해 도형은 무한한 영역으로 확장된 차원을 이루게 된다. 차원이란 공간에서의 수직적 분포를 나타내는 것으로 최근에 이르기까지 수학적으로 밝혀진 차원은 11차원이다.[10] 이는 수학과 물리학에 유한 대신 무한의 자리를 열어준 것을 의미하며 이를 가능하게 한 것이 유클리드 기하학을 넘어서는 비유클리드 기하학, 특히 위상기하학임을 알 수 있다. 다음의 그림은 고전 기하학에서는 다룰 수 없는 위상구조체의 대표적인 형태에 예에 해당한다.[11]

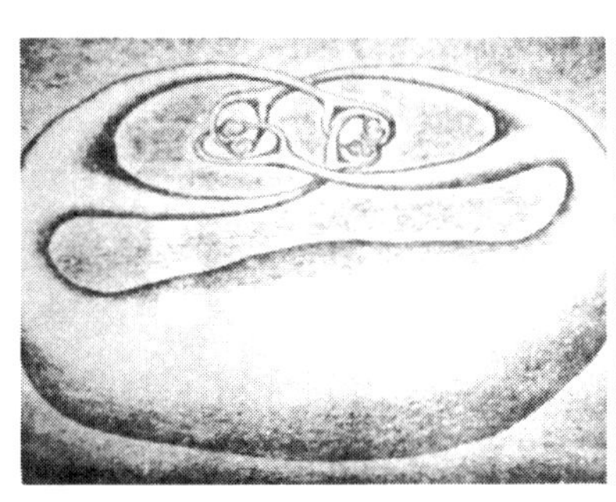

알렉산더가 고안한 '뿔이 있는 구'

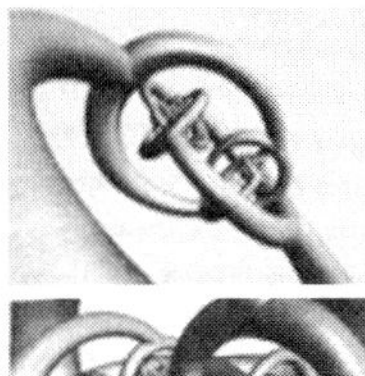

알렉산더의 초승달형 구를 확대한 모양 (이미지제작: 캐머런 브라운)

알렉산더의 초승달형 구를 확대한 모양 (이미지제작: 캐머런 브라운)

서로 상관관계가 있는 점들을 잇는 선은 어떤 모양이든 띨 수 있는

10 중력을 포함한 통일장을 기하학적으로 밝히고자 했던 칼루자-클라인(Kaluza-Klein)이론에 의하면 논리적으로 볼 때 공간 차원은 가로, 세로, 높이의 3차원 이외에 상호 수직 방향의 차원은 7개가 더 있고 여기에 시간을 더해 11차원이 존재한다. 우리가 알고 있는 4차원 이상의 부가적 차원이 더 있다는 것인데 너무 작아 우리가 인지할 수 없는 5차원 이상의 부가 차원은 작은 크기로 '말려 있어' 깨닫지 못할 뿐 존재를 부정할 수 없다. 우리가 3차원 공간에서 점으로 생각했던 것은 실제로 4차원 공간 주위를 도는 작은 원으로서, 이것은 위, 아래, 옆이나 다른 어디든지 갈 수 있다. 폴 데이비스, 『초힘』, 전형락 역, 범양사 출판부, 1994, pp.196-197.

11 다음 그림은 계영희의 앞의 책, p.171.

상태에서 공간은 굽은 것일 수도 늘린 것일 수도 있으며, 꼬여 있으며 비틀리고 압축된 것일 수도 있는 등 보다 다양하고 일반적인 모양들을 나타내게 된다.[12] 그것은 기하학을 통해 우리가 떠올릴 수 있는 정연하고 체계적인 형태보다 훨씬 더 기괴하고 복잡하며 유연하다. 또한 요소들 간의 관계성을 중시함에 따라 위상학은 심리학이나 건축학 등 여러 문화적 매체에서 응용되면서 공간 구성에 관한 새로운 가능성을 열게 되었다.[13] 특히 위상기하학에 의한 11차원의 대수적 발견은 과학자들에 의해 우주의 구조를 밝히는 데에 적용되었다.

우주의 구조 가운데 가령 블랙홀은 중력장에 의해 형성된 특수한 공간이며 이때의 블랙홀의 중심을 중력 특이점이라 말하는데, 특이점의 성질에 따라 블랙홀의 구조는 회전하거나 회전하지 않는 블랙홀, 대칭의 블랙홀과 비대칭의 블랙홀, 닫힌 곡선이나 열린 곡선의 블랙홀 등 다양한 형태로 나타날 수 있다. 흔히 말하는 웜홀은 열린 곡선 블랙홀의 하나로 우리가 상상하는 우주 구조의 한 형태를 제시한다. 특이점의 연장으로 발생하는 블랙홀의 다양한 형태의 공간 구조는 이에 대한 규명을 위한 위상기하학의 필요성을 야기한다. 말하자면 위상기하학은 공간에 대한 새로운 발견과 함께 중요하게 인식되기 시작한 새로운 기하학이라 할 수 있다.

---

12 슈테판 귄첼, 『토폴로지』, 이기홍 역, 에코리브르, 2010, p.24.

13 위상학의 개념을 건축학에 적용하면서 장용순은 현대 건축의 특징이 기하학적 구성의 사고로부터 위상학적 연산의 사고로 전환된 데 있다고 말하고 있으며(장용순, 『현대 건축의 철학적 모험』, 미메시스, 2010), 서우석 역시 위상학의 원리로써 음악의 공간적 성격을 설명하고 있다(서우석, 『음악을 본다』, 서울대출판문화원, 2009). 김윤정은 위상학의 개념을 김종삼의 시창작 원리에 적용하여 김종삼 시의 특징을 해석한 바 있다(「김종삼 시창작의 위상학적 성격 연구」, 『한민족어문학』 65집, 2013.12, pp.799-830). 이 외에도 위상학이 다양한 학문에 응용될 수 있음은 『토폴로지』(슈테판 귄첼, 앞의 책)를 참조할 수 있다.

2) 위상학과 시공간의 성격

위상기하학이 유연하고 복잡한 형태의 공간 구조를 다루게 되며 그것이 블랙홀과 같은 함몰된 곡선 구조에 의해 주목받기 시작한 데서 짐작할 수 있듯 위상기하학에서 공간은 가장 주요하게 다루어야 할 요소이다. 공간은 위상구조체를 자리잡게 하는 바탕이자 그 자체라 할 수 있을 만큼 공간과 구조는 밀접한 관계를 지닌다. 또한 함몰된 공간으로 말미암은 곡선의 기하에서 시간 역시 느리게 흐른다는 성질을 상기할 때 구조체의 형태와 성질을 규명하는 데 시간과 공간은 함께 논의되어야 하는 요소임을 알 수 있다. 이는 시간과 공간이 분리되어 있는 것이 아니라 서로 융합되는 것이자 시공이 결합된 결과 그에 따른 특수한 구조체가 빚어지게 됨을 말해주는 대목이다. 특히 블랙홀에 이르러 사라진 정보가 소멸하지 않고 어디로 어떻게 이동했는가를 판별하는 데 있어서 시공의 성질을 이해하는 일은 필수적이라 할 수 있다.

시공성에 관한 이러한 관점은 사건이 시공성과 구분되지 않고 하나로 짜여져 있다는 점을 말해준다. 가령 하나의 사건은 우연히 발생하는 것이 아니라 필연성에 의해, 특히 시공과 결합한 정합적으로 짜여진 인과성에 의해 발생한다고 할 수 있다. 모든 사건에는 시간과 공간의 함수가 작용하는바, 이러한 관계망으로부터 벗어나 있는 사건은 어디에도 없다. 이점에서 시공성은 사건의 원인이자 사건 자체라 해도 틀리지 않다.

시공성에 관한 이와 같은 인식은 시간과 공간을 추상적으로 이해했던 기계론적 절대주의의 세계관과는 매우 다른 관점의 것이다. 뉴튼에 의하면 시간과 공간은 사건들이 일어나는 배경에 불과하여 시공간은 그 속에서 일어나는 사건들에 의해 아무런 영향을 받지 않는다. 뉴튼 물리학의 관점에서는 시공간이 사건으로부터 독립되어 있는 것처럼 시간과 공간은 서로 분리되어 있으며 시간은 과거에서 현재, 그리고 미래로 뻗어가는 단일한 선으로 간주되었고 공간 역시 거리와 방향으로 일정하고 편평하게 구획되는 것이었다. 시간은 절대적으로 동질적인 것으로 일정한 길이로 분절된 채 기계처럼 흐르는 것에 해당한다. 공간 역시 사건이 일어나는 배경에 놓여 있을 뿐 사건과 교섭한다거나 사건의 원인에 영향을 미치는 주요 요소가 될 수는 없다. 이러한 관점에 의하면 시간과 공간은 독자적인 것으로서 사건의 발생과는 무관한 외적 조건일 뿐이다. 마찬가지로 시간과 공간은 상황에 의해 성질이 변화하는 것이 아닌 추상적이고 불변하는 절대적 개념의 것이었다.

주지하듯 이러한 절대적 시간과 공간의 개념을 변혁시킨 자는 아인슈타인이다. 아인슈타인의 상대성이론은 시간과 공간이 뗄 수 없이 서로 뒤얽혀 있다는 것을 보여주는 것으로 공간은 시간을 포함하면서 휘어진다는 것을 말하고 있다. 중력에 의해 휘어진 공간은 시간까지도 휘게 만들어 시간의 길이를 변화시킨다는 것이다. 밀도가 높아 함몰된 공간에서 시간은 느리게 흐르며, 공간은 시간을 휘감으면서 특유의 굴곡을 형성한다. 그리고 이렇게 하여 형성된 시공간(spacetime)의 기하학은 $E=mc^2$[14] 에 나타나는 것처럼 질량과 에너지 사이의 함수

---

14 물질과 에너지 사이의 대칭성을 말해주는 이 공식은 질량이 있는 모든 물질은 에너지를 발생시키고 모든 에너지는 물질을 양산할 수 있다는 의미를 지닌다. 즉 1kg의 물질이 소멸하면 그에 따른 빛과 열이 발생하고 빛과 열이 가해졌다는 것은 그만큼 물질이 생산되었음을 가리킨다. 이때의 질량 에너지는 정지해 있을 때도 존재하며 운동하고 있을 때에는 c^2만큼의 에너지량을 지니게 된다. 질량과 에너지 사이엔 상대성이 존재한다는 이론으로 이것이 곧 특수 상대성이론이다. 이를 기반으로 하여 중력장을 기하

관계를 보여준다. 아인슈타인의 상대성이론에 의하면 에너지는 결국 질량, 즉 공간의 함몰의 정도에 기여하는 중력의 세기와 직접적으로 연관된다. 아인슈타인은 우리가 생각하는 중력이라는 것이 실제로는 시공이 휘어져 있다는 사실의 표현에 불과하다고 생각했던 것이다. 에너지장은 궁극적으로 말해 굴곡진 공간의 함몰에 의한 것이다. 이는 시공간이 사건과 분리되어 있다는 시공성에 관한 절대적 관점을 넘어선 것으로 시공간의 상대성을 나타내고 있다.[15] 중력장을 다루는 이와 같은 아인슈타인의 일반 상대성이론에 의해 시간과 공간은 사건들이 일어나는 수동적인 배경으로부터 우주 동역학의 능동적인 참여자로 변모하게 되었다.[16]

이처럼 일반 상대성이론은 공간의 3차원에 시간이라는 차원을 더해서 시공이라는 4차원의 개념을 형성했으며, 이렇게 하여 형성된 시공은 중력 효과를 통해 공간의 휘어짐과 에너지장의 발생을 일으킨다는 사실을 제시하게 되었다. 또한 이것은 휘어진 공간으로서의 에너지장이 이러한 시공에 진입한 물체의 경로를 변화시키게 될 것이라는 점도 시사하게 된다. 중력장이 크게 미치는 이와 같은 공간에서는 물체가 직선으로 빠르게 이동하려 해도 경로가 느리게 휘어지는 것처럼 보이게 된다. 이곳에서의 중력의 세기는 시간의 속도를 그에 비례하여 느리게 만든다. 강한 에너지장 내에서의 시간의 속도는 그것을 벗어난 공간에서의 그것과 차이가 발생한다. 이는 우주에 편재하는 시공성의 상대성을 가리키는 것이다. 이로써 시간과 공간은 추상적인 개념이 아니라 우주에 존재하는 실재이자 물리적 실체가 되며, 각자

학적으로 다룬 것이 일반상대성이론이다.

15 스티븐 호킹, 『호두껍질 속의 우주』, 김동광 역, 까치, 2001, pp.32-33.

16 위의 책, p.21.

독립적으로 존재하는 것이 아니라 상호 간의 특질을 규정하는 필연적 조건이 된다. 시간은 공간에 의해 속도가 결정되며 공간은 시간에 의해 특질과 구조가 결정된다. 시간과 공간은 시공으로 결합하여 우주를 구성하는 기본 구조가 될 뿐 아니라 그 자체로 고유한 위상구조체를 이루게 된다.

시간이 특정한 위상구조체를 형성하는 주요 요소라는 점은 지금까지 알려져 왔던 시간의 불가역성에 관해서도 의문을 제기하게 한다. 지금까지의 시간관에 의하면 시간은 과거에서 현재로, 그리고 현재에서 미래로 일직선적으로 나아가는 것으로 결코 돌이킬 수 없이 영원히 앞으로 나아가는 성질을 지닌다. 이러한 시간은 시계가 지시하듯 동일한 속도로 끝도 없이 미래를 향해 진행되는 것이며 그 운동과 방향성은 영원한 것이다. 그것은 모든 것을 가로질러 나아가며 이 가운데 공간도 예외가 아니다. 시간은 모든 공간 속에서 동일한 속도로 그것을 관통하게 된다. 여기에서 시간은 한번 지나가면 그뿐 절대적으로 불가역적이다. 한번 지나간 시간은 일회적인 것으로 결코 돌이킬 수 없는 것이 된다. 이러한 시간관은 사실상 시계가 발명된 이후의 일반화된 관점으로서 근대의 절대주의적이고 기계론적인 세계관을 대변하는 것이다. 이러한 시간관에 의해 서양의 근대문명이 전개되어 왔음도 잘 알려진 사실이다.

그러나 시간은 이와 같은 기계적이고 절대적인 것이 아니라, 공간 속에 휘감겨 있음에 따라 공간과 함께 그것의 구조를 지탱하고 있는 일부분이 된다. 시간은 공간과 함께 응축되어, 공간을 관통하는 대신 공간과 함께 그 자리에 머문다. 시간에게 공간은 일종의 매질이 되어 공간은 시간을 포함하는 특수조직을 이룬다. 이 속에서 시간은 직진하는 대신 공간 속에서 휘말린다. 특히 중력장이 가속화되어 있는 공간 속에서 시간은 공간의 밀도를 가중시키면서 공간의 형태를 축조하는 데 기여한다. 그리고 이렇게 하여 형성된 위상구조체 속에서 시간은 흘러가서 소멸하는 것이 아니라 공간과 결합된 채 일정한 형태로서 구축된 채 존재하게 된다. 시간은 영원히 직진함으로써 화살처럼 지나가는 것이 아니라 공간 속에서 무한히 연장되어 동형의 위상구조체를 축조하는 데 기여한다는 것이다. 그리고 이러한 방식으로 전개되는 시공의 연장은 곧 차원의 연장과 같은 것이다.

수학에서 차원은 추가할 수 있는 수직의 축을 의미한다. 2차원이 가로축과 세로축의 직각에 의해 형성되는 것처럼 차원의 추가는 직교할 수 있는 선분의 증가분으로 이루어진다. 지금까지 수학적으로 발견된 차원은 11차원[17]이라 하거니와 이는 아인슈타인에 의해 4차원이 발견된 이래 차원이 거듭되어 왔음을 말해준다. 차원은 시공간의 구조체 속에 존재하는 수직의 방향으로, 과학자들은 차원의 진행이 여분 공간에 따른 것이라고 말한다. 즉 여분공간이 존재할 때 그 자리에 직교의 방향이 존재할 수 있게 된다. 여분 공간이 차원의 전제가 된다는 것은 그곳이 시간이 나아가는 방향이 됨에 따라 시공으로 이루어진 특정한 위상구조체를 빚는 요인으로 작용함을 알 수 있다.

실제로 수학자들이 대수적으로 증명한 11차원은 공간과 시간이 결합하여 형성한 위상학적 구조와 관련된다. 스티븐 호킹은 11차원이 우리가 경험하는 차원과 아무런 상관이 없는 것으로 들리겠지만 사실상 우리가 경험할 수 있는 4차원을 제외한 7차원, 즉 5차원 이상의 차

17 폴 슈타인하르트, 「우주는 팽창과 수축을 영원히 반복한다」, 존 브록만 편, 『과학의 최전선에서 인문학을 만나다』, 안인희 역, 소소, 2006, p.361.

원은 워낙 작은 크기로 말려 있기 때문에 우리가 알아차릴 수 없는 것이라고 한다.[18] 이점은 차원의 상승은 추상적이고 관념적인 것이 아니라 미시적인 세계에 실재하는 시공간의 지점임을 말해준다. 11차원은 시간의 무한한 연장 속에서 여분공간으로 말미암아 형성되는 새로운 방향의 공간인 것이다. 또한 이는 여분공간에 의해 이루어지는 고(高)차원으로의 차원의 증가가 공간의 높이가 아니라 공간의 깊이와 관련된 개념임을 의미한다. 차원의 증가는 식별 불가능한 미시 세계에서의 시공간의 휘어짐과 말림을 가리키는 것이기 때문이다.

과학자들은 이 말려 있는 차원들이 막(brane)[19]에 밀착되어 형성되어 있어 2차원의 끈[20]처럼 이루어져 있다고 말한다. 그것은 시공간의

18 스티븐 호킹, 앞의 책, p.54.

19 초끈이론(Superstring theory)에 의하면 전자나 쿼크 등 물질을 형성하는 소립자나 쿼크 등 물질을 형성하는 소립자나 광자 등은 브래인에 붙어서 떨어지지 않는다고 한다. 대신 중력을 전하는 소립자인 중력자는 브래인에 달라붙지 않는 여분차원으로 움직일 수 있다고 한다(Newton Highlight 편집부, 『현대물리학 3대이론』, 뉴턴코리아, 2013, p.150). 이는 중력이 여분차원을 형성하고 그 후 물질이 초끈의 연장을 이루는 과정을 짐작하게 한다.

20 초끈(superstring)을 가리킨다. 초끈은 쿼크나 전자같은 소립자의 최종 모형으로 7개 차원의 말려있는 구조는 초끈을 통해 이루어진다. 7개의 여분 차원은 작은 공간에 초끈의 형태로 말리게 된다는 것이다. 블랙홀 안에서는 에너지가 음수가 되어 버려 블랙홀에 가까워질수록 시간은 흐르는 게 아니라 공간 방향으로 기울어지는데 이때의 초끈이 말리는 방향의 여분차원에 중력파가 흐른다는 점에 근거하여 초끈이론은 양자역학과 상대성이론을 결합하는 이론으로 부상되었다. 즉 초끈은 중력에 따라 꼬물거리고 진동하여 동일한 유형을 이루는 입자들의 운동 방향이라 할 수 있다. 1974년 프랑스 이론물리학자 Joel Scherk와 미국의 이론물리학자 John Henry Schwarz에 의해 창시된 초끈이론은 실험적인 증거의 뒷받침을 받을 수 전혀 받을 수 없을 만큼 작은 규모를 다루는 것이지만 그 이론이 중력을 중심에 놓는 중력 기술 이론이라는 점과 이외 다른 성공적인 양자 중력이론이 없다는 점에서 매력적이다. 실제로 블랙홀 내부의 특이점의 운동은 끈이론과 유사하다는 가능성이 있다고 여겨진다(Leon M. Lederman 외, 앞의 책, pp.351-363). 이후 러시아의 수학자 안드레이 오쿤코프(1969년 출생, 2006년 필즈상 수상)가 끈이론에 위상수학을 적용하게 되면 블랙홀의 상태수를 계산할 수 있다는 사실을 밝혀내어 초끈이론은 오늘날 뭉쳐져서 보이지 않는 7차원 공간의 기하학적 성질과 구조를 밝히는데 가장 유력한 이론으로서 각광받게 되었다(오구리 히로시,

연장이 이 막을 타고 이 막에 의거하여 진행된다는 것임을 의미한다. 시간이 한번 흘러가 소멸하지 않고 머물러 있으며 그것이 특정한 형태로서 구현된다고 하는 것도 이러한 막의 존재 때문이라 할 수 있다. 막에 밀착되어 전개되는 시공의 형태로 인해 시간은 직선적으로 흐르는 대신 갇히게 되며 절대적으로 불가역적인 대신 가역적이 된다.[21] 이는 여분공간의 분량과 관련되는 차원의 증가로 인해 시공간이 이리저리 휘어진 위상구조체로 나타나게 됨을 가리킨다. 시공간의 형상인 막은 무한히 연장될 수 있는 것이므로 4차원의 심화로 이루어진 11차원의 위상 공간 속에서 그것은 수직의 11개의 방향에 따라 굽어지고 휘어지며 나선처럼 말리고 엉키며 압축되고 눌리는 기괴한 형태를 이루게 된다. 이러한 형태의 위상 구조체가 과학자들이 말하는 우주의 구조이다.

스티븐 호킹[22]에 의하면 이러한 시공간의 11차원은 중력으로 인해 발생한 '텅 빈 공간' 속에서 형성된다. '여분 공간'이 바로 그것이다. 즉 중력이 일으킨 공간의 함몰이 더욱 가속되었을 때 발생하는 여분 공간에서 차원의 증가가 빚어진다는 것이다. 여분 공간은 비어 있음에 따라 차원의 막이 펼쳐질 장소를 제공하는 것으로, 이곳이야말로 시공이 전개되는 방향이 된다는 것을 알 수 있다. 이때 중력이 발생시킨

『중력, 우주를 지배하는 힘』, 박용태 역, 지양사, 2013, p.247). 오늘날 초끈이론은 중력이론과 양자역학 이론을 융합한 세계의 근원을 이루는 궁극의 이론이자 통일이론으로서 주목받고 있다.

21 간혹 SF영화에서 블랙홀을 통해 차원 이동한 주인공이 과거로 돌아가는 경우를 보게 되는데 이러한 사건의 모티프가 되는 것이 시간의 말림으로 인한 시간의 가역성에 있다 할 것이다.

22 Stephen William Hawking(1942-2018) 영국의 물리학자. 블랙홀이 있는 상황에서의 우주론과 양자 중력 연구에 기여함. Wikipedia, https://ko.m.wikipedia.org›wiki. 이후 인명 해설은 이에 근거함.

'텅 빈 공간'인 여분공간은 그저 비어있는 것이 아니라 진공 에너지로 가득 차 있다 말할 수 있다. 우주에서의 '진공'은 물질도 그 어느 것도 '없는 것'이 아니라 물질과 에너지의 저장소가 된다. 그것은 에너지장을 형성하는 중력 현상에 기인하는 것으로, 중력의 존재는 공간을 '비어 있게' 함에 따라 공간을 한없이 공허한 듯하게 만들지만, 그러나 이 '텅 빈 공간'은 겉보기에 비어있는 것으로 보일 뿐 중력장이라는 에너지장을 띠는 동시에 양자 운동으로 가득 차게 될 것이다.[23] '텅 빈 공간'이 물질의 저장소라 한 것은 그것이 양자들을 함유하고 있다는 점에서 그러하며, 그것이 에너지의 저장소라 한 것은 양자 운동이 일으키는 에너지 및 그때의 시공간의 구조가 야기한 에너지 효과에 기인한다. 요컨대 중력으로 인해 발생한 11차원의 위상학적 공간은 그 자체로 에너지장(場)으로서 기능한다는 것인데, 이때 미시 공간에서 차원의 확장을 일으킨 실체가 있다면 그것이 곧 양자라 할 수 있다.

양자는 중력에 의해 함몰된 '텅 빈 공간' 속에서 분량에 의한 쏠림 운동을 벌이며 공간의 차원을 무한정 연장시키는 계기가 된다. 여분차원이 자리한 곳에는 어김없이 양자의 확장이 일어나게 된다. 이는 양자의 운동이 시공의 확장과 일치함을 의미한다. 양자의 쏠림은 시공의 연장이 이루어지는 과정과 같은 것으로서, 이렇게 하여 형성된 공간이야말로 위상공간이자 위상구조체인 셈이다. 결국 이 세 가지 계기들, 시공성, 양자쏠림, 위상구조체는 모두 동시에 발생하는 동일한 사건들임을 알 수 있다. 나아가 이것들은 스티븐 호킹이 말한 2차원의 막(brane)으로서의 끈의 존재와도 일치한다. 미시공간에서 양자쏠림에 의해 시공의 구조를 이끌어낸다는 초끈(super string)이 그것이

23 스티븐 호킹, 앞의 책, p.96.

다. 이는 미시 차원의 시공 및 위상구조체에서 양자가 어떤 의미를 지니는지 말해주고 있는 대목이다. 양자의 존재는 위상기하학의 탄생에 결정적 요인으로서 작용하였던 것이다.

3) 블랙홀과 초끈이론(Superstring theory)

막(brane)에 장착된 끈(string)의 존재는 현대물리학에서 말하고 있는 초끈이론(superstring theory)에서 제시하는 것이다. 초끈은 미시세계에서 시공의 연장이 일어나는 막에 해당한다. 시공은 이 막에 밀착되어 무한한 확장을 전개한다. 이러한 막의 전개는 텅 빈 공간을 채우는 양자들의 이동경로가 된다. 물론 텅 빈 공간이 양자로 채워져 있음은 중력의 존재로부터 알 수 있는 것이다. 중력의 작용이란 질량을 지닌 물질을 전제로 하는 까닭이다. 물질의 존재 여부가 보이지 않으면서 질량으로 인한 중력장의 작용을 이끌어낸다는 것 자체가 그 안에 눈에 보이지 않는 미시적 존재인 소립자가 존재함을 입증하는 것이다. 이러한 양자로 채워져 있는 빈 공간이 여분차원에 따른 이동의 경로를 보여주는 것이 초끈이라 할 수 있다. 따라서 이 초끈이 5차원 이상에서 말리고 구겨지고 주름지고 응축되어 기괴하게 일그러진 위상구조체를 이룰 것으로 짐작할 수 있다. 바꾸어 말하면 위상구조체는 미시적 초끈의 구조와 일치하는 것이라 할 수 있다. 이는 블랙홀의 내부 구조를 위상기하학을 통해 이해할 수 있음을 말해준다.

사실상 초끈이론은 양자역학과 상대성이론을 융합하려는 노력으로 만들어진 물리학의 최신이론이다.[24] 초끈이론은 '텅 빈 공간'과 같은

24 현대물리학을 이끌어온 두 축의 이론인 양자역학과 상대성이론 가운데에서 아인슈타

중력파가 일으키는 기묘한 입자와 7차원 등 여분 차원이 존재할 때 성립하게 되는 것으로, 초끈은 심화된 중력장, 즉 중력에 의한 공간의 함몰이 가속적으로 진행될 때 나타나는 존재이다. 초끈과 그 형태는 중력의 세기 및 빈 공간에 의해 빚어지는 결과물이다. 과도하게 미시적인 까닭에 눈으로 관찰될 수 없으며 수학적으로만 증명될 뿐인 초끈은 블랙홀의 내부 구조 및 그것의 위상구조를 해명해 줄 이론으로 기대되고 있다. 더욱이 과학자들은 이것이 아인슈타인의 중력장 이론인 일반 상대성이론과 그가 부정하였던 양자역학이라는 현대물리학의 투트랙 이론을 융합시켜 줄 이론으로 여기고 있다. 이러한 작업의 대표 과학자는 단연 스티븐 호킹이다. 잘 알려져 있듯 스티븐 호킹은 아인슈타인이 이론으로 예시한 블랙홀의 존재를 우주에서 발견한 이래 블랙홀의 성질 및 구조를 밝히는 연구를 해왔다. 강한 에너지장으로 작용하여 시간의 휨은 물론 빛마저 삼켜버리는 신비한 블랙홀의 존재를 아인슈타인이 증명하였다면 중력으로 형성된 그러한 블랙홀 내부의 텅 빈 공간에 양자의 역학과 초끈의 고차원 구조체가 생성되

인은 양자역학의 불확정성을 대단히 경계하였다. 그것은 아인슈타인과 보어 사이의 논쟁으로 표출되면서 '신은 주사위놀이를 하지 않는다'라는 아인슈타인의 유명한 명제를 낳게 되었다. 이는 과학에 우연과 확률은 끼어들 수 없으며 언제나 일정한 법칙이 있을 뿐이라는 아인슈타인의 관점을 보여주는 것이다. 그러나 아인슈타인의 우려에도 불구하고 양자역학의 불확정성의 원리는 참일 수밖에 없었다. 이에 따라 이후의 과학자들은 양자역학과 상대성이론을 하나의 원리로서 결합시키려는 노력을 행하였던바, 이 두 현상은 서로 분리된 것이 아니라 동일 공간에서 벌어지는 일정한 에너지의 운동 원리라고 할 수 있다. 가령 중력장에서 일어나는 에너지효과는 다른 것이 아닌 양자의 운동에 의한 것이다. 양자 운동은 잘 알려져 있듯 불확정적이다. 다만 양자의 운동이 분량의 쏠림에 의한 것이라면 쏠림에는 경향성과 방향성이 있을 수 있다. 이를 제시해주는 것이 초끈이론이다. 일정한 막으로써 띠를 형성하고 있는 초끈은 여분차원으로 말리면서 양자의 쏠림에 경향성과 방향성을 부여한다. 이때 여분차원은 중력에 의한 것이라는 점에서 초끈 이론은 양자역학과 상대성이론을 결합한 이론이 된다 할 수 있다.

고 있음을 밝힌 과학자는 스티븐 호킹이다.

우주에서 블랙홀은 신비롭지만 두려운 존재이기도 하다. 블랙홀은 우주 곳곳에 수도 없이 산재해 있으면서 미지의 시공을 이룬다는 점에서 신비롭지만 사건의 지평선에 이른 모든 물체를 그 즉시 빨아들인다는 점에서 두렵다. 호킹은 블랙홀로 빨려들어간 모든 정보는 소실되지 않은 채 보존되어 있다고 말하는데, 이는 블랙홀에 이른 시간이 공간을 가로질러가지 못하고 공간에 붙들린 채 말려들어가는 사정과 다르지 않다. 블랙홀의 이러한 성질은 우리가 경험하는 시공의 현상들과 매우 다른 것이어서 과학자뿐 아니라 시인이나 소설가, 영화인들의 상상력을 자극해온 것이 사실이다. 블랙홀 안에서 휘감긴 시간이 소멸하지 않고 여분차원으로 말린 채 존재한다면 블랙홀로의 여행은 우리를 과거의 시간으로까지 인도할 수 있다는 상상을 가능하게 한다. 더욱이 블랙홀로 흡수된 모든 정보가 소실되지 않고 보존된다는 점은 인간이 현존의 상태 그대로 블랙홀 여행을 할 수 있다는 상상을 하게 한다. 그러나 이것은 상상일 뿐 현실 속에서 가당키나 한 것이겠는가. 블랙홀은 그 안에 흡수된 모든 물체를 모두 파쇄하여 양자로 만들어버릴 것이다. 블랙홀 안에서 보존된다는 정보는 모두 양자의 형태로 이루어진 것을 의미할 터이다. 즉 블랙홀은 산 채로의 여행이 아닌 양자 형태로의 여행을 허용하는 곳이 아닐까.

양자의 형태란 곧 입자이자 파동의 형태로서 존재의 가장 근원적 정보에 해당한다. 이러한 형태의 존재는 블랙홀 내부에서 여분차원을 항해하다 궁극의 차원에까지 이르게 될 것이다. 그렇다면 궁극의 차원에 도달한 후의 양자 정보는 어찌 될까? 그것은 블랙홀 내부에 갇혀버릴 것인가 혹은 공상과학영화에서처럼 웜홀을 타고 화이트홀로 방출될 것인가. 혹은 블랙홀이 정보들을 흡수하여 밀도의 임계점에 이르렀을 때 블랙홀은 그대로 붕괴할 것인가.[25]

블랙홀의 운명과 관련하여 과학자들은 블랙홀의 소멸로 인한 편평한 우주 공간에 대해 탐구한다. 수많은 블랙홀들과 함께 존재하는 편평한 공간들을 통해 과학자들은 우주의 균일성을 제기하면서, 그것이 블랙홀의 팽창(inflation)에 의해 가능한 것이라고 주장한다. 우주의 탄생 자체가 블랙홀을 팽창인 빅뱅에 의한 것이라는 관점은 대중적 흥미를 불러일으키기도 하였다. 과학자들은 그것이 팽창의 방식이건 자체 소멸의 방식이건 우주의 평면은 블랙홀의 상실로부터 기인하는 사건이라 보는 것이다.

한편 스티븐 호킹은 블랙홀 소멸과 관련하여, 사건의 지평선 근처에서 가상의 입자들이 나타나 쌍소멸을 일으킴에 따라 블랙홀에서 열복사에너지 방출 현상들이 나타나고 이것의 반복에 의해 블랙홀이 질량을 잃게 되어 결국 질량이 0이라는 블랙홀 소멸이 있어날 것이라고 말하고 있다.[26] 이밖에 블랙홀에 관한 인플레이션(팽창) 이론에 따르면 블랙홀을 만들어내는 중력장의 생성 요인은 물질과 에너지의 밀도만

---

25 이와는 조금 다른 얘기이지만 과학자들은 우주 내에서 블랙홀의 굴곡지고 뒤틀린 공간을 이용함으로써 원거리로의 순간 이동이 가능하다는 가설을 제시하고 있다. 블랙홀 내부의 왜곡되고 말린 공간은 차원의 격차를 두는 가운데 평면의 서로 다른 지점을 동일지점으로 압축시키는 결과를 일으킬 수 있기 때문이다.

26 스티븐 호킹은 블랙홀 복사에 관한 관측증거가 간접적이라 하더라도 그동안의 이론들과 모순되지 않기 위해서는 블랙홀에서 복사가 일어나야 한다고 주장한다. 호킹 복사라고도 하는 이것은, 양자 작용에 의해 블랙홀의 입구인 사건의 지평선 근처에서 입자와 반입자 간의 쌍생성이 일어나 입자는 방출되고 반입자는 블랙홀로 흡수되게 되며, 떨어진 반입자가 다시 내부의 입자와 충돌해 쌍소멸을 일으킴에 따라 에너지가 방출되고 질량이 감소하게 되는 현상을 가리킨다. 호킹 복사가 일어날수록 블랙홀은 많은 열에너지를 방출하고 질량이 감소되다가 결국 소멸의 길을 걷게 된다. 스티븐 호킹, 앞의 책, pp.119-121.

이 아니라 압력도 있는데, 이때 압력에는 잡아당기는 양의 압력과 밀어내는 음의 압력이 있어 이 음의 압력에 의해 블랙홀의 팽창이 일어난다고 한다. 음의 압력은 중력을 가중시키는 양의 압력 및 질량과 밀도 등의 요소를 상쇄시키는 힘으로 작용하여 중력장을 위로 밀어올리는 역할을 한다. 이에 따라 나타나는 현상이 블랙홀의 팽창이며 이는 우주가 균일성을 회복하는 하나의 방법이 된다.[27] 폴 슈타인하르트 역시 블랙홀의 공간 내부에 모종의 에너지가 저장되어 있다가 공간이 임계밀도에 이르렀을 때 급격한 확장을 주도한다고 함으로써 블랙홀의 팽창에 대한 해명을 제시하고 있다. 팽창은 급격히 일어나며 우주의 공간을 무한히 확장시킨다는 것이 그의 추측이다.[28] 이들은 모두 블랙홀의 상실에 관한 논리들로서, 블랙홀 상실을 통한 우주의 균질성을 해명하고자 하는 시도에 해당한다.

이들 이론을 보건대 블랙홀의 소멸을 일으키는 요인과 그 과정에 대해서는 추측을 할 뿐 정확히 무엇인지는 확언할 수 없을 듯하다. 그러나 분명한 것은 블랙홀은 영원불멸하는 것이 아니라 불확정적인 양자 운동에 의해 끝없는 생성과 소멸의 운명을 겪게 될 것이라는 사실이다. 스티븐 호킹은 블랙홀을 둘러싼 이와 같은 양자 효과가 우리의 구원이 될 것이라고 지적한 바 있거니와,[29] 이는 객관적으로 수치화되지는 않지만 확률적으로 산출되는 양자역학이야말로 우주의 신비를 설명하는 정합적 이론이라는 점과 함께 암흑 에너지를 이루는 블랙홀의 소멸 자체에서 우주의 생성력을 발견할 수 있다는 점을 말해준다.

27 앨런 구스, 「우주론의 황금시대」, 존 브록만 편, 앞의 책, p.339.
28 폴 슈타인하르트, 앞의 글, p.355.
29 앨런 구스, 앞의 글, p.341.

4) 위상시학(Topological Poetics)의 의미

지금까지 위상학의 개념과 위상구조체의 성격, 그리고 위상구조체를 이루는 대표적인 공간으로서의 블랙홀에 대해 다루어보았다. 일정한 공간을 점유하되 기괴한 형태로 일그러져 있는 위상구조체의 성격을 판별하는 데 있어 위상기하학이 적용될 수 있으며, 특히 블랙홀의 내부에서 발생하는 양자 운동이 초끈을 통해 위상구조체를 형성한다는 사실은 블랙홀의 생성과 소멸을 위상학의 관점에서 이해하게 한다는 점에서 흥미롭다. 즉 위상학은 블랙홀을 해명할 수 있는 이론적 도구가 될 것이다. 그렇다면 이러한 위상학이 어떻게 시학이 될 수 있는 것일까? 위상학의 개념을 시학에 적용할 때 우리가 그 대상으로 살펴야 할 위상 공간은 무엇이 될 것인가?

이러한 질문에 대해 위상시학에서 제안하는 대상 공간은 인체다. 인체가 위상구조체를 이루고 있으며 그에 따라 인체를 해명하는 데 있어서 위상학의 개념이 적용될 것이라는 점이다. 물론 크기와 길이, 체적 등의 양적 개념을 제거하고 특이점들의 연속과 연결에 의해 이루어진 위상(位相)의 구조체로서 인식될 수 있는 대상은 공간을 점유하고 있는 모든 물체가 된다. 그런 점에서 인간의 신체 역시 당연히 특정한 범주에 놓인 점들의 위치와 형상을 통해 위상학적 성격이 규명될 수 있는 대상이다. 가령 이목구비의 위치와 형상이라든가 팔다리의 위치 등을 통해 위상구조체로서의 인체의 특성을 말할 수 있으며, 이러한 외적 범주가 아닌 해부학적 범주에 착목하여 오장육부 등 장기의 위치와 형상에 대해서도 위상학을 적용하여 논의할 수 있을 것이다.

그러나 위상시학에서 다루고자 하는 인체는 양자 운동이 유효하게 일어나는 범주, 미시적인 까닭에 눈에 보이지 않지만 질량과 에너지로 인해 공간의 함몰이 일어나고 그에 따라 흡수된 시간과 정보에 의해 중력장을 가속화시키며, 또한 증가하는 에너지양으로 차원이 상승하여 말리고 주름지고 응축된 초끈의 기괴한 위상구조체가 형성되는 범주, 신비하지만 두려운 블랙홀을 안고 있는 우주와도 그 구조가 일치하는 범주의 그것이다. 그것은 해부를 통해서도 보이지 않지만 필경 인체에 징후로 나타나 존재를 확인케 하는 범주로서, 이는 마치 홀로그램이 3차원의 영상과 2차원의 물체 사이의 차원의 가감을 원리로 하여 작동하는 것처럼 인체의 4차원 이상의 고차원의 정보가 3차원의 인체에 투영됨에 따라 징후를 나타내는 범주와 관련된다. 예컨대 특정 장기에 대한 정밀한 검사를 통해서도 이상이 발견되지 않지만 환자가 병증을 호소할 때 병원에서는 흔히 그것을 신경성으로 치부하는 경우가 많다. 그때 의사는 대증적 처방으로 임시방편적으로 증상에 대한 불편함을 해소시키고자 할 뿐 그 이상의 근본적인 처방을 내려주진 못한다. 그러나 이러한 신경성 질병의 경우 대부분은 아주 정밀한 장비로도 확인되지 않는 미시적인 차원에서 병증이 경향적으로 진행되어 가고 있을 가능성이 크다. 즉 신경성 질병은 그저 심리적 요인에 의한 증상이 아니라 미시적 차원에서 실재하는 물리적 요인에 의한 증상일 수 있다는 것이다. 뿐만 아니라 환자가 고통을 호소하는 신체의 지점이라고 해서 그것이 반드시 질병이 진행되고 있는 지점이라고 단정지을 수도 없다. 환자에게 질병은 비단 고통을 호소하는 지점에서 진행되는 것이 아니라 그와 전혀 상관없을 듯한 엉뚱한 지점에서 진행되는 경우도 배제할 수 없다. 가령 신체의 고통과 이상은 팔다리나 감각기관에서 감지되지만 실제 문제는 오장육부의 장기에 있는 경우가 그것인데, 이러한 상황에서도 오장육부에서 가시적인 질환이나 병증을 발견하지 못하는 경우가 있는 것이다.

이는 현재의 의학이 눈에 보이는 상태를 판단의 근거로 함으로써 야기할 수 있는 병폐 및 한계와도 관련된다. 우리는 아무리 정밀한 기계로 진단해도 판별되지 않지만 고통은 여러 지점에서 다발적으로 지각되고 이미 병은 자연회복력을 통해 치유되기 힘들 정도로 진행되고 있는 경우를 드물지 않게 접하게 되는데, 이러한 현상은 눈에 보이지 않지만 실재하는 고차원인 미시적 차원에서 이미 병적 상태가 진행되고 있는데도 현상적으로는 질병의 성격을 뚜렷이 이해할 수 없는 경우에 해당한다. 이러한 경우는 인체를 눈에 보이고 측정할 수 있는 차원의 실체로 보는 대신 위상학이 상정하는 것처럼 너무 미시적이어서 판별이 불가능한 고차원의 지대가 인체에 있어 이곳에서 현상에 대한 원인이 전개되고 있다고 간주하는 것이 합리적일 수 있다. 말하자면 인체는 3차원의 감각적 실체로서 존재하지만 그 속에 에너지 장(場)을 품고 있다고 가정할 수 있으며 이 에너지 장은 4차원 이상의 고차원의 지대에서 안정적으로 존재하는 것이 아니라 인체의 균형에 균열을 일으키면서 작용하고 있다고 말할 수 있는 것이다.

이러한 현상은 인체의 에너지 장 자체가 사건이 되는 형국이라 일컬을 수 있을 것으로서, 이때의 에너지장은 모든 에너지장이 그러하듯 인체에 작용하는 중력장에 의존하되 그 영향력이 심화되어, 위상학의 관점에서 볼 때 시공(時空) 상의 특수성을 띠고 나타나는 경우라 할 수 있다. 아인슈타인의 일반 상대성이론에 따라 질량을 지닌 모든 물체가 공간상의 굴곡에 따른 에너지장을 띠는 것처럼 인체 역시 그러할 텐데, 이러한 에너지장은 인체의 내부, 즉 눈에 보이지 않는 미시 차원에서도 역시 동일하게 작용할 것이라는 점이다. 정밀한 도구로써도 인식이 불가능하지만 소립자의 형태로 실재하는 미시 차원에서도 거시적 현상과 동일하게 질량과 중력이 작용하고 그에 따라 에너지 장이 형성되며, 또 그것이 공간의 굴곡을 야기하고 시공상의 고유한 위상구조체를 이루게 될 것이라는 논리는 인체라고 해서 예외일 수가 없다. 즉 인체 역시 중력의 영향 하에 있다는 점에서 공간의 굴곡이 이루어지고 이에 따라 특수한 에너지장을 띠게 될 것이라는 관점이다.[30]

이처럼 인체 속에는 눈에 보이지 않는 미시 차원의 에너지장이 존재하고 있으며 그 안에는 중력에 의한 '텅 빈 공간'과 함께 소립자인 양자들이 요동치면서 끊임없는 운동 과정과 역학이 이루어지고 있다. 이는 양자의 역학이 인체 내부의 에너지장 속에서 전개된다는 것을 의미하는 것으로, 이에 따라 인체 역시 우주와 마찬가지로 시공의 상대성 및 그것의 특수성이 야기하는 특정한 위상구조체를 형성하게 될 것이라는 점을 추론할 수 있다. 과학자들이 입증한 우주의 원리인 중력장에 의한 공간의 함몰과 그에 따른 에너지장의 형성, 그리고 시간의 진행에 따른 양자의 운동 및 그로 인한 초끈의 기괴한 구조체의

30 이러한 관점은 단지 가설일 수도 있지만, 아인슈타인이 보이지 않는 공간의 굴곡과 함몰 양상을 그 지대를 관통하는 시간의 속도를 통해서 판별했던 것처럼 인체 내의 에너지의 흐름의 양상을 통해 인체의 공간 구조를 판별해낼 수 있을 것이다. 이는 인체의 위상학적 구조가 판별이 용이하지 않되 판별 불가능한 것이 아니라는 사실을 말해준다. 또한 아인슈타인의 상대성이론은 핵에너지에만 적용될 수 있는 것이 아니라 우리의 일상생활 및 모든 현상에 적용할 수 있는 보편적 에너지 이론이며 그의 중력이론 역시 우주의 초거시세계에만 적용되는 것이 아니라 중력장이 흐르는 모든 영역에 해당되는 것인 만큼 인체 또한 이들 현대물리학의 개념으로 이해하는 것은 타당한 일이다.

형성 등은 인체에서도 고스란히 적용될 수 있게 된다. 다시 말해 우주 에너지장에서 벌어지는 양자의 역학이 인체 내부에서도 그대로 펼쳐질 수 있다는 것이다.

인체에 관한 이러한 관점은 인체 내부에 있어서도 시공의 특수한 양상인 블랙홀의 존재를 상정하게 한다. 과도한 중력의 작용으로 과도한 밀도와 에너지를 형성하는 블랙홀이 우주의 균일성 가운데 강력한 암흑에너지를 발휘하고 있는 것처럼 인체 가운데에서 균일성 가운데 특수한 시공성의 지대가 존재할 수 있다는 것이다. 우주의 균일하고 편평한 공간 내에서 모든 물질과 에너지를 빨아들이고 빛마저 흡수하는 블랙홀이 우주의 공간 구조를 왜곡시키듯이 인체 내부에도 균일성이 깨지고 인체 공간의 구조가 왜곡되는 지점이 발생할 수 있다. 인체의 내부 가운데에는 특히 밀도가 심화되어 공간의 균일성을 파괴하는 특수한 지점이 있을 수 있다는 것이다. 이러한 지점이 있을 때 인체의 구조는 균형을 잃고 왜곡된 형태를 지니게 될 것이다. 이는 곧 인체 에너지장의 특이 양상이라 할 수 있다.

인체 내부에 존재할 블랙홀은 우주 여행시 우주의 블랙홀이 공포의 대상이 되는 것처럼 두려움의 대상이 될 수 있다. 공간 구조상 비균일성과 강력한 암흑에너지를 띠는 블랙홀은 인체에서도 인체에 균열을 발생시키고 인체의 균형을 파괴할 것이기 때문에 그러하다. 더욱이 균형을 깨뜨리는 이 지점이 해소되지 않을 경우 그러한 불균형의 상태는 더욱 가속화되고 심화될 것이기에 인체 내의 이와 같은 지점은 두려워해야 하는 것이 아닐 수 없다. 중력장의 영향에 의해 생긴 만큼 생득적이라고도 할 수 있는 그곳은 인체 내 공간적 특수성으로 인한 강한 에너지장을 띠는 지점으로 작용하므로 인간의 삶 속에서 겪게 되는 모든 에너지의 입출입에 영향을 받게 되는 취약한 지대가 된다. 병증의 출발이 되는 지점도 바로 여기가 된다고 할 수 있다. 말하자면 인체는 그 구조상 전적으로 균일하지 않는 한 병증의 지점을 내포하고 있다고 할 수 있는바, 그것을 인체에 있어서의 블랙홀이라 말할 수 있다. 일상 가운데에서 모든 에너지 출입의 가장 일차적이고 직접적인 영향 아래 있으므로, 그곳은 가장 민감하고 취약한 지점이며 때로 신경증을 유발하듯 신경이 예민하게 집중되는 지점이기도 하다. 일상생활 중 스트레스에 대해 가장 먼저 반응을 보이는 부분도 바로 여기라 할 수 있다. 이러한 사실들은 이 지점이 인체 내에서 가장 강한 에너지장을 띠고 있음을 나타낸다.

이처럼 에너지장을 띠면서 공간상의 특수성을 드러내는 인체는 한마디로 특유의 위상구조체를 이루고 있다고 할 수 있다. 그런데 여기에서 말하는 위상구조체는 가시적으로 나타나는 현상들을 왜곡된 정보 그대로 받아들이게 하는 대신 보다 근원적 차원과 관련한 정보를 제공하여 현상에 대한 원인을 더 정확하게 파악하도록 하는 범주의 것을 가리킨다. 저차원은 고차원의 결과이자 하위차원은 상위차원의 그림자에 해당한다는 점에서 인체 현상에 관한 근본적 이해를 위해 우리가 관심을 두게 되는 위상구조체는 4차원 이상의 고차원적 범주의 그것이다.[31] 또한 그것은 고차원 지대의 공간 구조를 가리키고 있다는 점에서 양자의 운동과 역학을 포함하는 미시 에너지장에 해당한

31 기하학에서는 실재하는 상위차원의 물체를 하위차원에 재현하는 것을 사영(射影)이라 한다. 사영은 차원이 높은 원래 대상으로부터 정보를 삭감하여 투사한다. 3차원의 물체가 2차원의 벽에 그림자로 현상하는 것이라든지 X선 촬영, 홀로그램 등이 사영의 예에 해당한다. 리사 랜들, 『숨겨진 우주』, 김연중 · 이민재 역, 사이언스 클래식, 2008, pp.52-58; 김윤정, 「시적 발생의 미시공간적 특질: 운동주론」, 『한국현대시와 구원의 담론』, 박문사, 2010, p.95. 1장의 각주 16 재인용.

다. 여기에는 양자역학이 사실상 모든 물질의 작용에 관한 근본적 원리를 나타내는 것처럼 인체 또한 그러한 원리로부터 자유로울 수 없다는 전제가 놓여 있으며, 이 점에서 인체를 이해하는 일 역시 인체 내부의 양자역학을 고려할 때 가능해진다는 사실을 짐작할 수 있다. 즉 인체의 고차원 지대에서 전개되는 양자역학이야말로 진정으로 인체의 질병을 알 수 있게 하는 근본적 정보에 해당한다는 것이다. 인체에 관한 고차원의 정보를 담고 있는 인체 내 양자의 역학은 눈에 보이는 3차원에서 벌어질 병의 예후를 짐작할 수 있게 하며, 3차원에서 나타나는 인체의 현상들은 고차원의 인체 구조에 대한 정보를 짐작하게 하는 징후들이다. 이와 같이 인체에 나타나는 징후적 현상에 대한 근본적이고 구조적인 원인을 제시해준다는 점에서 인체의 위상구조체에 대한 형상적 인식이야말로 인체와 관련한 매우 중요한 정보가 된다는 것을 알 수 있다.

양자역학이 지배하는 위상구조체의 측면에서 볼 때, 인체는 에너지장에서의 에너지 출입이라는 사건의 진행과 함께 양자의 쏠림을 겪게 되는데, 이때 양자의 쏠림이 어느 방향으로 전개될 것인지는 양자 운동이 그러하듯 불확정적이다. 하지만 그러한 양자의 불확정성 가운데에서도 최소한도의 예측 가능한 부분이 있는데 그것은 여분 차원이라 할 수 있는 비어 있는 공간이 제공하는 차원 전개의 방향성이다. 결코 멈추지 않는 양자의 운동은 그의 이동의 방향을 공간의 비어있는 차원을 향해 결정할 것으로, 이때 인체에서 비어있는 여분 차원이란 체질상 취약한 부분이 될 것이다. 인체 가운데 취약하여 여타의 힘에 쉽게 노출될 수 있는 지점은 양자의 쏠림을 흡수하고 진공 에너지의 영향력 하에 놓이기 쉽게 마련이다. 인체 내에서 양자는 비어 있는 공간인 여분 차원을 향해 자신의 운동력을 지속해갈 것이며, 이렇게 하여 진행되는 양자의 쏠림은 공간의 함몰을 심화시키고 진행의 길이를 연장하면서 인체 내에 특유의 위상구조체를 구축해가게 된다.

중단 없이 운동하며 이동의 길이를 연장해가는 양자는 막다른 지점에 이르러서는, 좁은 빈 공간 속에서 띠가 그러한 것처럼 돌돌 말리기도 하고 나선처럼 휘돌기도 하고 접히기도 하고 응축되기도 하면서 특이점들을 형성해간다. 띠처럼 진행되는 양자들의 이동 양상은 이처럼 정지 없이 심화되어 이루어지지만 그렇다고 그것의 방향이 한 방향으로만 전개되는 것 또한 아니다. 양자의 이동은 인체의 취약한 지점, 비어 있는 공간이면 어디로든지 향하면서 동시다발적으로 그 운동을 전개한다는 특징을 지닌다. 이같은 양자의 운동에 따라 위상구조체는 여러 군데에 걸친 다발성의 특이점을 형성하게 된다. 특이점은 블랙홀 가운데 가장 깊은 곳을 일컫는 것으로, 이런 방식을 통해 형성된 특이점은 인체의 여러 군데에 위치하면서 인체를 블랙홀의 다발로 만들어가게 된다. 그리고 특이점에 이르러 꼬이고 접히고 엉기는 등의 기괴한 형상을 띠는 양자들은 이곳에 유통되는 에너지의 흐름을 차단함으로써 통증과 병증을 일으키는 지대를 이루게 된다. 이와 같은 에너지장의 전체적 구조, 즉 양자의 이동에 의한 특이점들의 형성과 그것이 일으키는 양자의 쏠림, 그리고 그것이 이루는 초끈의 형태가 곧 위상구조체의 형상에 해당한다. 이로써 인체 내의 위상구조체는 인체의 병증과 예후를, 병증의 원인과 결과를 판단하게 하는 근원적인 정보가 된다는 것을 알 수 있다.

이처럼 위상시학에서 대상으로 하게 되는 공간은 인체다. 더 정확히 말해서 양자의 운동이 일으키는 에너지장으로서의 인체이자 위상

구조체로서의 인체가 위상시학에서 근거로 삼고자 하는 기반이다. 위상시학은 위상구조로서의 인체를 대상으로 하는 시학의 마련을 목적으로 한다. 이때의 시학은 인체라는 대상과 만나면서 시가 인체의 에너지장에 어떻게 관여하는지 그 역할을 문제 삼게 된다. 즉 위상시학은 시가 인체라는 에너지장에 작용하면서 인체의 위상구조를 어떻게 변화시킬 수 있는가를 질문하게 된다는 것이다. 시는 에너지 출입이 일어나고 있는 인체에 작용함으로써 어떤 반응을 일으킬 수 있을까? 시는 인체 에너지장에 좋은 영향을 미칠까 혹은 악영향을 미칠까? 나아가 시는 인체의 위상구조체를 변화시킬 수 있을까? 그 변화가 인체의 건강에 이바지하게 될까 혹은 건강에 해악을 끼치게 될까? 시는 인체의 위상구조체를 보다 안정되고 균형된 상태, 인체의 공간을 균일하고 편평한 방향으로 이끌어갈 수 있을까? 그러한 좋은 시는 인체의 건강 상태를 호전시킬 수 있게 될까? 이러한 질문들이 위상시학에서 제기하는 질문들이고 이러한 질문들을 해결함으로써 인체의 건강에 기여하고자 하는 것이 위상시학의 목표에 해당한다. 그런 점에서 위상시학은 인체 치료를 추구하는 시 치료학이 될 것이다.

양자역학의 불확정성을 받아들이려 하지 않았던 아인슈타인은 대신 에너지장에 영향을 미치는 4가지 힘으로서 중력과 자기장, 강한 핵력과 약한 핵력을 들었고 이들 사이의 통일된 원리를 밝혀내고자 하였다. 통일장 이론이 그것이다. 아인슈타인은 이를 확립하지 못하고 생을 마쳤으나 그가 꿈꾸었던 통일장이론은 여러 힘들의 작용으로 에너지장이 어떻게 변화 생성될 것인가를 판단하고 예측하게 하는 계기를 제공하였다. 에너지장인 인체 역시 생의 모든 국면 속에서 관계를 맺고 사건을 경험하며 에너지의 출입을 겪는다. 인체 에너지장은 이러한 종합적 조건 속에서 존립하고 있으며 이 가운데 인체에 유용한 에너지가 있는가 하면 해악이 되는 에너지가 있게 된다. 유용한 에너지는 인체의 생명력을 증가시킬 것이지만 해악이 되는 에너지는 인체의 생명력을 저해하고 약화시킬 것이다. 즉 좋은 에너지는 인체의 위상구조를 변화시켜 인체 공간을 균일한 상태로 이끌 것이나 나쁜 에너지는 인체의 위상구조를 더욱 복잡하고 뒤엉기게 할 것이며 인체의 병증을 심화시킬 것이다. 인체 에너지장에 해악을 끼치는 나쁜 에너지는 인체 공간의 굴곡을 더욱 심화시킴으로써 암흑에너지를 증가시키고 양자 운동의 다발적 진행을 통한 특이점의 복잡화를 유도하여 인체를 기이하고 무거운 공간 속에 가두게 될 것이다. 이러한 공간 구조가 인체를 점령해갈수록 인체의 에너지 흐름은 저해당할 것이며 인체는 점차적으로 활력을 상실하게 될 것이다.

인체의 위상구조에 영향을 미치는 여러 요소들 가운데 가장 큰 요인 중 하나는 시간이다. 시간은 양자 운동의 진행 길이와 동등한 값을 갖는 것으로 오랜 시간의 경과는 위상구조의 경향성을 점진적으로 심화시키는 단적인 요소가 된다. 즉 특별한 외적 요인이 가해지지 않는 한 시간과 위상구조의 경향성은 절대적으로 비례한다. 이러한 인체의 위상구조를 결정짓는 시간이 일 개체로서의 인체로부터 비롯된 것인지 아니면 전대의 부모로부터 혹은 그 전대의 부모의 부모로부터 유전을 통해 이어진 것인지는 알 수 없다. 여기에서 제시할 수 있는 가설은 한 개체의 위상구조는 유전자를 통해 후대로 전승될 수 있을 것이라는 점이다. 유전은 인체 위상구조의 시간성을 더욱 오랜 기간 축적된 것으로 유도할 수 있다. 요컨대 시간은 위상구조체를 형성하는 결정적인 요인이자 인체의 위상구조를 변화시키는 데 있어서도 가장 절대적이고 곤란한 조건인 것이다.

하지만 위상구조체를 결정짓는 요인에는 시간 외에도 출입하는 에너지의 성질도 있을 수 있다. 에너지의 성질상 그것이 좋은가 그렇지 않은가는 인체 에너지장을 이끌어가는 데 빼놓을 수 없는 중요한 요소로서 작용한다. 즉 좋은 에너지는 당연하게도 인체의 건강을 유지하는 데 매우 핵심적 조건이 된다. 어떤 에너지가 좋은 것이고 나쁜 것이며, 어떤 에너지가 자신의 인체 에너지장에 좋은 영향을 미치고 나쁜 영향을 미칠 것인가에 대한 분별력을 가지게 된다면 인간은 자신을 지킬 수 있는 열쇠를 지니고 있는 것이나 다름없다. 에너지에 대한 분별은 인체를 훨씬 더 오래도록 건강하게 유지시킬 수 있는 요건이 될 것이다. 인간이 경험하는 환경 가운데 대체적으로 좋은 인간관계는 좋은 에너지 교류를 일으킴으로써 인체에 좋은 영향을 미칠 것임은 물론이다. 반면 나쁜 인간관계는 인체에 긴장과 스트레스를 높이는 나쁜 에너지 교류를 유도할 것이다. 마찬가지로 사랑과 우정, 평화와 관용 등을 나타내는 좋은 말은 좋은 에너지로 작용할 것인 반면 미움과 시기, 성냄과 위선 등을 품고 있는 말이 나쁜 에너지가 될 것이라는 점 역시 분명하다. 여기에서 인간관계에서 비롯되는 이들 에너지의 성질이 결국 인간의 마음과 밀접하게 관련되어 있다는 점도 쉽게 짐작할 수 있다. 이는 인체 에너지장의 보존을 위해 개체가 어떤 환경에 노출되는 것이 바람직한 것인지에 대한 명확한 관점을 제공하는 대목이다. 그런데 인체가 경험하는 에너지들 가운데에는 절대적으로 좋은 것과 절대적으로 나쁜 것은 분명하게 구별할 수 있지만, 특정 개체에게 있어 특별히 요구되는 것과 거부되어야 할 것, 특정 개체가 집중적으로 수용해야 하는 것과 결단코 차단해야 하는 것과 같은 특수하고 상대적인 에너지는 생각만큼 쉽게 분별하기가 힘들다. 에너지의 작용은 모두 개별적이고, 인체의 개체적 구조들은 저마다 특수하고도 상대적이기 때문이다.

에너지장으로서의 인체와의 관련 하에 도출하고자 하는 위상시학은 시가 품고 있는 에너지적 성질을 판별하고 그것이 인체에 미치는 작용에 관해 탐구하는 것을 내용으로 한다. 주로 감정을 바탕으로 쓰여진 까닭에 인간의 정서에 반응하는 시는 인간의 감정과 의식을 변화시킬 만큼의 강한 에너지를 띤다. 더욱이 시는 언어로 되어 있어 설사 눈으로 읽는다 해도 읽는 즉시 청각적 기호로 변환되어 인체에 영향을 미치게 된다. 이는 시가 여러 측면에서 에너지를 일으킬 수 있는 요소를 지니고 있음을 말해준다. 시는 그 자체로 특정 성질을 지닌 에너지가 되는 것이다.

이러한 사실은 시를 창작하고 수용하는 데 있어서 에너지의 성질과 관련한 분별의 필요성이 있음을 말해준다. 시는 절대적으로 좋은 것도 절대적으로 나쁜 것도 아니며, 특정 시가 나에게 필요한 것인지 그렇지 않은지도 단정 지을 수 없다. 시가 자신에게 유용한 것인지를 묻는 이러한 측면의 분별은 일차적으로 인체와 관련되어 이루어져야 할 것이다. 이때 시가 자신의 신체에 있어 불가결한 요소를 지니고 있을 때 그것은 보다 적극적으로 체험되어야 한다. 시는 단지 여기(餘技)로서 존재하는 것이 아니라 인체의 건강을 증진시키고 생명성을 고양시키는 한에서 향유되어야 한다. 시는 그저 문화의 끝자락에서 자기만족을 위해 유통되는 것이 아니라 인체의 질병을 치유하고 생명을 연장시키는 기능적 매체로서 존립하는 것이다. 요컨대 시는 그 자체 에너지로서 인체 에너지장에 작용, 그것을 양질의 구조로 변화시키는 요인으로 존재해야 한다는 것이다.

위상시학이 시와 관련하여 이같은 관점에 놓여 있기 때문에 위상시학은 치료의 시학이 될 것이다. 위상시학에서 바라보는 시는 인체의 위상구조를 변화시키는 기능적인 에너지에 해당한다. 물론 이때의 위상구조의 변화는 인체의 건강 증진을 꾀하는 그것이다. 위상시학은 시가 인체의 병증을 개선하는 데 도움을 주어야 한다는 관점을 전제하고 이를 위한 시적 방법을 논의하고자 하는 시학이다. 이점에서 위상시학은 시를 통해 치료를 꾀하는 문학치료학의 일종이라 할 수 있다. 그런데 위상시학에서 추구하는 치료는 기존의 문학치료학이 시를 통한 심리적이고 정서적인 체험에 주력하고 있다는 점에 비해 보다 복합적이고 총체적이며 근원적인 치료를 꾀한다. 위상시학은 몸과 마음이 분리되지 않는다는 대전제 아래 마음의 치유를 통해 몸을 치료하고 또한 몸의 치료를 통해 마음을 치유한다는 유기적인 관점을 취한다. 위상시학은 시의 정서적 성질이 정신적 측면에 그치는 것이 아니라 인체의 변화에도 영향을 미치게 되며, 시의 물리적 성질이 인체에 작용함에 따라 몸을 치료하고 나아가 정신의 변화 또한 이끌어낼 것이라는 입장을 보여준다. 몸과 마음, 육체와 정신 양측면의 동시적 치료, 이것이야말로 위상시학이 견지하는 치료의 고유한 개념이며 위상시학이 지향하는 바다.

2

인체와 위상 공간

1) 인체의 위상 구조

수학자 리스팅[1]은 위상학의 개념을 설명하면서 다면체의 위상학적 특성뿐 아니라 얽힘 관계를 연구하였으며 이러한 위상학의 사례로 신체를 제시한 바 있다. 그는 좌우가 뒤바뀐 생물학적 신체가 있어 그 속을 피가 돌아다닌다면 어떻게 될까 하고 질문하였다. 오로지 부분들의 상호관계에 주목함으로써 구조체의 순수공간으로서의 상호연관법칙을 고찰하고자 하였던 리스팅에게 신체 역시 이러한 범위에서 벗어나 있지 않았다. 위상학적 개념을 신체에 적용함으로써 그는 '좌우가 뒤틀린' 신체의 위상동형을 떠올릴 수 있었다.[2] 리스팅에 의해 두드러지게 다양한 위상학적 형태들이 신체 영역에서 도입되었던 것이다.

리스팅이 위상학의 개념을 신체에 적용한 것의 유의미성에도 불구하고 그가 제시한 신체의 차원은 3차원의 영역 내에 국한된다는 한계를 드러낸다. 그가 상상하는 '좌우 뒤바뀐' 기괴한 형상의 신체는 우리가 점유하고 인식할 수 있는 3차원적 공간의 신체에 해당한다. 그에

1 Johann Benedict Listing(1808-1882), 독일의 수학자. 1858년 뫼비우스와 독자적이면서도 동시에 '처음도 끝도 없는 곡면'인 뫼비우스 띠 발견함.

2 슈테판 귄첼, 앞의 책, pp.254-258.

따라 우리는 리스팅이 제시한 신체가 위상학의 예에는 해당할지언정 지극히 특수하고 예외적인, 혹은 돌연변이에 속할 만큼 드물고 비현실적이며 가상적인 구조체일 뿐이라고 여기게 된다.

그러나 3차원이 아닌 4차원의 영역, 나아가 11차원의 영역까지도 고려하여 신체의 위상 구조를 바라보았을 경우 사태는 아주 달라진다. 즉 고위 차원들 속에서 인체를 바라볼 경우 인체는 장애인이나 돌연변이처럼 외적 형태상 기괴하게 뒤틀어져 있지 않더라도 리스팅이 말하였던 '좌우 뒤틀린' 구조, 위아래가 붙어 있는 구조가 존재할 수 있게 된다. 4차원에서 11차원에 이르는 위상학적 구조체의 측면에서 보았을 때 인체의 구조는 단순히 좌우, 상하의 반전에 그치는 것이 아닌 그 이상의 뒤틀리고 왜곡된 형태가 예사롭게 나타날 수 있다. 고차원의 인체 구조는 인간이 나타내고 있는 머리와 몸통과 팔다리, 얼굴의 이목구비 등의 구상적 형태를 벗어나 순전히 점과 선, 면들의 위치만으로 추상될 수 있는 형태를 띠게 되는데, 이러한 인체의 고차원의 위상구조체에서는 머리가 다리에 접착되어 바닥으로 침하되어 있을 수 있으며 목과 허리가 붙어 교착된 상태에 있을 수 있고 무릎과 귀가 지남철처럼 달라붙어 있을 수도 있다.[3] 몸통이 뒤틀려 뒤와 앞이 돌아가 있는 경우도 있고 머리의 뒷면이 바닥에 밀착되어 있는 경우도 발생한다. 특정 장기는 몸통 안에 정상적으로 자리 잡고 있는 대신 등을 지나쳐 그 이상 뒤로 밀려나 있을 수 있으며 심장과 항문이 구분되어 있지 않을 수도 있고 뇌가 복부를 차지하고 있을 수도 있다. 이러한 기괴한 형상은 인간의 외적 형상을 바라볼 때 결코 상상할 수 없는

---

3 그러나 이와 같은 교착은 3차원적 표현일 뿐 실제로는 인체의 고차원에서 차원을 달리한 채 분리되어 있다.

모습이지만 이러한 구조체는 인체의 내부를 점유한 채 인체의 근원을 형성하고 있다. 이것이 인체의 고차원에 놓인 위상학적 구조체로서 이러한 상위 차원은 하위 차원인 3차원적 형태에 관여하고 영향을 미친다.

이처럼 4차원 이상의 고위 차원을 상정하여 인체를 바라본다는 것은 물질이 이동하는 여분 차원의 공간을 전제로 하는 것이므로 물질의 미시적 측면을 다룬다는 의미를 지닌다. 그만큼 눈에 보이는 영역을 넘어서 있는 것이고 해부학적 도면에 나타나지 않는 신체의 영역에 해당한다. 물질의 미시적 측면이라는 점에서 이는 양자역학의 개념들이 적용되는 영역이기도 하다. 바로 이러한 영역에서 과학자들이 우주를 대상으로 정의하였던 시공간의 성질들이 그대로 적용될 수 있다. 우주의 시공성에 대한 연구는 양자역학이라는 물질의 미시적 차원에 대한 고찰을 통해 이루어진 것이기 때문이다.

불확정성을 원리로 지니는 양자가 인체 내의 다차원적 미시 공간에서 이동하고 운동하게 됨에 따라 그것은 편평하고 반듯한 기하의 모습을 띠는 것이 아니라 이리저리 굴곡진 곡면의 기괴한 형상을 이루게 된다. 점, 선, 면이 이루는 복잡기괴한 형태는 각 개별 인체에서 개별적 형상과 구조를 지니게 마련이어서 개인들은 제각각 특수한 위상구조체를 형성하고 있다 말할 수 있다. 말하자면 위상구조체는 개별 인체의 가장 고유한 성질일 것이다. 위상학의 관점에서 보면 인체 내에서 시간의 경과가 진행되어 위상구조의 형상이 달라졌을지라도 시간의 전후에 따른 해당 인체의 위상구조는 동형이다. 시간의 흐름에 따라 점의 위치, 선의 길이, 면의 면적 등의 차이를 통해 위상구조체의 형태가 변화하였다 해도 각 특이점들의 순서와 관계는 불변하는 까닭에 동일 신체 내에서 시간상 전후의 구조체는 위상동형이라는 것이다. 시간을 계기로 한 전후의 위상구조체는 달라졌으되 달라지지 않은 것이라 할 수 있다. 즉 개별 신체에서 변화한 위상구조의 형태는 시간에 따른 변화의 함수를 지니고 있을 뿐 위상학적으로 보아 고유한 것이다. 인체의 위상구조가 이처럼 복잡기괴하듯이 우주의 시공성을 다루는 위상학도 이와 동일한 관점을 나타낸다. 예컨대 초끈 이론가들에 의하면 블랙홀은 단순히 화이트홀로 빠져나가는 매끄러운 구조를 취하고 있는 것이 아니라 말리고 응축되고 중첩되고 접힌 기괴한 끈들로 채워져 있다. 상대성이론과 양자역학의 결합으로 탄생된 초끈이론에서 초끈은 양자운동에 의해 형성된 기이한 끈으로서, 초끈이론가들이 제시하는 끈들의 기괴한 형상이야말로 구조체에 대한 위상학적 접근을 요구하는 대목이다. 우주 공간에서 전개되는 초끈의 구조체에 대한 접근 역시 위상학을 통하게 될 때 우주 공간의 구조 및 그에 따른 에너지장의 성질을 이해할 수 있게 될 것이다.

인체가 양자역학을 내면화하고 있는 에너지장의 일종이며 3차원을 넘어선 상위차원의 공간을 점유하고 있다는 관점은 개념화된 적은 없으나 사실상 전혀 새로운 것은 아니다. 그것은 동양의 전통 의학인 한의학의 치료 원리에 닿아 있기 때문이다. 주지하듯이 한의학에서 치료의 중심에 놓이는 것은 기(氣)로서, 여기에서 기란 곧 전자기적 성질을 지닌 인체 내 에너지를 가리킨다. 물체가 전자기적 성질을 지닐 수 있음은 그것이 입자로 구성되어 있다는 점에 기인한다. 입자가 지닌 핵과 전자의 성분은 입자와 입자 사이에 인력과 척력을 통한 전기적 성질을 나타낸다. 현대 과학은 모든 물질의 기본 원리가 이처럼 핵과 전자로 이루어진 입자에 해당함을 보여주고 있거니와, 여기에서 인체도 예외는 아니다. 우주상에 존재하는 모든 물질은 그것이 생명체이든 생명체가 아니든 모두 입자로 이루어져 있는 까닭에 전자기적 성질을 지닌다. 입자가 지닌 전자기적 성질로 인해 모든 물질에서는 양자들의 쏠림 현상인 양자역학이 발생한다.

한의학에서 기는 물질이자 작용이라는 이원적 속성으로 설명된다. 그것은 실체이면서 기능이고 존재이면서 운동이라는 양가적 성질을 나타낸다. 그것은 눈에 보이지 않되 감각되며 해부학적인 대상이 아니면서 생명의 근원이다. 이러한 기가 한의학에서는 인체의 모든 부면에 존재하며 또 부족함 없이 있어야 한다고 말한다. 기는 이들 인체의 모든 부면 속에서 정체된 채 머무는 것이 아니라 항상 승강(乘降)과 출입의 운동을 하게 된다. 한의학에서 말하는 기의 이러한 속성들을 종합할 때 그것은 물리학에서 말하는 양자의 성질과 일치한다. 존재인 동시에 운동하고, 물질이면서 작용태라는 양면성은 양자가 지닌 입자이면서 파동이라는 양가적 성질과 닮아 있다. 분량으로써 운동을 한다는 양자(quantum)의 개념 속에는 이미 미립자의 운동과 작용의 의미를 포함하고 있는바, 이는 양자가 형태로는 입자로 존재하지만 이동 시엔 간섭이나 회절 등의 파동의 성질을 띤다는 것을 나타낸다. 미립자가 지닌 입자와 파동으로서의 양가적 성질에 대한 규정은 과학자들에 의해 빛을 통한 실험을 통해 정립되었으며,[4] 이들 실험은 모든

---

4 입자로서만 알려져 있던 빛이 파동의 성질을 지니고 있다는 사실은 토마스 영(Thomas Young, 1773-1829)의 19세기 초 이중슬릿실험에서 빛이 간섭 현상을 보이는 데서 발견하게 된다. 회절과 간섭은 파동의 고유한 성질이기 때문이다. 그러나 빛은 광자(光子)라 하여 입자의 성질 또한 지니는 것이 사실이다. 막스 프랑크(1858-1947)와 아인슈타인(Albert Einstein, 1879-1955)은 빛이 입자로 되어 있다는 발견으로 1918년과 1921년에 각각 노벨상을 탔다. 이처럼 빛의 양가적 성질을 파악함으로써 양자역학이 시작되었다고 할 수 있다(오구리 히로시, 앞의 책, p.156). 이후 1927년 전자의 입자와 파동의

물질의 기본이 원자로 이루어져 있으므로 모든 물질은 입자와 파동의 양면성을 존재 조건으로 하며 따라서 양자역학에 지배받는다는 사실을 보여주었다. 그것이 살아있는 생물체이건 그렇지 않건 간에 모든 물질이 고유의 파동을 가지고 있다는 말도 이와 관련된다. 인체도 예외가 아닌 것으로, 한의학이 기를 중심으로 의학을 세웠다는 점은 한의학이 명시적이고 개념적으로는 정립한 바가 없지만 사실상 양자역학을 기반으로 하고 있음을 말해주는 대목이다.

한의학을 양자역학의 관점으로 이해할 때 한의학에서 말하는 기의 성질은 보다 선명하고 확연하게 이해된다. 양자역학을 적용할 때 기는 왜 눈에 보이지 않으면서도 실재하는 것으로 여겨지는지, 기가 물질이면서 에너지가 되는 까닭이 무엇인지, 그것이 장기를 비롯한 인체의 모든 부면에서 왜 입출입을 하게 되는지 알 수 있게 되는 것이다. 기왕에 불교와 도교, 유교 등의 대부분의 동양철학에서는 기(氣)를 인체를 포함한 우주 전체에 가득 차 있는 우주 에너지이자 만물의 근원이라고 여겼거니와, 이들 동양철학에서 추구하였던 인간과 환경, 인간과 하늘과 땅 사이의 조화로운 관계는 결국 인간과 우주를 채우고 있는 에너지들의 공존과 순환을 가리켰던 것이라 할 수 있다. 이러한 동양철학의 우주론이 근대서양의 관점으로는 단지 동양적 정신주의이자 형이상학적 철학으로서만 간주되었지만 사실상 기란 문자 그대로 만물의 근원이자 우주의 에너지에 해당되는 까닭에 동양의 우주론은 단순한 정신주의에 그치는 것이 아니라 세계에 대한 물리학적 관점을 나타내는 것이라 해도 틀리지 않다. 그 존재양식과 운동의 성

양가적 성질이 발견되면서 모든 물질이 근원적으로 양자(量子)적 성질을 지니고 있음이 밝혀졌다.

질이 양자와 일치한다는 점에서 기는 모든 물질의 근본 원리가 되고 전체 우주에 미만한 에너지에 해당한다. 소우주라 일컬어지는 인체는 우주의 일부로서 기와 관련한 이러한 성질을 우주와 동일하게 공유한다. 눈에 보이지 않는다 하여 흔히 비과학이자 심지어 미신으로 간주되는 한의학과 동양철학은 실상은 그 철학적 기반에 미립자에 대한 이해를 포함하고 있다는 점에서 오히려 깊이 있는 혜안과 차원 높은 통찰력을 내포하고 있는 것이라 할 수 있다.

기(氣)를 운영의 중심 원리로서 내포하고 있는 인체는, 한의학에서 그것을 건강의 기준으로 제시하고 있듯, 기의 순환에 의해 그 생명성이 보장된다. 한의학에서 제시하는 건강의 기준은, 서양의학에서 병의 유무에 의해 건강 여부가 가름되는 것과 달리, 기 순환의 원활성에 있다. 이는 서양의학이 건강의 개념을 인체 현상의 결과에 두고 있는 데 비해 동양의학은 인체 현상의 원인에 근거하여 건강을 보고자 함을 말해주는 것으로서, 한의학이 나타내는 인체에 대한 근본성을 입증하는 대목이 된다. 병은 결코 돌발적으로 발생하는 것이 아니라 기 흐름의 결과에 따른 것이라는 점에서 인체 건강을 바라보는 관점이 서양의학보다 동양의학이 보다 근원적이라는 것이다. 한의학에서 주장하듯 기 순환이 잘 이루어지는 인체는 인체의 각 부면에 기가 충만하게 되어 오장육부가 모두 튼튼하고 내실있는 신체가 되는 반면 기 순환이 잘 이루어지지 않는 인체는 각 부면에 에너지가 부족하고 오장육부가 튼실하지 못하여 인체의 각 부분이 연쇄적으로 쇠약해질 우려가 있다. 또한 기 순환이 잘 이루어지는 인체는 외부로부터의 부정적 요소에 대항하여 스스로 병증을 물리쳐내고 안정된 개체를 유지하게 되지만 기 순환이 원활하지 못한 인체는 외적 요건에 압도당한 채 이를 떨쳐내는 힘이

약하게 되어 스스로를 지켜낼 수조차 없게 된다. 이는 인체에 있어 기 순환이 얼마나 중요한지 말해주는바, 인체를 이해할 때 양자역학을 적용하는 것이 필수불가결하다는 점을 깨닫게 한다.

하지만 양자역학의 관점에서 바라본 인체는 대체로 그다지 낙관적인 모습을 하고 있지 않다. 외관상 드러나는 3차원의 범주에서 보았을 때 이렇다 할 병이 없고 오장육부 모두 문제를 보이고 있지 않은 경우라 하더라도 고차원의 범주에서의 공간상 구조가 기의 흐름에 용이하지 않을 수 있다. 고차원의 범주에서 나타나는 기 흐름을 저해하는 공간상 구조란 문제적인 위상구조의 형태를 가리키는 것으로, 그것은 편평함과 균일성이 파괴된 상태에 해당한다. 고차원적 범주에서의 함몰과 응집 등의 공간상의 왜곡은 인체에서의 에너지 흐름을 가로막는 요인이 되어 인체의 전반적 운영체제에 불균형을 일으킨다. 외관상으로는 별 문제가 없다 하더라도 미시적 차원에서 확인되는 위상구조상의 균열은 향후 병증의 출현을 예고한다. 이는 아직 외적으로 현상하지 않았으되 내부적으로는 병증의 가능성이 진행되고 있는 상태에 해당하는 것으로, 이러한 진행의 경향성을 사전에 차단할 경우 병증의 출현은 막을 수 있지만 이를 그대로 방치한다면 고차원에서 심화된 원인 상태는 기어이 예고된 증상으로 결과하게 될 것이다. 이점에서 인체를 위상학적 관점에서 바라보면 병의 예후를 짐작할 수 있게 되며 미래에 닥칠 병을 미리 예방하는 방편을 얻게 될 것임을 알 수 있다. 이러한 원리는 기의 순환 여부를 건강의 기준으로 삼는 한의학이 예방 의학이라 일컬어질 수 있는 이유에 대해서도 해명할 수 있게 해준다. 결과적으로 나타난 병으로써가 아니라 기 순환을 근거로 하여 건강의 척도를 가늠하는 한의학은 인체 에너지장을 정상화시키는 데 치료의 초점을 맞춤으로써 병이 현상할 요인을 원천적으로 제거하는 의학인 것이다.

인체 내에서 4차원 이상의 미시차원으로 진입하였을 때 직면하게 되는 것은 인체 역시 시공간의 상대성 원리에 지배를 받는 존재라는 사실이다. 그것은 인체가 중력장 안에 놓임에 따라 불가피하게 젊어져야 하는 조건과 관련되는 것으로, 중력의 영향 하에 놓이는 시공간은 평면성과 균질성을 상실하고 공간의 함몰과 시간의 휘어짐을 겪게 된다. 이때 인체의 내부엔 이러한 시공성으로 인한 굴절과 왜곡이 발생하는 동시에 이에 지배되는 양자 효과들이 고스란히 나타나게 된다. 인체 내부의 공간의 굴곡은 개개인마다 차별된 채 거의 생득적으로 지니는 것이라 할 수 있는데, 근원적으로 내재되어 있는 공간의 굴곡의 심화 정도야말로 인체의 건강도를 측정할 수 있는 지표라 할 수 있다.[5] 이는 단적으로 말해 인체 내에 소위 블랙홀과 같은 지대가 발

5 한의학에서는 특정 장기에 기 순환의 양상을 파악하고 향후 병증의 예후를 짐작하는 다양한 방법들을 활용하고 있지만 그 가운데 홍채 진단법은 인체 내부의 상태를 가시적으로 확인할 수 있는 효과적인 진단법 중 하나로 주목된다. 홍채 진단법은 홍채를 둘러싸고 있는 선들의 위치와 모양을 통해 장기의 상태를 파악하는 것으로, 한의사 박성일은 오랜 시간에 걸친 임상 경험을 통해 홍채의 양상과 인체와의 관련성을 체계화하여 이를 치료 현장에서 활용될 수 있도록 길을 열어 놓았다(박성일, 『내 눈 속의 한의학 혁명』, 천년의 상상, 2012). 홍채 진단법은 홍채가 인체의 내적 상태를 외적으로 현상시키고 있다는 관점에서 비롯되었는데, 이러한 방식은 특정 장기를 직접 눈으로 보고 판단하는 것이 아닌, 내부의 3차원의 상태를 홍채의 색과 모양이라는 2차원의 범주를 통해 진단한다는 점에서 흥미롭다. 이처럼 차원을 달리하는 인체에 대한 이해법은 위상학에도 확대 응용할 수 있는 단초를 제공한다. 인체 내부의 고차원의 정보는 3차원의 범주를 통해 징후와 증상을 드러낸다는 점에서 그러하다. 또한 홍채에 나타나는 선들의 위치와 색, 모양들이 장기의 상태를 반영한다는 점은 이들이 고차원에서의 인체의 시공성을 2차원적으로 현현시킬 것이라는 가정을 하게 한다. 예를 들어 홍채에 나타나는바 특정 장기 위치가 짙은 색으로 현상하는 것은 위상학적 관점에서 볼 때 그 장기가 위치한 지점의 공간성이 깊은 함몰과 그것의 심화 형태인 초끈의 응집 양상에 대응하는 것이 아닐까 하는 것이다. 이러한 가정은 오늘날 진보된 기술로서 도입되고 있는 홍채인식법을 떠올리더라도 유의미한 것이라는 판단이다. 요즘 스

생하는 것과 관련된다. 즉 중력장의 영향을 받는 공간은 함몰의 정도가 깊을수록 그 안에 갇히게 되는 정보의 양이 많아지게 되는데, 이것은 시간은 더욱 깊이 감겨 속도가 느려지고 미립자는 더욱 많이 흡수된다는 것을 의미하는 것으로, 이러한 현상은 공간의 함몰로 더욱 강력해지는 중력장으로 인해 보다 가속화되면서 이 지점의 암흑에너지를 증대시키는바, 이러한 현상의 경향적 가속화는 곧 인체에 소위 블랙홀을 발생시키는 기제가 된다. 중력장에 의해 형성되는 강한 에너지장으로서의 블랙홀이 인체 내부에 발생함으로써 인체에는 우주에 존재하는 블랙홀이 그러하듯 인체 내 암흑의 깊이를 심화시키면서 인체 내 취약한 지점으로서의 여분 차원을 향해 시공의 끈을 무한히 연장시키고 곳곳에 초끈의 말림과 접힘, 꼬임과 엉김에 의한 인체의 이상 현상들을 일으킨다. 블랙홀의 심화로 지속적으로 연장되는 초끈이 여분 차원을 찾는 과정에서 동일 지점에서의 말림과 접힘을 반복하게 될 때 초끈은 특정 지대에서 딱딱한 덩어리처럼 단단하게 응축되고 응어리지게 된다. 인체 내의 이같은 구조는 필연적인 것이되 결코 바람직한 상태가 아니다. 인체의 에너지 흐름은 인체 내의 이같은 구조에 종속된 채 이루어지기 때문에, 인체 내의 위상 구조가 이처럼 기괴하고 복잡할수록 인체 내 에너지의 흐름은 원활하지 못하다는 것을 의미한다.

중력장과 양자 효과에 의해 이루어지는 인체의 고차원적 구조가 이처럼 입방체와 같은 정연하고 반듯한 모양새가 아닌 기괴하고 복잡한

마트폰에는 홍채인식을 통해 각 개인의 고유성을 확인하거니와, 홍채의 개체적 고유성은 인체의 위상구조가 개개인마다 특수하고 고유하다는 사실만큼이나 관심을 끄는 대목이다.

것인 데 비하면 외관상 보여지는 인체의 모습이 사지와 기관이 제각각의 위치에 정상적이고 단정하게 놓여 있는 것이 신기할 정도다. 근원적 차원에서의 인체는 요가 수행자들이 몸을 이리 저리 꺾고 휘감고 있는 것과 같이 기괴할 정도의 뒤틀림을 안고 있는 것이다. 동일 지점에서 한없이 회전하기도 하고 좌우와 상하가 서로 뒤집히고 돌아가기도 하는 이러한 뒤틀린 형상을 어떻게 이해할 수 있을까. 인체에 관하여 위상학의 관점을 취해야 하는 것도 이 때문이다.

2) 경락의 형태와 위상 구조

한(韓)철학 전문가인 김상일 교수는 인체의 구조가 위상학적 성격을 띤다고 말한 바 있다. 김상일은 리스팅이 위상수학적 기반 하에 인체 구조를 결정짓는 특이점인 "매듭"에 대해 언급하고 있다는 점에 주목하면서, 그러한 "매듭"을 3차원이 아닌 4차원 속으로 끌고 들어가 이를 경락과 연관시키고 있다. 그는 한의학에서 제시하는 경락이 초끈이론에서의 소립자로 이루어진 초끈에 해당함을 주장한다. 또한 그는 인체의 12경락이 유기적으로 연결되어 있으면서 인체 자체가 하나의 꼬여진 뫼비우스 띠 혹은 클라인 병이라고 말하고 있다.[6]

김상일이 인체의 구조를 4차원의 관점에서 위상학적으로 고찰하였다는 점은 매우 획기적인 일이다. 또한 한의학에서 중요하게 제시하고 있지만 그 존재에 대해 아직도 입증하기 어려운 12경락이 4차원에 놓인 것이며, 이점에서 경락이 초끈과 같은 성질을 지니는 것임을 밝힌 것도 주목을 요한다. 기(氣)가 흐르는 통로를 가리키는 경락은 에너

6 김상일, 앞의 책, 1999, p.249.

지의 수용체라는 점에서 양자 운동에 의해 형성되는 초끈과 성질을 공유한다고 할 수 있다. 그러나 그가 인체의 구조로서 제시하는 뫼비우스 띠라든가 클라인 병의 양태는 단지 12경락의 위상(位相)에 해당하는 것일 뿐, 개별 인체들의 실제 구조에 대해서 말해주고 있지 못하다. 가령 수삼음,[7] 수삼양[8] 경락은 족삼음,[9] 족삼양[10] 경락과 상반신과 하반신을 기점으로 비틀어져 있어 뫼비우스 띠의 양태를 나타낸다는 것인데, 이는 경락을 뫼비우스 띠라든가 클라인 병, 사영 평면과 같은 위상 범례들과 연관시킨 것으로서 인체의 구체적인 양태를 말해주기보다는 경락의 개념적인 차원을 언급하는 것이라 할 수 있다. 실제로 침 요법의 일반적인 경락도에서 볼 수 있는 주된 12개의 경락은 그것의 범례적인 경로가 기록되어 있을 뿐 실제로는 보다 복잡하게 관련된 네트워크[11]로 알려져 있다. 같은 맥락에서 병증의 복잡성과 입체성을 근거로 하여 경락 외에 경락을 직교하는 위락의 존재를 주장하는 경우도 있다.[12] 이는 수직으로 분포하는 경락 외에 띠와 같은 몇 가닥의 위락이 인체를 가로로 지른다는 것인데, 이에 따르면 경락과 교직

7 수태음폐경, 수소음심경, 수궐음심포경의 가슴에서 손끝으로 흐르는 경락.
8 수양명대장경, 수태양소장경, 수소양삼초경의 손끝에서 얼굴로 흐르는 경락.
9 족태음비경, 족소음신경, 족궐음간경의 발끝에서 가슴으로 흐르는 경락.
10 족양명위경, 족태양방광경, 족소양담경의 얼굴에서 발끝으로 흐르는 경락.
11 제임스 오스만, 『에너지의학』, 김영설 역, 군자출판사, 2007, p.131.
12 위락(緯絡)은 하규용이 제시한 개념으로 경락이 기혈이 흐르는 세로의 경로라 한다면 위락은 경락과 수직으로 만나는 가로의 벨트들에 해당한다. 하규용은 위락이 경락과 함께 인체 위에 원판과 같은 분포를 보인다고 주장한다. 이에 대한 근거로 그는 병증이 있을 시, 예를 들어 맹장 부위만 아픈 것이 아니고 맹장 위치와 옆으로 같은 선상에 있는 대장, 우측 대장, 우측 소장, 우측 허리 부분이 함께 아프다는 사실을 든다. 그 조직이 뼈든 무엇이든 동일한 가로선상에 해당되는 부위의 근육, 인대, 혈관까지가 모두 통증이 있다는 것이다(하규용, 『기의 구조와 위락의 발견』, 정상, 2003, p.7). 하규용의 이러한 주장은 인체를 개념적 범례로서가 아니라 인체의 구체적인 입체상을 통해 이해하려는 하나의 시도로서 의미가 있다.

하며 수평적으로 존재하는 위락의 존재로 인해 인체에 나타나는 병증은 수직보다는 수평의 분포로 동시적으로 발생한다고 보고 있다. 요컨대 눈이나 어떤 도구로도 관찰되지 않으므로 그 형태와 구조에 대해 확언할 수 없는 경락은 단지 경락도의 도해에 따른 치료의 경험치를 축적하고 있을 뿐 치료의 정확한 기제에 대해서는 여전히 알려져 있지 않은 형편이다.

한편 경락이 김상일이 이야기하듯 4차원의 초끈이라는 점을 인정한다면 그것은 단순히 뫼비우스 띠나 클라인씨 병과 같은 위상학적 범례의 형태로 고정되어 있지 않다는 사실 또한 받아들여야 할 것이다. 경락도에서의 12경락이 보여주는 흐름의 형상이 위상학적 범례를 따를지라도 그것은 가장 이상적인 형태의 인체일 뿐 실제 인체 속에서의 경락은 그처럼 정연한 형태를 띠고 있을 리 없다. 대신 경락도에 그려져 있는 혈자리를 자극함으로써 이상적인 경락구조로의 변화에 도움을 받을 수는 있을 것이다. 그것이 4차원의 초끈이라는 점은 경락이 철저히 양자의 역학 아래 놓여 있음을 의미하는 까닭에 그것의 실질적인 형태와 구조는 필연적으로 시공간의 상대성 원리에 의거하여 이루어질 것이다. 따라서 시공간에 관한 상대성이론을 도입하는 것이야말로 개별 인체의 실질적이고 구체적인 형상을 판별하는 데 가장 우선되어야 할 일이다. 상대성 원리 하에 놓이는 시공간은 예측가능하고 정연하기보단 불가불 불확정적이고 기괴한 형태의 공간 구조를 띠게 될 것이다. 경락은 단순히 특정한 범례로서 일반화될 수 없다는 것이다. 실제로 고차원에서의 인체와 관련한 이같은 구체성을 받아들일 때와 받아들이지 않을 때의 치료는 그 효과 면에서 분명 차이가 있을 것이다. 개별 인체의 실제적 경락 구조에 대해 맹목인 상태에서의 치료는 말 그대로 확률과 경험에 근거한 치료가 될 공산이 크므로 치료 효과 또한 반감될 것이 자명하다. 실상에 근거한 실제 개별 인체 속에서의 경락의 형태와 구조, 즉 위상구조체에 대한 이해가 반드시 필요한 이유도 여기에 있다. 개별 인체에서 경락의 실제 구조가 위상구조체에 해당되며 이에 따라 그것의 성질을 판별하기 위해 위상 기하학을 적용하게 된다면 경락을 통한 인체의 치료는 보다 정확할 것이며 보다 계량화되고 수치화될 수 있을 것이다.

개별 인체에 있어 시공간의 구조는 개별 자아의 경험적 내력에 대한 정보를 고스란히 담고 있는 바탕에 해당한다. 그가 부모로부터 물려받은 유전적 사실, 병의 가족력, 자신의 과거의 병력, 그리고 현재 병증의 분포 상태 등은 개별 인체의 시공간의 형태와 구조를 짐작하게 하는 요소들이 된다. 개별 인체에 가장 취약한 부분이 형성하는 공간의 함몰과 그로부터 시작되는 초끈의 위상 구조는 개별 인체의 병증의 과거와 현재 그리고 미래를 말해준다. 초끈은 인체가 경험하는 모든 시간들, 과거와 현재를 기록하고 미래를 예측하게 하는 장막(brane)인 것이다.

만일 개별 인체에서의 시공간이 흔히 우리가 상상하는 것처럼 편평하고 균일한 양태를 띠고 있는 것이라면 초끈으로서의 경락은 경락도에서처럼 기가 머리에서 발끝으로 흐르는 것을 보여주듯 위에서 아래로 가지런히 존재하게 될 것이다. 이때 가지런한 경락을 따라 위에서 아래로 흐르는 기는 각각의 오장 육부에 기와 혈을 안정적으로 공급하여 인체 내 공간 속에서 기혈이 원활히 소통되고 순환되도록 할 것이다. 당연히 울체도 울혈도 없을 것이며 기혈은 그 흐름을 멈추지 않게 될 것이다. 이것이야말로 최고의 건강한 신체 조건에 해당하는 것이며 이러한 조건 속에서 병증은 발생하지 않는다. 한의학에서 건강한 인체로 여기는 것이 이러한 상태이다. 이러한 상태야말로 질병의 가능성을 원천적으로 차단하는 조건이다. 그러나 실제 인체는 그와 같이 균일하지 않다는 데 문제가 있다. 인체 내에서 고차원적 공간 왜곡의 시작이 되는 블랙홀은 단언컨대 병증 유발과 직접적으로 관련된다. 인체에 내재하는 블랙홀은 기원을 명확히 알 수 없는 과거로부터 형성되어 중력에 의해 심화되며 경험적 조건에 따라 심화 확장되거나 변화한다. 블랙홀의 심화는 홀(hole)의 범위와 밀도가 더욱 증폭됨을 의미하며 블랙홀이 심화됨에 따라 블랙홀의 핵이라 할 수 있는 특이점은 한없이 깊어지고 아득해진다. 또한 특이점의 연장과 함께 형성된 초끈이 한정 없이 연장되면서 기관이나 혈자리라 할 수 있는 낙점(絡點) 등의 지대에서 엉기고 꼬이고 접히는 일들을 반복한다. 초끈은 단절되거나 끊어지는 법 없이 계속해서 이어져 여러 기관들을 경계를 두지 않고 점령해간다. 예컨대 심장에서 시작된 블랙홀은 심장에서 멈추는 것이 아니라 허리와 목으로 뇌와 귀와 얼굴로 다리로 무릎으로 그 궤적을 이어간다. 심장에 근접해 있는 기관이 위장이라면 블랙홀의 심화에 따라 확장된 홀은 위장에 영향을 미치게 되어 결국 위장은 가장 먼저 블랙홀의 영향권에 놓이게 되는 기관 중 하나가 된다. 각 기관 및 낙점에서 끊어지지 않고 엉키고 꼬이고 접히기를 반복한 초끈들은 매듭처럼 응축되어 기혈이 통할 수 없는 조건이 되어 버린다. 이러한 전개 과정 속에서 블랙홀의 영향권 아래 놓이는 기관들은, 우리가 흔히 각 기관을 구별하고 구획하는 것과 달리 결코 구획되거나 제한되지 않는다. 양자가 이동하는 인체의 고차원에서 심장과 위장, 간이나 폐 등 기관의 질적 성질은 중요하지 않다. 중요한 것은 블랙홀의 지점을 중심으로 한 기관들의 위치와 순서일 뿐으로, 양자역학을 따르는 초끈은 기관들의 질적 성질에 구애받지 않은 채 여분 차원이 존재하는 곳이면 어디든지 유목민처럼 가로지르고 폭군처럼 점령해간다. 이는 인체의 취약지점인 블랙홀에서 시작된 병증이 기관을 불문하고 그 영역을 확장해가는 사실을 말해준다. 가령 심장이 약한 사람이 이를 방치할 경우 그는 순차적이고도 다발적으로 다양한 병증에 노출되게 된다. 그것은 위장 장애는 물론 귀에 이르러 달팽이관의 문제를 일으키고 목과 허리의 디스크 증세 및 무릎 관절의 질병 등으로 연쇄적으로 나아갈 가능성을 안게 된다. 이러한 정황은 가령 암이 어느 지점에서 발생하며 전이는 또 어떻게 이루어지는가에 관해서 역시 인체의 위상 구조에 의거하여 통찰할 수 있도록 해준다.

병증의 시작 지점이 되는 인체내 블랙홀은 한의학에서 말하는 허증(虛症)에 해당한다고 할 수 있다. 한의학에서 허증은 매우 빈번하게 언급되는 개념으로서 병의 궁극적인 원인으로 간주된다. 말 그대로 허증은 기혈이 충만하지 못하고 비어있어 기의 소통이 이루어지지 않는 약한 지점을 나타내는 것으로, 한의학에서 가장 기본적인 치료는 이러한 약한 부분을 강화시키는 일이 된다. 그런데 한의학은 허증(虛症)이 동시에 실증(實症)을 야기한다고 하면서 이 두 증상을 모두 병증으로 본다는 것을 알 수 있다.[13] 한의학에서 치료 원리로 제시하는 보사법(補瀉法)[14]

13 한의학에서 말하는 허(虛)와 실(實)의 개념은 서양의 empty나 fullness와 전혀 다르다. 서양의학에선 보통 허를 병적인 것으로 실을 건강한 것으로 이해하지만, 한의학에서는 정기(正氣)가 부족한 것을 허라고 하고 사기(邪氣)가 넘치는 것을 실이라고 한다. 한의학에서 실(實)은 정기가 넘치는 것이 아니라 사기가 넘치는 것이라는 점이다. 일반적으로 건강하다가 처음으로 병에 걸린 경우를 실증이라 하고 반대로 몸이 약해 오랫동안 병이 들어있는 상태를 허증이라 한다. 환자가 강성해 보이는 것은 실증, 쇠약해보이면 허증이다. 또한 맥이 강한 것은 실증, 맥이 약한 것은 허증이다. 만일 허실의 진가를 규명하지 못하고 치료하면 오히려 정기를 깍아내려 더욱 허증에 빠질 수가 있고, 사기를 보하고 도와주어 실증에 빠질 수도 있다. 이것이 한의학의 보사기

은 허증과 실증을 함께 다스려야 한다는 관점을 나타낸다. 보사법(補瀉法)은 한편으로는 보하고 한편으로는 사하라는 것으로 이를 병행할 때 제대로 된 치료가 이루어진다는 뜻을 내포하고 있다. 허증에 관하여는 보법을 취하고 실증에 관하여는 사법을 취해야 병증이 온전히 치료된다는 것이다. 여기에는 병증이 허증에서 끝나는 것이 아니라 허증과 실증은 동전의 양면처럼 항상 동시적으로 발생한다는 사실이 전제되어 있다. 특히 선보후사(先補後瀉)[15]의 치료법은 허증을 우선적으로 다루어야 한다고 말함으로써 허증이 병의 근원임을 암시하고 있다.

한의학에서 병의 근원으로 지적하고 있는 허증은 물리학적으로 보아 사건의 지평선이 위치하고 있는 블랙홀의 기점이다. 그곳은 인체의 가장 허한 곳으로서, 인체가 일상의 경험들을 해나갈 때 가장 취약하게 노출되는 부분에 해당한다. 허증이 블랙홀의 기점이자 공간의 함몰이 이루어진 부분이라면 실증이 나타나는 지점은 초끈이 응축된

법의 요체라 할 수 있다. 김상일, 앞의 책, 2005, pp.93-96.

14 허(虛)한 곳은 보(補)해야 하고 실(實)한 곳은 사(瀉)해야 한다는 원리로 균형이 깨질 때 병증이 발생한다. 예를 들어 체해서 위장이 아프면 위실(胃實)증으로 실증은 통증이 있고 허(虛)는 반대로 잘 느껴지지 않는다. 허한 곳은 기운이 딸려서 반응이 없다. 허증을 대표하는 증상은 무력증으로, 팔다리가 무력해지고 장이 물러져서 주저앉는 따위의 병이 허증에서 온다. 대부분 나이 들어가면서 나타나는 묵은 병들이 허증에서 깊어지게 된다. 노인들의 질병을 좌우하는 것은 허의 증상들이 된다(정진명, 『우리 침뜸의 원리와 응용』, 학민사, 2011, pp.359-360). 허증과 실증에 관한 한의학에서의 설명은 그것들이 위상 구조적으로 블랙홀과 초끈의 엉김에 대응한다는 사실을 보여준다.

15 침술에서는 보사법에 관한 여러 가지 방법들을 많이 논의하고 있는데 무엇보다 가장 중요한 점은 몸의 경혈 자리를 정확히 취하게 되면 상생의 자정력에 의해 스스로 보사한다는 사실이다. 침술에 관한 대표적 방법으로 영수보사(迎隨補瀉), 선보후사(先補後瀉) 등이 있는데, 영수보사란 기의 흐름의 방향과 관련한 침술법으로 기의 흐름과 같은 방향으로 놓을 경우 수법(隨法)이라 하고 흐름과 반대방향으로 침을 놓으면 영법(迎法)이라 한다. 즉 수법은 허증을 다스리는 것이고 영법은 실증을 다스리는 것이다. 선보후사는 침을 놓는 순서와 관련하는 것으로 먼저 허증을 다스려 힘을 기르게 함이 치료의 우선이라는 관점이다(박용규, 『주역에서 침술까지』, 태웅출판사, 2008, p.272). 이러한 침술법 역시 인체가 지니는 위상 구조적 성격을 떠올리게 한다.

지점에 해당한다. 블랙홀의 특이점이 아득히 깊어지면서 초끈이 말리고 감기고 접히고 응축된 지점, 더 이상 연장될 공간이 없어 차원을 거듭하여 반복적으로 접힘에 따라 응어리지고 응결되어 단단하게 매듭지어진 곳, 결국 기의 소통은커녕 근육을 경직되게 하고 살과 뼈마저 위축되게 하는 곳이 바로 여기이다. 이곳에서는 무언가 가득 차서 기가 꽉 막힌 것 같은 느낌이 든다. 이같은 위상구조를 염두에 둘 때 한의학에서 말하는바 허증과 실증이 동전의 양면처럼 동시적으로 존재하면서 둘 모두 병의 증세가 되는 까닭을 이해하게 된다. 한의학의 치료가 보사법이라는 이름으로 이 두 증상을 아울러 치료하는 이유도 여기에 있다.

한의학에서 기는 존재인 동시에 작용이라 하였거니와, 모든 오장육부가 기를 충만하게 지니고 있어야 어떤 사건에 노출되더라도 이에 대응하고 자신의 인체를 보호할 수 있게 되는데 이처럼 허한 곳, 허증이 있는 곳에서는 기가 빈약하므로 외적 환경에 용이하게 대처하지 못하게 된다. 어떤 환경에 처했을 때 '기(氣)가 죽는다'는 말은 인체가 주어진 환경에 잘 대응하지 못하는 현상을 가리킨다. 인체에 허증이 있을 때엔 외부로부터 사기(邪氣)가 침입해 올 때 이를 방어할 기능을 지니고 있지 못한다고 해도 과언이 아니다. 인체에 기가 충만할 때에는 사기에 노출되어도 이를 물리칠 수 있지만 인체를 허증이 지배하고 있을 시엔 무방비 상태가 되어 오히려 사기를 흡수하게 된다. 일상생활에서 스트레스에 무력해지는 경우가 곧 이것이다. 일상생활 중 스트레스를 받을 때 가장 민감하게 반응을 하는 부분도 허증이 자리하고 있는 이곳이 된다. 이 경우 자아는 환경의 변화나 외부 사건에의 노출을 꺼리게 되는 습성을 지니게 된다. 이처럼 인체에서의 허증의 지대가 기능의 무기력과 공허함을 나타낸다면 실증의 지점은 통증을 일으킨다. 기(氣)가 응어리져 있음을 뜻하는 실증(實症)의 지대는 근육이 위축되는 것과 같이 경직되고 뻣뻣하며 부자연스러워진다. 이 역시 기혈이 소통되지 않는 지점으로 이와 같은 실증의 지대에서 병적 증상이 발생할 것이라는 점은 명백하다.

허증(虛症)과 실증(實症)은 서로 반대되는 지점에 발생하지만 허증의 지대라 해서 초끈의 전개와 응축이 비껴가는 것은 아니다. 공간 구조상 기(氣)가 통할 수 없는 두 지대는 양자의 이동에 의해 한 지점에 두 성질이 공존할 수 있게 된다. 즉 양자의 역학은 허증의 지대에는 실증을 실증의 시대에서 허증을 중복하여 발생시킬 수 있다는 것이다. 실증의 지대를 형성한 초끈은 더욱 연장을 진행하여 허증의 지대에서 또다시 실증을 일으킨다. 실증의 지대에서 역시 초끈의 엉김과 반복으로 인한 밀도의 상승은 이 지대의 중력에너지를 증가시켜 공간 함몰이라는 허증을 유발하게 된다. 이러한 과정으로 인해 인체는 곳곳에 소소하고도 깊은 블랙홀을 지니게 된다. 초끈이 가로지르며 점유하는 지대는 철저히 기관의 위치와 방향에 따른 것으로, 인체의 어느 지점도 빛과 같은 속도로 이동해 가는 것이 초끈의 진행이자 양자의 운동이다. 이에 따른 허증의 깊이와 실증의 다발성이야말로 병증의 진행 정도를 가늠할 수 있게 하는바, 목디스크와 허리디스크의 동시적 발병이라든가 위장병과 청각기능 이상의, 혹은 위장 장애와 부정교합의 연관성, 심장 질병과 관절 증상 등의 의외의 연관성들은 근원적 범주에서 인체가 분리되거나 구획되지 않은 통일된 구조체를 이루고 있음을 말해준다. 결국 블랙홀의 심화는 허증의 범위를 확대하는 것이면서 실증의 지대를 무수하게 양산한다. 시간의 흐름과 더불어 진행되는 이같은 양상은 결국 인체를 죽음에로 이르게 한다.[16] 블랙홀에 삼켜지는 인체는 곧 죽음을 의미하거니와, 죽음이 닥친 육체는 소멸하고 영혼은 우주의 암흑 속으로 빠져들게 될 것이다.

개별 인체에 있어서 장기의 취약성, 즉 인체의 블랙홀은 언제부터 형성된 것인지 알기 어렵다. 선천적인 것인 가운데 자기 고유의 것이거나 유전된 것일 수도 있을 것이고, 후천적으로 경험된 사건들에 의한 것일 수도 있을 것이다. 일상의 스트레스, 인간관계, 섭생이나 세균에 의한 감염 등도 문제가 될 수 있다. 이들이 원인이 되어 기능적으로 취약한 장기나 기관의 병증을 심화시킬 때 인체에 허증이 유발될 수 있다는 것이다. 한편 한의학에서는 오장육부를 에너지의 성질에 따라 분류하고 그것들을 각기 감정들과 관련시키고 있다. 이에 따르면 경험 속에서 집중적으로 항진되거나 결여된 감정 및 에너지가 장기의 병증을 유발시킨다고 볼 수 있다. 가령 심장은 기쁨의 감정, 간은 분노의 감정, 비장은 사려의 감정, 신장은 두려움, 폐는 슬픔의 감정과 연관되는바, 생활의 경험에 의해 이들 감정이 편향성을 띠게 됨에 따라 관련 장기에 손상을 가져올 수 있게 된다. 요컨대 생활 경험 속에서의 감정적 에너지 역시 인체의 위상 구조에 영향을 미칠 수 있는 요인이라는 것이다.

블랙홀이 없는 인체가 있을 수 있을까? 서양의학에서 건강의 개념이 병의 유무를 기준으로 하는 데 비해 동양의학에서는 통즉불통(通卽不痛)이라 하여 기가 잘 통할 때야말로 건강한 상태라 여겨진다고 말

16 하규용 역시 죽음을 블랙홀과 관련시키고 있어 관심을 끈다. 그는 급사는 블랙홀이 한번에 형성되는 것이며 노쇠로 인한 자연사는 작은 블랙홀이 무수히 만들어지고 서로 합쳐져서 무너지는 것이라 말한다. 위락선은 총 72개가 있는데 여기저기 한두 선씩 정체하면 점차 키가 줄어들면서 자연사하게 된다는 것이다. 하규용, 앞의 책, p.29.

하였다. 지금까지의 서양의학이 해부학을 토대로 하여 3차원적 차원의 관측을 진단과 치료의 원리로 삼아왔던 반면 동양의학에서는 3차원적 징후들을 토대로 기(氣)의 순환 상태를 직관하여 치료의 근거로 삼아왔다. 한의학에서 시행하는 망진(望診), 문진(問診), 문진(聞診), 절진(切診) 등에 의한 정보는 그 자체로 의미 있는 것이 아니라 인체 내부의 기혈의 순환 상태를 나타내는 표상에 해당한다. 한의학의 진단은 3차원에서의 정보를 바탕으로 추론하여 4차원 이상의 상태를 가늠하는 방식으로 이루어진다는 것이다. 본래 상위차원의 정보는 하위차원에 전체적인 면모로서가 아니라 제한된 형태로 나타난다. 그것은 마치 3차원의 입체의 물체가 2차원의 벽에 모습을 드러낼 때 평면으로만 표상되는 것과 같은 이치이다. 고차원의 정보는 3차원의 감각을 통해서 온전히 드러날 수 없다. 그러나 고차원의 정보는 어떤 식으로든 3차원 등의 하위차원에 흔적을 남기게 된다. 동양의학에서의 진단법은 이처럼 눈에 보이지 않는 고차원의 정보를 3차원의 감각을 통해 포착하려는 시도에 해당한다. 상황이 이러하므로 3차원적 상태에 문제가 없을 때 상위차원 역시 문제가 전혀 없다고 단정 지을 수 없지만 상위차원에 문제가 없다면 하위차원은 필연적으로 상태가 좋은 것이 된다. 즉 상위차원은 하위차원의 원인이고 하위차원은 상위차원의 결과인 셈이다. 동양의학이 서양의학보다 보다 근본적이라고 하는 것은 이러한 사정에 기인한다. 인체의 상위차원을 다루는 동양의학의 관점에서 볼 때 건강하다는 것은 결국 블랙홀이 없이 편평하고 균일한, 따라서 허증과 실증이 없이 기(氣)가 잘 통하는 신체에 해당한다. 통즉불통(通卽不痛)이 그것이다.

3) 의학과 위상 구조의 변화

인체의 본질이 3차원적 공간보다 고위차원에 놓여 있으며 평면 위의 도체(圖體)가 아니라 고차원에 걸친 휘어지고 굽은 도형에 해당한다는 점은 인체의 병증과 치료를 바라보는 관점을 달리 할 것을 요구한다. 인체가 시공간과 분리된 개체가 아니라 시공간과 하나가 되어 발생한 것이라는 점에서 인체의 구조를 시공간의 구조를 통해 이해해야 한다는 당위성이 생긴다. 더욱이 상위 차원은 하위 차원을 결정하고 하위 차원은 상위 차원에 대한 그림자라는 사실은 3차원적 인체를 그 자체로 볼 것이 아니라 그것을 통해 상위 차원의 인체를 복원해야 함을 가리킨다. 망진, 문진, 절진 등에 의한 3차원적 정보를 통해 인체의 실질적 구조인 시공간의 형태를 조망하고 직관할 수 있어야 하며 이러할 때라야 비로소 병증에 대한 치료는 대증 치료를 넘어서 근본적인 치료가 가능해진다.

인체를 근원적인 시공간의 구조로써 파악한다는 것은 서양의학에서 병을 장기 중심으로 진단하는 것과도 판이한 것이다. 해부학에 근거하여 정립된 서양의학은 각 장기들과 기관들을 모두 독립적으로 분리되고 구획되어 있는 것이라 간주한다. 강한 분석적 정신에 토대를 두고 있는 서양의학에서는 인체를 다룰 때에도 각각을 분리시킴으로써 그에 따른 의학의 분업구조를 발달시켜 나갔음을 알 수 있다. 반면 동양의학에서 치료하는 대상은 분리되고 구획되어 있기보다 통합되어 있다. 종합적 정신이 강한 동양에서는 의학을 전개시킬 때에 각 영역을 독립화, 세분화시키기보다 통합시키고 조화시키는 것을 우선으로 취한다는 것을 알 수 있다. 이러한 사실들은 서양과 동양 사이에 존재하는 인체에 접근하는 방식과 관점의 차이를 말해준다. 이러한 차이에 의해 서양의학은 각 장기와 기관들의 성질들을 중요시하는 반면 동양의학에서는 각각의 성질들을 강조하기보다 이들 사이의 관계성에 주목하게 된다. 동양의학이 상위차원에서의 의학을 계발하게 된 것도 상위차원이 하위차원의 각 부분들을 통합시킬 수 있는 범주에 해당되기 때문이라 할 수 있다.

이같은 서양의학과 동양의학의 원리의 차이는 가령 암을 대할 때에도 서로 다른 접근법을 보이게 된다. 서양의학에서는 암은 특정 장기에서 시작하여 예외적으로 다른 장기로 전이되는 것으로 여겨진다. 이때 암의 전이가 발생한 장기들이 어떤 연관성이 있는지는 밝히지 못한다. 그러나 동양의학의 관점에서 보면, 특히 인체의 위상 구조적 측면에서 보면 암의 전이는 시간의 함수일 뿐 필연적인 것이다. 양자의 이동 경로인 초끈은 어디로든 가로질러 갈 수 있는 것이고 어디서든 응축을 이룰 수 있는 것이기 때문이다. 간암에 걸린 자가 옆구리가 아프다든가 심장병이 있는 자에게 무릎 관절의 이상이 있다든가 위장병이 있는 자가 귀울림이 있는 등의 동시적이고도 의외적이며 복합적인 병의 증상은 인체를 동양의학적 관점에서 볼 때라야 해명된다. 인체 내 기관들의 연관성은 인체가 유기체라는 막연한 관점에서가 아니라 위상구조체 내의 양자의 이동통로인 초끈의 얽힘으로써 설명될 수 있다.

인체의 블랙홀, 즉 인체 내 위상 구조의 왜곡이 질병의 근원에 해당한다면 이를 해소할 수 있는 방법은 무엇일까? 블랙홀의 심화 혹은 허증은 어떻게 극복할 수 있는 것일까? 블랙홀은 공상과학영화 등에서 종종 접하게 되는 개념으로, 영화에서는 대개 블랙홀과 화이트홀, 그리고 그 둘을 이어주는 통로인 웜홀(wormhole)의 존재를 통해 상상의 나래를 펴고 있다. 블랙홀이 물질을 빨아들이는 입구라고 한다면 화이트홀은 블랙홀로 빨려들어간 물질이 토해져나오는 출구를 가리킨다. 블랙홀과 화이트홀 사이에 웜홀이 있어 공간의 비틀기가 이루어지게 된다. 영화적 상상력에서 블랙홀이 암흑세계에 해당하는 공포와 두려움의 공간이라면 웜홀과 화이트홀은 반대로 구원과 탈출의 의미를 띠게 된다. 벌레 구멍이라는 뜻의 웜홀의 존재로 우주 공간의 뒤틀림이 일어나 빠른 시간에 우주의 다른 공간으로 여행할 수 있다는 설정도 영화에서 종종 볼 수 있다. 비록 영화적 상상을 통한 것이지만 이러한 웜홀과 화이트홀은 블랙홀 극복에 대한 가능한 답을 제공하는 것이 사실이다. 논리적으로 볼 때 블랙홀로 빨려들어간 모든 물질이 블랙홀의 끝에서 화이트홀에 이르러 토해진다면 블랙홀은 자연스럽게 사라질 것이기 때문이다.

블랙홀의 극복은 블랙홀 소멸에서 찾을 수 있다. 그리고 블랙홀 소멸에 대한 해답 중 가장 의미있는 이론을 제공하고 있는 과학자는 스티븐 호킹이다. 우주 기원에 관한 빅뱅 이론으로 유명한 스티븐 호킹은 블랙홀 주변에서 지속적인 입자 방출이 일어나 블랙홀이 증발한다고 함으로써 블랙홀 소멸에 관한 중요하고 설득력 있는 이론을 제시하고 있다. 이것이 유명한 '호킹 복사'[17]이론이다. 블랙홀이 사건의 지평선이라는 블랙홀의 입구에서 입자를 방출한다는 '호킹 복사' 이론에 의하면, 블랙홀 내부의 양자 가운데 일부의 입자(양성자)가 방출하는 대신 음의 에너지를 지닌 입자(반양성자)는 흡수되어 본래 음의 에너지였던 블랙홀 내 에너지를 점점 더 감소시키고 결국 블랙홀이 줄어들어 증발해 버린다는 것이다. 이러한 과정이 마치 블랙홀이 입자를 방

17 1장의 각주 26 참조.

출해서 줄어드는 것처럼 보이며 이때 사건의 지평선에서는 열과 빛이 발생하게 되므로 이를 '호킹 복사'이론이라 부르게 되었다. 이에 따르면 방출된 양성자를 제외한 반양성자는 블랙홀의 내부 에너지와 만나 쌍소멸함으로써 점차적으로 블랙홀의 에너지를 줄어들게 한다. 특히 '호킹 복사' 이론은 블랙홀 내부의 암흑에너지와 결합하여 이를 상쇄시키는 반양성자와 같은 반대에너지를 반물질이라 하여 블랙홀의 소멸에 관한 근거를 제공하였다. 스티븐 호킹은 반물질을 통해 블랙홀을 증발시키는 이러한 양자 효과가 두려움의 공간인 블랙홀을 소멸케 한다는 점에서 우리의 구원이 될 것이라고 말하기도 하였다.[18] 다만 스티븐 호킹은 이와 같은 복사(輻射, radiation)에 의한 블랙홀의 증발이 규모가 작은 미니 블랙홀에서나 가능한 것이라 하여 블랙홀 소멸에 관한 제한적 이론을 제시하고 있다 할 수 있다.

이에 비해 우주의 빅뱅이 일어났을 때와 같은 급격한 팽창(inflation)을 통해 블랙홀 소멸을 이야기하는 인플레이션 이론이 있다. 팽창이란 믿을 수 없이 빠른 속도로, 가령 우주 대폭발 때의 매 10^{-34}초마다 우주의 모든 영역의 크기가 2배로 되며 그 다음 진행되는 동안 계속해서 2배가 되는 정도의 급격한 블랙홀의 소멸과 공간의 확장 현상[19]처럼, 블랙홀이 급격히 밀어올려지고 만곡되어 있던 공간이 편평해지며 응축되었던 공간 역시 한없이 넓게 펴지는 반죽처럼 확장되는 것을 일컫는다. 인플레이션 이론에 따르면 중력은 에너지가 매우 높은 상태에서 그것이 자기 자신에게로 작용하게 하여 밀어내는 중력을 만들어내는 특별한 종류의 실체들이 존재한다고 주장한다.[20] 이는 잡아

18 앨런 구스, 앞의 글, p.341.
19 폴 데이비스, 앞의 책, p.234.
20 앨런 구스, 앞의 글, p.339.

당기는 중력장이 아니라 밀어내는 중력인 음의 압력이 존재하는가의 문제인데 현대 입자 이론에 따르면 음의 압력을 가진 물체는 존재하는 장으로부터 쉽게 만들어질 수 있다고 한다. 또한 이러한 급격한 팽창이 시작되기 위해서는 약 1g 정도의 물질이 필요하다고도 말한다.[21]

인체의 블랙홀을 병증으로 볼 때 여기에는 적극적인 치료의 행위가 요구된다. 그것은 인체의 병의 기원이고 시작점이며 일상생활마저 피로와 공포로 몰고 가는 요인이다. 허증이 있을 시 인체의 에너지는 항상 저하되어 있으며 장기의 기능 또한 정체되기 마련이다. 인체에 블랙홀이 존재하는 한 생활 경험 속에서 인체는 끊임없이 눌림과 압력에 시달리게 된다. 인간관계나 과중 업무 등에 의한 피로를 우리는 흔히 '스트레스'라 하는데 여기엔 이미 블랙홀을 심화시킨다는 '압력'의 의미가 담겨 있다. 반면 블랙홀의 붕괴란 중력장에 의해 형성된 만곡된 공간이 팽창을 통해 편평한 공간을 회복하는 것을 의미하는바, 인체 역시 이러한 상태를 이룰 때에 비로소 환경에 좌우되지 않는 건강한 인체의 조건을 획득한다고 볼 수 있다. 그렇다면 블랙홀을 소멸시킬 수 있는 증발과 팽창은 인체에서 어떻게 발생할 수 있을 것인가? 호킹이 말한바 블랙홀 근처에서 발생하는 '복사'에 의한 증발이 작은 블랙홀에서 가능하다고 한다면 팽창에 의해 가능한 깊은 블랙홀의 소멸은 어떻게 이룰 수 있는가?

파인만[22]은 시간상에서 전진하는 경로들을 따라 움직이는 것은 양의 에너지 입자이고 시간상에서 후진하는 경로를 따라 움직이는 것은 음의 에너지 입자에 해당한다고 해석하였는데,[23] 이는 인플레이션 이

21 위의 글, p.338. 1장의 각주 27, 28 참조.

22 Richard P. Feynman(1918-1988), 미국의 물리학자, 양자전기역학에의 공로로 1965년 노벨 물리학상 수상함.

론과 관련하여 앨런 구스나 폴 슈타인하르트가 말하였던 밀어내는 중력장에서의 음의 압력을 떠오르게 한다. 양의 압력이 중력장을 더욱 진행시키는 데 비해 음의 압력은 이에 역행하는 작용을 한다는 점에서 그러하다. 또한 이것은 경로를 역행시키는 특정한 입자에 대해 언급하고 있다는 점에서 스티븐 호킹이 블랙홀 증발과 관련하여 제시했던 반양성자라는 특정한 입자를 떠올리게 하는 대목이기도 하다. '호킹 복사'에서 블랙홀 내부의 질량을 감소시키는 데 기여하는 반양성자는 반물질(反物質)[24]에 해당하는 것으로, 이것은 블랙홀 내 양성자와 결합하여 쌍소멸을 일으키고 내부의 밀도를 약화시킴으로써 블랙홀을 위로 들어올리는 역할을 한다. 즉 중력의 심화에 의해 블랙홀이 시간의 연장 경로를 따라 연장해가는 것이 양의 에너지 방향이라 한다면 블랙홀의 소멸에 기여하는 방향의 에너지는 음의 에너지라 할 수 있다. 중력장이 존재할 때의 양자 효과가 블랙홀을 무한정 심화시키는 원리를 지니는 데 비해 이에 역행할 때 블랙홀을 소멸시킬 수 있다는 사실은 중력의 심화에 반하는 또 다른 에너지를 요구하게 되는바, 파인만은 그것을 시간의 진행방향과 대립한다는 의미의 음의 에너지라 명명한 것이다. 다만 파인만이 말한 바와 같은 시간의 음의 방향을 일으킬 수 있는 물질이 무엇인가 하는 것인데, 인플레이션 이론에서는 음의 압력을 일으키는 존재를 가리켜 '에너지가 매우 높은 상태에서의, 존재하는 장으로부터 만들어지는, 특별한 종류의 실체'[25]라고

23 레온 레더만, 앞의 책, p.328.

24 반입자(反粒子)라고도 하는 이것은 어떤 입자와 반대되는 부호의 전하를 가지는 입자. 반입자가 전하가 반대인 일반 입자와 만나면 쌍소멸이 일어나 양쪽 모두 사라진다. 이때 $E=mc^2$에 따라 질량에 의한 에너지는 빛이나 열로 변하여 방출된다. 이 역도 성립하여 열이나 빛의 에너지를 유입시키면 반물질이 생성된다는 것을 알 수 있다. 반물질에 대한 이해는 프랭크 클로우스, 『반물질』, 강석기 역, Mid, 2013 참조.

하였으며, 스티븐 호킹의 복사이론은 양자가 요동하는 상태에서 발생하는 반양성자를 통해 파인만이 말한 음의 에너지에 값하는 물질을 제시한 것이라 할 수 있다.

한편 호킹이 제시한 반양성자는 반물질의 일종이라 할 수 있는바, 반물질이란 해당 입자와 반대의 에너지가를 가진 입자를 가리키는 것으로, 전자에 대해서는 양전자, 양성자에 대해서는 반양성자, 중성자에 대해서는 반중성자가 있다. 반입자(反粒子)라고 하는 이들 입자들은 질량과 스핀 등 물리적 성질은 동일하지만 전하가 반대인 입자들로서, 반입자는 전하가 반대인 일반 입자와 만나면 쌍소멸 현상이 일어나 사라질 수 있다. 반물질의 이러한 성질은 블랙홀 내부에 존재하여 내부의 밀도를 증가시키고 중력을 가중시키는 역할을 하는 블랙홀 내부 물질의 상쇄와 관련한 중요한 시사점을 제공한다. 중력 에너지의 항존과 외부 물질의 유입으로 더욱 심화되는 블랙홀의 공간이 특이점을 연장하면서 무한한 진행을 하는 경향성을 띤다면 블랙홀의 소멸은 호킹이 말한 증발의 경우 내부 물질을 소멸시키는 물질의 증가를 요구한다. 내부 물질을 소멸시키는 물질이 곧 반물질인데, 호킹은 반물질에 의한 소멸이 사건의 지평선 근처의 블랙홀 입구에서 증발의 형태로 나타날 수 있으며 이러한 복사를 일으키는 반입자가 블랙홀 입구에서 자체적으로 생성된 것이라고 하였다.[26] 반면 블랙홀의 급격한

25 앨런 구스, 앞의 글, p.339.

26 신의 존재를 부정하였던 무신론자 호킹에게 블랙홀을 소멸시킬 수 있는 블랙홀 외부의 입자는 생각될 수 없는 것이었다. 우주 기원을 논하는 빅뱅이론 역시 신의 존재에 의한 것이 아니라 블랙홀 자체 내의 물질에 의한 팽창이라는 것이 호킹의 유명한 입장이다. 호킹의 이러한 입장은 블랙홀 소멸을 야기하는 데 있어서 외부로부터 유입되는 모종의 고에너지를 배제하는 것과 관련되는 것으로 보인다. 블랙홀 소멸에 관해 호킹은 양자 요동 등의 내부 요인을 통해 블랙홀 증발을 말하고 있는데, 호킹이 양자 요동이 블랙홀 입구인 사건의 지평선 근처에서 일어난다고 하는 것이라든가 블랙홀 증발

팽창으로 인한 소멸은 블랙홀의 깊은 내부에서 발생하는 현상이라는 점에서 '호킹복사'와는 다른 통찰이 요구된다. 그렇다면 인플레이션 이론에서 말한 음의 압력을 일으키는 실체는 무엇이고 이를 야기하는 조건이 되는 고에너지 상황은 무엇을 가리킬까?

블랙홀 소멸에 관한 이러한 연구들은 인체의 위상 구조 내에서 블랙홀 소멸에 관한 가능성을 가늠하게 한다. 인체 내의 공간 구조를 다루는 것은 병증의 근원적 치료를 위해 필수불가결한 것이므로 물리학의 블랙홀 소멸에 관한 통찰은 인체 질병의 근본적 치료의 길을 예견하는 것이다. 인체에 존재하는 블랙홀의 원천적 소멸과 공간 구조의 개선은 인체를 건강한 상태로 만들어 질병을 예방하는 데 기여할 것이다. 인체의 위상 공간에 대한 이해를 통해 미래의 질병을 막는 이와 같은 예방 의학은 병증의 결과가 아닌 원인을 다룬다는 점에서도 유의미하다.

이 미니 블랙홀에서 가능하다고 한 점을 보면 호킹의 블랙홀 소멸 에너지는 철저히 블랙홀 내부 요소에 기인하는 것임을 알 수 있다. 최근의 물리학자들은 입자가속기를 통해 빅뱅을 일으켰던 입자를 찾으려 하고 있다. 모든 입자에 질량을 부여함으로써 빅뱅을 유도하는 이러한 입자를 물리학자들은 신의 입자라고 부른다. 그것과 관련하여 힉스는 최근 99.9% 일치하는 입자를 발견하였는데, 이를 힉스의 이름을 따서 힉스 입자라 한다.

위상시학
(位相詩學)

3

의학의 원리와 인체 위상 구조의 상관관계

1) 병증의 시공간 구조와 그 해소

블랙홀이 만곡된 공간의 심화에 의해 특이점의 무한정한 연장을 일으키고 그것이 초끈에 의한 복잡한 위상구조체를 이루고 있으며, 그러한 공간 구조가 인체 내부에서 경락의 개별적이고 고유한 형태를 나타낸다고 할 때 인체의 치유는 블랙홀의 소멸과 위상구조의 단순화를 의미하게 된다. 그리고 그것은 블랙홀 연구자들이 말하고 있듯 모종의 입자에 의한 복사 및 블랙홀의 상쇄와 관련된다. 호킹이 제시한 반물질이나 파인만이 언급하였던 사건의 진행 방향에 역행하는 음의 에너지는 블랙홀의 질량을 감소시켜 점차적으로 휘감긴 초끈을 풀고 궁극적으로 블랙홀을 밀어냄에 따라 공간을 편평하게 하고 공간 구조를 원만한 형태로 정상화시키게 될 것이다. 자연현상에서 일어나는 이러한 과정은 인체에도 동일하게 적용됨으로써 인체 치료의 원리로서 제시될 수 있다. 인체의 내부에 있어서 만곡된 지점이 없이 위상구조가 단순화된다는 것은 공존하였던 허증과 실증이 소멸됨으로써 경화된 근육이 이완되고 기의 순환이 원활해짐을 의미하기 때문이다. 인체의 블랙홀이 상쇄되면서 일어나는 꼬인 경락의 풀림은 뒤틀린 위상구조를 단순화시키고 통증을 제거하며, 인체의 근육을 유연하게 하여 결과적으로 인체의 경화와 노화를 완화시키게 된다.

그것이 파동의 형태이든 입자의 형태이든 블랙홀을 상쇄시키는 물질이 인체의 내부로 유입되어 올 경우 그것은 만곡된 공간의 극점인 특이점을 향해 흡수된다. '유입된 새로운 물질'이 블랙홀을 상쇄시키는 에너지라는 가정 하에 그것들은 깊은 크레바스로 추락하듯 인체 블랙홀의 공허하고 어두운 빈 공간을 향해 진행된다. 블랙홀이 깊을수록 그것은 끝을 알 수 없는 깊은 나락으로 던져지는 양상이 될 것이다. 허증이 심할 경우 이러한 양상은 더욱 증폭될 것이다. 그때의 물질의 운동은 추락의 지점을 알 수 없을 듯이 공허하게 이루어진다. 입자들은 단지 아무것도 존재하지 않는 듯한 빈 공간을 향해 무한하게 이동할 것이다. 그러나 '새로운 입자'가 어느 정도 유입되어 일정 시간이 지나게 되면[1] 곧이어 말려 있던 초끈들이 신비롭게 풀리게 될 것이다. 견고하게 응어리지고 압축되어 있던 초끈들은 점차 한 가닥씩 펼쳐지면서 파동의 흐름과 일치되어 인접한 주변의 빈 공간을 채우는 물질로서 작용한다. 초끈들이 형성되어 있던 근처에는 본 블랙홀과 구별되는 미니 블랙홀 다발들이 여기저기 산재할 수 있는데 블랙홀로 유입되는 새로운 물질의 양이 증가할수록 그것들은 증발과 팽창을 반복하면서 소멸하고, 이와 동시에 순차적으로 초끈들의 펼침과 원 블랙홀로의 초끈의 이동이 이루어진다.

1 이때의 '새로이 유입되는 물질'이 무엇인가는 매우 주의 깊게 고려해야 하는 부분이다. 블랙홀에 유입되는 물질은 모든 경우 블랙홀을 심화시킬 것이기 때문이다. 새로이 유입되되 그 질량으로 인해 블랙홀을 심화시키는 것이 아니라 블랙홀의 에너지를 감소시키는 역할을 하는 물질은 과연 무엇일까? 분명한 것은 호킹의 반양성자이든 팽창이론의 자체 내 발생하는 실체이든 모두 파인만이 말한바 사건 진행 방향과 반대되는 음의 에너지로서 기능해야 한다는 것이다.

엉긴 초끈의 펼침과 그것의 본 블랙홀로의 이동은 블랙홀의 내부 질량이 감소될 때 나타나는 현상이다. 인체에의 새로운 물질이 블랙홀의 내부 에너지를 감소하게 됨에 따라 블랙홀은 순방향의 진행을 멈추게 되고 연장되었던 초끈들을 거둬들이는 효과를 나타낸다. 이때 초끈들의 겹침이 심해 단단한 덩어리처럼 이루어진 초끈이라 할지라도 실제로 이들 사이에는 차원의 차이가 있어 겹치는 것이 아니기 때문에 새로운 물질의 유입의 증가는 이들을 순차적이고도 점진적으로 한 가닥씩 풀어내게 된다. 이렇게 풀린 초끈은 주변의 본 블랙홀의 공간에 흡수되고 합류하게 되는데 이는 그만큼 블랙홀의 구조가 단순화되는 과정에 해당함을 의미한다. 나아가 인체 블랙홀에의 새로운 물질의 유입이 계속하여 이루어질 경우 그것은 지속적으로 블랙홀의 질량을 약화시키고 본류의 빅 블랙홀마저 소멸시키는 계기가 될 것이다. 새로운 물질의 유입으로 내부 에너지가 감소하여 중력장에 따른 진행 방향을 저해당한 블랙홀은 일정 시점에 이르러 공간상의 급격한 팽창을 겪게도 된다. 그것은 새로운 물질 자체만으로 이루어졌다기보다 새로운 물질 유입으로 인한 블랙홀 내부 에너지의 감소가 중력장 에너지를 약화시킴에 따라 야기된 공간 구조의 변화라 할 것이다.[2] 이는 새로이 유입되는 물질이 블랙홀 내부 물질을 소멸시키는 역할을 하여 증발과 팽창

2 인체에서 일어나는 이러한 현상은 호킹 복사이론과 인플레이션 이론 사이의 상관성에 대해 주의를 기울이게 한다. 작은 블랙홀일 경우의 블랙홀 증발을 통해 소멸을 이야기한 호킹과 달리 팽창이론은 깊고 큰 블랙홀의 소멸을 지시하는 것일 텐데, 여기에서는 음의 압력을 야기하는 '고에너지 상황에서 존재하는 장으로부터 만들어지는 특정한 실체'가 요구되는바, 이 실체 역시 반물질이 아닐까 하는 것이다. 즉 고에너지가 발생시키는 반물질이 그것이다. 이것이 존재할 경우 단 1g이 계기가 되어 중력을 가속시키는 양의 압력이 소멸하여 블랙홀을 밀어올리는 음의 압력인 척력이 발생할 것이라는 점이다. 반물질이 아닌 이외의 어떤 물질이고 중력을 심화시키는 방향으로부터 반대의 힘을 지닌 입자는 존재하지 않는다.

을 일으키되, 증발과 팽창 사이엔 중력 에너지의 감소라는 또 다른 계기가 작동하고 있음을 말해주는 대목이다. 즉 팽창이라는 급격한 공간 구조 변화의 양상을 일으키는 데엔 단순한 복사만이 아니라 중력 에너지의 약화라고 하는 계기가 결정적으로 작용하는 것이다. 중력 에너지의 약화는 블랙홀을 역방향으로 밀어올리는 힘에 필적할 만하다. 이는 미니 블랙홀에서 발생하는 증발과 빅 블랙홀에서 발생하는 팽창 사이에는 원리상 차이가 있는 것이 아니라 단지 크기의 차이라는 공간 형태상의 구별만 있을 뿐이라는 사실 또한 말해준다.[3]

중력장 에너지에 지배됨에 따라 인체 내 블랙홀이 야기하는 초끈들의 엉김의 형태는 숱한 폐포처럼 혹은 여기저기 응축된 실타래처럼 복잡다단하게 되어 있어 마치 들뢰즈가 말한 리좀의 형태와도 흡사하다. 초끈은 한 자리에서 나선처럼 돌돌 말려 있는 것도 있고 암적처럼 단단하게 뭉쳐 있는 것도 있다. 이러한 초끈들이 입자의 침투에 의해 반응하면서 이루어내는 끈들의 펼침과 이동의 변화 양상은 그것들이 블랙홀의 소멸과 함께 진행될 경우 인체에 감긴 채 축적되어 있던 시간의 역사를 되돌이키는 과정에 해당될 것이다. 다시 말해 시간의 진행에 따라 심화되고 경화된 초끈의 응축들이 유입된 입자에 의해 해소됨으로써 인체의 공간 구조는 현재의 이전 시점으로 거슬러 올라갈 것이라는 점이다. 이는 병증의 해소와 회복을 의미하는 것일 뿐만 아니라 노화의 역행 역시도 가리킨다. 무한히 여분차원을 향해 치닫던 초끈은 이들 입자를 계기로 하여 여분차원에서 밀려나 이전의 공간으로 되돌아오게 되고, 이로써 자동적으로 여분차원은 소멸하고 초끈의

3 증발과 팽창 사이에 블랙홀의 크기의 차이를 제외한 또 다른 차이가 있다면 환경상 고에너지의 유무이다. 호킹은 블랙홀 외부의 고에너지를 가정하지 않았기 때문이다.

구조는 유연하고 단순해진다. 이는 인체 내 시간의 양적 축적이 해소되는 것과 다르지 않은 것으로서, 이러한 과정을 통해 내부에 시간을 차곡차곡 쌓아두던 인체는 축적된 시간을 반납하고 이전의 시간의 구조로 되돌아온다고 해도 틀리지 않다. 이를 두고 노화의 억제이자 병증의 진행에 대한 저항이라 해도 될 것인바, 이것이야말로 인체가 건강을 회복하고 젊음을 유지하는 원리에 해당한다 해도 과언이 아닐 것이다.

블랙홀의 심화에 따른 초끈들의 엉킴이 인체에서 야기하는 질병의 증상들은 고통스러운 것이다. 블랙홀의 심화와 초끈들의 엉킴으로 인한 인체 공간의 복잡한 구조는 인체를 매시간 모든 상황에서 쉬이 피로해지게 하여 커다란 불편을 초래할 뿐만 아니라 수시로 두통과 복통 등의 통증을 유발하고 심장의 압박과 신경의 긴장을 일으키며 때로 틱 장애나 공황 장애를 일으키기도 한다. 인체에 이유 없이 나타나는 경련과 발작, 수시로 발생하는 어지럼증과 구토증, 기관의 기능적 장애들과 과민증 등 흔히 신경성 징후들로 알려져 있는 여러 증상들, 이외에 결림이나 담(痰)과 같은 소소한 근육통증들은 많은 경우 인체 내부에서 벌어지는 초끈의 엉킴 구조에 기인하는 것이라 할 수 있다. 이러한 증상들은 일시적이고 가벼운 증상일 경우 휴식을 통해 쉽게 해소되기도 하지만 이것이 구조적 문제일 경우 인체 내부의 공간 구조적 차원에서의 해결을 필요로 한다. 더욱이 시간의 진행이 이들의 증상들을 없애기는커녕 더욱 심화시키고 강화시켜나간다고 할 때 이들 증상들의 결과에 대해서는 결코 낙관할 수 없게 된다. 이러한 사실들은 인체 내부의 위상 구조가 어떠한지를 이해해야 하는 주요한 이유가 된다.

고차원에서 엉켜 있던 초끈이 풀릴 때 그것은 3차원적으로는 뭉쳐있던 근육이 풀리는 증상에 대응된다. 내부에서 초끈의 펼침이 이루어짐에 따라 편안한 심호흡을 하게 되고 경직되고 응축되어 있던 근육은 점차적으로 이완되면서 시원스런 쾌감을 일으키게 된다. 이때 신체 곳곳의 근육과 관절은 스트레칭을 했을 때처럼 우둑 소리를 내며 풀리게도 된다. 이러한 근육의 이완은 스트레칭은 물론이고 운동을 하거나, 독서를 하거나 휴식을 취하거나, 혹은 편안한 대화를 할 때 경험하게 되는 것인데, 이는 내부적으로 초끈의 펼침과 이동이라는 사태와 분리되지 않는 것이다. 생활 속에서 흔히 경험하는 근육과 관절의 긴장 해소는 그 자체로 건강에 기여하는 것이자 인체 내부의 위상학적 공간 구조를 바꾸는 것이라는 점에서 더욱 긴요하게 고려되어야 할 부분이다. 특히 초끈의 펼침과 이동으로 인한 인체의 변화는 수의근이나 불수의근을 막론하고 이루어지기 때문에 스트레칭이나 운동으로 해소할 수 없는 문제들에도 영향을 미친다는 것을 알 수 있다. 가령 그것은 팔과 다리, 목과 허리 등에서의 현상으로 나타나는 것에서 그치지 않고 심장과 뇌와 같은 인간이 의식적으로 조절할 수 없는 기관에도 그 결과를 나타낸다는 것이다. 그리고 이때 나타나는 결과들은 순차적이기도 하지만 목과 허리, 다리와 발과 귀, 심장과 뇌 등의 서로 무관할 것 같은 여러 지점에서 동시다발적으로 현상하기도 한다.

인체 내부의 고차원에서 인체 블랙홀을 채우고 있던 공허한 물질들은 눈으로 확인할 수 없으되 질량을 지니는 것이므로 인체를 무겁게 느껴지도록 한다. 블랙홀의 공간 자체가 그것들이 질량으로 되어 있다는 사실을 말해주는바, 이들을 품고 있는 까닭에 인체가 때로 천근만근처럼 느껴지는 것도 당연한 일이다. 이 때문에 초끈의 해소와 블랙홀의 소멸은 근육의 쾌감과 함께 인체에 대해 느껴지는 질량감 역시 감소시키게 마련이다. 운동이나 휴식, 수면 후 몸이 가벼워지는 듯한 느낌은 바로 이러한 상황 속에서 체험되는 것에 해당한다. 운동이나 휴식 외에도 섭생이나 명상과 같은 양생법 역시 이와 관련되는 것으로서, 이러한 현상들은 인체의 건강에 있어서 인체의 위상 구조의 변화가 얼마나 근본적인 것인지를 짐작하게 한다.

그렇다면 앞서 가정했던바 인체의 위상 구조를 변화시킬 수 있는 성질을 지닌 '새로이 유입되는 물질'이란 무엇을 가리키는가? 인체 블랙홀에 유입되어 블랙홀의 내부 에너지를 감소시켜 결국엔 블랙홀 소멸에도 기여하는 물질은 무엇일까 하는 것이다. 스티븐 호킹이 우주 블랙홀을 다루면서 제시한 '반물질'을 인체 블랙홀과도 연관지을 수 있을 것인가?

인체에서 블랙홀을 소멸시킴으로써 인체의 공간 구조를 변화시킬 수 있는 입자는 그 성질이 매우 독특한 것이다. 그것은 블랙홀의 공허한 지대로 유입되되 블랙홀의 질량을 증가시키는 역할을 하는 것이 아니라 오히려 블랙홀의 질량을 감소시킨다는 점에서 그러하다. 공간으로 흡수되지만 공간을 채우기보다 공간을 비우는 일을 한다는 것 자체가 역설적이다. 공간을 채우되 공간을 소멸시키는 양가적 성질을 띠는 그것은 초끈의 응어리진 지대를 뚫고 특이점에까지도 도달할 수 있는 미세한 것이자 블랙홀을 더욱 어둡고 무겁게 하기보다 그것을 채우면서 가볍게 하는 특수한 입자에 해당한다. 인체에 작용하는 이러한 입자의 성질을 지닌 것은 곧 반물질에 비견할 만한 것이다. 반물질은 블랙홀 내의 입자의 성질과 반대되는 에너지가를 가진 까닭에 블랙홀 입자와 결합하여 쌍소멸을 할 수 있는 입자이기 때문이다. 가령 호킹이 말하였던 대로 복사(radiation) 후 블랙홀 내부로 떨어진 반물질인 -성질을 지닌 반양성자가 블랙홀 내의 +성질을 지닌 양성자와 결합하여 0가의 에너지가 되는데, 이것이 블랙홀 내부의 에너지를 감소시키고 중력에너지를 약화시켜 함몰된 공간을 밀어올리는 작용으로 이어질 것이라는 점이다.

그렇다면 스티븐 호킹이 '호킹 복사' 이론을 통해 말한 이와 같은 반물질과 동일한 기능을 하면서 실제로 인체에 작용하는 물질은 무엇일까? 특히 스티븐 호킹은 이러한 반물질을 가리켜 블랙홀 내부의 양자로부터 생성되는 것일 뿐 외부로부터 유입되는 물질이라는 전제를 하고 있지는 않는데 호킹의 관점과 달리 팽창이론에서 제시하는 것처럼 음의 압력을 야기하는 고에너지를 상정할 수는 없을까?

반물질을 생성시키는 입자가 외부로부터 유입되는 것이 아니라 블랙홀 내에서 자체적으로 생긴 것이라는 스티븐 호킹의 이론에 비해 디랙[4]과 앤더슨[5]은 공간 내의 양자 운동에 영향을 미쳐 에너지를 변화시키는 외부적 요인을 제시하고 있다는 점에서 관심을 끈다. 디랙은 슈뢰딩거의 파동함수 이론과 하이젠베르크의 행렬이론 사이의 관계를 해명하면서 양자역학의 원리를 정립한 과학자로 유명하다. 폴 디랙에 의해 양자역학은 수학적으로 명확하게 상대론적인 이론을 확립하게 되었다. 또한 폴 디랙은 양자물리학을 신생 수학 분야인 위상수

4 Paul Dirac(1902-1984), 영국의 이론물리학자다. 양자역학을 탄생시킨 한 사람으로 슈뢰딩거와 함께 1933년 노벨 물리학상 수상하였고 1928년 상대론적 파동방정식인 디랙방정식을 통해 양전자 반입자를 수학적으로 처음 예측하여 반물질 이론에 크게 기여하였다. 디랙방정식은 아인슈타인의 특수 상대성이론과 양자역학을 성공적으로 연결한 방정식이며 이에 따라 디랙은 초끈 이론에도 영향을 미쳤다.

5 Carl David Anderson(1905-1991), 미국의 물리학자다. 실험을 통해 양전자를 발견한 공로로 1932년 노벨 물리학상 수상하였다.

학과 연결하여 훗날 끈이론에 영향을 주었다. 디랙이 전자를 아인슈타인의 특수 상대성이론과 결합시켜 이룬 발견은 과학계에서 20세기 물리학의 토대에 관해 이루어진 가장 심오한 것 중 하나라 평가된다.[6] 이는 아인슈타인의 상대성이론과 양자역학의 결합의 장면에 해당하며 그것이 끈이론으로 통합되고 위상학으로까지 나아가게 될 수 있었던 계기가 되었음을 보여준다. 말하자면 디랙은 오늘날의 가장 최신의 물리학의 기초적 틀을 마련한 과학자라 할 수 있다.

디랙은 $E=-mc^2$인 경우를 상정하고, 이 경우처럼 우주에 음의 에너지를 지닌 전자로 가득 차 있다면 우주의 심연이 깊어지고 온 우주가 무한한 음의 에너지를 지닌 괴짜 입자들로 가득차게 될 것이라고 하면서 이러한 상태가 정말로 존재한다면 온 우주가 안정적인 수 없을 것이라 하였다. 음의 에너지인 전자로 인한 깊은 암흑 상태를 띠고 있는 우주의 진공상태라 할 만한 상황이 이것이다. 이에 대해 디랙은 우주에는 이러한 상황을 막을 만한 존재가 있을 수밖에 없다고 예측하였는데 이것이 곧 양전자인 반물질이다. 디랙은 양전자가 우주에 거품처럼 가득해 현실에서 음의 에너지의 심화로 인한 문제가 발생하지 않는다고 하였다.[7] 이러한 양전자의 존재가 유명한 디랙의 바다이다. 이와 관련하여 디랙은 진공 상태를 들뜨게 하여 전자를 튀어나올 수 있게 하는 방법을 찾으려 하였다. 이때 적용된 외부의 에너지가 고에너지 감마선이다. 디랙에 의하면 고에너지 감마선이 전자와 충돌하게 되면 그 중 일부 전자의 음의 에너지가 양의 에너지 상태로 끌어올려질 수 있고 이때 발생한 전자 부재의 구멍에 양의 에너지를 지닌 양전자가 발생할

6 레온 레더만 외, 앞의 책, p.306.
7 위의 책, p.308.

것이라고 하였다. 그는 이론상 이러한 양전자의 존재를 확신하였고 이것이 심연으로 잠긴 우주를 들뜨게 하는 데 기여함으로써 공간을 활성화시킨다고 보았다.[8] 디랙이 주장한 전자 부재의 구멍에 발생하는 양전자가 곧 전자와 질량은 일치하나 에너지 값은 정확히 전자와 반대되는 성질을 지닌 전자의 반물질이다. 이로써 디랙은 호킹이 다루었던 양성자가 아닌 전자의 경우에 해당하지만 여전히 쌍소멸을 일으킬 수 있는 반물질을 생성시키는 방법을 제시하였다 하겠다. 여기에서 디랙은 이론적으로 반물질의 존재 가능성을 주장한 것이다.

이에 비해 칼 앤더슨은 1933년 실험실에서 실제로 전자의 반물질인 양전자를 발견하게 된다. 칼 앤더슨은 양전자가 우주선(線), 즉 우주에서 지구로 날아오는 고에너지 입자들이 진공속의 음의 에너지 전자와 충돌할 때 전자와 함께 양전자가 생겨난다고 하였으며 실제로 이때 생겨난 양전자와 전자를 안개상자 속에서 관찰할 수 있었다. 앤더슨은 전하를 띤 입자가 안개상자 속에서 선의 형태로 이동하는 궤적을 촬영할 수 있었는데, 이때 전자와 양전자는 방향이 서로 반대로 감긴 채 소용돌이 궤적 두 개를 드러냈다고 한다. 이는 입자와 반입자와의 결합이 쌍소멸을 일으키는 과정에 해당됨을 의미한다. 과학계에선 반물질의 발견을 인류 역사상 가장 놀라운 이론적, 실험적 성취의 하나로 보고 있다. 앤더슨의 실험으로 디랙이 예측한 전자와 양전자쌍을 관측할 수 있게 된 것이다.[9]

디랙과 앤더슨의 발견을 스티븐 호킹의 이론과 연관시켜 볼 때 블랙홀의 상쇄 요인에 대해 보다 구체적으로 가늠할 수 있게 된다. 스티

8 위의 책, p.310.
9 위의 책, pp.310-312.

븐 호킹이 블랙홀 내의 양성자를 문제 삼았던 것에 비해 디랙은 전자에 관해 논하고 있지만, 블랙홀을 더욱 심연이 되게 하는 에너지가 공간을 공허하고 어둡게 하는 음의 성질을 띠는 것이라 한다면 이는 디랙이 우주의 진공 공간으로 상정한 것과 일치한다. 우주의 진공 공간 속에서 활성을 잃은 채 무한히 음의 에너지화 되는 전자는 블랙홀 내에 갇힌 전자의 모습에 해당한다고 할 수 있다. 이러한 전자는 블랙홀의 공간을 더욱 암흑에너지로 가득 차게 만들 것이고 이것의 심화로 블랙홀의 음의 에너지를 더욱 가속화시킬 때 블랙홀은 붕괴될 것이다. 인체에 있어서 그것은 곧 죽음을 의미한다. 그러나 디랙의 주장대로 우주에 반물질 양전자가 존재한다면 이러한 극단적 현상은 정체되고 지연될 것이다. 디랙의 언급한 고에너지 감마선에 의해 전자가 들떠서 활성화되고 양전자가 발생한다면 블랙홀의 붕괴는 지체될 것이다. 특히 고에너지에 의해 이러한 지체 현상이 계속되고 나아가 블랙홀의 음의 에너지가 점차적으로 감소하게 된다면 이로부터 블랙홀 소멸에 관한 방향성을 구할 수 있게 될 것이다. 그때의 고에너지가 단지 전자에만 작용하는 것이 아니라 블랙홀의 질량에 크게 관여하는 양성자의 들뜸에도 작용한다면 이로부터 블랙홀의 소멸까지도 예상해볼 수 있기 때문이다.

과학자들의 이러한 해명은 인체에 내재되어 있는 블랙홀, 곧 허증(虛症)의 성질 및 해소에 관해서도 적용할 수 있다. 디랙이 말한바 우주의 진공 공간은 인체의 블랙홀인 허증의 지대에서 나타나는 현상에 다름 아니다. 그것이 무한한 심연처럼 어둡고 깊으며 공허하고 무기력하다는 점에서 그러하다. 허증의 인체 공간 속에서는 디랙이 말한 것처럼 흡수된 물질이 에너지를 잃고 무한한 음의 에너지를 지니게 되어 결국 불활성화되는 상태를 겪게 된다. 블랙홀이 형성된 이 지대에서는 기관이 제 기능을 발휘하지 못하게 되어 한없이 무력해지고 또한 흡수되는 물질의 음의 에너지화에 의해 이러한 증상은 더욱 가속화될 것이다. 허증의 지대가 심화될 때 인체는 극도로 무기력을 나타내고 결국 인체는 음의 상태를 감당하지 못한 채 어둠의 세계로 잠겨들고 말게 될 것이다. 이는 인체에게 있어 매우 비관적인 상태이다. 디랙이 말한 것과 같은 음의 에너지의 활성화가 요구되는 때가 바로 이러한 상황이다. 인체의 블랙홀은 디랙이 말한 진공 공간에서처럼 진공의 들뜸, 음의 에너지의 튀어오름이 요구된다. 이것은 인체에 있어서 물질의 블랙홀로부터의 탈출이며 그로 인한 공간의 활성화는 곧 인체의 구원을 의미한다. 이러한 사정은 인체의 허증의 지대에서도 양전자의 존재와 같이 블랙홀 내 음의 에너지를 소멸시킬 수 있는 반물질이 요구된다는 사실을 말해주며 또한 그것을 발생시키기 위해 디랙이 제시한 것처럼 외부로부터 유입되는 일종의 고에너지를 필요로 한다는 점을 짐작하게 한다.

반물질을 언급하였던 스티븐 호킹과 디랙의 이론을 종합해보면 블랙홀의 소멸에 있어서 반물질의 필수불가결함을 확인하게 된다. 스티븐 호킹이 호킹복사 이론을 통해 언급한 양성자나 디랙이 말한 전자는 모두 방출과 쌍소멸을 동시적으로 일으키는 물질들에 속한다. 다만 호킹이 말한 양성자 소멸이 블랙홀 입구에서 발생하는 현상이라면 디랙의 전자 소멸은 블랙홀의 깊은 내부에서 벌어지는 현상이라 할 수 있다. 이러한 차이는 호킹의 양성자 복사가 자체적인 양자효과에 의한 것으로 나타나는 반면 디랙의 전자 복사는 고에너지라는 외적 요인을 요한다는 차이로도 귀결된다. 말하자면 블랙홀 입구에서는 블랙홀 물질의 자연 소멸도 가능하지만 블랙홀의 깊은 지점에서의 내부 에너지 해소는 자연적으로 이루어지는 것이 쉽지 않아 외부로부터 유입되는 에너지가 요구된다는 것이다. 또한 디랙이 전자 소멸과 관해 언급하는 고에너지는 블랙홀 팽창 이론가들이 제시하는 '고에너지 상황'과도 상통하는 측면이 있다.

최근 물리학에서는 양전자들을 비롯한 반입자들이 입자가속기를 통해 인위적으로 생산가능함을 보이고 있다. 반물질을 유용한 재화로 간주하는 물리학에서는 양전자들이 특정 원자핵들이 방사성 붕괴할 때 자연적으로 생산된다고 하면서 이러한 조건을 만들어 반물질을 생산하는 실험을 진행하고 있는 것이다.[10] 반물질과 관련한 이러한 사실은 인체의 블랙홀을 소멸시키기 위한 방법을 구하는 데 있어서도 시사하는 바가 크다. 반물질은 인체에서 블랙홀의 소멸이 요구되는 상황에서 그것을 일으키는 에너지 성질에 대한 일 관점을 제공하고 있기 때문이다. 만일 인체 내에서 허증의 진공 상태를 들뜨게 하고 공간을 활성화시킬 수 있는 물질이나 방법이 발견된다면 그것은 인체의 근본적인 치료 원리로서 계발될 수 있을 것이다. 인체 블랙홀과 관련하여 반물질처럼 블랙홀의 암흑에너지를 상쇄시킬 수 있는 에너지에 관한 탐구가 불가피해지는 대목이다.

2) 한의학(韓醫學)의 대칭성 역학(力學)

인체 내에서 블랙홀을 상쇄시키는 일이 병증 치료의 출발이라고 할 때 이미 우리는 그에 대한 방법적 의학을 지니고 있을지 모른다. 한의

10 위의 책, p.314.

학이 그것이다. 한의학에서는 이미 병증을 허증과 실증으로 명명하면서 이들을 중심으로 한 치료의 원리들을 구축하고 있기 때문이다. 한의학에서 보여주는 병증에 대한 진단은 가장 중점적으로 허실의 분류를 통해 이루어지는바, 심허증, 심실증, 폐허증, 폐실증, 위허증, 위실증 등의 병명들은 모두 특정 기관의 지대를 중심으로 한 위상학적 공간의 성질에 따른 것이라 할 수 있다. 앞서 언급했듯 실증은 허증과 함께 병증에 해당하는 것으로 두 증상 모두 공간의 왜곡된 구조로 말미암아 원활한 기의 순환이 이루어지지 않다는 점에서 치료의 대상이 된다. 한의학에서 허증이란 인체의 정기가 부족하여 쇠약해진 것을 가리키고 실증이란 질병인자의 세력이 왕성하여 그 기능이 이상항진된 경우를 가리킨다. 이에 따라 한의학에서 치료의 원리로서 허증은 보하고 실증은 비우는 방책을 쓴다 하였다. 흔히 말하는 보약은 쇠약해진 장기의 기운을 북돋우는 데 쓰이며 실증에는 질병인자를 억제하는 약재를 쓰게 된다. 이는 허실보사(虛實補瀉)라 하여 한의학의 가장 근본적인 치료 원리를 지시한다.

허(虛)한 것은 보(補)하고 실(實)한 것은 사(瀉)한다고 하는 치료의 원칙은 한의학에서 제시하는 음양오행 철학과 만나 구체적인 방법을 얻는다. 한의학에서 말하는 음양은 서로 상대되는 성질의 것들을 반응시켜 궁극적으로 균형있고 조화로운 상태를 지향한다는 의미를 담고 있으며, 오행 역시 우주 및 인체에 존재하는 5가지 성질의 에너지들을 상호작용시켜 안정되고 활성화된 상태를 꾀한다는 의도를 견지하고 있다. 허실보사의 원칙 자체가 음양조화에 의한 균형 추구의 의미에 대응하는 것이며, 인체의 오장육부를 오행의 성질로 구분하여 이들의 허실에 따라 오행 상호 간의 작용을 유도하는 것 역시 음양철학과 다르지 않게 조화와 균형을 추구하는 시도라 할 수 있다. 이는 한의학에서 음양오행이 어떤 의미와 위상을 나타내는 것인지 짐작하게 한다. 한의학에서 말하는바 오행의 성질로 구분되는 것은 장기에만 국한되지 않거니와, 그것은 맛과 색깔, 감정과 소리, 방위와 정신 등 우주의 삼라만상에도 적용됨으로써 인체의 균형 잡힌 상태를 유지하는 데 활용할 수 있게 된다. 물론 이들을 인체의 허실보사 원칙에 활용하기 위해서는 오행의 성질들 사이에 존재하는 상생상극의 관계를 알고 있어야 한다.

예를 들어 간허증의 병증을 지니고 있는 인체의 경우, 간은 목화토금수의 오행의 기운 가운데 목의 성질을 지니고 있는 것으로, 수생목(水生木), 금극목(金克木)의 관계 속에 놓여 있다. 수생목과 금극목이란 수기운이 목을 활성화시키는 반면 금기운은 목기운을 억압한다는 뜻을 나타낸다. 간이 허할 경우 간을 보해 주어야 하므로 이때의 치료법은 우선 간의 허한 기운을 북돋우는 것은 물론 수의 작용을 활성화시키고 금의 작용을 견제하는 데 놓여야 한다. 따라서 맛으로 치자면 목기운에 해당하는 신맛을 자주 접하면서 수기운에 해당하는 짠맛을 보충하고 금기운에 해당하는 매운맛을 멀리하는 방식으로 음식 처방을 삼게 된다. 동의보감과 같은 의학서에 처방되어 있는 약재들 또한 이와 같은 원리에 의해 이루어진 것임은 물론이다. 한의학에서 치료 도구로 활용하는 침과 뜸, 그리고 한약재의 사용은 모두 오장육부 간의 오행의 성질 및 이들의 관계를 통해 취해진다. 목생화, 화생토, 토생금, 금생수, 수생목의 상생의 관계와 목극토, 토극수, 수극화, 화극금, 금극목의 상극의 관계를 이용하여 오행 간 상호작용과 균형을 도모하는 것 자체가 한의학이 추구하는 음양의 원칙이자 허실보사의 원리에 닿아있다 하겠다.[11] 이처럼 허증이나 실증과 관련하여 음양오행의 원칙을 적용하여 인체의 균형을 인위적으로 조절하고자 한다는 점에서 한의학은 현대물리학이 탐구하고 있는바 인체 내 뒤틀어진 구조를 해소하기 위한 일정한 방법론을 이미 체계화하고 있다고 말할 수 있다.

한의학이 인체 내부의 블랙홀을 치유하기 위한 의술의 체계를 이미 지니고 있다는 방증은 한의학에서 명시하고 있는 경락이 물리학에서의 초끈에 해당한다는 점에서도 구할 수 있다. 기가 흐르는 통로로서 인체에 분포되어 있는 경락은 눈에 보이지 않지만 한의학의 임상 치료를 통해 존재가 증명되는 것이다. 한의학에서는 경락에 놓인 일정한 혈자리들을 중심으로 침과 뜸을 시술함으로써 각 기관들의 에너지를 허실보사하고 경락을 정상화, 기혈의 순환을 안정화시킨다는 것을 알 수 있다. 특히 경락은 눈으로 확인할 수 있는 3차원의 기관이 아니라, 기라고 하는 파동에너지를 이동시키는 통로인 까닭에 4차원 이상의 고차원을 점유하는 기관에 해당한다. 이는 한의학적 치료 범주가 3차원이 아닌 고차원이라는 근원적인 지대임을 말해준다.

물론 지금까지 한의학에서 말하고 있는 경락의 분포와 구조는 위상학적 개념으로 제시되지는 못하였다. 때문에 한의학에서 치료학은 계발되어 있다 하더라도 그것이 인체에 대해 어느 정도로 정합적인가 하는 점은 아직 규명되지 못하였다 해도 과언이 아니다. 한의학이 과학적으로 검증되지 못하였다는 지적이나 한의사의 재능에 따라 치료효과가 천차만별인 점, 한의학적 치료가 학문적 원리보다는 임상 경험에 크게 의존하고 있다는 점은 지금껏 한의학과 인체 간의 정합성이 제대로 판별되지 못한 데에 기인한다고 보인다. 이는 한의학의 의

11 이성환 · 김기현, 『주역의 과학과 도』, 정신세계사, 2002, p.329.

술이 그토록 오랜 전통을 가지고 있었어도 아직까지 과학화 표준화되지 못하고 있음을 말해준다. 한 가지 예를 들어 심허증과 심실증이라는 두 가지 서로 구분되는 병증은 동시에 발생할 수 있을까 하는 문제에서 한의학적 접근에 의하면 이 두 가지가 동시적이라는 진단을 내리기 힘들다. 한 지점에서 두 병증을 진단하는 것은 누가 보더라도 모순이기 때문이다. 그러나 위상구조체에 대한 인식이 있다면 이는 충분히 가능하다. 바로 양자역학에 지배되고 있는 초끈의 존재 때문이다. 가령 심허증의 경우 심장은 허증에 해당하는 공허한 공간 구조의 양상을 띠고 있지만, 심허증으로부터 유발된 병증의 심화는 블랙홀의 심화로 인한 초끈을 연장시켜 심장 인근에서 실증을 만들어내다가 다시 심장의 지대로 이동하여 블랙홀의 시작점과 다른 차원에서의 실증을 유발할 수 있다. 심실증이 그것이다. 이 경우에서 볼 때 허증이 병증이 시작된 지점이라 하더라도 그곳은 보다 깊은 차원에서 실증의 현상이 나타나기도 한다는 것을 알 수 있다. 이는 결국 시간의 문제이자 허증의 심화가 어느 정도로 진행되었는가의 함수에 해당한다.

이러한 사실은 한의학에서 위상학을 도입하는 것이 얼마나 긴요한가 말해준다. 한의학 자체가 인체의 고차원에 대한 접근인 까닭에 고차원에 해당되는 인체 구조에 대한 인식이야말로 한의학 정립의 대전제에 해당된다 하겠다. 한의학이 위상학을 도입하게 되면 한의학은 인체에 대한 과학적이고 정합적인 인식 아래 의술을 적용함에 따라 보다 객관적이고 표준화된 치료학을 확립할 수 있을 것이다. 또한 그러할 때 지금까지 한의학에서 보여주었던 임상 효과들은 객관성을 인정받고 보다 보편화될 수 있게 될 것이다. 물론 한의학이 미신이라든가 의학이 아니라 의술일 뿐이라든가 과학적이지 못하다는 오명 또한 벗게 될 것이다.

하지만 한의학이 위상학적으로 해석되지는 못하였다 해도 한의학이 제시하는 치료원리는 결과적으로 보았을 때 인체의 위상구조체에 대응되어 이루어진 것임은 분명하다. 예를 들어 심허증을 진단하면서 그 증상으로 한의학에서는 '심장이 두근거림은 물론 즐겁지 않고, 심장과 배가 아프고, 말하기 어렵고 언어장애가 있으며, 심장에서 차가운 것을 느끼고, 항상 불안하고 초조, 신경이 긴장되고 노이로제 증상이 있으며, 평소 소변을 자주 보며 수족이 차갑고, 저혈압이 있고 머리 위가 아프며, 류머티즘이 나타나기도 하고, 난시 난청 이명 증세가 있고 얼굴이 빨개지고 요척통이 있고 하지 무력증도 나타난다'고 말하거니와, 이와 같이 서로 무연한 듯 보이는 다발적 지점에서 증상들이 총체적으로 나타나는 현상을 두고 심허증과 관련시키는 접근은 위상학적 인식과 일치하는 것이다. 이러한 접근은 한의학이 주로 눈에 보이는 기관이나 물질이 아닌, 기(氣)라고 하는 미시적 차원의 양자 에너지를 인체의 기본 인자로 여기는 점에서 비롯한다. 병증의 개념을 기의 소통의 관점에서 바라보는 한의학은 인체의 고차원에서 현상하는 에너지 효과의 측면에 대해 다루게 된다. 이러한 한의학이 인체를 바라보는 시각에 있어서 생명의 본질적인 사태를 겨냥하고 있음은 물론이다. 기를 인체의 본질에 속하는 것으로 보는 관점은 인체의 본질이 생명에너지 자체임을 가리키는 것이자, 그것이 결국 물질의 궁극의 형태인 양자 효과에 다름 아니라는 사실을 나타내는 것이다. 이점에서 한의학은 양자역학의 원리를 내포한 채 성립된 학문이라 해도 틀리지 않다. 때문에 양자역학이 인체 내에서 어떻게 구조화되고 있는가를 규명함으로써 한의학이 본격적인 과학이자 현대적인 의학으로 정립될 수 있게 해야 할 것이다. 한의학에 위상학이 도입되어야 하는 이유도 여기에 있다.

이와 같은 맥락에서 한의학에서 도해하고 있는 12경락도는 단지 개념적인 것으로서 실제 인체의 위상학적 구조를 사실적으로 나타내고 있지는 못하다고 말할 수 있다. 12경락도에서 볼 수 있는 가지런한 선들은 기 흐름의 가장 이상적인 형태를 도해하는 것일 뿐으로, 대부분의 인체가 그와 같은 원활한 기 흐름을 보일 리 없다. 그러나 그것은 경혈의 지점들을 정확히 도해함에 따라 인체의 위상 구조를 변화시킬 수 있는 계기와 근거를 제공하고 있음을 외면해서는 안 된다. 경혈의 지점들은 초끈들이 모여 응축될 수 있는 지점이며 통증이 유발될 수 있는 지점이다. 그것은 위상학적으로 말해 여분차원이 있어 초끈의 말림이 이루어질 수 있는 지점이라 할 수 있다. 한의학에서 침뜸으로 시술을 하는 부분도 여기인데, 이를 자극함으로써 초끈이 반응하여 말려 응축되었던 초끈이 풀리고 통증이 사라지는 치료를 할 수 있게 된다. 12경락도는 한의학의 치료에 있어 빼놓을 수 없는 유효한 치료의 근거가 되는 것으로 인체의 위상구조를 이해하는 데에도 역시 유용하다 하겠다.

이외에도 한의학에서 치료 원리로서 제시하는 음양오행의 역학(易學)은 철저히 비대칭의 대칭성을 운동 원리로 취함에 따라 변화와 생성을 주도하는 힘이 된다는 것을 알 수 있다. 현대에서 음양오행이라고 하면 막연한 형이상학으로 간주되곤 하지만 그것은 에너지의 성질을 활용한 일종의 물리적 역학(力學)에 해당한다. 음양의 조화가 태극에 이르는 과정이라든가 목, 화, 토, 금, 수라는 오행의 에너지 사이에 존재하는 상극 상생의 성질을 활용하여 인체가 조화와 생성에 이르도록 유도하는 과정은 음양오행의 관점이 물리학적 역학(力學)에 다름 아니라는 사실을 말해준다. 오각형으로 이루어진 오행의 도해에서 오행의 각 점을 상호 연결하면 별(star)의 형상이 나타나는데, 그 안에는 재미있게도 황금비율의 숫자가 숨어있다. 음양오행 사이의 에너지의 상호 작용을 활용하게 되면 오장육부에 놓여 있는 결핍과 과잉이 상쇄되어 인체가 원활하게 제 기능을 하게 될 것이라는 관점을 한의학은 내포하고 있다. 음양오행의 대칭성 역학을 통해 오장육부의 기능을 원활하게 하고 인체의 안정과 균형을 꾀한다는 접근은, 위상학을 인체에 적용한다 해도 블랙홀을 상쇄시키는 반물질의 기능을 인체 내에 어떻게 유입, 생성시킬 것인가에 대해 아직 미정립된 상황에서, 매우 탁월한 치료의 방법론을 제시해주고 있는 것이라 볼 수 있다. 한의학의 우수성도 여기에 있다.

그러나 이와 같은 타당한 치료 원리가 계발되어 있다 할지라도 많은 경우 한의학은 음양오행의 원리를 기계적으로 적용하는 데 고착되어 그 이상의 과학적 발달을 이루어내는 데 한계를 나타내곤 한다. 그것은 한의학에서 제시하는 12경락도와 음양오행법 등의 원리가 추상적이고 이상적인 개념을 나타낼 뿐 고차원 인체의 실상을 사실적이고도 구체적으로 반영하는 데 제한적이라는 점에서 비롯한다. 이 때문에 한의학적 치료에는 대체로 한의사 개개인들의 직관이 전적으로 작용하는가 하면 의술을 행하는 자들에 따라 인체의 구체성에 접근하는 정도의 차이가 발생한다. 요컨대 한의학적 치료가 실질적인 효과로 나타나려면 인체의 구조가 객관적이고도 구체적으로 파악되어야 하는바, 여기에 도움을 줄 수 있는 것이 인체에 관한 위상학적 관점이라는 것이다. 위상학은 인체 내부의 초끈의 구조를 도해하는 데 활용될 것이므로 병증의 깊이와 범위를 가늠케 할 것이며 이로부터 치료의 방법과 과정이 예측될 수 있도록 할 것이다. 즉 위상학(topology)은 한의학이 보다 과학화, 수치화 되는 데에 기여할 것이다. 이것이 이루어질 때 환자들은 치료의 진행 상황을 예측하면서 자신의 질병에 보다 능동적으로 대처할 수 있게 될 것이다.

3) 대체의학의 양자역학

오늘날 서양에서는 서양의학의 한계를 절감하면서 대체의학에 대해 크나큰 관심을 보이고 있다. 해부학과 화학의 발달에 힘입어 정립되어 온 서양의학은 병의 원인보다는 결과에 착목하는 의술이며 화학적 약재에 의지하는 서양의학의 치료법은 대증요법에 해당될 뿐만 아니라 일시적으로 인체를 변화시킴으로써 효과를 얻고자 하는 치료로서 인체의 근본적인 건강 증진에는 무관하다 할 수 있다. 더욱이 화학 약재는 인체의 자연스런 생체리듬을 교란시킴으로써 많은 부작용을 나타내고 있다. 항생제는 그중 대표적인 것으로 그것은 병의 원인균을 억제하는 데에는 유용하지만 인체에 유익한 세균마저 살상하는 결과를 가져옴으로써 궁극적으로 인체의 균형을 파괴하는 위험을 안고 있는 것이다. 이외에도 신체에 가해지는 무차별적인 외과적 수술은 인체를 유기적 생명체로 보기보다는 기계적 무기물로 보는 관점에 의해 가능한 것으로 위급하고 특수한 경우가 아닌 한 매우 신중히 이루어져야 하는 치료법이라 할 수 있다. 현재 선진국에서 이루어지고 있는 대체의학에 대한 관심과 투자는 서양의학이 가지고 있는 이와 같은 한계와 문제점에 대한 인식에 따른 것이다.

서양에서 일고 있는 한의학, 특히 침술에 대한 폭발적인 관심 역시 이러한 맥락에서 이해할 수 있다. 서구에서는 한의학을 비롯한 동양의 전통의학이 자연치유에 가까운 것임을 이해하면서 이들이 부작용 없이 인체에 적용될 수 있는 상당히 유의미한 치료법이라는 시각이 점차적으로 확산되고 있다. 물론 오늘날 대체의학의 범위는 어쩌면 무궁무진하다 할 것이다. 그것이 명확히 검증되거나 제도화되지 못하였다는 점에서 그에 대한 맹신이 야기할 수 있는 문제점도 많은 것이 현실이다. 예컨대 암을 선고받은 환자가 어느 단체 혹은 누군가에 의해 자연요법을 받고 암을 치료했다는 소문을 듣고는 서양의학과 담을 쌓고 전적으로 그에 의존함으로써 결국 제대로 된 치료를 받지 못하여 죽음에 이른 사례를 종종 목격한다. 중증 환자들의 약한 마음을 이용하여 개인의 이익을 꾀하는 부도덕한 경우도 많이 있다. 환자들을 설득할 때 이들은 대부분 자신들의 의술이 대체의학에 속하는 것이라고 하면서 자신들의 의술을 정당화하곤 한다. 이러한 사례들은 대체의학이 무분별하게 양산되는 오늘날의 상황에서 이를 무비판적으로 대하지 말고 이에 대해 정책적으로 관리하는 태도를 가질 것을 요청한다. 제도적으로 대체의학에 대한 원칙과 방법을 정하고 대체의학이라 신고한 의술들을 엄밀히 검증하여 이들을 제도권 내로 편입시킬 것인가의 여부를 판별함에 따라 환자들로 하여금 부작용과 상술에 희생되는 일이 없도록 해야 할 것이다. 이러한 제도적인 장치가 전제되었을 때 비로소 유의미하게 인정될 수 있는 것이 대체의학이라 할 수 있다.

이러한 관점에 섰을 때 오늘날 서구에서 진지하게 연구되고 실제 의료기관의 임상치료로 활용되는 대체의술로 대체로 침술 및 동양의 전통의학, 명상요법, 음악이나 미술, 문학 등의 예술치료, 아로마테라피라고 하는 향기요법, 차와 한약재 등을 이용한 허브요법, 음식요법,

이미지 힐링요법, 마사지요법이나 카이로프랙틱(chiropractic)이라 하는 추나요법, 요가 등 체조요법 등에 주목할 수 있다. 이들 대체의학은 명확한 과학적 근거를 지니지는 않되 치료의 효과를 상승시켜 준다는 이유로 현대의학을 보완하여 사용되고 있다. 이중 특히 침술(acupuncture)은 동양의학(oriental medicine)을 대표하는 것으로 여겨져 오늘날 서양에서 적극적으로 연구 응용되고 있는 대체의학에 해당한다. 실제로 한의학은 여러 대체의학들 가운데에서도 가장 체계적이고 수준 높은 의학이라 할 수 있으며 오늘날 서구에서도 그 효능을 인정받고 있다. 이 중 침술은 한의학에서 말하는 대로 침에 의해 혈자리를 자극하여 막힌 혈을 뚫고 이에 따라 기혈의 순환을 원활하게 한다는 치료 원리를 지니고 있지만 신경학적으로도 설명되고 있다. 즉 인체의 자율신경에는 교감신경과 부교감신경이 있는데 교감신경은 외부의 위험 인자에 의해 아드레날린이나 코티솔이라는 호르몬을 분비하여 신경을 긴장시키는 기능을 하는 반면 부교감 신경은 긴장된 신경을 이완시키면서 엔돌핀이나 세르토닌과 같은 호르몬을 분비, 인체의 기능이 효과적으로 이루어지도록 한다. 여기에서 침술이 곧 교감신경을 억제하고 부교감신경을 활성화함으로써 인체를 편안하고 안정되게 한다고 알려져 있다.

침술 외에도 위에서 열거한 대체요법들은 대부분 신경계의 한 부분인 감각기관에 작용한다는 공통점을 지닌다. 이들은 대체로 시각이나 청각, 후각, 미각, 촉각 등의 감각에 호소하게 되는데 이러한 감각이 신경계를 통해 뇌에 전달됨으로써 생리적, 심리적 반응을 유발하게 된다. 가령 음악치료에서 다루어지는 소리나 리듬, 멜로디 등의 정보는 청각 기관으로 수용되어 시상으로 전달, 전기적 신호로 변환된 후 대뇌피질로 이동함에 따라 감각적 자극으로부터 인지 기능의 변화라는 정신의 총체적인 과정 속에 놓이게 된다. 뇌는 감각과 운동을 주관하고 조절할 뿐만 아니라 감정과 사고를 만들어내고 다스리는 기능을 하거니와[12] 이때 소리 자극은 뇌간에 위치하는 시상에서 무의식적 수준의 지각을 거쳐 대뇌에 이르러 변연계에서는 감정적 반응으로, 피질에 이르러서는 의식적으로 지각, 판단되는 과정을 거친다.[13] 음악치료학에서는 소리와 음악이 무의식에 반응하는 가장 원시적 단계의 의사소통 요소라는 점에 착안하여 인간의 심층적 정신을 치료하는 매체로 활용하기도 한다.[14] 척수와 대뇌 사이에 위치해 있으면서 감각의 전기적 신호를 수용하는 뇌간은 계통상 파충류의 단계에서 발생된 뇌에 해당된다. 이는 뇌간의 감각 수용이 그만큼 본능적이고 무의식적이며 원시적이라는 사실을 의미한다. 그러나 그런 만큼 인간 정신의 근원에 작용하여 정신의 구조를 근본적으로 치료하는 역할을 하게 된다. 음악 등의 감각 치료가 충동 및 강박 장애를 다스리고 감정을 조절하며 나아가 근육 이완을 통한 운동 기능 향상이라는 신체적 측면에까지 영향을 미치게 되는 것[15]도 이 때문이다. 이러한 기능을 위해 음악치료학에서 사용되는 소리와 리듬은 이완적 특성을 가지고 있어야 하거니와, 여기에서 활용되는 소리는 리듬과 선율 등의 음악적 요소뿐만 아니라 북소리처럼 특정 악기를 이용한 음향, 새소리, 빗소리, 파도소리 등의 자연의 음향을 모두 포괄한다.[16]

이와 같은 감각 요법은 음악에 의한 청각 요법에만 국한되지 않는다. 시각은 색채 자체가 가지고 있는 고유한 파장을 이용하여 신경전

---

12 이태희 편저, 『뇌와 마음』, 참나무, 2002, p.17.
13 위의 책, p.29.
14 정영조 편, 『음악치료』, 하나의학사, 2001, p.19.
15 정현주, 『음악치료학의 이해와 적용』, 이화여대 출판부, 2005, p.222.
16 위의 책, p.201.

달체계를 형성한다. 파장이 다른 각각의 색채들은 각기 다른 신경전달물질을 유발하여 심리 및 정신치료에 이용된다.[17] 가령 빨강색은 정신을 흥분시키고 적극적 행동을 유도하는 효과를 나타내는가 하면 파랑색은 차분하고 침착한 정서를 유도하는 색이다. 색채가 미치는 이와 같은 영향을 고려하여 정서를 조절하는 일은 일상생활에서도 그리 낯설지 않다. 미각 역시 미뢰라고 하는 혀의 돌기에서 짠맛, 신맛, 쓴맛, 단맛을 수용하고 이를 전기신호로 변화시켜 뇌를 자극한다. 이들 감각들은 시각과 마찬가지로 일차적으로 감각기관으로 수용되어 감각세포 내에서 전기적 변화를 거친 신호의 형태로 뇌에 전달된다. 뇌의 신경세포에 전달되기 위해 감각은 전기적 형태를 띠어야 하며, 이것이 뇌의 신경세포를 자극할 때엔 아세틸콜린, 아드레날린, 도파민, 세르토닌 등의 화학물질을 분비하게 한다. 감각에 의해 자극된 호르몬은 서로 각기 다른 감정을 유발하는데, 좋은 감각에 의해 유발되는 도파민, 세르토닌과 같은 호르몬은 행복과 만족, 쾌감의 정서를 일으키는 까닭에 인체의 심리와 생리 활동에 유익하게 작용한다는 것을 알 수 있다.

청각, 시각, 미각, 후각 등이 작용하는 이같은 기작은 감각이 뇌세포의 기능 향상 및 신체 상태의 조절을 위해 의도적으로 활용될 수 있는 매개임을 보여준다. 특히 위에서 살펴본바 감각이 뇌에 전달되는 과정에서 일어나는 전기적 변화 및 신호 작동 체계는 감각에 의한 심리적 생리적 반응이야말로 에너지 반응에 속하는 것임을 말해주는 대목이다. 전기적 신호로써 신경계를 이동, 정보를 교환한다는 점에서 감각은 모두 에너지적 성질을 띤다. 전기신호로 바뀌어 뇌에 이르

17 이태희 편저, 앞의 책, p.78.

는 감각은 모두 특정한 파장을 띠는 전기에너지가 된다는 것이다. 이는 감각에 의한 치료 요법들이 곧 에너지 의학의 관점에서 논의될 수 있음을 의미한다.

위의 다섯 가지 감각이 감각으로 그치는 것이 아니라 정서 및 신체적 상태 변화에 기여하는 전기적 에너지가 된다는 관점은 서양의 뇌과학에서만 이야기되는 것이 아니다. 그것은 동양의 음양오행 철학에서도 이미 일반화되었던 관점이다. 음양오행 철학에서 오행이라는 다섯 가지 기운이 곧 에너지적 성질을 가리키는 것은 주지의 사실이거니와 이것이 적용되는 영역은 오장육부만이 아니었다. 동양에서의 전통적 삶은 음양오행 철학의 총체적 구현이라 해도 과언이 아닐 정도로 생활의 모든 국면에서 음양오행의 원리가 강조되었다. 의학은 물론이고 의식주의 일상 및 언어, 음악, 마음 등의 영역이 그것이다. 이들 영역에서 오행은 특히 오감의 형태로 제시되었음을 알 수 있다. 오행은 모두 각기 다른 에너지적 성질로 대표되어 인간의 정신과 생활을 조절하는 원리로 활용되었다. 맛에서의 신맛, 쓴맛, 단맛, 매운맛, 짠맛이라든가 색채에서의 청, 적, 황, 백, 흑, 소리에서의 각, 치, 궁, 상, 우, 감정에서의 분노, 기쁨, 사려, 슬픔, 공포, 정신에서의 인, 예, 신, 의, 지, 인체에서의 간, 심, 비, 폐, 신 등의 구분은 목, 화, 토, 금, 수의 오행의 원리가 오감을 비롯하여 인간의 정신과 신체에까지 적용되었음을 말해주는 것으로서, 이는 인간을 둘러싼 모든 환경과 조건들이 음양오행이라는 에너지적 작용에 의해 운영된다는 인식을 반영하는 것이다. 각각의 요소들이 오행의 성질을 대변한다는 것은 그들이 고유한 파장에너지를 띤다는 것을 의미하는바, 이들 간의 에너지 작용을 통해 동양에서는 정신과 신체, 몸과 마음을 하나로 아우른 채 조화와 균형, 안정과 생성을 최고의 미덕으로 여겼음을 알 수 있다.

감각을 통한 대체 요법 외에 명상요법이나 참선, 기도, 기공, 단전호흡, 요가와 같은 종교적 수행법들도 대체의학의 한 종류로 언급되고 있다. 이들 역시 호흡과 신체 상태를 조절함으로써 두뇌기능을 활성화시키고 신체 치료에 영향을 미치는 방법들에 속한다는 점에서 감각요법과 크게 다르지 않다. 특히 명상이나 참선, 기도의 상태에서 발생한다고 하는 뇌의 특수한 파장인 알파파는 베타파, 감마파가 흥분과 긴장을 유발하는 것에 비해 몸과 마음을 편안하게 이완시켜 정신을 집중하게 하고 안정과 위안을 주며 신체를 정상화시키고 활력을 불러일으키는 매우 이상적인 뇌파로 알려져 있다.[18] 실제로 명상을 할 때처럼 눈을 감고 진정된 상태를 지속적으로 체험하게 되면 심리적 변화뿐만 아니라 뇌기능 및 신체기능에까지 긍정적인 변화가 일어난다고 보고 있다. 명상과 기도의 상태에서 발생하는 알파파의 존재는 특정한 파장에너지가 심리와 신체에 영향을 미친다는 사실을 말해준다. 이처럼 감각요법뿐만 아니라 수행요법 역시 파장에너지 기작의 관점에서 이해할 수 있다.

대체요법들은 모두 일정한 기작을 바탕으로 심리 및 신체 양 측면에 걸쳐 변화를 의도하고 있다. 감각자극을 통하든 혹은 수행법의 무자극

---

18 1초 동안 내는 진동수(주파수)를 기준으로 살펴볼 때 뇌파는 크게 5가지로 구분된다 한다. 뇌파기록장치인 EEG에 따르면 알파파는 8-13Hz, 베타파는 13-30Hz, 감마파는 30Hz이상, 세타파는 4-7Hz, 델타파는 0.5-4Hz의 주파수로, 일상생활로 인한 긴장 상태에 놓일 때가 베타파에 해당한다면 주로 명상 시에 나타나는 알파파는 심리적으로 안정되고 이완될 시의 느린 파형이다. 감마파는 매우 빠른 주파수로 흥분상태에 놓일 때의 파형이며 세타파는 수면 시의 파형, 델타파는 깊은 수면이나 최면, 혼수 상태의 파형에 해당한다. 이들 가운데 가장 이상적인 파형이 알파파임은 잘 알려진 사항이다. 기도나 명상을 통해 알파파에 노출될 때 우울증이나 강박증, 공포증과 같은 부정적 감정의 치유는 물론 혈압이나 심장, 근육 등에 영향을 미쳐 신체 건강에도 도움이 된다. 장현갑, 『마음 vs 뇌』, 불광출판사, 2009, p.152 참조.

의 상태에서건 대체요법들은 공통적으로 심신의 이완을 유도함으로써 심리적 안정과 신체적 기능의 활성화를 추구한다. 한편 이러한 변화들이 뇌에 미치는 전기적 신호에 따라 이루어진다는 점에서 대체요법은 에너지 의학이자 파장의 형태로 이루어지는 양자 의학이라 말할 수 있다. 특히 이러한 대체의학이 직접적으로 에너지로서 기능하며 인체의 신체적 조건을 변화시킨다는 점에서 이들이 인체의 위상구조를 변화시키는 에너지적 요인이 될 수 있을 것이라는 추정을 할 수 있게 된다.[19] 대체의학에서 발견할 수 있는 전기적 반응 기작은 특정 파장의 에너지를 통해 인체 내 블랙홀을 상쇄시키는 요소로 활용할 수 있음을 추론하게 한다. 어쩌면 대체의학의 이와 같은 성질과 원리를 볼 때 그것들이 위상학의 관점에서 명확하게 개념화되지는 않았을지라도 이미 인체의 위상구조 변화에 기여하면서 인체를 치료해왔었는지도 모를 일이다. 고차원적 범주에서의 인체 구조의 정상화는 이미 시행되고 있는 대체의학의 작용 원리와 관련이 있을 것이라는 점이다. 침술을 비롯해 명상요법, 예술 치료, 자연 치유 요법 등이 모두 여기에서 벗어나지 않거니와, 이들 대체의학들이 신경체계에서 발생하는 전기적 파동에너지를 통해 병증을 치료하고자 한다는 점에서 이들은 양자의학 혹은 에너지 의학의 범주에 포함되는 것으로 볼 수 있다.

사실상 이들 요법들이 나타내는 실질적인 치료 효과 덕분에 대체의학은 의학의 한 분야로 진지하게 연구되고 있는 실정인데, 만일 이들

19 파동 방정식을 제시하여 양자역학에 크게 기여한 에르빈 슈뢰딩거(Erwin R. J. A. Schrödinger, 1887-1961)는 그의 책 '생명이란 무엇인가?'에서 양자역학이 우주의 근본 원리로서 자연계에서 실제로 발견되는 모든 종류의 원자집합체를 설명하는 최초의 이론이라 하였다. 이러한 관점은 양자역학이 우주나 자연 과학에만 해당되는 것이 아니라 생명 현상을 다루는 인체에도 고스란히 적용될 수 있음을 시사한다. 에르빈 슈뢰딩거, 『생명이란 무엇인가』, 서인석 · 황상익 역, 한울, 1991, p.123.

이 인체에 작용하는 과정이 실제로 인체의 위상구조를 변화시키는 데 기여하는 것이라고 한다면, 즉 대체의학에서 다루는 전기적 신호가 신경계를 통해 오장육부를 자극, 인체의 블랙홀을 해소시키는 에너지적 요소로서 기능한다는 사실이 밝혀진다면, 대체의학 역시 과학화가 이루어질 것임은 물론 인체의 질병은 시간의 함수 속에서 근원적으로 치료될 수 있을 것이라는 관점을 지니게 될 것이다. 고차원의 범주에서 인체의 위상학적 구조를 변화시키는 것이야말로 모든 치료의 본질이자 근원이 되는 까닭에 에너지 의학에 해당하는 이때의 대체의학은 앞서 한의학이 그러했듯 결과에 대한 것이기보다는 원인을 겨냥하는 근본적 치료가 될 것이다. 대체의학에서 추구하는바 예방이 최선의 치료가 된다는 말의 함의도 이와 관련된다 하겠다.

위상시학
(位相詩學)

4

인체의 위상 구조와 시 치료

1) 시적 언어와 치료의 원리

그것이 오행의 성질을 가진 에너지이든 전기적 파장 에너지의 형태이든 한의학을 비롯하여 여러 대체의학이 특정 에너지에 의해 인체를 치료한다는 점에서 에너지 의학에 속하며, 이러한 의학에 의해 이루어지는 치유라는 것이 인체의 위상구조를 변화시키는 것과 관련된다는 관점에서 볼 때 문학치료학에서의 문학은 이와 관련하여 어떤 역할과 의미를 지닌다고 할 수 있을까? 문학 역시 대체의학에서 보여주는 기작에서처럼 특정 에너지를 유발하여 인체의 블랙홀을 소멸시키는 고차원적 에너지로서 기능할 수 있을까?

시의 재료가 되는 언어는 주지하듯 리듬의 언어이자 감각의 언어이고 정서의 언어이자 압축의 언어이다. 시가 리듬을 주된 요소로 지니고 있다는 점에서 그것은 음악과 친연성을 지니고 있으며, 시가 활용하는 비유의 언어, 이미지의 언어는 시적 언어가 시각과 긴밀히 관련을 맺고 있음을 말해준다. 시의 리듬과 감각적 요소는 그 자체로 정신의 감각적 영역에 작용하는 기제로 쓰이게 마련이다. 물론 감각에 반응하는 시의 이들 요소들은 단지 감각에만 작용하는 것이 아니라 동시에 정서에도 작용하여 정서를 한층 안정되고 풍부해지도록 하는 데 기여한다. 이를 바탕으로 시가 독자에게 미칠 수 있는 감각적 영향과 정서적 영향을 말할 수 있게 된다. 또한 시는 그것이 주제와 의미를 다루는 이상 인간 정신의 인지적 측면에도 영향을 미친다. 주로 존재의 화해와 사태의 통합을 추구하는 시적 메시지로 인해 독자는 시를 통해 자신의 문제를 사유하고 나아가 위안과 치유의 체험을 하게 된다.

시적 언어가 지닌 고유한 특성으로 인해 시가 인간 정신의 감각과 정서, 그리고 인지의 전 영역에 걸쳐 영향을 미친다는 사실은 시가 나타내는 총체적 치료의 기능을 말해준다. 감각을 자극한다는 점에서 그것은 대체의학에서의 감각요법과 가까이 있으며 정서를 자극한다는 점에서 그 자체로 정서 순화와 함양이라는 카타르시스 기능을 하게 된다. 뿐만 아니라 인지적 측면에서 구현되는 화해와 통합의 메시지는 독자가 품고 있던 내면의 상처와 기억을 환기시켜 분열된 자아를 위로하고 치유하는 기능과 관련된다.

지금까지 진행되어왔던 시 치료는 문학치료 혹은 독서치료의 범주 내에서 이루어졌다. 그것은 주로 작품 읽기 혹은 글쓰기를 통해 독자의 경험 속에 내재되어 있던 트라우마를 끌어내어 이를 성찰하게 함으로써 독자가 그로부터 자유로워질 수 있는 길을 제시하였다. 독자의 의식과 무의식 속에 남아 심리와 신체에 영향을 미쳤던 불행하고 아픈 기억들은 작품 속의 내용을 매개로 수면 위로 떠올라 독자로 하여금 이에 대해 대자적으로 인식하게 하는 계기를 제공한다. 이때 작품을 접하는 순간은 과거에 숨겨져 있던 시간을 현재의 시간에 통합시키는 시간이 된다. 이러한 방법에 의해 이루어진 시 치료는 작품에 대한 인지적 접근을 통해 기억을 교정하고 동시에 부정적인 정서를 정상화시키는 작용을 하게 된다. 시적 메시지를 통해 자신에 대해 성찰케 하고 사태에 관한 전체적인 통찰과 통합을 가능하게 한다는 점에서 지금까지의 시 치료는 단적으로 말해 문학의 인지적 기능을 통한 정서치료의 성격을 띠는 것이었다고 말할 수 있다.

그런데 지금까지의 시 치료가 대체로 인지를 통한 심리 및 정서치료에 국한되었던 반면 시적 언어가 지니고 있는 여러 특수한 측면들을 다양한 대체의학들이 지니는 기능적 측면들과 연관시킬 경우 시 치료는 더욱 포괄적인 범위에서 다루어질 수 있을 것이다. 시가 언어적 특수성을 기반으로 하고 있는 이상, 시 치료는 인지적 차원의 접근만을 할 것이 아니라 이밖에 다양한 차원에서의 시 치료 기작을 해명해볼 수 있을 것이라는 점이다. 이는 시적 언어를 여러 대체의학이 지닌 요소들과 대비시키면서 시가 나타낼 수 있는 효과의 가능성을 보다 종합적으로 규명해보고자 하는 의도를 내포한다. 예컨대 시의 가장 중요한 요소 중 하나인 리듬이 나타내는 효과는 음악이 인체 치료에 기여하는 점과 대비될 수 있으며, 시의 이미지가 나타내는 감각 기능은 이미지 힐링 요법 혹은 색채요법과 관련될 수 있는 부분이다. 또한 시적 내용에서 나타나는 정서적 특질은 그 자체로 정서치유의 기능을 지닐 뿐만 아니라 오행철학과 관련시켜 한의학에서 제시하는 대칭성 역학의 관점에서 활용할 수 있다. 가령 시가 다루고 있는 정서들이 기쁨이나 슬픔, 분노, 공포 등의 감정들일 경우 오행철학에서 말하는 에너지로 분류하여 이를 심리와 신체의 안정화에 기여할 수 있도록 적용할 수 있다.

이처럼 시적 재료가 언어인 점에서 시는 여러 차원에서의 기능적 매체가 된다는 것을 알 수 있다. 언어가 발휘할 수 있는 기능은 음운의 소리에서부터 시작하여 어휘의 특질, 문장의 의미의 영역에까지 확대

될 수 있다. 언어의 속성에 대해 세밀히 검토할 때 시가 인체 치료의 매개가 될 수 있다는 것은 보다 자명해질 것이다. 특히 대체의학이나 음양오행 철학과의 관련성에 주목해본다면 시적 언어를 통해 나타날 수 있는 인체에 대한 기능적 효과는 궁극적으로 전기적 파동 에너지를 통해 구현된다는 사실을 짐작할 수 있다. 언어의 음운상의 발음은 물론이고 시의 감각적 이미지 및 시적 정서는 모두 뇌의 신경 체계를 거쳐 특정한 파장을 띠는 에너지 정보로서 유통되기 때문이다. 파동에너지로서의 시는 뇌의 전기적 신호 체계 내에 유입되어 신체를 변화시키는 데 기여할 수 있게 된다. 이는 시가 언어를 재료로 삼음으로써 인지적 대상이기 이전에 물리적 인자가 된다는 것을 의미한다.

단지 시적 내용에 의한 의미 환기에 국한되는 것이 아니라 언어의 기능적 특질에 의해 치료적 효과가 나타난다는 것은 시가 대체의학의 관점에서 보다 적극적으로 고려될 수 있음을 말해준다. 시 역시 여느 대체요법들과 마찬가지로 에너지의학의 범주에서 다룰 수 있다는 것이다. 뇌의 신경 체계 내에서 전기적 에너지가 되는 시는 그것을 읽고 느끼는 데에 따라 인체 에너지의 흐름에 귀속될 수 있다. 이때의 인체는 역시 특정한 에너지장에 해당되는 것으로서 시와의 접촉에 의해 특정한 반응 현상을 일으킬 수 있다. 물론 시의 인체와의 접촉은 청각과 시각 등의 감각을 통하는 것뿐만 아니라 느끼고 생각하는 총체적 과정을 포괄하거니와,[1] 시를 통한 인체의 에너지 반응은 인체에 역기

1 펜로즈는 마음과 생각과 인지 등의 정신 작용이 뇌에서 만들어지는 과정인 만큼 그것을 계산기적으로 구현해 낼 수 있는지 없는지를 물리학 이론으로 설명해내야 한다고 주장하고 있다. 그는 이를 위해서 현재 양자론에서 고려하고 있는 측정과 실재론 문제, 그리고 우주 구조 및 시공간 문제 등이 선결되어야 한다고 말한다. 즉 펜로즈는 양자역학과 의식의 문제가 여러 가지 방식으로 맞물려 있다고 보는 것이다. 로저 펜로즈 외, 『우주 양자 마음』, 김성원 역, 사이언스북스, 2002, p.11.

능으로도 순기능으로도 나타날 수 있으며 인체의 구조를 정상화시킬 수도 더욱 부정적으로 고착시킬 수도 있다. 시작품에 대한 쾌불쾌와 호불호는 여기에서 판가름된다.

시가 지닌 언어의 특이성으로 인해 대체의학과 마찬가지로 인체에 작용하는 에너지로서 작용한다는 사실은 시가 인체의 위상구조를 변화시키는 특정한 에너지를 생성할 수 있다는 점을 의미한다. 시는 인체의 특정한 위상 구조를 변화시키기 위해 의식적으로 선택될 수 있다는 것이다. 시적 언어가 뇌의 신경 체계에서 전기적 정보로 전환되어 인체에 유입되는 순간 시는 막연한 감상과 이해의 대상이 되는 것이 아니라 대체의학의 관점에서 적극적으로 활용될 수 있게 되며 그것은 인체의 위상구조에 반응하는 특정한 에너지로서 기능한다는 것을 알 수 있다. 시가 여타의 대체의학과 마찬가지로 인체 치료의 관점에서 고찰되어야 한다는 관점이 여기에서 비롯된다.

시가 보여주는 이와 같은 에너지 의학에 대한 관점이야말로 위상시학이 도출될 수 있는 계기에 해당한다. 위상시학은 시가 위상 구조체로서의 인체에 작용하고 그것의 구조 변화에까지 영향을 미치는 기능적 매개체라는 가정에서 출발한다. 언어적 속성상 관념이기 이전에 물질인 시는 그 자체로 에너지적 성질을 띠는바, 이것이 시공간의 구조라 할 수 있는 인체의 위상 구조에 작용함으로써 시는 인체 에너지장의 일부로 편입될 수 있게 된다. 단 이러한 과정은 자아가 시를 읽는 시점에 전개되는 사항이다. 시를 읽는 순간 그것이 청각적이고 시각적인 정보로서 뇌에 전달되고 정서적 작용이 일어나며 인지적 이해 과정이 이루어질 때 시는 순차적으로 여러 층위에서의 다양한 에너지 효과를 나타내게 된다. 뇌의 신경 체계를 거침으로써 비로소 파장을 띠는 에너지로 전화되는 시는 이후 인체 에너지장과 충돌하고 융합할 수 있게 된다. 이는 시의 수용이 단순히 관념으로 끝나는 것이 아니라 인체 내에 흡수되어 인체 내 공간의 상대성 원리와 양자역학의 메카니즘 속에서 작용하는 것임을 의미한다. 실제로 파동 에너지가 된 시는 인체의 위상 구조 및 에너지장을 변화시킬 것으로 기대될 수 있다.

시가 인체의 위상구조를 변화시킬 수 있는 에너지에 해당한다는 관점은 시가 흔히 생각되듯 마음에만 국한되는 것이 아니라 몸과 마음 양 측면에 영향을 미친다는 사실을 말해준다. 파동에너지로서의 시는 그것이 에너지인 까닭에 마음과 몸에 동시적으로 작용한다. 그리고 이점은 시가 기존 문학치료에서 행해왔던 것처럼 작품의 내용을 이해하고 자신의 경험을 떠올리며 성찰하는 일련의 과정을 거치지 않고서도 즉각적으로 반응을 나타낼 수 있다는 사실을 가리킨다. 즉 시는 인지적 이해 작용과 별도로 읽는 즉시 실질적 효과를 나타내는 에너지적 매개체라는 것이다. 시를 읽는 순간이 행복이 되고 사건이 될 수 있는 것도 이 때문이다. 이점은 시를 묵독하기보다 노래를 부르듯 소리 내어 읽을 때 그 효과가 더욱 뚜렷할 것임을 짐작케 한다. 소리야 말로 매우 강한 파동에너지가 되기 때문이다.

시가 나타내는 이같은 원리들은 시낭송을 통해 치매환자를 치료하는 대체의학 분야가 있다는 사실에 주목하게 한다. 최근 시를 낭송하는 활동들이 활발히 이루어지고 있는데 그중 치매환자와 조현병 환자 등 정신적 질병을 앓고 있는 이들을 대상으로 실제 치료의 활동으로 시낭송을 하는 단체가 있어 관심을 끈다. '한국시낭송치유협회'가 그것이다. 이들의 활동은 많은 정신적 질환자들을 호전되게 하는 결과를 보여주고 있거니와, 정신 질환자들이 점차 회복을 나타낸다고 하는 이때의 효과는 시 치료가 단순히 심리나 정서 차원에서 그치는 것이 아니라 뇌라고 하는 인체의 차원에까지 미치고 있음을 말해준다. 이러한 사례는 시가 인지의 매체로서만 의미를 지니는 것이 아닌 보다 직접적이고 근본적으로 물질적 성질을 지닌 물리적 매체라는 사실을 나타낸다. 즉 시는 가장 일차적으로는 음성적 정보를 지닌 에너지적 매체이다. 이러한 감각적 정보를 통해 시는 특정한 파장 에너지를 띠고 인체의 에너지장에 기능적으로 작용하게 된다. 물론 시적 언어의 기능상의 성질은 일차적 정보로서의 음성적 요소에 한정되지 않는다. 시를 의미로서 받아들이는 시점에 환기되는 정서 역시 치료적 효과를 나타내기 때문이다. 시가 불러일으키는 정서적 작용은 인체 치료가 더욱 견고해질 수 있는 계기가 되어 줄 것이다. 이처럼 시를 치료의 관점에서 수용하고자 하는 일은 시적 기능이 심리라든가 인지 등의 정신적 측면에만 적용되는 대신 정신과 육체, 마음과 몸이라는 양 측면에 동시적으로 적용된다는 전제 위에 놓이는 것으로서, 이는 시에 관한 수용의 폭을 한층 확장시키고자 하는 의도를 지닌다. 시는 지금까지 이해되었던 것처럼 정신적 현상으로서만 가치를 지니는 것이 아니라, 물리적 현상으로서도 자리매김될 수 있다는 것이다. 즉 시의 가치는 무엇보다도 시가 발휘하는 에너지적 성질에 따라 구별되고 판단되어야 할 것이다.

2) 시 치료의 방법과 범주

음악치료학에서는 음악이 치료에 관여하는 경로로서 크게 두 가지를 제시한다. 하나는 음악이 감정을 자극하여 신체에 영향을 미치는 경로이고 다른 하나는 음악이 특정 감정에 대한 표현 없이 신체에 영향을 미치는 경로이다. 전자가 음악의 미적·감정적 성질을 바탕으로 심리에 호소하는 것이라면 후자는 음 자체의 구성과 조직, 흐름 등의 물리적 성질을 통해 신체에 작용하는 것을 가리킨다.[2] 전자가 심리적·정서적 치유에 해당한다면 후자는 생리적·물리적 치유에 해당할 것이다. 음악이 예술의 한 분야로서 정서에 호소한다는 점을 떠올리면 전자와 같은 작용은 지극히 당연한 것이며, 또한 음악의 리듬이 직접적으로 파동의 성질을 띠는 것이라는 점을 상기한다면 후자와 관련하여 음악이 음 자체로써 신체 치료에 기여할 수 있다는 사실 역시 매우 타당하다. 재미있는 것은 후자의 경로뿐만 아니라 전자의 경로를 통해서도 신체에 작용할 수 있다는 점이다. 음악에 의한 정서적·심리적 자극이 이루어졌을 때 그것은 그것으로 그치는 것이 아니라 그 작용이 신체에 미치게 된다는 것이다. 즉 그것이 순차적이든 동시적이든 음악에 의한 마음 상태의 변화는 신체 상태의 변화와 함께 나타나는 것이다. 음악을 들으면서 마음이 위로받는 것과 함께 근육이 이완되는 현상은 이에 대한 단적인 예가 된다. 물론 음 자체의 물리적 성질을 통한 신체에의 작용은 그것이 파동에 의해 이루어지는 만큼 즉각적인 것이다.

음악치료학에서 보여주는 음악 치료의 두 가지 경로는 위상시학에서 추구하는 인체 치료의 방법에 관해 시사하는 바가 크다. 위상시학에서는 궁극적으로 시를 읽음에 따라 나타나는 인체에의 작용을 도모하고 있거니와 이에 이르는 과정은 음악 치료와 마찬가지로 크게 정서적인 경로와 비정서적인 경로, 즉 심리적인 것과 물리적인 것 두 가

2 무라이 야스지, 『음악 요법의 기초』, 김승일 역, 삼호뮤직, 2003, p.58.

지로 구분할 수 있기 때문이다. 이때 지금까지 행해져 온 일반적인 문학치료, 즉 작품을 읽고 성찰하는 과정을 통해 궁극적으로 정서의 치유에 기여하는 방법은 이 중 정서적 경로에 해당할 것이다. 이는 인지적이고도 정서적인 매체로서의 시가 나타내는 기능과 관련된다. 이에 비해 순수히 언어의 물리적 속성에 기반하여 이루어지는 치료는 비정서적 경로에 속한다. 언어의 물리적 속성이란 일차적으로 음운의 발음에서 발생하는 소리의 성질에 기인하는 것으로 주로 시적 언어의 청각적 요소에 기반하여 나타나는 성질을 가리킨다. 의미를 떠나 소리 자체로서 발현되는 언어의 성질은 음악에서의 순수 음과 같이 물리적 에너지를 지닌다.[3] 문학에서 이루어지는 정서적인 반응과 비정서적인 반응, 혹은 심리적인 현상과 물리적인 현상은 정서를 자극하는지 여부에 의해 구분되지만 음악치료에서처럼 궁극적으로는 모두 신체에 작용하는 생리적인 것이다. 특히 이 두 가지 경로가 인체의 위상 구조에 변화를 가져올 때 위상시학에서 추구하는 치료의 의미를 확보할 수 있게 된다.

그렇다면 문학작품에 구현되는 정서가 인체의 위상 구조에 변화를 일으킬 수 있다면 그것은 어떤 메카니즘을 통해서일까? 여기에서 위상시학은 두 가지 방법에 관하여 고찰해보고자 한다. 하나는 기존의

3 의미를 떠나 순수히 소리를 통한 신체치료와 관련하여 김춘수의 무의미시론에서 그 가능성을 가늠해 볼 수 있다. 김춘수의 무의미시론은 의미나 정서를 떠나 언어의 순수 음을 통해 시를 구축할 수 있다는 관점을 제시하고 있다. 김춘수는 그것이 파동의 언어이자 리듬의 언어이며 구원의 언어라 하였다. 시가 정서와 일정 정도 독립된 채 언어의 조직과 구성만으로도 기능을 발휘할 수 있다는 입장은 위상시학에서 추구하는 시 치료의 측면에서 유의미하게 고려되는 부분이다. 김춘수에 대한 논의는 김윤정, 「물(物)자체에 이르는 도정으로서의 무의미시론 연구」, 『한민족어문학』 71집, 한민족어문학회, 2015.12, pp.683-708; 「파동역학의 가능성에서 본 김춘수의 무의미시론」, 『비교한국학』 25권 3호, 국제비교한국학회, 2017.12, pp.177-206 참조.

문학치료에서처럼 심리에 작용을 가하는 방법으로서, 자신의 경험 속에서 얻게 된 트라우마를 독서 과정을 통해 인식하고 이를 객체화함으로써 심리적으로 극복하는 것을 가리킨다. 과거에 상처를 입고 응어리진 채 굳어져 있던 마음은 시 치료의 과정에서 그와 유사한 경험을 담고 있는 작품을 접하게 됨에 따라 점차 이해와 소통의 문을 열게 될 것이다. 작품 속에 형상화되어 있는 자신과의 유사체험은 자아의 상처를 대자적으로 인식하게 하고 성찰케 하여 그로부터 벗어날 수 있는 길을 열어주게 된다.[4] 가령 학창 시절 겪었던 집단 따돌림의 경험으로 트라우마를 지니고 있는 자가 그와 동일한 주제로 쓰여진 작품을 접할 경우 자신의 상처를 객체화함으로써 자신의 상처를 넘어설 수 있는 계기를 얻게 된다. 트라우마를 안고 살아가는 이에게 제시되는 유사한 내용의 문학 작품은 그의 심리 기저에 웅크리고 있던 과거의 체험을 심리적 안전거리 하에 재인식하도록 함으로써 자신을 향한 긍정적 피드백을 제공할 기회를 부여한다. 이러한 계기야말로 문학 작품이 심리 치유를 위해 행할 수 있는 대단히 유의미한 역할이라 할 수 있다. 이러한 방식으로 진행되어왔던 기존의 시 치료는 시 치료와 관련한 가장 일반적인 치료 과정에 해당하는 것으로서, 이는 자아의 내면 깊숙이 갇혀 있던 내적 감정을 이해하게 하여 정서적 변화를 일으킨다는 원리를 지니고 있다.

한편 이러한 과정은 위상학적으로 말해 인체 속에 응어리진 채 말

4 지금까지 문학치료학에서 시행해온 방식이 이와 같은 치료법이다. 작품을 읽거나 쓰면서 자신과 타자의 느낌과 욕구를 자각하고 공감하게 하는 방식이다. 자아가 작품 속 주인공이나 시인의 사상과 감정에 동일시하며 공감, 소통, 통찰, 재구조화라는 일련의 과정을 거칠 때 자아는 자신을 새롭게 통찰하고 삶의 난관을 이겨내고 극복하는 법을 배우게 된다. 최소영, 『문학치료학의 이론과 실제』, 고요아침, 2016, p.14.

려 있던 시간의 끈을 끌어올리는 작업에 비견할 수 있다. 시간이 공간과 분리되어 있는 것이 아니라 공간의 일부가 되는 것이라면 과거의 시간은 흘러가 버리는 것이 아니라 공간과 함께 시공간의 구조로서 형태화된다. 과거의 시간은 소멸하는 것이 아니라 일정한 정보를 내장한 채 공간 속에 구조화된다는 것이다. 또한 시공간이 사건과 독립되어 단지 배경으로서 존재하는 것이 아닌 것처럼 시공간은 인간의 경험과 함께 인체 내부에 기록의 형태로 남게 된다. 즉 자아의 경험은 시간의 흐름과 더불어 사라지는 것이 아니라 일정하게 정보화되어 자신의 신체 내부에 기록된다는 것이다. 그렇게 인체의 내부에 기록된 경험은 의식적이든 무의식적이든 자아의 정신에 흔적으로서 남아 있게 된다.

이때 자아의 경험이 시공간의 구조로서 형태화된다는 것은 그것이 인체 내부에서 고유의 위상 구조를 이루고 있다는 것을 의미한다. 그것은 흘러가는 대신 공간과 더불어 인체 내부에서 위상기하학을 이룬다. 그러한 경험이 때로 무겁고 아픈 것이라면 그것은 인체 내부의 어두운 자리를 차지한 채 인체의 구조를 기괴하게 일그러뜨리는 데 기여할 것이다. 또한 시간의 흐름 속에서 그와 같은 일그러짐이 더욱 견고하게 응어리질 수도 있을 것이다. 이것을 가리켜 트라우마의 물질적 형태라 일컬을 수 있을 것인바, 이렇게 하여 형성된 과거의 내적 트라우마는 지워지거나 소멸하지 않은 채 지속적으로 의식의 수면 위로 떠오르게 된다. 한편 경험과 인체, 그리고 정신 사이에 놓인 이러한 메카니즘 속에서 시의 정서적 치료는 과거의 시공간 속에 기록된 사건을 끄집어내고 여분차원 속에 말린 시간의 끈을 풀어냄으로써 인체 내부의 시공간의 구조를 바꾸는 작업에 해당한다. 과거의 트라우마가 의식 위로 기억됨에 따라 그러한 경험을 기록하고 있는 시간의 끈은 되돌려지고, 나아가 재현된 트라우마를 따뜻한 시선으로 위로하게 됨으로써 단단하게 응어리졌던 시간의 끈은 그 매듭이 눈 녹듯이 소멸하게 된다. 위상학적인 측면에서 보았을 때 이러한 과정은 비정상적인 위상구조를 변화시켜 단순화된 위상구조체로 거듭나게 하는 일이라 할 수 있다. 자신의 트라우마와 유사한 경험을 하게 될 경우 소환되는 과거의 아픈 기억들은 인체 속에 감겨 있던 시간을 되돌이키고 응어리진 마음을 해소하는 과정에 해당하는바, 이러한 전개야말로 시간의 진행으로 뒤틀린 위상구조체에 반응하여 이를 변화시키는 일에 해당한다. 실제로 이와 같은 트라우마에 대한 재인식과 위로의 과정을 겪었을 때 경험하게 되는 정서적 안정과 후련함의 상태는 이들 과정에 의한 정서적 치유가 단지 심리적 차원에 그치는 것이 아니고 인체의 편안함까지 유도한다는 것을 알 수 있다. 과거의 트라우마를 의식 위로 끌어내어 이에 대해 의식의 재구성을 거치고 자신에게 긍정적인 피드백을 하는 일련의 과정은 트라우마 치료의 가장 일반화된 기제인바, 이러한 치료가 심리적 차원에 국한되는 것이 아니라 인체와도 관련된다는 것은 몸과 마음이 서로 분리되지 않는 유기적 시스템이라는 점을 떠올리더라도 납득이 되는 사실이다. 그리고 이처럼 유사체험을 동일하게 반복함으로써 자신의 과거의 상처를 회복한다는 방식의 치료의 원리는 대체의학에서 실시하는 방법상의 동종 요법,[5] 즉 동질의 체험을 통해 스스로 방어기제를 작동시켜 상처를 치유

5 동종요법(同種療法)은 대체의학에서 인체에 질병 증상과 비슷한 증상을 유발시켜 치료하는 방법으로, 질병의 증상이 결국 질병을 제거하려는 신체의 자구노력을 나타내는 것이라는 점을 이용하는 치료 요법이다.

하려는 시도에 해당한다 하겠다.

음악치료학에서는 정신 병원에서 이루어지는 음악 요법의 기본적 프로그램은 동질의 음악에서 이질의 음악으로 이행하게 된다고 한다.[6] 여기에서 말하는 동질의 음악과 이질의 음악의 구분은 자아의 상태가 기준이 된다. 자아가 지닌 정신적 문제와 동일한 계기를 지니고 있을 시 동질의 음악일 것이며 자아의 상태로부터 벗어나 있으면서 그에게 영향을 미칠 수 있는 음악이 이질의 음악일 것이다. 음악 요법에서 행한다는 동종 요법과 이종 요법의 진행 방향은 정신이 어떤 과정을 통해 성장해 나가는 것인지 짐작하게 한다. 정신은 우선적으로 문제적 요소의 제거가 요구되며 여러 정서들 간의 균형과 조화는 그 이후의 과제가 된다는 것이다. 자아의 문제적 정신이 우선적으로 치유되지 않은 상태에서 정신의 안정과 성장은 기대할 수 없다. 정신적 질병의 치유를 위한 음악 요법에서 동종 요법은 기본적이고도 일차적인 역할을 담당하는 것으로, 동질의 음악을 통해 자아는 자신의 상태를 투사함으로써 억눌려 있던 감정을 발산시키는 계기를 얻게 된다. 이러한 음악에서의 동종 요법은 시 치료의 경우 자신의 문제적 경험과 유사한 작품을 통해 자신의 체험을 재인식하고 자신의 트라우마를 문학작품 속에 투사시켜 그것을 발산하는 것에 그대로 대응한다. 이러한 관점에서 볼 때 그동안 문학치료학에서 행해오던 기존의 일반적인 시 치료는 음악치료학에서의 정서적 경로의 치료, 특히 그 가운데 동질적 음악에 의한 정서치료에 대응한다고 말할 수 있다.

그러나 동질적 요법의 중요성에도 불구하고 동질의 음악 체험만으로는 다양한 정서들 간의 조화와 균형, 다양성의 통일을 갖춘 건강하

---

6 무라이 야스지, 앞의 책, p.60.

고 성숙한 정서 상태를 구현할 수 없다. 음악에서의 정서치료는 동질적 음악에 의한 것으로 완성되지 않는다는 것이다. 동질의 음악치료는 자아의 트라우마를 해소하는 데에는 기여하지만 그것을 초월하는 그 이상의 정서적 상태에 이르게 하지는 못한다. 그것은 상처를 낫게 하는 것에 해당할 뿐으로 트라우마가 치유되었다고 해서 자아가 이상적인 정서 상태를 갖췄다고는 말할 수 없는 것이다. 동질의 음악 체험 이후 정서와 심리를 고양시킬 수 있는 이질의 음악 체험이 필요한 것도 이 시점이다. 이와 마찬가지로 시에서도 정서적 치료의 두 번째 방법이 이러한 관점 하에 제시될 수 있다. 이질적 작품에 의한 문학의 정서적 치료가 그것이다. 첫 번째 방법이 동종 요법에 해당하는 문학치료의 가장 기본적인 것으로서, 기존의 문학치료에서 행하였던 정서적, 심리적 치료라고 한다면, 두 번째 방법은 이종 요법에 해당하는 것으로 자아의 고유한 상태와 직접적으로 일치하지 않는 이질적 문학 체험에 의해 다양한 정서적 균형을 꾀하는 방법이라 할 수 있다. 이는 자아의 특수한 정서적 내용과 상관없이 감정 전체에 걸친 조화와 균형, 변화와 통일을 도모함으로써 보다 안정되고 고양된 정신적 상태에 이르게 하는 방법이다.

이와 관련하여 위상시학에서 제안하는 방법은 오행철학이 적용된 다섯 가지 감정 사이에 조화와 통일을 꾀하는 일이다. 음양오행 철학에서는 오행의 감정으로 분노, 기쁨, 근심, 슬픔, 공포를 제시하는데, 이 각각의 감정은 목, 화, 토, 금, 수의 에너지에 해당하는 것이며 오장(五臟)인 간, 심장, 비장, 폐, 신장에, 그리고 오부(五腑)인 담, 소장, 위장, 대장, 방광에, 나아가 오관(五官)인 눈, 혀, 입, 코, 귀에 각각 대응한다. 이들 오행은 각기 차별되는 에너지를 구현하는 것으로서 금극목(金克木), 화극금(火克金), 토극수(土克水), 목극토(木克土), 수극화(水克火)의 관계에 따라 상극을, 목생화(木生火), 수생목(水生木), 화생토(火生土), 금생수(金生水), 토생금(土生金)의 관계에 따라 상생을 나타내는바, 한의학에서는 병증을 지닌 각각의 장기를 치유할 때 이들 오행 사이의 상생, 상극 관계를 고려하여 치료의 원리로 삼는다.[7] 이에 따라 한의학에서는 오장 육부 사이에 균형잡힌 관계를 건강의 본질이라 여긴다. 이와 마찬가지로 인간의 감정 역시 오행 에너지에 해당하는 다섯 성질의 감정이 모두 조화롭게 생기될 때 이상적이고 바람직한 것이다. 반면 다섯 가지 감정 사이에 균형이 상실될 때 억압이나 과잉이 발생하는데, 이는 단지 감정의 차원에서 그치는 것이 아니라 인체의 오장육부에도 영향을 미쳐 실질적인 병증을 유발하게 된다.

한의학에서 취하는 오행 간 조화와 균형의 원리는, 특정 장기에 병증이 나타나 몸의 위상 구조에 있어 공간의 왜곡이 발생할 경우, 정서 상호 간의 작용을 통해 이를 완화하고 치료할 수 있는 길을 열어 놓는다. 특정 감정이 억압되거나 항진될 경우 장기에 병증이 나타날 것인데, 이때의 장기를 치료하는 방법은 감정상의 관계를 고려하여 이들을 조절하고 결과적으로 감정 전체에 균형과 조화를 부여하는 길이 된다. 가령 화를 잘 내는 사람은 간의 기능이 항진되어 있어 간에 병증이 나타나기 쉽다. 이럴 경우 슬픔의 정서에 노출된다면 금극목(金克木)의 관계에 따라 분노의 감정을 조절할 수 있게 된다. 금의 에너지를 지니는 슬픔의 정서는 분노의 감정을 제어하는 좋은 기제가 되는바, 간의 이상항진으로 말미암아 간이 손상되어 있는 경우 의도적으로 슬픔의 정서에 노출됨으로써 슬픔으로 하여금 분노를 이기게 하고

7 이성환 · 김기현, 앞의 책, p.303.

이로써 간의 항진을 막아 간기능을 회복시키도록 꾀할 수 있다. 이는 정서의 조절을 통해 인체의 오장육부를 다스리는 방법에 해당하는 것으로 여기에는 한의학적 원리를 비롯한 동양의 오행 철학이 바탕으로 놓여 있다. 과잉된 분노의 감정으로 야기된 간의 실증(實症)을 슬픔의 감정으로써 분노를 이기게 하여 간의 작용을 약화시키고 결과적으로 간을 정상화시키는 이러한 기작은 인체의 오장육부 상의 관계에도 그대로 대응하여 나타난다. 즉 목기운에 해당하는 간을 중심으로 경락의 응결이 이루어져 병증이 발생한 상태는 금극목의 관계에 따라 금기운에 해당하는 폐의 에너지를 상승시켜 간을 이기고 나아가 간의 뭉친 기운을 해소하는 일련의 과정을 따르게 된다. 이처럼 주변에 위치한 장기의 에너지를 강화하여 해당 장기의 실증을 해소하는 일은 장기 사이의 관계를 통해 신체의 치유와 정상화를 이루고자 하는 길에 해당한다. 그리고 이러한 과정은 오장육부 상의 에너지적 균형을 유도함으로써 비정상적으로 일그러진 신체의 위상 구조를 변화시키는 일에 귀결된다 할 수 있다.

음악 치료 분야에서는 한방음악치료라 하여 음양오행 철학에 의해 음악을 인체 치료에 활용하는 방법에 대해 연구해오고 있다.[8] 이 연구는 음악에서의 음(音)이 파동의 성질을 띠고 있을 뿐만 아니라 우리 고유의 전통 음악에서 궁상각치우라는 오음계가 음양오행의 철학에 의해 성립되었다는 점에 입각하여 이루어지고 있다. 전통 음악에서는 오행에 따른 음악을 바탕으로 인간의 올바른 성정(性情)을 함양케 하

---

8 그 대표적인 것으로는 이승현, 『한방음악치료학』, 군자출판사, 2009; 이승현 · 김여진, 「한방음악치료의 기법에 관한 연구」, 『대한한의학원전학회지』 21-4, 2008.1, pp.226-232; 백유상, 「한방음악치료의 시간적 구성에 대한 연구」, 『대한한의학원전학회지』 23-1, 2010.1, pp.203-215 등.

고자 하였던바, 그것은 오음의 조화를 통해 인간의 정서에 균형을 부여하고 인간의 마음을 안정되게 하는 일을 의미하였다. 전통적 음악이 오행의 원리를 적용하였던 사실은 음악을 통해 마음의 치료에 머문 것이 아니라 항진되거나 저하된 오장육부의 기능을 조절하는 데에도 영향을 미쳤음을 짐작할 수 있다.

시 치료의 길을 모색함에 있어서 이미 한방음악치료 분야가 있다는 점은 매우 고무적이다. 음양오행의 원리가 한방음악치료에서 시행되고 있는 것처럼 시 치료에서도 이를 충분히 적용할 수가 있을 것이기 때문이다. 그것은 음악에서 오음계를 통해 오행의 에너지적 성질을 구축한 것처럼 오행의 감정을 중심으로 하여 이루어질 수 있을 것이다. 즉 오행철학을 적용한 시 치료는, 분노, 기쁨, 사려, 슬픔, 공포의 오행의 감정이 인체의 장기와 밀접히 연관되어 있다는 점에 착안, 감정의 조절을 통해 오장육부의 균형을 꾀하고 나아가 인체의 위상구조의 균형과 정상화에 기여하는 것과 관련된다. 지금까지 문학 분야에서는 음악처럼 음양오행 철학에 따른 질병 치유에 관해서는 이야기된 바 없지만 시는 음악에 비해 보다 뚜렷하게 정서를 구현하는 특징을 지니고 있는 까닭에 이를 매개로 한 에너지 치료가 가능할 것으로 보인다. 정서로써 구현되는 오행 에너지 간의 관계를 시 치료에 반영하게 된다면 자아의 마음에 조화와 안정이 유도될 뿐만 아니라 이것이 인체의 정상화로까지 이어질 수 있을 것이다. 감정 에너지를 오행 원리에 입각하여 적극 활용할 때 자아는 한층 향상된 정서적 신체적 상태에 도달할 수 있게 된다. 이처럼 오행 철학을 적용한 시의 정서적 치료는 시를 통한 정서적 치료에 해당되면서 정서상의 이질적 치료라고 범주화시킬 수 있다. 왜냐하면 그것이 자아에게 도사리고 있는 감정적 특이성과 동질적인 정서를 통해서가 아니라 정서의 보편적 관계를 활용하여 자아의 정서 체계 전반을 고양시키는 것을 목적으로 하기 때문이다. 즉 그것은 시 치료의 방법 중 정서적 경로 가운데 이종요법에 해당한다 하겠다. 그것이 단순히 자신의 질곡이 되었던 트라우마를 해소하는 차원에서 그치는 것이 아니고 이를 뛰어넘어 정서의 이상적 상태를 지향한다는 점에서 오행 철학을 활용한 시의 정서적 치료는 정서의 동질적 치료 이후에 진행할 수 있는 보다 진전된 치료에 해당한다.

지금까지 살펴본 방법이 위상시학에서 제안할 수 있는 문학 치료의 방법으로서의 정서적 치료의 측면에 관한 것이었다면, 이제 남은 방법은 비정서적 치료의 측면, 즉 문학의 생리적·물리적 치료에 관한 것이다. 이것은 의미나 감정을 떠나 언어 자체의 성질만으로 치료의 효과를 꾀하는 방법으로서, 주로 언어 자체가 지니는 파동에너지의 측면에 주목하여 고려될 수 있다. 즉 그것은 언어가 의미에 의한 소통의 매개체로서 기능하기 이전에 물질로서의 존재성을 지닌다는 점과 관련되는 것으로, 발음 자체에서 나타나는 언어의 소리의 성질 및 청각적 기능에 입각하여 이루어지는 치료의 방법이라 할 수 있다. 이는 본래 한글이 훈민정음(訓民正音)이라는 이름으로 탄생되었던 점을 비롯하여 인체의 구강 구조 및 천지인으로 대표되는 우주와의 소통을 염두에 두고 만들어졌다는 점을 떠올릴 때 적극적으로 고려하게 되는 측면이다.[9] 철저히 유교 사상에 입각하여 창제된 훈민정음의 전체적

9 한글이 창제될 당시 '훈민정음', 즉 정음(正音)이라는 명칭을 사용한 점은 그것이 '소리'의 중요성을 얼마나 강조했는지 짐작하게 한다. 세종대왕은 우리의 글자가 聲音의 올바른 이치를 따져 천지 만물의 이치를 모두 갖추도록 만든 것이라고 하여 공자의 정명(正名)사상을 천명하고 있다(이성구, 『훈민정음연구』, 동문사, 1985, pp.47-48). 실

구조 원리는 음양오행에 따른 역(易)의 원리에 다름 아니다. 훈민정음에서 자음은 오행의 원리에 따라, 모음은 천지인의 조화 원리에 따라 창제되었던 것이다.[10] 이는 한글이 애초부터 자음과 모음의 결합에 따른 오행의 소리로서 구현되었던 점을 의미하며 또한 그 소리는 인간이 자기 개체 속에 갇혀 있는 것이 아니라 우주라는 외적 세계와 소통하고 조화하는 매개적 에너지가 될 것이라는 관점에서 조율되었다. 이러한 관점에서 보았을 때 시에서의 재료인 언어는 가장 일차적으로 소리이자 물질에 해당하는 것이며 바로 그 점에서 인체의 에너지장에서 작용하는 파동에너지, 즉 양자에너지로서의 성질을 지니는 것이라고 볼 수 있다.

우리말이 지니는 이같은 성격에 따라 시 치료의 또 다른 범주의 방법을 고안할 수 있다. 언어의 소리가 지니는 파동에너지적 성질, 즉 인체 내 양자 에너지[11]로서의 성격에 주목하는 그것은 시에 의한 심리적·정서적 치료의 과정이 아닌 인체에 대한 물리적·생리적 치료 경로에 해당한다. 이는 시적 언어가 의미를 떠나 물질 자체가 되어 인체에 작용을 가하고 나아가 인체 에너지장에 영향을 미친다는 관점과

제로 정음(正音)에서는 문화사상 처음으로 자음의 발성부위를 그대로 기호화하여 자음부호로 사용하였다. 가령 〈ㅇ〉은 목구멍의 생김새를 기호화한 후(喉)음에 해당하고 〈ㆁ〉은 목젖의 생김새를 기호화한 아(牙)음이며, 〈ㅅ〉은 혀끝이 입천장에 대고 있어 구강기압이 찰과(擦過)할 수 있는 상태를 나타낸 치(齒)음, 〈ㄴ〉은 혀끝만 입천장에 닿는 모습을 기호화한 설(舌)음, 〈ㅁ〉은 입을 네모로 만들고 입술을 닫은 모습의 순(脣)음에 해당한다(한태동, 『세종대의 음성학』, 연세대 출판부, 2003, p.36).

10 이정호, 『훈민정음의 구조원리』, 아세아문화사, 1975.

11 소리의 파동 에너지가 인체 내에서 양자 에너지가 될 수 있는 것은 소리가 뇌를 거쳐 정보화된다는 점에서 비롯한다. 소리라는 외부적 요소가 뇌에 의해 정보화 될 때 뇌는 소리를 전기적 신호로 변환하여 수용하게 된다. 전기적 신호로 변환된 소리의 파동에너지는 인체 내 에너지장 속의 양자들과 충돌하고 간섭하면서 양자화 된다. 이는 소리의 파동 에너지가 에너지 의학의 요소가 되는 동시에 인체의 위상 구조의 변화에 기여하는 요인임을 말해준다.

관련된다. 이를 시 치료의 정서적 경로와 구별되는 비정서적 경로로서의 물리적 경로라 할 수 있을 것인바, 여기에서도 치료 단계에 있어서의 동종 요법과 이종 요법의 구분이 가능하다. 동종 요법과 이종 요법을 가르는 기준은 물질로서의 시의 성질이 인체의 상태와 일치하는가의 여부에 따른 것으로, 동질적인 시라 한다면 그것이 인체의 양자적 구조와 동일한 것인 반면 이질적인 시라 한다면 인체의 구조와 다른 것으로 오히려 인체의 구조를 더욱 고양되고 향상된 상태로 이끌어갈 수 있는 시적 계기를 가리킨다 하겠다. 전자가 인체 내 위상 구조를 그대로 반영하는 시를 통한 치료법에 해당한다면 후자는 인체 내 위상 구조와 다르되 그것을 한 차원 상승시킬 수 있는 시 치료법이라 할 수 있다. 말하자면 시 치료의 물리적 경로에서 동종 요법은 인체의 구조와 동질적인 시를 매개로 하는 것이라면 이종 요법은 인체의 상태와 이질적인 시를 매개로 하여 이루어지게 된다. 이 두 요법들은 앞서 정서적 경로의 치료에서와 마찬가지로 치료 진행에서의 선후단계를 제시할 수 있을 것이며, 동종 요법이 인체의 문제적 위상 구조를 있는 그대로 반영하면서 인체 에너지장을 자극하는 것이라면 그 다음 단계에서 진행될 수 있는 후자의 방법은 언어의 초월적인 파동에너지를 통해 문제적 위상 구조를 변형시키고 인체를 보다 조화롭고 이상적인 시공간 구조로 정립시키는 일과 관련된다.

전자와 관련하여 활용할 수 있는 작품은 오늘날 난해하고 무질서한 시로 알려진 현대시들이다. 오늘날의 현대시는 논리와 의미를 배제하고 에너지의 순수 충동에 따라 쓰여진 것들이 많다. 해체시 혹은 포스트모더니즘 시들이 이것인데 이들 시의 언어는 본질적으로 말해 의미를 추구하는 대신 언어 하나하나가 입자처럼 자유 운동한다는 것을 알 수 있다. 이들 시는 의미의 인과성이나 논리성에 따라 정연하고 질서 있게 구성되지 않은 채 방향을 예측할 수 없이 연장되거나 반복적으로 응집된다. 자아의 명료한 의식과 시의 의미를 합일시키면서 구현하는 것이 아니라 의미를 괄호치고 무의식적 순수 의식을 무질서하게 나열하는 그것은 자아의 내적 의식을 있는 그대로 반영한 의식에 대한 위상 동형체들이다.[12] 나아가 그것은 무의식에 의해 쓰여지는 만큼 작가의 신체의 위상 구조를 그대로 드러낸다고 말할 수 있다. 충동적 에너지에 의해 표출되는 무의식은 인체 내 양자 에너지의 흐름에 직접적으로 대응되기 때문이다. 따라서 이들 현대시에 노출되는 것은 구획 없이 종횡무진으로 넘나드는 양자적 초끈을 고스란히 접하는 것과 같다. 언어를 소립자로서의 양자가 불확정적으로 운동하듯이 토해내는 작가들의 이들 작품을 접할 때, 의미는 통하지 않을지라도 독자는 모종의 해방감을 느끼게 되는데 그것은 이들 시가 꼬일 대로 꼬인 채 가려져 있던 인체의 시공간의 구조체를 동질적으로 재현하기 때문이다. 현대시의 무질서한 시들이 양자 효과에 의해 이루어진 인체 내 구조와 동일하다는 점에서 이들 현대시를 통한 시 치료는 동질 요법에 의한 물리적·생리적 시 치료와 관련된다.

오늘날의 난해한 현대시들이 시 치료의 물리적 경로 가운데 동종 요법의 범주에 관여한다면 이에 비해 인체의 실제적 위상 구조와는 이질적이면서 인체의 위상 구조를 한 차원 고양시킬 수 있는 시들은 어떤 것들이 있을까? 이는 물리적 경로 중 이종 요법에 관련될 것인바, 정서보다 인체에 직접 작용한다는 의미의 물리적 경로에 관여하

12 현실을 사실적으로 반영하는 대신 현실의 인자를 지니되 이를 왜곡하는 형태를 지닌다는 점에서 시작품이 지니는 현실과의 위상동형체적 성격을 논의한 연구로 김윤정, 앞의 글, 2013.12, pp.799-830이 있다.

면서 복잡하고 왜곡된 인체의 성질과는 이질적인 시들의 유형은 무엇일까 하는 것이다. 이러한 시들은 인체의 문제적 구조를 직접적으로 반영하지 않으면서 현재적 위상 구조를 보다 조화로운 위상 구조체로 변화시킬 수 있는 초월적 에너지를 지닌 작품들에 해당할 것이다.

한편 앞서 살펴본 물리학적 성과에 따르면 블랙홀을 비롯해서 양자 효과에 따르는 시공간의 구조를 변화시키는 데 주요하게 기여하는 것은 반물질의 존재였으며 반물질은 블랙홀처럼 어둡고 무거운 암흑에너지로 가득 찬 공간을 해소하고 밝고 가벼운 에너지로 대체하는 기능을 하게 된다고 하였다. 또한 이러한 반물질을 공간에 생성시키는 요인은 파인만이 발견한 우주선(線)처럼 외부의 고에너지에 해당되었다. 과학자들이 규명한 이와 같은 과학적 원리를 인체의 블랙홀에 적용한다면, 인체의 공간 구조에 영향을 끼쳐 인체 블랙홀을 소멸시키는 데 기여하는 것은 역시 반물질과 같은 기능을 현상시킬 고에너지 그것일 것이다. 그것은 시를 체험하게 됨에 따라 수용하게 되는 에너지로서, 인체 에너지장에 반응하여 인체 내부의 암흑에너지를 감소시키고 인체의 왜곡된 공간 구조를 원만하게 변화시킬 그것에 해당한다. 그것은 인체의 양자 효과가 일으킨 복잡하고 기괴한 구조적 상태와 다르다는 점에서 이질적이고 인체의 현재적 상태를 변화시킬 수 있는 고에너지라는 점에서 초월적이다. 이때의 고에너지는 어쩌면 많은 이들이 시를 통해 얻고자 그토록 갈망하는 시적 성질일지도 모르겠다. 시가 인간이 추구하는 가장 순수하고 아름다우며 고차원적 진리를 담고 있을 때 시에서 경험하게 되는 초월적인 고양의 현상이야말로 인체를 변화시키는 고에너지와 관련되는 것일 수도 있겠다는 것이다.

시의 순수하고 고양된 에너지가 인체 내 위상구조를 변화시키는 고에너지로서 작용을 하기 위해서는 시적 정보가 인체 내 에너지장에 반응할 수 있는 형태로 변환되어야 한다. 그것은 시적 정보가 에너지화되어야 함을 뜻하는 것으로, 시 치료의 물리적 경로 가운데 이종 요법에서 고려하고자 하는 시적 정보는 시적 의미보다도 일차적으로 에너지로 변환되는 요소인 소리 정보에 해당한다. 음운에 따른 소리 정보는 시의 의미적 요소가 에너지화되는 것보다 훨씬 더 우선적으로 에너지화될 수 있거니와, 시에서 음성 정보는 귀라는 감각기관에서 뇌로 전달되는 과정에서 전기적 신호 정보로 번역되고, 그와 동시에 파동과 입자의 양가적 성질을 지닌 양자가 되어 인체 에너지장 내에서 반응하게 되는 에너지로서의 성질을 띠게 된다. 그것이 소리에 의한 것이라는 점에서 음악에서 다루는 파동에너지로 개념화되기도 하는 시의 음성 정보는, 시 치료의 물리적 경로의 이종 요법을 논하는 이때 인체 내의 문제적 위상 구조를 이상적인 형태로 변화시켜야 한다는 관점에서 제시된다. 그것은 인체의 무질서하고 기괴하게 일그러진 구조를 더욱 가중시키는 에너지가 아니라 인체의 암흑에너지에 빛과 같은 밝음을 주고 인체에 조화와 균형을 가져올 수 있는 에너지가 되어야 할 것이다.

이러한 역할을 행할 시의 음성정보는 고유한 파동에너지를 지닐 것으로 짐작할 수 있다. 그것은 훈민정음의 정신에 기대어 말한다면 음양이 조화롭고 오행이 균형 있게 이루어져 인간의 소리가 천지의 소리와 어긋나지 않고 안정되고 편안한 울림으로 다가오는 것일 터이다. 그것은 억눌리고 막혀있고 거칠고 무질서한 파동이 아니라 고요하면서도 힘차고 완만하면서도 생기에 찬 소리와 같은 성질이다. 그것은 무질서하고 난삽하게 들떠있는 것이 아니라 주술처럼 나지막하고 편안한 파동이라 할 것이다. 격한 충동으로 들떠있는 대신 천지의 한 가운데에서 고요하게 울려 퍼질 이와 같은 파동은 우주의 파동에너지와 만나 더욱 증폭되어 인체에 보다 강한 고에너지로서 작용하게 된다. 인체에 고에너지로 작용할 이 같은 파동이 세속적인 것을 능가하여 우주 에너지와 공명할 때 그것을 초월적 에너지라 해도 틀리지 않다. 이러한 파동을 지닌 시의 음성 정보에 노출될 경우 독자들은 자연과 분리되어 있다는 느낌이 들지 않을 것이며 신의 음성을 듣는 것과 같은 신비로운 상태를 경험하게 될 것이다. 이러한 파동 에너지가 인체에 수용될 때 인체의 병적 위상 구조체가 변화될 것이며 인간은 영적 고양마저 이루게 될 것이다.[13]

지금까지의 논의에 따라 시 치료의 범주는 크게 언어의 의미적 측면에 기반한 정서적 치료와 음성적 측면에 기반한 물리적 치료로 구분될 수 있으며 각각의 하위 범주에 동종 요법과 이질 요법이 존재할 수 있음을 확인할 수 있다. 시 치료의 두 가지 경로를 야기하는 언어의 의미적 측면과 음성적 측면의 양면성은 모든 언어의 기본적이고 본질적인 원리에 속하거니와 이 두 측면의 요소는 인체에 수용됨에 따라 모두 인체에 작용하는 에너지적 성질을 띠게 된다. 인체에의 수용이란 독자가 그것을 지각할 때 전개되는 현상으로, 독자가 시를 읽고 이해하는 과정, 즉 시를 청각적 정보[14]와 정서적 정보로 받아들이

13 김춘수는 무의미시의 언어가 자음과 모음으로 해체된 이후 얻게 된 순수한 언어라 하였으며 이를 바탕으로 노래와 주문에 가까운 언어 구성의 시를 쓰고자 한 바 있다. 이는 의미를 배제한 입자적 언어이자 조화와 균형을 이루는 이상적 언어에 해당하는 것이었다. 이렇게 하여 이루어진 시를 통해 김춘수는 초월과 구원에 이르고자 하였다. 이와 관련해서는 김윤정, 「김춘수 '무의미시'의 제의적 성격 연구」, 『한국시학연구』 47호, 2016.8, pp.263-288.

14 여기에서 언어는 그것이 설령 눈으로 읽히는 중에도 소리로서 번역되어 뇌로 전달된다는 사실에 주목해야 한다. 시낭송이 치매 치료에 활용된다든가 독서 활동이 뇌기능

고 이러한 정보들을 뇌의 신경체계를 통해 전기적 신호 정보로 전환시켜 인체 에너지장에 흡수하는 일련의 과정을 의미한다. 시적 본질이 언어로 되어 있다는 점과 정서를 매개로 이루어진다는 점에 있는 이상 시의 이러한 요소들은 공히 에너지로 변환되어 인체 에너지장에 작용하게 되는 것이다. 시를 읽고 감동을 받거나 전율을 느끼거나 영혼이 울리는 것과 같은 현상들은 모두 인체에 반응하는 시의 에너지적 속성에 기인하는 것이라 해도 틀리지 않다. 인체 에너지장에 흡수되는 시의 에너지는 그것이 파동의 형태든 입자의 형태든 양자로서 운동하여 인체의 내적 형태라 할 수 있는 위상 구조체에 작용한다. 이 중 고에너지의 작용을 일으키는 시적 요소가 있다면 그것은 인체 내 블랙홀을 해소시켜 점진적으로 인체를 병증으로부터 벗어나게 하는 요인이 될 것이다.

활성화에 도움이 된다고 하는 연구들은 언어가 직접 뇌파에 작용하는 물질임을 말해주는 대목이다. 눈으로 읽는 언어활동보다 소리로 내는 언어활동이 이러한 작용에 있어 더욱 효과적임은 물론이다. 이러한 정황들은 언어가 소리인 까닭에 인체에 직접적으로 작용함을 나타낸다.

위상시학
(位相詩學)

5 / 시 치료의 여러 양상

1) 정서적 치료의 동질 요법

음악치료가 정서적 치료와 비정서적 치료인 물리적 치료 양 측면에서 이루어질 수 있다고 하는 것은 음악이 사용하고 있는 재료의 속성에 기인한다. 음악의 재료에 해당하는 음과 리듬의 요소는 청자의 정서를 자극하는 성질을 나타낼 뿐만 아니라 그 자체로 파동에 해당한다. 물론 그 두 가지 측면은 엄격히 분리되지 않을 수 있다. 특정한 파동이 정서를 자극할 수 있기 때문이다. 그러나 실험된 음악에는 얼마든지 선율적 요소가 배제될 수 있고, 순전히 물리적 요소로서의 리듬이 비정서적 생리 반응을 유도할 수 있을 것으로 보인다. 이러한 관점은 시에서도 이미 실험된 바 있다. 현대시에 나타나는 의미 해체의 경향들이 이에 속하는바, 이들 시들은 순수히 음운만으로써 독자들의 청각을 자극하게 된다. 의미가 배제된 채 쓰여진 해체시들에서 남는 것은 오직 운동력뿐인데, 이러한 운동 에너지를 발생시키는 것이 언어의 조직과 흐름인 것이다.

하지만 분명한 것은 음악이 예술에 속하는 만큼 정서에의 강렬한 호소를 지향한다는 사실이고 이는 예술의 한 장르인 시에서도 동일하게 나타난다는 점이다. 응축된 사건을 통해 강렬한 감정을 형상화하고 있는 까닭에 그 무엇보다 시는 정서를 다루기 위한 훌륭한 매체로서 기능한다. 특히 시의 정서는 그 자체로 고유한 성질과 울림을 지닌 에너지에 해당하는바, 이에 의해 시는 인체에너지 장에 효과적으로 반응할 수 있게 된다.

시가 일으킬 수 있는 정서적 치료에 있어서 동질 요법은 인체의 위상구조체의 측면에서 해명할 수 있다. 동질 요법이란 말 그대로 같은 성질을 통해 반응을 유도하는 것으로서, 시에 있어서 그것은 인체의 구조와 동일한 내용 구조를 지니게 됨에 따라 반응 과정 역시 인체의 변화 추이와 상동적인 현상을 나타낸다는 특징을 지닌다. 시와 인체 사이엔 문제되는 사건의 내용과 감정, 그리고 그것을 지지하는 시간의 형태가 모두 유비된다. 즉 시의 내용에 해당되는 사건과 정서는 시의 구조 속에 용해된 채 전개되고 풀어지며 해소되는데, 마찬가지로 인체 역시 내부에 특정한 에너지가 감정의 형태로서 응어리진 채 존재하고 이것의 풀림과 해소를 요구하고 있는 것이다. 이에 따라 인체는 인체 내부에 존재하는 에너지의 성질과 동일한 정서를 접하게 될 때 뚜렷한 반응을 나타내게 되고 이때의 반응은 치료의 매체인 시가 전개하는 감정의 진행을 고스란히 따르게 될 것이다. 시에서 초점화되고 펼쳐지며 해소되는 감정의 내용은 독자의 정서에 그대로 전달됨으로써 인체의 감정 에너지의 구조를 변화시키는 요인이 된다. 시에 나타나 있는 시간의 전개 양상은 인체에 잠재되어 있는 감정 에너지의 시간상의 형태를 해소시키는 데 기여할 것이다. 이것이 곧 시의 치유의 기능에 해당할 것인바, 독자가 시에 정서적으로 반응하고 감정의 순화를 겪었다면 그 자체로 인체의 감정에너지 구조에 변화가 일어났다고 말할 수 있다.

이러한 반응기작의 시들은 그 사례가 지극히 풍부하다. 어쩌면 시의 이같은 기능이야말로 시의 본질적 특성에 해당할 것이다. 시가 정서를 중심으로 하여 그것을 펼쳐내는 과정에서 야기하는 카타르시스 현상은 가장 대표적인 시의 존재이유이자 가장 일반적인 시의 효용성이라 할 수 있는 것이다. 독자는 시인이 감정을 다루는 방법에 자신의 정서를 내맡김으로써 스스로 치유되는 경험을 하게 된다.

> 마음도 한자리 못 앉아 있는 마음일 때,
> 친구의 서러운 사랑 이야기를
> 가을 햇볕으로나 동무삼아 따라가면,
> 어느새 등성이에 이르러 눈물 나고나.
>
> 제삿날 큰집에 모이는 불빛도 불빛이지만
> 해질녘 울음이 타는 가을강을 보겠네
>
> 저것 봐, 저것 봐,
> 네보담도 내보담도
> 그 기쁜 첫사랑 산골 물소리가 사라지고
> 그 다음 사랑 끝에 생긴 울음까지 녹아나고,
> 이제는 미칠 일 하나로 바다에 다와가는,
> 소리죽은 가을강을 처음 보겠네.
>
> 박재삼, 「울음이 타는 강」 전문

위 시에서 주로 다루고 있는 정서는 '서러움'이다. 이별에 의한 슬픔과 그에 의한 마음의 상처가 위 시의 중심된 내용에 해당한다. 시인은

'친구의 서러운 사랑 이야기'를 끌어내고 '눈물'의 정서를 제시함으로써 독자를 '서러움'의 정서 한가운데로 위치시킨다. 즉 시를 통해 독자는 '서러움'의 감정을 전경화하게 된다. 이때의 '서러움'이 위 시에서처럼 '친구'가 겪은 구체적인 '사랑이야기'와 같을 필요는 없다. 중요한 것은 서러움이라는 감정이고 그러한 감정을 형성한 독자의 경험적 내용이다. 즉 독자는 자신의 경험적 사건에 기대어 '서러움'의 정서를 초점화, 이것의 감정적 에너지에 주목하게 된다.

'서러움'은 쉽게 해소되지 않는 감정이다. 그것은 억울함, 답답함, 안타까움, 아픔 등의 영역에 걸쳐진 음울하고 무거운 감정 에너지에 속한다. 그만큼 마음속에 응어리진 채 남아 있기 쉬운 감정이며 마음속에서 낮고 무거운 울림을 지니게 마련이다. 서러움의 감정은 그것이 위의 시에서처럼 이별에 의한 것이든 그 무엇인가의 상실에 의한 것이든 누군가로 인한 상처에 의한 것이든 개인의 기억 속에 쉽게 지워지지 않은 채 견고하게 내장되어 있다. 그만큼 '서러움'은 보편적인 것이고 누구에게든 해소되길 요구하는 감정이다.

그런 측면에서 위의 시는 매우 성공적이다. 위의 시는 '서러움'의 감정을 환기시키면서 그것의 풀어내어 해소시키고 결국 독자의 정서를 평온의 상태로 유도하기 때문이다. 위의 시는 '서러움'의 감정에 초점을 맞추고 이를 잘 다루어나가면서 궁극적으로 격한 감정이 순화된 감정으로 대체될 수 있도록 이끈다. 가령 '울음이 타는 강'의 이미지가 환기하는바 '서러움'이 타오르는 느낌은 '서러움'의 감정이 자극되면서 이것이 들뜬 상태, 즉 분산되거나 소멸하기에 용이한 상태에 이르도록 유도된다는 것을 알 수 있다. 이어서 제시되는 '저것 봐, 저것 봐'의 외침, 그리고 '사랑 산골 물소리가 사라지고 / 그 다음 사랑 끝에 생긴 울음까지 녹아나고'의 진술들은 실제로 서러움의 감정적 에너지들을 '사라지'게 하고 '녹아내'리게 함으로써 결국 그것을 소멸시키는 데 기여한다. 이때 '강'의 이미지는 '서러움'이라는 무겁고 낮은 감정 에너지를 넉넉히 용해시켜 안정과 평온의 정서적 상태에 이르도록 돕는다. 말하자면 위의 시는 주된 이미지인 '강'의 이미지를 통해 효과적으로 '서러움'에 대한 정서 치유의 기능을 발휘하게 된다.

위 시에서 '서러움'을 전개하는 과정에서 짐작할 수 있듯이 시적 정서와 내용은 인간의 마음속에서 실질적인 반응을 일으키게 된다. 그것은 인간의 기억을 통해 내장되어 있던 경험을 끌어내고 감정을 환기시킴으로써 응어리져 있는 문제적 감정들을 풀어내는 데 기여한다. 시의 특수한 언어들은 시가 그와 같은 기능을 발휘하는 데 있어서 더욱 주효한 장치가 된다. 시를 통해 독자는 낮고 무거운 감정들을 덜어내고 보다 긍정적인 정서적 상태에 이르게 된다. 이를 가리켜 시의 치유적 기능이라 하거니와 이 같은 마음의 내적 반응과 변화는 인체에 그대로 대응되어 인체에 내재되어 있던 시간의 응어리진 구조를 변화시키는 현상으로 나타난다 하겠다. 시를 읽으면서 마음이 편안해지고 근육의 긴장이 풀리는 효과가 발생하는 경우가 있다면 이와 같은 사정에 기인한다.

> 강물이 풀리다니
> 강물은 무엇하러 또 풀리는가
> 우리들의 무슨 설움 무슨 기쁨 때문에
> 강물은 또 풀리는가
>
> 기러기같이

서리 묻은 섣달의 기러기같이
하늘의 얼음장 가슴으로 깨치며
내 한평생을 울고 가려했더니

무어라 강물은 다시 풀리어
이 햇빛 이 물결을 내게 주는가

저 민들레나 쑥니풀 같은 것들
또 한번 고개 숙여 보라 함인가

황토 언덕
꽃 상여
떼 과부의 무리들
여기 서서 또 한번 더 바라보라 함인가

강물이 풀리다니
강물은 무엇하러 또 풀리는가
우리들의 무슨 설움 무슨 기쁨 때문에
강물은 또 풀리는가

서정주, 「풀리는 한강가에서」 전문

'강물' 이미지에 의한 '풀림'의 경험은 박재삼의 시 외에 서정주의 시에서도 얻을 수 있다. 위의 시가 그것이다. 위 시의 제목에서 짐작할 수 있듯 '강물'은 '우리들'의 가슴에 맺혀 있는 온갖 '설움'을 해소시키는 힘을 지닌 사물에 해당한다. 그것은 '강물' 자체가 지닌 흐름의 속성에 기인하는 것일 터이다. 어떤 조건과 상황 속에서도 멈추지 않음을 전제로 하는 '강물'은 속성상 풀림과 해소를 내포한다 하겠다. 그런 점에서 위 시의 제목이 '풀리는 한강가에서'인 것은 시의 의도를 잘 전달하고 있다. 즉 '강물'은 실질적으로 '풀림'을 유도하는 치유의 이미지에 해당한다.

위의 시에서 '강물'의 이미지에 의해 풀려야 할 것, 치유되어야 할 것은 '설움'이되, 그것은 일시적인 것이 아니라 상당히 두터운 무게를 지니는 것이다. 그것은 '한평생'의 '울음'을 품고 있는 것이고 '떼과부 무리'의 한이 서린 것이다. 그것은 '서리묻은 섣달의 기러기'에서 환기되는 것처럼 시리고 추운 것이다. 시에서 지시하고 있는 설움이란 가슴 속에 차갑고 매섭게 굳어버린 '얼음짱' 같은 것이며 쉽게 해소될 수 없는 것으로 '한평생'을 두고 '울고가야' 하는 견고한 것이라 할 수 있다.

이 시가 쓰인 시점이 해방 직후인 점을 감안하면 이러한 정서는 당시 우리 민족에겐 보편적인 것이었을 터다. 우리 민중들 가운데 일제에 의한 핍박 속에서 한을 품지 않을 수 있는 자는 아무도 없었을 것이고 그 중 많은 사람들은 가족을 잃는 비극도 경험하였을 것이다. 서정주의 과거 행적과 별도로 이 시가 가리키고 있는 정서는 충분히 공감할 수 있는 것이다. 더욱이 이 시가 서정주의 6·25 전쟁 이후에 쓰여진 시들과 더불어 상처 입은 민중들의 마음을 위로하였던 사실은 위 시가 지닌 치유력을 짐작하게 한다. 그 치유력은 곧 시에서도 제시하고 있듯 '풀림'의 기능에서 비롯한다.

일상 속에서도 흔히 말하게 되는 '풀림'은 시의 주된 기능 중 하나로서, '풀림'의 상대어는 엉킴, 응어리 등이라 할 수 있다. 무엇인가 엉키고 응어리지고 뭉쳐 있을 때 그에 대한 '풀림'을 말하게 된다. 한의학에서는 인체에 나타나는 뭉침의 상태를 울혈 내지 울체라 하여 치료를 요하는 병적 상태로 여긴다. 마찬가지로 위 시의 '얼음짱' 같은 설움과 '과부떼'들의 한은 필시 치유가 필요한 응축된 감정들이다. '풀리는 강물'이 요구되는 것도 이 지점에서이다. 위 시에서 '얼음짱'과의 연관어로 등장하는 것이 '녹는다'가 아니고 '풀리다'인 것은 위 시가 중심 모티프로 내세우고 있는 것이 응결되어 문제가 되고 있는 부정적 감정에너지의 해소임을 짐작하게 한다.

실제로 '풀리는 한강'의 이미지에 힘입어 서러움으로 응어리진 마음의 한들은 마치 짱짱 얼었던 한강이 녹는 것처럼 서서히 풀려나가는 듯한 정서를 체험하게 된다. 시에 의해 호출되는 '서리맞은 섣달의 기러기같'은 심정은 시리고 서러운 상태 그대로 머물지 않고 '햇빛'을 받은 '민들레나 쑥니풀'처럼 누그러지는 것을 느낄 수 있다. '풀리는 강물'의 이미지는 '얼음짱' 같은 '가슴'을 눈 녹이듯 해소시키는 이미지 힐링의 기능을 나타낸다. 더욱이 시인은 '강물이 풀리다니 / 강물은 무엇하러 또 풀리는가 / 우리들의 무슨 설움 무슨 기쁨 때문에 / 강물은 또 풀리는가'에서처럼 '풀리는가'를 반복함으로써 '풀림'을 마치 주문을 외듯 염원하고 있다고 말할 수 있다. 이들은 모두 위 시가 나타내는 '풀림'의 기능, 상처 입은 마음에 대한 치유의 기능과 관련된다는 것을 암시한다.

위 시의 경우처럼 시가 주는 위로와 치유의 기능은 매우 본질적이고 보편적인 것이다. 이러한 기능은 시가 존재하는 궁극적인 이유라고 해도 크게 틀리지 않을 것인바, 이는 시가 정서를 다루면서 그것을 고정된 상태에 고착시키는 것이 아니라 유연하게 하고 운동하게 하고 변화시켜 나가는 데서 비롯한다. 감정에 초점을 두고 이를 순화되고 안정된 긍정적 에너지의 상태로 이끌어나가는 시의 태도는 시의 치유적 기능과 직접적으로 관련된다. 어둡고 암울한 삶 속에서 시가 사라지지 않고 더욱 많이 읽히는 현상도 이러한 사정에 기인한다. 삶의 커다란 사건에 의해 내장하게 되는 설움과 한의 정서는 전쟁 직후 응어리진 정서를 달래주고자 하였던 위 시의 '풀림'의 메시지를 통해 서서히 '풀려' 원만한 상태로 변모하게 됨을 알 수 있다. 이러한 과정은 위상시학에서 제시하는 시 치료에 있어서 정서적 경로의 동질 요법의 원리에 그대로 닿아 있다.

> 모란이 피기까지는,
> 나는 아직 나의 봄을 기다리고 있을 테요.
> 모란이 뚝뚝 떨어져 버린 날,
> 나는 비로소 봄을 여읜 설움에 잠길 테요.
> 오월 어느 날, 그 하루 무덥던 날,
> 떨어져 누운 꽃잎마저 시들어 버리고는
> 천지에 모란은 자취도 없어지고,
> 뻗쳐 오르던 내 보람 서운케 무너졌느니,
> 모란이 지고 말면 그뿐, 내 한 해는 다 가고 말아,
> 삼백 예순 날 하냥 섭섭해 우옵내다.
> 모란이 피기까지는,
> 나는 아직 기다리고 있을 테요, 찬란한 슬픔의 봄을
>
> 김영랑, 「모란이 피기까지는」 전문

시문학파의 대표적 기수인 김영랑의 위의 시는 1930년대 순수시의 관점에서 이야기되어 왔다. 김영랑이 시문학파였다는 점에서 위의 시는 흔히 시대와 무관한 채 언어미학에 주력한 시의 예로서 제시되었다. 남도의 향토색 짙은 고유어들이 시어로서 사용되었던 사실은 우

리 시의 영토를 풍요롭게 한 요인으로 지목되는 부분이기도 하다. 그러나 이러한 관점에 국한된 시의 이해는 위 시가 당시 우리 민족에게 주었던 위로의 기능에 대해 적극적으로 규명하지 못하게 한다. 또한 그것은 위 시가 지금까지도 꾸준히 회자되면서 독자에게 일으키는 정서상 치유의 기능에 대해서 해명하는 데 인색하게 한다.

미적이고 순수한 언어 속에서 위 시가 드러내고 있는 것은 절망과 좌절의 감정이다. 시인의 심미적으로 강렬한 언어들, 가령 '모란이 뚝뚝 떨어져 버린 날'이라든가 '뻗쳐 오르던 내 보람 서운케 무너졌느니', '삼백 예순 날 하냥 섭섭해 우옵내다' 등은 잘 조탁된 언어로 구성된 부분이기 이전에 자아의 감정의 색채와 무게를 있는 그대로 전달하기 위해 사용된 표현들이다. 마찬가지로 '모란' 역시 봄의 정서를 대변하는 미적 어휘이자 소재이기 전에 커다란 상실을 나타내기 위해 취해진 상징어에 해당한다. 그것은 물론 국가의 상실과 관련될 것이다. 말하자면 '모란'은 흔히 말해지듯 아름다움의 상징이 아니라 국토를 의미한다고 보는 편이 훨씬 자연스럽다. 이러한 관점에 설 때 강한 민족주의적 색채를 띠었던 김영랑의 후기시편들과의 연속성 역시 부각된다 하겠다.

정서에 초점을 둘 때 위 시는 강한 상실감과 그것의 극복을 갈구하는 시로서 이해된다. '모란이 뚝뚝 떨어지'는 모습이 환기하는 정서는 강한 절망의 감정이다. 그것은 위 시에 전면화되어 현상하고 있는 아름다움에 의해 가려지기 쉬운 '설움'과 '무기력'을 양산하는 감정이다. 사실상 '모란'의 상실로 인해 위 시는 '설움'과 '무기력'이라는 부정적 감정이 지배적이다. '떨어져 누운 꽃잎마저 시들어 버린'다거나 '내 보람 서운케 무너졌느니' 등은 그러한 부정적 감정에 대한 직접적인 표현이 된다. 이러한 점들은 위 시가 당시 독자들에게 미쳤을 영향력에 대해 짐작하게 한다. 위 시는 미학적으로 읽히기보다 민족의 상실감에 더욱 크게 호소하였을 것이고 독자들로 하여금 '모란'과 '봄'을 기다리는 심정으로 조국의 회복을 '기다리게' 하였을 것이다. 마찬가지로 위의 시는 그것이 무엇이든 소중한 것을 잃고 방황하고 있을 독자에게 기다림의 자세를 갖게 하도록 하였을 것이다. 즉 위 시는 독자로 하여금 좌절과 상실의 감정에 주목하게 하는 동시에 그것에 패배당하는 것이 아니라 그것을 참고 견디면서 희망의 끈을 놓지 않는 인내의 자세를 습득하게 하였을 것이라는 점을 알 수 있다. 위 시의 '찬란한 슬픔의 봄'이야말로 그에 합당한 표현이거니와, 이는 위의 시가 독자에게 나타내는 위로와 치유의 기능이 어떻게 발휘되고 있는가를 잘 말해주는 대목이다.

시가 지니는 이와 같은 치유의 기능은 흔히 말하는 정서 순화라는 관점과 다르지 않은 것이다. 부정적 정서를 부드럽게 완화시키고 평정을 되찾게 하는 정서 순화의 개념은 곧 시의 치유의 기능과 사실상 동일하다. 또한 시가 미치는 이와 같은 치유의 기능을 통해 독자의 의식과 정신이 고양될 수 있음을 알 수 있다. 이러한 일련의 사실들은 시 치료가 독자와 시 사이의 동질적 정서를 기반으로 하여 부정적 정서의 정화의 관점에서 이루어진다는 점을 확인케 한다.

> 가야할 때가 언제인가를
> 분명히 알고 가는 이의
> 뒷모습은 얼마나 아름다운가
>
> 봄한철
> 격정을 인내한

나의 사랑은 지고 있다

분분한 낙화
결별이 이룩하는 축복에 싸여
지금은 가야 할 때

무성한 녹음과 그리고
머지않아 열매맺는
가을을 향하여
나의 청춘은 꽃답게 죽는다

헤어지자
섬세한 손길을 흔들며
하롱하롱 꽃잎이 지는 어느 날

나의 사랑, 나의 결별
샘터에 물 고이듯 성숙하는
내 영혼의 슬픈 눈

이형기, 「낙화」 전문

위 시는 젊은 시절 사랑하는 사람과 헤어진 후 겪은 슬픔을 다루고 있다. '격정을 인내한 사랑'이었다는 점에서 그것은 뜨겁고 진지했을 것이다. 진실한 사랑이었던 까닭에 이별로 인한 상처 또한 컸음을 짐작할 수 있다. 시적 자아는 헤어 나올 수 없는 슬픔에 허덕이면서 길고 긴 방황의 시간들을 보냈을 것이다. 세상과 단절된 듯한 절망감과 온갖 부정적인 감정들로 고통에 찬 나날들이 이어졌을 것이다. 이들은 위 시에서와 같은 '이별'의 상황으로 인해 야기되는 보편적 감정들에 해당한다.

이와 같은 온갖 감정의 부대낌들이 환기됨에도 불구하고 위의 시는 그와 같은 부정적 감정들을 단숨에 낙화의 아름다운 이미지로 전환시켜 버린다. 봄의 끝자락에서 하늘거리는 꽃잎들은 이별의 상황에서 겪게 마련인 모든 어지러운 심경들을 모두 포용한 채 아름답게 떨어지고 있다. 이별에 의한 아픔은 꽃의 죽음이 불러일으키는 애달픈 이미지에 의해 쉽게 그 격함이 상쇄된다. '낙화'의 아름다운 이미지는 이별로 인한 슬픔의 정서를 순화시키고 감정을 고요한 상태로 이끌게 된다.

위 시는 이별의 상황과 '낙화'의 모습을 대비시키면서 이들 간의 유비적 관계에 의지하여 이들 사이에 현상할 수 있는 정서들과 그 변화를 다루어가고 있음을 알 수 있다. 이 속에서 이별의 슬픔은 꽃의 죽음이라 할 수 있는 낙화에 견주어짐에 따라 아름답게 위로받고 승화된다. 결별의 절망적이고 고통스러운 상황이었음에도 감정들이 격앙되지 않을 수 있던 것도 이 때문이다. 오히려 위의 시는 자연의 생리에 비추어 이별을 더 값진 '열매를 맺기 위'한 통과 의례적 과정으로 여기도록 이끌고 있다. 낙화는 꽃의 죽음이지만 그것은 끝이 아니라 새로운 결실을 이루기 위한 출발에 해당한다는 것이다. 자연의 이치가 그러하다면 이별 역시 끝으로서가 아니라 자아의 성숙을 위한 시작으로 여겨질 수 있다. 이것은 평범한 듯하면서도 자연에 의거하였기에 표상할 수 있는 관점의 변환이자 의식의 고양이라 할 수 있다. 이것은 자연의 순환적 힘에 기대어 이룩한 인간적 감정의 승화적 차원이기도 하다.

이처럼 이별의 아픈 상처를 다루고 있으면서도 위의 시에서 접하게 되는 것은 감정들의 어지러운 얽힘이 아닌 정서들의 균형 잡힌 조화와 질서의 감각이다. 사랑으로부터 이별에 이르기까지 전개되었을 격한 감정들은 위 시에서 억압되는 대신 부드럽게 정화된다. 아름다운 낙화의 이미지와 견주어지고 자연의 섭리에 의해 유비되면서 격정적인 인간의 감정들은 순화의 과정을 걷게 되었던 것이다. 정서적 균형과 안정, 그리고 의식의 고양과 상승이 이루어질 수 있었던 것도 이와 같은 정서 순화의 결과에 따른 것이라 할 수 있다.

시가 감정을 다루되 그것 자체로 몰입되는 것이 아니라 또 다른 정서적 상태로 승화시키고자 하는 경우는 쉽게 찾아볼 수 있는바, 이는 시의 일반적이고 본질적인 측면이자 시의 치유적 기능에 해당한다 할 수 있다.

> 견우직녀도 이 날만은 만나게 하는 칠석날
> 나는 당신을 땅에 묻고 돌아오네.
> 안개꽃 몇 송이 함께 묻고 돌아오네
> 살아 평생 당신께 옷 한 벌 못해 주고
> 당신 죽어 처음으로 베옷 한 벌 해입혔네
> 당신 손수 베틀로 짠 옷가지 몇 벌 이웃께 나눠주고
> 옥수수밭 옆에 당신을 묻고 돌아오네
> 은하 건너 구름 건너 한 해 한 번 만나게 하는 이 밤
> 은핫물 동쪽 서쪽 그 멀고 먼 거리가
> 하늘과 땅의 거리인 걸 알게 하네.
> 당신 나중 흙이 되고 내가 훗날 바람 되어
> 다시 만나지는 길임을 알게 하네.
> 내 남아 밭 갈고 씨 뿌리고 땀 흘리며 살아야
> 한 해 한 번 당신 만나는 길임을 알게 하네.
>
> 도종환, 「옥수수밭 옆에 당신을 묻고」 전문

위 시에는 죽은 아내를 땅에 묻고 돌아오는 남편의 심정이 사실적으로 그려져 있다. 위 시에서 언급하듯 아내가 죽은 날은 그녀에게 제사를 올리는 날이 될 것인데 그날이 일 년에 한 번뿐의 만남을 허락하는 칠월칠석이라는 점은 참으로 공교롭다. 뿐만 아니라 '살아 평생 옷 한 벌 못해주'었는데 죽어서 '베옷 한 벌 해 입히'게 된 상황이 되니 참으로 기막힐 노릇이다. 이승과 저승의 뒤틀림에서 비롯하는 이같은 아이러니 앞에서 사랑하는 사람을 잃은 자는 망연자실할 수밖에 없다. 위 시는 많은 부분을 '은핫물'의 너비를 통해 이승과 저승의 간격을 묘사하는데 할애하고 있거니와, 이로 인해 독자는 아내의 죽음으로 인한 남편의 절망감과 깊은 슬픔을 충분히 공감하고 짐작할 수 있게 된다.

사랑하는 가족의 죽음으로 인한 고통은 이루 표현하기 힘들 것이다. 그 고통은 아득함과 절망감과 그리움 등속의 감정들과 뒤얽혀 인간을 헤어나올 수 없는 혼돈 속으로 몰아가기 마련이다. 그런데 위 시는 감정상의 너무도 뚜렷한 상황을 제시하고 있음에도 불구하고 그러한 감정의 혼란들을 여과 없이 드러내지는 않는다는 것을 보여준다. 오히려 위 시에서 제시되는 이승과 저승 사이의 아득한 거리는 이후의 재회를 위한 조건으로 상상되기도 한다. 즉 죽은 아내와 살아있는 남편 사이의 간격은 절대적인 것이 아니라 '당신 나중 흙이 되고 내가 훗날 바람 되어 / 다시 만나지는 길'이 된다는 것이다. 이승과 저승 사이의 거리는 영원한 단절 대신 재회의 전제로 작용한다. 시에서 제시하는 이러한 관점은 아내의 죽음으로 인한 절망을 말함과 동시에 미래의 재회를 향한 희망을 이야기하는 것이다. 절망은 절망으로 끝나지 않고 또 다른 희망으로 전환되고 있다. 시인이 말하는 바에 의하면 절망은 희망과 분리되어 있는 대신 동전의 양면처럼 양가적인 것이어서 그것은 언제든지 희망으로 대체될 수 있다.

절망이 희망이 서로 연해 있다는 관점은 시적 상상력의 극점에서 비로소 가능한 것이다. 실제로 닥친 사랑하는 이의 죽음의 상황에서 절망 등속의 부정적 감정 이외의 것을 지니는 것은 사실상 불가능하다. 절망이 지배하고 있을 때 그 속에서 희망을 끌어낼 수 있다는 점은 허구적이다. 그러나 시 속에서는 이 모든 것이 가능해진다. 그것은 시가 감정의 리얼리티를 외면해서가 아니라 시가 상상력이라는 현재적 범주를 초월할 수 있는 계기를 지니는 데서 기인한다. 시적 상상력은 현실적 지대에 한정되지 않는 그 너머와 그 이상을 향해 펼쳐진다. 아내의 죽음이 죽음으로 끝나는 것이 아니라 자연이 순환하듯 혹은 영혼이 영원하듯 다시 생명으로 이어질 수 있다는 관점은 이러한 시적 상상력이 있기에 가능해진다. 요컨대 시적 상상력이야말로 시에서 감정을 다루며 이를 순화된 정서로 변화시킬 수 있는 절대적 요인이라 할 수 있다. 강한 상상력의 작용으로 시는 용이하게 부정적 감정을 긍정적 감정으로 대체할 수 있게 된다.

여기에서 확인할 수 있는바 감정의 전환과 정서의 순화는 시가 나타내는 위로의 기능과 직결된다. 시가 구축하는 감정의 전개 과정은 자아가 지니고 있는 상실과 아픔에 대해 위로와 긍정의 역할을 함에 따라 자아로 하여금 무거운 감정을 해소하고 그로부터 벗어날 수 있는 길을 열어주게 된다. 시를 통한 감정의 변환에 이끌림으로써 자아는 자신의 현재적 상황을 극복할 수 있게 되는 것이다. 시의 위로의 기능에 의해 이후의 자아는 격렬한 슬픔의 정서 대신 안정과 평온의 정서가 내면에 자리하게 된다는 것을 알 수 있다. 위 시의 자아가 "내 남아 밭 갈고 씨 뿌리고 땀 흘리며 살아야 / 한 해 한 번 당신 만나는 길임을 알게 하네"라 하면서 사랑하는 이가 부재하는 현실의 시간들을 받아들일 수 있게 되는 것도 이 때문이다. 이는 시가 행하는 정서적 치료의 단적인 양상으로서 자아는 이로써 정신의 승화를 경험하게 될 뿐만 아니라 이에 따른 신체적 측면에서의 긴장 완화와 신경의 이완을 얻게 된다.

이처럼 시는 감정에 주목하면서 그것이 어떠한 흐름과 변화를 겪게 되는지에 주된 관심을 드러낸다. 시가 다루는 정서는 상황에 따른 필연성을 내포하는 것이되 고정 불변하는 것도 절대적인 것도 아니다. 그것은 부정적 현재로부터 정신의 유의미한 상태로의 전환을 요구하게 되는 것이다. 궁극적인 관점에서 보았을 때 시가 다루는 정서는 병적이고 편향된 상태에서 조화롭고 안정된 상태로의 전이를 추구하게 된다. 부정적 감정들로 격앙된 상태는 그만큼 무질서도가 상승되어 있어 불안하고 위태롭다. 이러한 감정들로 인한 에너지 과잉의 상황은 자아의 의식을 혼란스럽게 한다. 감정의 순화와 정화가 요구되는 때도 이 시점이거니와 이를 통해 안정을 찾아가는 과정이야말로 카타르시스를 거쳐 의식의 고양이 이루어지는 때라 할 수 있다. 시의 정서 치유의 기능이 발휘되는 것 또한 이 지점이며 시가 예술로서의 본질을 획득하게 되는 것도 바로 이때이다.

한편 인간에게 작용하여 감정을 격앙시키고 의식을 혼란에 처하게 하는 부정적 사태들은 여러 경우가 있을 테지만 더욱 문제가 되는 것은 이러한 부정적 사태들이 일회적이지 않고 무한정 반복될 때의 상황일 것이다. 감정의 부정적 사태에 처하여 감정을 정화시키는 여러 변환의 기제에 노출되지 못한 채 억압의 반복적 체계에 갇혀버릴 경우 사태는 아주 심각한 상태에 이를 수 있다. 이러한 상황에서는 시의 정서 치유의 기능도 자아에게 다가가기 힘들고 그의 편향된 감정은 견고하게 고착될 수 있다. 이는 정서를 다루고 순화시키는 시의 예술적 기능이 제 역할을 발휘하지 못하는 때로서, 이 경우 특정하게 편향된 감정을 해소하기 위해서 시의 치유 기제가 반복적으로 행사되어야 한다.

편향된 감정의 반복적 억압으로 인해 시가 치유의 기능을 이끌어내기 힘들어지는 가장 대표적인 감정은 한(恨)이다. 한(恨)의 개념 자체가 부정적 감정에 대한 반복적 노출에 따른 억압의 양상에 해당된다. 결국 한(恨)은 고착된 감정의 일종으로서 상처가 마음속에 응어리진 채 남아있는 상태를 가리킨다. 한(恨)을 다루는 시가 각별할 수 있는 것은 이러한 사정에 기인한다. 김소월의 시가 언제나 독자에게 호소력 있게 다가오는 까닭도 이 때문이다.

먼 후일 당신이 찾으시면
그때에 내 말이 "잊었노라"

당신이 속으로 나무리면
"무척 그리다가 잊었노라"

그래도 당신이 나무리면
"믿기지 않아서 잊었노라"

오늘도 어제도 아니 잊고
먼 후일 그때에 "잊었노라"

김소월, 「먼 후일」 전문

자아의 의도와 욕구의 좌절이 반복적으로 되풀이될 때 발생하는 좌절의 정서가 한(恨)이라고 할 때, 위 시는 김소월의 「진달래꽃」과 더불어 그러한 한이 발생하는 과정을 뚜렷하게 보여주는 예에 속한다. 김소월의 「진달래꽃」을 통해 한의 생성과정을 분석한 오세영에 따르면, 한(恨)은 일시적으로 발생하는 것이 아니라 내면에서 구동하는 일련의 감정적 회로를 거쳐 형성된다. 오세영은 그것을 좌절, 미련, 원망, 자책의 복합적 정서의 길항 관계 속에서 살피고 있는바,[1] 「진달래꽃」의 각 연에 대응하는 이러한 감정의 진행 과정들이 위 시에도 그대로 나타난다는 것을 알 수 있다.

위의 「먼후일」은 말로는 잊었다고 하지만 사실상 잊을 수 없다는 반어적 어법을 통해 님에 대한 그리움을 노래하는 시로 잘 알려져 있다. 그런데 위 시의 시적 자아의 마음속엔 아이러니 그 이상의 결코 단순하지 않은 심적 갈등이 아로새겨져 있다. 표면적으로 볼 때 위 시는 1연에서 4연까지 동일한 내용과 상황이 반복되고 있는 듯하지만 각 연에서 드러나 있는 감정들은 미묘하게 조금씩 차이가 있는 것이다. 가령 1연에서 이별로 인한 '좌절'의 상황이 나타나 있다면, 2연에는 님이 자신을 나무라길 바라는 화자의 '미련'의 감정이 나타나 있고, 3연에는 "믿기지 않아서 잊었노라"로 표현되는 님에 대한 '원망'의 정서가, 4연에는 '오늘도 어제도' 잊을 수 없이 하염없이 그리워할 수밖에 없는 '체념'의 상태가 나타나 있다.

이러한 감정의 전개 과정은 오세영이 「진달래꽃」을 통해 보인 한(恨)을 발생시키는 감정의 복합적 작용에 그대로 대응하는 것으로서, 「먼 후일」은 1연에서 4연까지 같은 감정이 반복되고 있는 것 같지만 실제로는 표현된 어조에 따라 감정의 세밀한 변화가 포착되고 있는 것이다. 자아가 이러한 감정의 계기들 사이에 어디에서도 고리를 끊

1 오세영, 『한국 낭만주의시 연구』, 일지사, 1980, p.335.

지 못하고 그에 연쇄적이고도 반복적으로 노출되게 됨에 따라 한(恨)의 정서가 형성된다는 것을 알 수 있다. 그것이 부정적인 결과로 나타날 줄 알면서도 그로부터 벗어나지 못한 채 그에 지속적으로 결박당할 때 바로 그 자리에서 감정의 고착이 이루어지고 마음에 응어리가 생기게 되는바, 그것이 곧 한(恨)이다.

한이 좌절과 슬픔이 지속적으로 반복되고 그것이 응축되어 마음속에 응어리를 형성한 감정이라는 점은 그것이 단순히 심적 차원의 증상에 한정되는 것이 아님을 짐작하게 한다. 이러한 마음속 상처는 인체에 그에 대응하는 증상을 일으키게 마련이다. 정서상 발생한 이 같은 부정적 사태의 고착은 그것이 심장이 되었든 위장이 되었든 인체의 어딘가에 이와 유사한 시공상의 응결과 그에 따른 문제적 증상을 야기하게 된다.[2] 한(恨)의 형성으로 인해 마음과 몸의 양 측면은 심하게 상하게 될 것이며 두 차원 간에는 상호 간 시너지를 일으켜 자아를 심각한 병적 상황으로 몰아가게 될 것이다. 이러한 사정을 고려한다면 김소월이 살아생전 그토록 고통스럽게 겪었다는 류마티즘과 그를 자살로까지 내몰았던 그의 우울증 사이에 일정한 연관성을 가정하는 것도 가능하다 보인다.

한(恨)의 생성과정에서 볼 수 있듯 마음 속 응어리가 부정적 감정의 반복적 노출에 의한 것이라고 한다면 이에 대한 치유는 그것이 형성되었던 일련의 과정을 거슬러 올라갈 때 이루어질 수 있다. 고질화된

---

2 한의학에선 좌절된 욕구로 인한 불만의 응어리를 한(恨)이라 규정하고 풀리지 않은 한이 축적되면 심신의 이상반응이 나타난다고 말한다. 이를 임상적으로 심화증(心火症)이라 한다. 흔히 화병이라 알려져 있는 이것은 신체적으로 메스꺼움, 구토, 설사, 변비, 요통, 두통, 심계항진, 호흡곤란, 이상감각, 빈뇨, 생리불순, 알레르기 등의 증상을 보인다. 전세일 · 김선현, 『동서의학과 동서미술치료』, 학지사, 2009, p.72.

병적 마음을 치유하는 것은 그것의 형성을 야기한 전체 과정의 시간의 양적 축적을 고려할 때 가능해진다는 것이다. 그것이 지속과 반복에 의해 형성되었다는 점에서 한(恨)이라는 응어리진 마음의 치유는 인체 내 위상 구조의 응결체를 해소하는 것과 마찬가지로 결국 시간의 함수 속에서 이해되어야 한다는 것이다.

물려받은 것이라곤 오로지
낡은 박 바가지 하나뿐이다.
여기저기 금이 가서 무명실로 꿰맸다.
실밥마저 터져버리고 흔적만 남았다.
빨치산 피해 면소재지로
이사 오던 해 만든 어머니의 바가지.
불암산 밑 내 방에 걸려있다.
이사를 자주 다닐 수밖에 없는 나는
조심조심 모셔 안고 다닌다.
아직 윤이 나는 바가지엔
박달나무 다듬이 방망이 같은
어머니의 마음이 반짝이고 있다.
실밥 흔적엔 바람 같은 아버지를 용서할 수밖에 없던
어머니의 말라버린 눈물 자국이 배어있다.
바람소리 휘몰아치는 늦은 밤 바가지에다
우울증에 걸린 작은 형의 눈물을 받아 시를 적는다.
물려받은 유산이라곤 몸뚱어리 하나뿐인
평생 허드렛일만 해온 둘째 누나의 눈물로 코팅을 한다.
친구도 친척도 없이 서울서 살아내는 나에게
깨어진 박 바가지는 아내가 지어주는 밥과 같다.
그 안에는 청도의 둥근 산이 있고

버들치, 송사리 떼 욜욜거리는 개천이 흐르고 있다.
부스럼 허옇게 드러난 까까머리 동무들이
물새알을 드러내놓고 개헤엄을 치고 있다.

최서림, 「시인의 유산」 전문

시가 삶의 반영이자 형식이 될 수 있는 것은 삶이 지니는 시간성을 그대로 담아내기 때문이다. 그것은 시가 한 번 지나가면 그뿐인 불가역적이고 외적인 시간성을 반영하는 것이 아니라 삶의 내적 시간성을 기록하는 것과 관련된다. 시간은 일회적인 것으로 흐름 속에서 소멸하는 것이 아니라 인간의 의식과 삶의 체험 속에 고스란히 저장되거니와, 시는 바로 그러한 시간과 삶의 양태에 대응하는 것이라 할 수 있다. 그런 점에서 시는 현재를 그리되 과거 및 미래와 중첩되어 있는 현재를 다루게 된다. 현재는 과거가 응축된 결과이자 미래로 나아가는 운동력의 근거로서, 인간의 삶은 이와 같은 과거 현재 미래의 전개 과정 속에 꿈틀대듯 형성된다. 시가 현재를 중심으로 과거와 미래를 동시에 그리게 되는 것도 이 때문이다.

시간과 삶에 대한 이러한 관점은 위 시에 나타나는 시간성에 대해 해명해준다. 위 시를 이끌어가고 있는 중심 소재인 '박 바가지'는 오직 현재에 귀속되어 있지 않고 시적 자아의 과거와 현재, 그리고 미래 모두와 상관하고 있으며, 현재를 중심으로 과거와 미래의 궤적을 한 데로 아우르고 있다. 또한 그럼으로써 '박 바가지'는 위 시의 시적 자아의 삶의 역사를 펼쳐내는 계기가 된다. 위 시에는 '박 바가지'를 중심으로 시적 자아의 삶의 시간들이 연속되는 띠처럼 펼쳐지고 있는 것이다. 이때 시적 자아의 과거의 삶은 순탄한 것이 아니었으며 그러한 삶의 내용들이 우울과 상처로 얼룩져 있음을 알게 된다. 아버지의 외유와 시대의 역사, 그리고 가난 등으로 화자를 포함한 그의 가족들의 삶은 서럽고 시리기만 한 것이었다. 힘겨운 삶을 감당하느라 눈물조차 흘릴 수 없던 어머니에 대한 기억, 슬픔으로 점철된 누이와 형의 모습은 시적 자아의 아픈 상처가 된다. 그것들은 소멸하지 않은 채 시적 자아의 의식과 현재 속에 생생하게 남아있다. '박 바가지'를 응시하는 일은 그 속에 고스란히 응어리져 있는 과거의 시간들과 삶의 흔적들을 기억하는 일에 해당한다.

기억 속에 상처로 남아있는 과거를 현재의 의식 위로 끌어내는 일은 내적 치유의 첫걸음이 된다. 그것은 과거를 어둠 속에 가두어두는 대신 의식의 빛을 투사함으로써 인지 가능한 상태로 재현하는 것이자, 과거를 현재의 일정한 관조적 시선 아래 위치시키는 것이다. 어둠 속에 잠겨 있던 과거를 기억하는 일은 켜켜이 응축되어 있던 시간의 끈을 끌어올려 그것에 갈피를 부여하고 풀어내는 일이 된다. 이러한 과정에 의해 자아는 과거 속 응어리진 시간의 무게를 덜어내고 내면에 도사리고 있던 부정적 감정들을 해소시킨다. 이와 마찬가지로 위 시에서 '박 바가지' 속에 가득 차 있던 화자의 오랜 기억들은 현재에 시도하는 응시에 의해 풍요의 이미지로 전환된다. 시에서 말하고 있는 대로 '바가지 위에 시를 적는' 일은 곧 과거의 얼룩진 기억을 의식의 수면 위로 끌어내는 작업이라 할 수 있거니와, 이는 과거에 대해 현재의 관조적 시선을 투과함으로써 과거의 어둠을 극복하고 상처를 치유하는 일에 해당한다. 위 시의 결미에 펼쳐지고 있는 더할 수 없이 풍요롭고 복된 '청도'의 이미지는 화자의 내면에 존재하던 과거의 응어리들이 해소된 후에 비로소 등장할 수 있는 것이다. 즉 현재의 시선에 의해 과거의 시간적 응어리들이 해소될 때 현재는 과거와의 갈등을 극복, 통합하고 밝은 미래에의 비전을 획득할 수 있게 됨을 알 수 있다.

시간이 다시는 돌이킬 수 없이 흐른다는 것은 적어도 인간의 의식과 삶에는 적용되지 않는다. 인간의 의식은 항상 과거를 반추하는 가역성을 드러내고 있으며, 그러한 의식을 고스란히 담아내면서 형성되는 것이 삶이기 때문이다. 인간의 의식은 지난 일들을 끊임없이 되뇌고 기억하고 저장한다. 인간의 의식은 사건의 내용을 내장할 뿐만 아니라 그에 따른 감정도 함께 새긴다. 불행한 사건과 함께 부정적인 감정이 기억되는 것은 부자연스러운 일이 아니다. 또한 의식이 그와 같은 사건을 반복해서 소환할 때 감정 역시 동일하게 반복 형성된다는 것도 틀리지 않다. 이는 인간의 삶이란 시계가 영원히 미래지향적인 것처럼 무심하게 진행되지 않는다는 사실을 말해준다. 과거의 삶의 체험이 아픈 상처로 남게 되는 것도 삶의 이러한 가역적 성질 때문이다. 과거적 시간을 호출하여 이를 정서적으로 순화시키는 과정이 필요한 것도 이 지점이거니와, 내면에 아프게 응축되어 있는 과거적 사건을 기억하여 이에 대해 위로와 연민의 피드백을 행할 때 자아는 비로소 과거적 시간으로부터 해방될 수 있다. 이러한 작업 속에서 자아는 불행한 기억으로 인한 부정적 감정으로부터 자유로워질 수 있으며 현재는 비로소 온전한 현재로 남을 수 있게 된다. 이러한 역할을 해주는 것이 곧 시이거니와 시의 이러한 기능이야말로 치료의 기능이자 시의 본질적 사태이다.

> 여기 한곳에서 같은 바다 같은 파도에 부딪치면서
> 뾰족한 수도 없이 한 여자만 쳐다보듯
> 한 남자만 쳐다보듯

한 세월 온몸으로 살아낸
동해 추암 촛대바위

그대여 혹시 가끔 새로운 꿈을 꾸고 사는가
객지를 떠돌던 여기 떠돌이들이
그대를 보면 촛대바위에 부딪치던 저들을 보면
끝이 무엇인지 시작이 무엇인지
그대는 알고 있었는가

한 곳에서 오십 육십을 살아도
하루 종일 빈방에서 앉았다 일어났다 해도
독거노인처럼 허허로이 사는
그대를 만나면 그대한테 한번 부딪쳐보고 싶었는지
시도 삶과 부딪칠 때 나오듯
삶도 삶과 부딪칠 때 나오듯

강세환, 「추암 촛대바위」 전문

인간의 의식과 삶이 그러한 것처럼 위 시에서 그려지고 있는 현재는 현재의 시간성 속에 제한적으로 놓여있는 것이 아니라 과거, 미래와의 중첩 속에 놓여 있음을 알 수 있다. 지금 화자의 눈앞에 놓여 있는 시적 대상인 '추암 촛대바위'는 명백히 현재적 사물임에도 불구하고 과거 현재 미래 사이에서 출렁대듯 운동하는 시간성을 내포한다. '추암 촛대바위'에는 과거의 시간도 미래의 시간도 모두 담겨 있다. 위 시의 화자는 현재 정물처럼 놓여 있는 눈앞의 바위에서 과거에 흘러갔을 오랜 세월과 현재 겪을 갈등과 시련을, 그리고 곧 펼쳐질 미래의 모습을 보고 있다. 위 시가 잘 묘사하고 있듯이 모든 사물은 단순히 현재에만 귀속되는 것이 아니라 과거와 미래를 둘러싼 시간의 응축과 흐름의 한가운데에 존재하는 것이다. 모든 존재는 시간의 함수 속에 살아있게 마련이다. 이러한 사물의 시간성을 온전히 반영한다는 점에서 시는 삶의 형식이 될 수 있는 것이다.

한편 오랜 세월을 흔적으로 남기고 있을 위 시의 '바위'와 관련하여 과거의 시간들은 아픔으로 기억되고 있지는 않다. 위 시에 등장하는 '추암 촛대바위'는 '한곳에서 같은 바다 같은 파도에 부딪치면서 / 뾰족한 수도 없이' 살아왔지만 그것은 한을 품은 일도 설움을 새긴 일도 없이 '허허로이' 살아왔다는 것이다. 그에게 삶에 대한 기억은 불행이나 비극도 아니었고 그에 따른 감정 역시 슬픔도 아픔도 아니었다. 때문에 위 시에서 '바위'는 오랜 세월을 '부딪치면서' 지나왔으되 응어리진 어떤 것도 없이 '끝이 무엇인지 시작이 무엇인지' 모른 채 존재해 있다. 이러한 촛대바위에서 한이나 설움을 찾는 것은 아무런 의미가 없다. 대신 촛대바위의 현재는 흐르는 시간의 한가운데에서 미래를 향해 열려 있다. 촛대바위는 과거에도 그러했고 현재에도 그러하듯이 미래에도 여전히 '허허로이' 살아갈 것이다. 어떠한 욕망도 좌절도 비극도 응어리진 한도 없이 말이다.

시인이 자연에서 발견한 '추암 촛대바위'의 모습은 삶에 관한 의미 있는 시사점을 제공한다. 동일하게 시간의 형식을 담고 있지만 촛대바위를 관통하는 시간의 구조는 인간의 그것과 다르다는 점에서 그러하다. 인간이 삶의 체험을 통해 형성하는 시간의 구조가 대부분 감정적 응어리에 따른 옹이와 응축을 내장하고 있는 것이라면 자연의 그것은 그와 같은 왜곡이 존재하지 않는다. 상처를 저장하고 있지 않은 자연의 시간 구조는 그저 순조롭고 평탄하다. 그것은 계절의 순환에 맞추어 '허허로이' 전개되는 시간일 따름이다. 물론 자연의 이러함은 인간의 삶의 양태와 대비된 형태로 시인에 의해 주관적으로 의미화된 것에 해당한다. 실제로 욕망과 감정을 가진 채 숱한 인연의 고리 속에서 숙명을 짊어지고 살아가는 인간이 무정물인 자연과 같을 리는 만무하다. 그러나 시인의 직관에 의한 자연에 대한 통찰은 인간에게 가볍지 않은 가르침을 주는 것이 사실이다. 자연과 인간을 관통한 세월의 동일함에도 불구하고 각각은 서로 다른 시간 구조를 지니고 존재하고 있는 것이다. 이는 인간의 기억 속에 저장된 트라우마가 어떤 성질을 지니는 것이며 이를 해소하지 않을 때 자아의 몸과 마음이 어떻게 왜곡되는지에 대해 성찰케 한다. 반면 자연이 시간의 흐름 속에 놓여 있는 양태야말로 인간이 자유롭게 살아갈 수 있는 길을 암시하는 대목이다. 인간의 삶이 내포하고 있는 왜곡된 시간의 구조야말로 의식을 통해 극복해야 하는 것이거니와, 자아가 시간의 왜곡 속에 응축된 감정들을 덜어내고 해소할 때 비로소 내면의 트라우마는 물론 인체의 시간 구조 또한 변화될 수 있다. 특히 이러한 삶의 형식을 고스란히 반영하는 것이 시라는 점은 시의 치료적 기능에 대해 환기시키는 부분이 아닐 수 없다.

지금까지 시가 감정을 집중적으로 다루어나가는 사례들을 통해 그러한 시들을 접함으로써 독자가 경험할 수 있는 감정의 추이가 어떠한지를 확인해볼 수 있었다. 시가 주로 시적 내용으로 삼는 슬픔과 아픔, 설움, 한과 같은 정서들은 대개 내면에 트라우마로 남게 되는 부정적인 감정들이다. 인간의 삶의 체험에 밀착되어 있는 까닭에 보편적일 수 있는 이들 부정적 감정들을 다룸으로써 시는 치유의 역할을 감당하게 된다. 성숙한 시는 이들 감정들을 직접적으로 토해내는 대신 이들 감정들이 순화와 정화의 과정을 거쳐 정서적 균형의 상태에 이르도록 이끌어간다. 시를 통해 정서적 치유를 경험하게 된다는 것은 곧 트라우마로 새겨져 있던 부정적 감정들이 완화되고 해소됨으로써 무거운 마음들이 경감되는 것을 의미한다.

이와 더불어 이들 감정들이 내면의 상처로 남게 되기까지 있었을 시간적 과정은 시의 치유적 기능을 이해하는 데 있어 시간의 의미에 대해 주목하게 한다. 내면에 각인된 부정적 감정들이 망각되어 저절로 소멸하지 않음에 따라 그것은 삶에서의 장애가 될 소지가 있다. 과거적인 그것들은 삶의 현재와 미래에 질곡으로 작용할 수 있는 것으로, 이들 부정적 감정들이 응축을 이룸에 따라 삶의 현재는 평탄하고 순조롭게 전개되지 않고 어둡고 무기력하게 이어질 것이다. 부정적 감정들을 형성한 체험에 주의를 기울임으로써 감정적 울체를 해소하고 왜곡된 시간의 구조를 전환시켜야 나가야 하는 까닭도 여기에서 비롯한다. 시에 구현되는 시간성이 단절되어 있는 것이 아니라 현재를 중심으로 과거와 미래 모두를 통합시키고 중첩시키고 있다는 점은 역시 시를 통해 과거 현재 미래로 이어지는 삶의 구조를 변화시킬 수 있음을 말해준다. 시가 다루는 시간성은 과거의 체험으로 인한 왜곡과 부정의 요인들을 해소하고 긍정적이고 희망적인 시간을 구축할 수 있도록 길을 열어준다. 시간을 다루는 이와 같은 방식이야말로 시의 특징에 해당하고 시의 치유적 기능을 발휘할 수 있는 요인이 된다.

이처럼 시가 다루는 감정적 요소들과 시간성은 시를 읽음으로써 인체의 변화를 추구하는 위상시학의 핵심적인 측면에 해당한다. 체험으로 인한 의식 및 그에 따른 시간적 정보는 단지 관념의 차원에 귀속되는 것이 아니라 인체 속에서 양자의 형태로 구조화되는 물질적인 것이라 할 수 있다. 체험이 일으킨 의식들은 단순히 마음의 차원에 머물지 않고 인체 속에 각인되어 인체에 그 흔적을 남기게 된다. 이때 의식은 인체 속에서 양자의 형태로 정보화된다고 말할 수 있다. 이는 체험에 따른 의식이 기억되는 현상에 대응한다. 의식이 정보화되는 과정에서 그것들은 특정한 감정 에너지를 형성하고 또한 그에 따른 특정한 시간의 구조를 띠게 된다. 의식이 일으키는 감정의 호불호, 나아가 슬픔, 기쁨, 우울, 설움 등의 다양한 감정의 내용들은 운동과 힘의 방향성을 나타내는 에너지로 작용하게 된다. 이들 중엔 긍정적 감정들과 부정적 감정들이 있게 되는데 이중 부정적 감정들은 무겁고 어두운 에너지가 되어 인체의 위상학적 구조를 결정짓는 요인이 된다. 부정적 감정들에 의한 무겁고 어두운 에너지는 인체 내에서 양자의 흐름을 왜곡시키는 요인으로 작용하기도 한다. 그것들이야말로 인체 내부에서 탈출할 수 없는 감정의 응축을 만들고 나아가 인체 내 구조적인 질곡의 늪을 형성하게 되는 것이다.

감정이 인체 내부에서 에너지로서 작용하고 이들이 인체의 위상구조를 형성하는 요인이 된다는 사실은 감정들이 지닌 인체에 대한 시간성을 암시한다. 감정이 에너지인 점은 이것들이 양자적 정보로서 기능하면서 인체의 시공간의 구조 내부로 용해된다는 사실을 가리킨다. 즉 감정적 에너지는 인체의 시공간의 구조 내에서 특정한 양자적 정보로서 운동하면서 인체의 시공간의 구조를 변화 결정짓는 인자로서 작용하게 된다는 것이다. 체험에 따른 감정의 형성과 인체가 분리되지 않고 동일체로 나타나는 것도 이 때문이거니와, 가령 부정적 감정들은 기억 속에 각인된 채 인체의 특정 부위에 울혈을 일으키고 이에 따라 삶의 미래에 질곡으로 작용하게 되는 것이다. 이처럼 감정과 시간성은 서로 분리되지 않는 계기들로서 모두 인체의 위상구조를 특징짓는 에너지적 요소들에 해당한다 하겠다.

감정과 시간성의 상관성은 시의 치료적 작용들이 왜 유독 감정을 통해 이루어져야 했는지 짐작하게 해준다. 감정을 다루는 데서 구현되는 시의 본질은 그것이 단지 예술의 기반이 된다는 점에서가 아니라 치유적 기능으로까지 이어진다는 점에서 비롯한다. 즉 시의 감정적 요소는 예술적 계기뿐 아니라 치유적 계기로서 작용한다는 것이다. 감정을 다룸으로써 시는 자아 안에 내재되어 있는 시간성을 개선하고 회복하는 일을 이루게 된다. 시가 감정을 다스리고 치유해 나감에 따라 부정적 감정을 일으켰던 과거적 체험들은 의식화되고 관조되며 나아가 현재의 긍정적 사태들로 대체되어 간다. 이는 시에 있어서 감정과 시간성이 일체화된 형태로 다루어지는 것이자 인체의 위상 구조에 있어서도 공히 양자적 에너지로서 기능하는 것임을 말해준다. 이로써 서정시의 치유적 기능은 마음치유에 국한되는 것이 아니라 인체에 대한 실질적 치료로 이어지는 것임을 알 수 있다.

마음의 병적 요인들을 극복하고 인체의 위상학적 구조를 정상화시키는 일은 철저하게 에너지를 통해 이루어질 수 있다. 다시 말해 마음을 다스리고 인체의 위상 구조를 변화시키는 것은 서로 다른 차원에서 이루어지는 것이 아니라 같은 차원에서 동시에 벌어지는 동일한 현상이다. 이는 마음과 몸이 이원적으로 분리된 것이 아니라 일체화된 상태를 가리키는 것으로, 이것이 가능한 것은 이들이 존재하는 차원이 동일한 데서 비롯한다. 양자 차원이 그것이다. 양자 차원에서 볼 때 마음과 몸은 동일 근거의 양면적 표현이라 말할 수 있다. 또한 양자 차원에 놓일 때라야 마음과 몸은 완벽하게 일치된 현상으로 나타난다. 마음과 몸이 하나라는 명제가 일반적으로 받아들여질 수 있다면 그것은 양자 차원이 인체를 설명하는 상위 차원이자 보다 근원적인 지대를 형성하기 때문에 그러하다.

마음의 병적 요인들을 치유하고 인체의 위상구조를 변화시키는 것이 양자차원의 에너지에 의해 가능하다는 사실은 시 치료의 중요성에 대해 주목하게 한다. 몸과 마음을 동시에, 몸을 근원적으로 치유하는 일이 양자차원에서 이루어진다는 것은 치료의 매개가 에너지여야 한다는 점을 말해주는바, 양자차원에서의 치료는 다른 것이 아니라 양자를 통한, 에너지를 통한, 곧 양자에너지를 통한 것이다. 이는 양자차원의 치료가 에너지에 의한, 에너지를 위한 치료가 됨을 의미하는 것이며, 이점에서 시의 기능이 주목된다는 것이다. 감정을 다루는 까닭에 시야말로 에너지적 매체이고 감정을 다룸으로써 시가 특정 에너지를 생성, 변화시킬 수 있기 때문이다. 요컨대 양자차원에서 몸과 마음의 치료는 에너지를 스스로 만들어 작용시킴으로써 가능할 것인데, 시는 이를 행할 수 있는 주요한 매체 중 하나가 될 것이라는 점이다.

이때 정서적 치료의 동질 요법의 범주에서 이야기할 수 있는 시 치료의 기제는 지금까지 살펴보았듯이 시가 주요하게 감정을 다룬다는 점에서 기인한다. 본질상 예술의 한 장르라는 점에서 감정을 주로 다루게 되는 시는 곧 감정을 통해 에너지를 생성, 작용시킬 수 있게 된다. 양자 차원에서 양자적 에너지로 기능하게 되는 감정은 시의 주요 내용이 됨으로써 생성, 변화의 흐름 속에 놓이게 된다. 이러한 흐름 속에서 많은 경우 감정들은 부정적이고 편향된 성질을 해소하고 순화되고 안정된 상태로 전환된다. 카타르시스라 알려져 있는 이러한 정서 순화의 작용은 시의 본질적 기능이자 치유적 기능에 해당된다는 것을 알 수 있거니와, 이때 일어나는 기작이야말로 위상시학에서 유의미하게 간주하는 부분이다. 감정 에너지를 다룸에 따라 인체의 위상구조에 변화를 일으킬 수 있기 때문이다. 특히 감정을 다루는 이러한 치료가 동질 요법이라 일컬어질 수 있는 것은 상동(相同)의 감정에 노출됨에 따라 감정에너지의 변화가 발생한다는 점에서 그러하다. 이때의 상동이란 자아의 경험 내역과 시의 경험 내용이 일치한다는 점을 의미한다.

2) 정서적 치료의 이질 요법

시가 감정에 호소하되 특히 그것이 자아의 내면의 트라우마로 각인되어 있는 감정을 다루는 과정을 살펴봄으로써 시 치료에 있어서 정서적 치료의 동질 요법의 범주를 확인할 수 있었다. 시가 내용으로 제시할 수 있는 여러 감정들 가운데 재인식을 요하는 부정적 감정들은 시적 기제들에 의해 해소되고 변화될 수 있다. 동일한 감정적 요소들을 지니고 있는 독자가 이들 시를 감상함에 따라 정서적 변화를 경험한다면 그것을 시에 의한 정서적 치료라 할 수 있고, 이때 치료 대상인 독자의 정서적 상태와 치료 매개인 시의 정서적 내용이 동일하다는 점에서 동질 요법에 의한 시 치료라 할 만하다.

이에 비해 정서적 치료의 이질 요법은 시를 통한 정서적 치료를 추구하되 이에 도달하는 방법에 있어서의 차별성에 따른 것이다. 그것은 동질 요법이 치료 대상과 치료 매개 사이의 상동성을 전제로 한다는 점과 구별되는 것으로, 독자인 정서적 상태와 시가 나타내는 정서적 상태가 불일치한다는 점에서 그 범주가 규정될 수 있다. 그렇다면 그와 같은 정서적 불일치 상태에서 도모할 수 있는 것은 무엇이며 그와 같은 불일치에 적용되는 원리는 무엇일까?

이를 해명하기 위해서는 또다시 인체의 위상학적 구조에 대해 논해야 한다. 인체가 지니는 왜곡된 구조 및 그 안에 존재하는 블랙홀의 실체에 주목할 때 이질 요법에 의한 정서적 치료의 원리와 작용에 대해 이해할 수 있다. 물론 위상시학에서 시도하는 네 가지 범주의 모든 치료방법은 궁극적으로 목표하는 바가 동일하다. 인체의 왜곡된 위상학적 구조를 변화시켜 인체를 정상화시키는 것이 그것이다. 인체가 정상화된다는 것은 인체 구조의 왜곡을 일으키는 결정적 인자인 블랙홀이 소멸됨으로써 인체 전체에 대한 에너지의 흐름이 막힘없이 원활하게 이루어진다는 것을 의미한다. 이를 위해 에너지에 의한 치료가 이루어져야 한다는 점도 이미 밝힌 바 있다.

이때 독자와 시, 즉 치료대상과 치료 매개의 감정적 상동성을 전제로 하는 동질 요법은 블랙홀을 직접적으로 겨냥하는 방법에 해당한다는 것을 알 수 있다. 독자가 지닌 문제적 감정과 시가 지닌 감정적 내용이 일치함에 따라 그것은 인체의 병적 지점에 그대로 적용된다는 것이다. 치료의 매개가 되는 시의 감정적 에너지는 인체의 병적 지점이 어떤 위치, 어떤 기관이든 간에 바로 그 지점과 밀착된 채 작용한다고 볼 수 있다. 이는 독자의 감정 상태가 인체 구조와 밀접하게 관련한다는 사실을 의미한다. 즉 독자의 감정적 상태와 인체의 구조는 서로 분리되어 있는 것이 아니라 일치하는 것인바, 이점에서 동질 요법에 의한 치료는 감정적 상태와 인체의 구조 양 측면에서 동시적으로 이루어지는 것이라 할 수 있다. 시의 정서적 치료의 동질 요법이 직접적으로 인체의 병적 지점을 겨냥한다는 것도 이러한 사정에 기인한다. 결국 동일 감정을 다루면서 이루어지는 정서적 치료의 동질 요법은 독자의 정서 순화와 함께 감정 에너지 과잉을 일으키는 인체의 특정 지점인 인체 내 블랙홀을 상쇄시키는 데 작용하는 요법이라 말할 수 있다.

반면 정서적 치료의 이질 요법은 여전히 감정적 에너지를 다루는 것이되 치료 대상과 치료 매개 간의 감정적 상동성이 아닌 이질성을 전제로 하는 것으로서, 이때 이질성은 감정 상호 간 상생상극 작용을 고려하여 특정 감정을 위해 치료 매개가 선택되는 원리에 따른 것이다. 여기에서는 동양의 오랜 문화적 철학적 경험을 통해 형성된 음양오행의 에너지 작용 원리가 참조될 수 있다. 동양의 음양오행의 원리에 따른 감정 에너지의 선택적 적용을 통해 특정 감정을 조절하고 나아가 인체의 불균형을 해소케 하는 것이 정서적 치료의 이질 요법에서 추구하는 바가 된다.

동양의 음양오행 이론은 관념 차원에 국한되는 형이상학적 측면만을 지니고 있지 않다. 그것은 기(氣)라는 에너지를 다룸으로써 물리학적 역학(力學)이라 할 만한 형이하학적 요소도 내포하고 있다. 주지하듯 동양에서는 오랜 역사를 거쳐 음양오행 이론을 정립하고 이를 의식주를 포함한 생활의 각 영역에 적용해 왔거니와, 동양 문화 속에서 오랜 세월에 걸쳐 이같은 작업을 해올 수 있었던 것은 음양오행에서 다루는 것이 에너지라고 하는 물질의 가장 근본적인 차원에 해당되었기 때문이다. 가장 근본적인 차원의 것이라는 점에서 기(氣)는 만물의 최소 단위이자 원리가 된다. 요컨대 동양 문화에서 음양오행 이론이 계속해서 생명력을 유지해 올 수 있었던 것은 그것이 단지 형이상학적 철학이 아니라 물질의 실질적 차원을 해명하는 과학적 성질을 띠었기에 가능했던 것이다.

이에 따라 동양에서는 세상의 만물 및 생활의 각 영역에서 존재하고 활동하는 에너지들을 그 성질에 따라 대표적 에너지인 오행으로 분류하고 이들 상호 간의 상생상극을 유도해냄으로써 모든 영역에서 질서와 균형이 이루어나갈 수 있도록 도모하였다. 음양오행이론에서 보았을 때 가장 이상적인 상태는 오행의 에너지들 가운데 어떠한 것도 과잉되거나 위축되지 않고 서로 균등하게 존재하고 운동하면서 상호 간 원활하게 작용할 때를 가리킨다. 특정 에너지가 과잉되거나 위축될 경우 그것은 연쇄적으로 에너지 상호 간의 불균형을 유발하게 됨으로써 사태의 안정성에 위해가 된다. 안정과 조화를 상실한 그것은 긴장을 유발하게 되어 평온을 기대할 수 없게 한다. 이러한 상태가 인체에서 나타날 경우 병이 발생하게 된다. 병증을 내포한 인체는 이와 같은 불균형과 무질서를 더욱 경향화시킴에 따라 전체적인 인체시스템을 붕괴시키는 데로 나아가게 된다. 한의학에서 음양오행을 치료원리로서 도입하는 것도 전체적인 인체시스템의 안정화를 위해서이다. 한의학에서 각 장기 간 상호 에너지 작용 원리에 근거하여 오장육부의 균형적이고 조화로운 정립을 꾀하는 것도 이러한 맥락에서이다.

한의학과 음양오행이론에서 말하는바 인체의 균형과 조화에 대한 관점은 위상시학의 원리와도 그대로 상통하는 것이다. 한의학에서 추구하는 오장육부의 정립을 통한 건강한 인체시스템이라는 목표는 위상시학에 말하는 인체의 위상학적 구조의 정상화에 비견할 수 있다. 이때 위상시학에서 문제시 삼는 블랙홀이 한의학에서의 허증에 대응하는 것이며 블랙홀의 심화로 야기되는 초끈의 꼬임과 엉김은 한의학에서의 실증에 대응한다는 사실은 앞서 언급했던 대로거니와, 이들의 존재로 인체의 에너지 순환이 원활하지 못하고 병증이 발생할 것이라는 점은 위상시학과 한의학에서 공통적으로 제시하는 관점이다. 결국 위상시학에서 보았을 때 건강하지 못한 인체는 왜곡된 위상구조에 따른 것으로서 이것은 한의학에서 말하듯 허증과 실증으로 인해 오장육부의 균형이 상실된 상태에 해당된다.

위상시학이 한의학과 인체에 대한 관점을 공유한다는 것은 위상시학에서 한의학의 치료 원리를 도입, 인체의 위상구조의 정상화를 꾀할 수 있는 일 방법을 구하도록 요구한다. 즉 위상시학에서 궁극적으로 추구하는 바가 블랙홀의 소멸을 통한 위상구조의 정상화라고 한다면 이를 위한 방법으로서 한의학에서 적용하는 오행이론을 도입할 수 있을 것이라는 점이다. 블랙홀의 해소는 그것에 직접적으로 에너지를 작용시키는 방법 외에 주변에 위치하는 장기 간 상생상극의 관계에 의해 특정 에너지를 유발함으로써도 이루어질 수 있을 것이기 때문이다.

한의학에서는 오장육부가 각각의 기능에 따라 오행의 성질을 지닌다고 말한다. 가령 단단하고 활기에 차 있는 간은 봄철에 땅을 뚫고 나오는 새싹처럼 강하게 뻗는 생리적 특성을 가진다고 하여 목(木)기운과 관련시키고, 잎이 무성하고 꽃이 활짝 핀 형상을 지닌 심장은 화(火)기운과, 후덕하고 묵직한 흙의 형상을 지닌 비장(脾腸)은 토(土)의 기운과, 폐는 단단하고 차가운 쇠의 형질을 지닌다는 점에서 금(金)의 기운과, 차갑고 얼어붙은 물의 형상을 지닌 신장은 수(水)의 기운과 관련시킨다. 한의학에서는 이들 장기의 기운들이 성하고 쇄함에 따라 인체에 여러 차별적인 양상들이 나타난다고 하면서 이러한 양상들을 통해 오장육부의 상태를 진단하고 치료법을 적용하게 된다. 이때 간, 심장, 비장, 폐, 신장 사이엔 목화토금수의 오행 간 상생상극의 작용이 이루어지는 것처럼 상호 간 상생 및 상극이 작용하므로, 한의학에서는 특정 장기를 직접적으로 다스림과 동시에 그것의 주변에 놓이는 장기 사이의 역학을 고려한 치료법을 제시한다. 장기 상호 간의 역학이란 목생화, 화생토, 토생금, 금생수, 수생목의 상생작용과 목극토, 토극수, 수극화, 화극금, 금극목의 상극작용에 대응하는 것으로서, 특정 장기의 정립을 위해서는 각 오행의 성질을 띤 장기 간 상생상극의 연관성을 이해해야 한다.

이러한 한의학의 치료 원리를 위상시학에 도입할 경우 무엇보다 중점적으로 고려할 것은 각 장기에 대응하는 감정들이 무엇인가이다.[3] 그것은 에너지의학인 위상시학의 정서적 치료의 범주에서 에너지로서 생성 변화시키면서 다루는 것이 결국 감정 에너지이기 때문인 점과 연관된다. 한의학적 원리를 적용할 때 위상시학에서는 특정 감정들을 에너지로서 활용하여 오장육부의 균형을 다스려야 한다는 결론에 도달한다. 한의학적 원리를 이용한 치료가 위상학적 시 치료에 있

3 음양오행 원리에 의하면 간, 심장, 비장, 폐, 신장의 각 장기에 대응하는 감정들은 분노, 기쁨, 사려, 슬픔, 공포이다. 한의학에서 적용하는 오행의 원리에 따라 각각의 감정을 활용하여 장기를 치료할 수 있는 것도 장기와 감정 사이의 에너지상의 친연성에 근거한다. 한편 에너지 의학자 제임스 오스만(James Oschman)은 심장이 생체 장기 중 가장 강한 전기장과 자장(磁場)을 만들어낸다는 점에서 심장이 발하는 고유 파장에 주목하여 인체 치료에 응용하고자 한다. 그에 따르면 심장과 뇌에서 발생하는 에너지에는 생체에 중요한 의미를 가진 신호가 포함되어 있으며 심장은 사랑, 돌봄, 공감, 불만, 분노 등의 감정에 쉽게 반응하여 그에 따른 신호를 낼 것이라는 점이다(제임스 오스만, 『에너지 의학』, 김영설 역, 군자출판사, 2007, p.11). 오스만의 이러한 통찰은 감정이 에너지로서 인체에 어떻게 작용하는지 그 구체적 원리를 짐작하게 한다. 즉 뇌에서 수용하는 정보가 인체 에너지장에 작용하는 근거는 그것들이 파동에너지로서 작동하여 인체 장기와의 공명과 간섭, 회절 등의 관계를 맺는 데 따른 것이다. 오스만은 심장파와 감정적 정보와의 관련성에 한하여 언급하였지만, 장기가 고유 파장을 지닌다고 하는 오스만의 통찰을 받아들인다면 이러한 사실은 심장에만 한정되는 것이 아니라 오장육부 모든 장기에 해당될 것이다. 즉 간, 심장, 비장, 폐, 신장 등 한의학에서 다루는 인체의 모든 오장육부가 모두 고유파장을 지닐 것이라는 점이다. 그리고 이때의 고유 파장들은 오행의 감정 에너지와 공명하거나 간섭하거나 회절하여 인체 에너지장에 영향을 미치게 될 것이다.

어서 정서적 치료의 범주를 차지하는 것도 이 때문이다. 그런데 한의학의 치료가 오행 간의 상생상극 관계에 따라 이루어지는 만큼 시 치료에 있어서 정서는 동질성에 따른 것이 아니라 이질성에 의한 것이 된다. 가령 기능이 항진된 간을 치료하는 경우, 간에 대응하는 감정인 분노의 감정을 적용하기보다 금극목의 이치에 따라 금의 성질을 띠는 슬픔의 감정을 적용하여 분노의 감정을 억제하고 간의 항진을 제어해야 하는데, 여기에서 확인할 수 있는 감정상의 치료법은 동종 요법이라기보다는 이종 요법임을 알 수 있다.

이처럼 위상시학에서 규정하는바 정서적 치료의 이질 요법은, 인체의 불균형이 오장이라는 기관에서 비롯된다고 전제하고 각 장기를 정상화하기 위해 이들에 해당되는 감정을 이용하여 오행원리에 따라 적용하는 방법을 취하게 된다. 예컨대 간의 항진증일 경우 금극목의 이치에 따라 슬픔의 감정에 노출시키는 것처럼 심장의 항진증일 경우는 수극화의 이치에 따라 수(水)의 에너지에 해당하는 공포의 감정에 노출시킬 것이 요구된다. 수(水)에 해당하는 공포의 감정 에너지는 화(火) 기운에 해당하는 심장의 활동을 억제하여 심장의 항진증을 견제하는 기능을 하기 때문이다. 또한 신장의 항진증의 경우는 토극수의 이치에 따라 토(土)의 에너지에 해당하는 배려와 사려의 감정에 노출시켜야 한다. 배려와 사려의 감정 에너지는 수(水)의 에너지를 극(克)하기 때문에 항진된 신장의 기능을 완화시킬 수 있게 된다. 반면 간의 저하증일 경우는 수생목(水生木)의 관계에 따라 수(水)기운에 해당하는 공포의 감정에 노출되도록 하여 수(水)에너지에 의해 목(木) 에너지가 지지받고 그에 따라 목(木) 기운에 해당하는 장기인 간이 강화될 수 있도록 해야 한다. 같은 원리로 비장의 저하증일 경우는 화생토(火生土)의 관계에 따라 기쁨의 감정을 자주 느끼도록 해주어야 한다. 이러한 방법들은 모두 각각의 장기에 대응하는 감정을 직접적으로 제시하기보다는 그들 상호 간 에너지 작용을 고려하여 선별적으로 감정을 제시한 것이므로 위상시학에서는 이를 정서적 치료의 동질 요법이 아닌 이질요법이라 범주화할 수 있다. 이처럼 위상시학의 이질요법에서는 감정들 상호 간의 에너지 작용에 의해 각 장기의 균형과 조화를 추구하게 되는바, 이것이 궁극적으로 인체의 위상구조의 정상화에 귀결된다는 관점을 내포하고 있다.

(1) 심장 질환의 시 치료 기제

그렇다면 심장의 기능이 저하되어 나타난다는 심허증의 경우 위상시학에서는 어떻게 감정을 다루게 되는가? 심장의 기능이 저하되는 것은 감정의 측면에서 보았을 때 심장과 관련되는 감정인 '기쁨'의 정서가 억제될 경우 나타날 수 있는 현상이다. 기쁨, 즐거움, 유쾌함 등속의 감정들이 억제되고 결여될 때, 또한 그것이 오랜 시간 동안 지속되었을 때 심장의 기능에 이상을 초래할 수 있다는 것이다. 뿐만 아니라 수극화(水克火)의 관계에 따라 수(水)의 성질인 '공포'가 과잉되어 화(火)의 기운을 압도할 때 역시 심장 기능 저하가 나타날 수 있다. '공포'와 '기쁨' 사이엔 상극관계가 형성되는 까닭에 '공포', 즉 두려움의 감정에 자주 노출될수록 '기쁨'의 정서가 억압되고 심장 기능이 억제된다. 이러한 정황은 비단 음양오행 이론을 적용하지 않아도 생활 일반에서 확인할 수 있는 사실로서, 공포와 억압이 반복되는데 이에 대해 적절히 대응하거나 항거하지 못하고 움츠러들 때 마음이 위축되고 소심해지며 답답해지는 증상으로 나타날 수 있다. 이처럼 심허증은 기쁨이 결여되고 두려움이 지속됨에 따라 심장이 제 역할을 하지 못하고 무기력해지면서 발생한다 하겠다. 따라서 이때의 치료법은 심장 기능을 활성화시키는 일이 된다. 그것은 공포를 능가할 만큼의 즐거움과 기쁨에 노출되는 방법과 더불어 공포의 감정 에너지를 억압할 수 있도록 토극수(土克水)의 성질에 따라 공포를 이기는 감정인 사려, 위안, 배려 등의 토(土) 기운의 감정 에너지를 경험하도록 유도하는 것과 관련된다. 나아가 목생화(木生火)의 관계에 따라 '분노'의 감정을 통해 '기쁨'의 감정 에너지를 지원하여 화(火)의 장기인 심장을 활성화시키는 방법을 강구해야 한다. 요약하면 심허증의 경우 유의미하게 적용할 수 있는 감정 에너지는 토(土)의 기운에 해당하는 '사려'의 감정과 목(木)의 기운데 해당하는 '분노'의 감정임을 알 수 있다.

> 괜,찮,다…
> 괜,찮,다…
> 괜,찮,다…
> 괜,찮,다…
> 수부룩이 내려오는 눈발속에서는
> 까투리 메추래기 새끼들도 깃들이어 오는 소리…
> 괜찮다…괜찮다…괜찮다…괜찮다…
> 폭으은히 내려오는 눈발속에서는
> 낯이 붉은 처녀아이들도 깃들이어 오는 소리…
>
> 울고
> 웃고
> 수구리고
> 새파라니 얼어서
> 운명들이 모두 다 안기어 드는 소리……

큰놈에겐 큰 눈물 자죽, 작은놈에겐 작은 웃음 흔적,
큰이얘기 작은이얘기들이 오부록이 도란그리며 안기어오는 소리…

괜,찮,다…
괜,찮,다…
괜,찮,다…
괜,찮,다…

끊임없이 내리는 눈발속에서는
산도 산도 청산도 안기어 드는 소리……

서정주,「내리는 눈발 속에서는」 전문

위의 시는 서정주가 6·25 전쟁을 겪으면서 처한 정신분열의 위기 속에서 쓴 것으로 자신을 향한 것일 뿐 아니라 전쟁의 참상으로 삶과 의식이 모두 파괴된 당시 우리 민중을 향한 것이다. 서정주는 그 안에 거하는 모든 생명체를 따뜻이 감싸 안듯이 내리는 '눈'의 심상에 기대어 위 시를 썼음을 알 수 있다. 화자의 시선으로 볼 때엔 눈발에 잠기는 모든 존재는 모두 다 사랑스럽고 소중한 것들이다. 여기에서 제외되는 것은 아무것도 없어서 새들도 새끼들도 처녀아이들도 큰놈도 작은놈도 모두 포함된다. 보다 정확히 말하면 눈발에 의해 포근히 포용될 수 있는 존재들은 '새파라니 얼어' 붙은 시린 '운명들'이다. 이들은 '큰 눈물'과 '작은 웃음' 속에서 산 이들이며 그럼에도 '오부록이 도란그리며' 살아가는 이들이다.

시인은 시린 운명을 살아가는 이들의 삶에서 아픔과 연민을, 그리고 사랑과 희망을 읽는다. 시인은 시의 대부분을 '괜,찮,다'라는 말로 천천히 채워가는데 이것은 '눈발'의 따스함이 필요한 이들에게 보내는 깊은 위안과 배려의 전언에 해당한다. 위 시의 따뜻한 위로는 전쟁의 공포 속에서 살아남은 이들에게 치유의 힘이 되었을 것이다. 이는 전쟁의 폐허 위에서 우리 민족의 삶의 건재를 바라는 시인의 사려서린 마음을 담고 있다.

위로와 위안을 주고자 하는 위 시의 주된 정서는 배려와 사려의 그것이라 볼 수 있다. 만물을 포용하고자 하는 대지의 마음인 그것은 성질상 토(土)의 기운에 속한다. 위 시의 '괜, 찮, 다'는 상처입고 분열된 생명체들을 감싸 안으려는 넉넉하고 포근한 마음을 표현하고 있거니와, 이런 점에서 위 시는 사실상 토(土)의 에너지와 관련된 기능으로서 발휘될 수 있다. 위 시가 심장 질환에 적용될 수 있는 까닭도 여기에 있다. 전쟁의 공포로 약해진 심장은 공포를 유발하는 수(水) 기운이 과도함을 의미하기 때문에 이에 대한 치료는 수(水)기운을 억제하는 방향으로 이루어져야 한다. 그런데 수기운을 억제하는 것은 토극수의 관계에 따라 토(土) 기운이다. 흙은 만물을 생성시키지만 물을 막는 역할을 하기도 한다. 이런 측면에서 토(土)기운에 자주 노출되면 수(水)기운에 해당하는 두려움의 감정이 억제됨에 따라 자동적으로 화(火)기운이 저해되지 않고 활성화될 수 있는 길이 열린다. 사려와 배려의 마음을 담고 있는 위의 시가 전쟁 직후 당시의 민중을 위로할 수 있던 것을 이러한 이치로 해명할 수 있다.

심장 기능 저하 증상을 치유하기 위해 토(土)의 감정과 함께 살펴볼 수 있는 것은 목(木)의 기운에 해당하는 분노의 감정이다. '분노'의 감정은 나무의 기운과 유사하게 위로 솟구치는 에너지로서, 목생화(木生火)의 관계에 따라 심장의 기능을 활성화시키는 기능을 발휘한다.

불빛 노을 함빡 갈앉은 눈이라 노한 노한 눈들이라

죄다 바숴진 창으로 추위가 다가서는데 몇 번째인가 어찌하여 우리는 또 밀려나가야 하는 우리의 회관에서

더러는 어디루 갔나 다시 황막한 벌판을 안고 숨어서 쳐다보는 푸르른 하늘이며 밤마다 별마다에 가슴 맥히어 차라리 울지도 못할 옳은 사람들 정녕 어디서 움트는 조국을 그리는 것일까

폭풍이어 일어서는 것 폭풍이어 폭풍이어 불길처럼 일어서는 것

구보랑 회남이랑 홍구랑 영석이랑 우리 그대들과 함께 정들인 낡은 걸상이며 책상을 둘러메고 지나간 데모에 휘날리던 깃발까지도 소중히 감아들고 지금 저무는 서울 거리에 갈 곳 없이 나서련다

내사 아마 퍽도 약한 시인이길래 부끄러이 낯을 돌리고 그저 울음이 복받치는 것일까

불빛 노을 함빡 갈앉은 눈이라 노한 노한 눈들이라

이용악, 「노한 눈들」 전문

위의 시는 이데올로기의 갈등이 고조되던 해방공간에서 쓰인 시로 미군정에 의해 짓밟힌 투쟁의 현장을 다루고 있다. 당시의 이념의 갈등은 그 자체로 끝나는 것이 아니라 미소의 갈등과 민중들 사이의 계급적 갈등으로, 나아가 남북 분단의 불씨로 이어져 우리 민족을 시련과 고통으로 몰아넣었다. 좌우익 이념을 대변하는 외세에 의해 남북 분단이 영구화 될 수 있다는 조짐이 보이자 이념의 갈등은 더욱 거세

어지고 민중들은 더욱더 초조할 수밖에 없었다. 투쟁의 양상이 보다 격해졌던 것도 그 때문이다. 이 속에서 좌절한 주체들은 갈 바를 모른 채 황망히 '조국을 그리'며 '서울 거리'를 헤매어야 했다.

당시의 상황이 그러했으므로 위 시에서 주로 그려지고 있는 감정은 슬픔과 분노다. 일제로부터의 해방을 맞이한 감격도 잠시, 일제를 대체하는 또 다른 외세가 존재하는 상황을 당시의 주체들은 어떻게 받아들일 수 있었을까? 스스로 주체가 되어 국가를 건설하고자 했지만 그것이 미소군정에 의해 제어되었을 때 민중들은 방황과 혼돈을 거듭할 수밖에 없었다. 남한에서 벌어진 미군정에 대한 거센 저항과 투쟁은 실질적인 독립과 통일된 조국을 위해서 민중들이 취할 수 있던 유일한 선택이었다. 이러한 사정 속에서 주체들의 심정엔 설움과 '울음'이 북받쳐 오르게 된다. '몇 번째인가'도 알 수 없이 '또 밀려나가야' 하는 주체들은 '가슴 맥히어 차라리 울지도 못할' 처지에 놓여 있었던 것이다. '움트는 조국'은 언제 어디에서 맞이할 수 있을 것인가, 그 알 수 없는 데 따른 암담함으로 주체들은 절망하고 좌절하였다.

그러나 위 시에서 시인이 제시하는 감정은 설움과 슬픔에서 멈추지 않는다. 「노한 눈들」을 통해 그가 보여주는 또 다른 정서는 '분노'의 감정이다. 위 시의 화자는 당시 민족이 처한 비극적 상황 속에서 슬픔으로 무기력하게 있는 대신 '폭풍'처럼 '불길'처럼 '일어서라'고 주장한다. '노한 노한 눈들'이야말로 거듭되는 외세에 의해 짓밟히는 우리 민족이 가장 먼저 지녀야 할 조건으로서 제시된다. '폭풍이어 폭풍이어'를 외치며 화자는 우리 민중이 '분노'의 감정으로 떨쳐 일어나도록 독려한다.

위 시에서 '분노'는 '슬픔'의 무기력한 감정을 극복할 수 있는 감정 에너지로서 제시된다는 것을 알 수 있다. 사실상 슬픔과 분노 사이엔 금극목(金克木)의 이치에 의해 서로 상극 관계가 놓여 있다. 슬픔의 정서는 분노의 감정을 이길 수 있다는 것이다. 위 시에서 슬픔은 '분노'를 가로막는 감정에너지일 수 있다. 그러나 위 시는 그것을 넘어서서 '분노'를 외친다. 만일 위 시의 자아가 '슬픔'을 저버리고 '분노'로 나아가지 못하였다면 금극목에 따라 '슬픔'은 '분노'를 이겨 결국 자아로 하여금 무기력과 패배감에서 벗어나지 못하게 하였을 것이다. 위와 같은 상황 속에서 '분노'의 마음을 내는 것은 필수불가결하고 정당한 감정이었던 셈이다.

우리 시사에서 1920년대의 사회주의 시와 1970, 80년대의 리얼리즘 시들은 '분노'의 감정을 뚜렷하게 나타내고 있는 시들로 분류될 수 있다. 선전선동시의 형태로 쓰여진 이들 시들은 민족과 민중의 부조리한 처지에 대해 '분노'하고 투쟁할 것을 호소하고 있다. 대체로 시사에서는 이들 시들에 나타나 있는 '분노'의 감정과 투쟁을 외치는 격한 방식들을 서정적이지 못하거나 생경하다는 이유로 폄하하곤 한다. 그러나 이들 시가 놓인 현실적 맥락을 고려할 때 이와 같은 시적 형태는 타당하고 필연적이다. 주체들의 입에 재갈이 물리고 권리가 억압될 때, 따라서 이들의 가슴에 슬픔이 가득 차 무기력의 늪에 빠졌을 때 이들이 보일 수 있는 감정과 행동은 '분노'과 거센 항의이다. 이런 점에서 당시 피억압계층에 속했던 주체들의 선전선동 형태의 시들은 미학적으로 세련되지 못한다 하여 폄훼될 것이 아니라 필연성의 측면에서 이해되어야 할 것이다.

이들 시에서 제시하고 있는 '분노'의 감정들은 무기력한 자아들에게 설움과 울분을 떨쳐버릴 수 있는 감정 에너지로서 적극적으로 활용될 수 있다. 이렇게 '분노'의 감정을 지닐 때 목생화(木生火)의 관련성에 따라 기쁨의 감정이 활성화되어 자아는 화(火)기운을 억누르는 공포의 감정과 대결할 수 있는 힘을 얻게 될 것이다. 즉 '분노'의 감정은 만성화된 두려움 속에서 위축될 대로 위축되어 있는 심장의 기능을 정상화시키는 데 도움을 준다는 것이다. '분노'의 감정 에너지를 통해 심장의 기능을 강화하게 되면 심장을 극(克)하는 수(水) 기운인 공포의 감정에 저항할 수 있는 힘이 생기기 때문에 심허증의 증상은 한결 완화될 것이다. 이처럼 위상시학에서는 우리 시사에 존재하는 투쟁의 시, 분노의 시를 심장 기능 저하증에 적극 도입, 기능적으로 적용함으로써 안정된 인체시스템을 회복하는 데 기여하도록 유도할 수 있다.

(2) 간 질환의 시 치료 기제

앞서 심장 질환의 치료를 위한 '사려'와 '분노'의 감정 에너지 활용 기제들에 대해서 살펴보았거니와, 이들 에너지들은 홀로 독립적으로 존재하는 것이 아니라 에너지 간의 상호 작용 속에 놓이게 됨에 따라 감정상의 균형을 유도하고 전체적으로 인체 시스템을 안정화시키는 데 기여하게 된다는 것을 확인할 수 있다. 중요한 것은 각 감정들 그 자체가 아니라 감정들 간의 균형과 조화라는 관점을 견지하는 일이다. 어떤 감정이건 과잉되는 것도 결핍되는 것도 항상 견제해야 할 일이다.

이런 관점에 설 때 앞 절에서 살펴본 '분노'의 경우 적극적으로 활용될 수 있는 측면도 있지만 그것이 지나치게 될 때엔 역시 제어되고 억제되어야 하는 형편에 놓인다. 잦은 분노가 분노와 관련된 장기인 간의 기능을 항진시켜 간을 손상시킬 수 있기 때문이다. 일상 속에서 성격상 호전적이고 성마른 경우 이들에게서 나타나는 신체적 특징 중 하나는 간이 건강하지 못하다는 점이다. 쉽게 분노하고 화를 잘 다스리지 못하게 되면 분노의 감정 에너지와 상관하는 장기인 간이 부대낌을 받아 점차 쇠약해지는 특징을 나타내게 된다. 간이 나빠지면 독소를 배출하는 기능이 원활하지 못하여 눈에 황달증세가 나타나고 쉽게 피로감을 느끼게 되며 술이 받지 않게 되고 생식기능이 떨어지는 등의 증상이 나타난다. 크게 노하였거나 과도한 스트레스 탓에 성을 자주 내게 되면 간 건강을 잃을 수 있으므로 이런 경우 감정을 조절하여 쉽게 분노하지 않도록 하는 것이 중요하다.

간과 분노 사이의 관련성에 주목하여 위상시학에서는 간의 기능이 항진되었을 때 이를 제어하는 방법으로서 '슬픔'의 정서를 고려할 수 있다. 이는 금극목(金克木)의 이치에 따른 것으로서, 금(金)의 기운에 해당하는 '슬픔'은 목(木)의 기운을 억제하여 '분노'를 잦아들게 하고 결과적으로 정서적 안정을 유도할 수 있다. 목(木)의 기운이 성해 간이 비대해지는 간실증(肝實症)의 경우는 슬픔의 정서에 의도적으로 노출됨으로써 목(木)의 기운을 상쇄시키고 인체의 균형을 꾀할 수 있다.

> 궂은 비 줄줄이 내리는 황혼의 거리를
> 우리들은 동지의 관을 메고 나간다.
> 수의(壽衣)도 명정(銘旌)도 세우지 못하고
> 수의조차 못 입힌 시체를 어깨에 얹고
> 엊그제 떠메어 내오던 옥문(獄門)을 지나
> 철벅철벅 말 없이 무학재를 넘는다.
>
> 비는 퍼붓듯 쏟아지고 날은 더욱 저물어
> 가등(街燈)은 귀화(鬼火)같이 껌벅이는데
> 동지들은 옷을 벗어 관 위에 덮는다.

평생을 헐벗던 알몸이 추울상 싶어
얇다란 널조각에 비가 새들지나 않을까 하여
단거리 옷을 벗어 겹겹이 덮어 준다.

(총독부 검열에 의해 이하 6행 삭제)

동지들은 여전히 입술을 깨물고
고개를 숙인 채 저벅저벅 걸어간다.
친척도 애인도 따르는 이 없어도
저승길까지 지긋지긋 미행이 붙어서
조가(弔歌)도 부르지 못하는 산 송장들은
관을 메고 철벅철벅 무학재를 넘는다.

심훈, 「만가(輓歌)」 전문

언론가이자 문필가였던 심훈은 잘 알려져 있듯이 시대의 상황을 외면하지 않고 실천적 활동으로 일관된 삶을 살았다. 3·1 운동을 계기로 퇴학을 당하고 상하이에서 독립 운동을 하는가 하면 송영과 더불어 사회주의 청년 단체인 염군사를 결성하는 데도 앞장섰을 만큼 활동적이었던 인물이 심훈이다. 「그날이 오면」에서 보여준 조국 광복에 대한 격한 갈망은 심훈의 삶이 얼마나 실천적이었나를 짐작하게 해준다.

독립운동을 하다 옥사한 동료를 추모하는 내용으로 이루어져 있는 위의 시 역시 일제 강점기의 시대상을 잘 보여주고 있다. 투옥되어 있던 동지가 죽어서 나왔을 때 동료로서 겪어야 했을 참담함은 이루 말할 수 없었을 것이다. 함께 죽지 못하고 먼저 보낸 것에 대한 죄책감, 그가 모진 고통 속에서 죽어가는 동안 아무것도 해줄 수 없었다는 점에 대한 무력감, 헐벗은 채 죽어 있는 동지의 모습에 대한 아픔과 연민, 주권을 상실한 조국에 대한 울분과 분노 등이 위 시에 등장하는 '동지들'의 공통된 심정에 해당한다. 이들 여러 감정들은 서로 뒤섞인 채 그들을 침묵하게 하였다.

한편 이 같은 상황 속에서 가장 주요하게 드러나는 감정은 분노보다는 슬픔이라는 것을 알 수 있다. '수의조차 입지 못하고' 나온 동지의 시신을 메고 궂은 빗속을 걸어갈 때 슬픔을 이길 수 있는 감정은 아무 것도 없다. 죽은 동지의 얇은 관에 비가 샐까 염려하여 자신들의 옷을 벗어 덮는 장면은 슬픔의 극한을 보여준다. 미행 탓에 조사(弔詞) 마저 부를 수 없는 상황으로 분노가 일어 입술을 깨물어 보지만 분노는 슬픔 뒤편의 감정이었다. 사실상 위 시에서 슬픔은 분노를 넘어서고 있다.

분노와 슬픔이 엉켜 있되 슬픔이 분노를 압도하고 있다는 점에서 위 시는 감정 간 에너지의 흐름을 잘 보여준다. 위 시에 나타난 복합적 감정들은 금극목(金克木)이라는 감정 에너지 상의 원리를 드러내고 있으며, 이러한 원리의 실제적 현상은 위상시학의 측면에서 눈길을 끄는 대목이다. 특정한 상황에서 분노와 슬픔의 감정이 동시적으로 유발될 수 있는 경우가 많을 것인데, 이때 분노보다 슬픔의 감정이 앞서는 경우가 많은 것이다. 물론 분노해야 할 때 슬픔이 앞을 가려 무기력에 빠져들게 된다면 슬픔을 넘어서는 감정 에너지를 요구하게 되는 경우도 발생할 것이다. 위 시를 쓴 독립운동가 심훈이 처한 상황이 바로 그에 해당할 수도 있다.

그러나 위 시가 보여주고 있는 슬픔의 감정은 강한 분노조차도 능가할 만큼의 강렬함을 지니는 것이거니와 슬픔이 분노를 넘어서는 위 시의 경우는 슬픔의 감정 에너지와 분노와의 관계를 실질적으로 보여준다 하겠다. 위 시가 보여주는 이러한 현상은 인체의 에너지 균형을 도모함에 있어서 분노를 억제하고 슬픔의 감정을 수용해야 하는 상황을 상정하게 한다. 분노의 빈번함으로 인해 정서의 균형이 깨지고 인체에까지 그 영향이 미쳤을 경우가 그때이다. 즉 습관화된 분노와 성냄으로 간이 항진되고 인체에 불균형이 초래되었을 때 분노와 슬픔 간의 자연스러운 감정 에너지의 흐름을 적용하여 이를 도입하는 것이 도움이 될 것이다. 슬픔은 무겁게 가라앉는 부정적인 감정일 수 있지만 일정한 상황에서 유효한 에너지로 기능할 수 있다. 음의 에너지에 가까운 슬픔의 감정은 과잉되지 않도록 양을 조절하게 된다면 주어지는 사태에서의 음양의 조화를 이루게 하는 데 유의미하게 활용할 수 있는 것이다. 가령 양의 기운에 해당하는 목(木)의 에너지가 과잉되어 인체의 균형을 파괴하고 병증을 유발하게 될 정도라면 이를 견제할 수 있는 또 다른 에너지가 필요할 텐데, 이때 선택적으로 수용할 수 있는 감정 에너지가 슬픔인 것이다.

접동
접동
아우래비 접동

진두강 가람가에 살던 누나는
진두강 앞마을에
와서 웁니다

옛날, 우리나라
먼 뒤쪽의

진두강 가람가에 살던 누나는
의붓어미 시샘에 죽었습니다.

누나라고 불러 보랴
오오 불설워
시새움에 몸이 죽은 우리 누나는
죽어서 접동새가 되었습니다.

아홉이나 남아 되던 오랩동생을
죽어서도 못 잊어 차마 못 잊어
야삼경 남 다 자는 밤이 깊으면
이산 저산 옮아가며 슬피 웁니다.

김소월, 「접동새」 전문

우리의 시들 중에서 슬픔의 감정을 중점적으로 나타내는 자료의 목록은 적지 않을 것이다. 3·1 운동의 패배와 좌절 후 우리 시단에 팽배했던 낭만주의 시들을 포함해서 김소월, 이용악, 윤동주, 박재삼, 한하운 등 슬픔의 정서를 아름다운 서정시로 표현한 시들은 헤아릴 수 없이 많다. 그만큼 서정시는 격하고 무거운 감정을 원만하게 다스리는 데 있어서 매우 중요하고 풍요로운 유산이라 할 것이다. 특히 김소월이 보여주고 있는 한(恨)의 정서는 깊은 슬픔의 경지를 드러내고 있는 것으로 손꼽힐 만하다.

서북 지방의 대표적 전래 설화인 접동새 설화는 우리민족의 고유한 정서인 한과 비극적 상황을 잘 드러내고 있다. 우는 소리가 구슬퍼 슬픈 설화를 만들어내었을 접동새는 김소월의 시에서 핍박받았던 우리 민족을 형상화하는 소재로서 등장한다. 접동새가 된 누나가 아홉동생을 그리워하며 이승을 떠나지 못하고 배회하는 모습은 나라 잃은 설움을 달래지 못하던 당시 민중들의 심정을 잘 표현해주고 있다. 「접동새」에 그려진 육친 간의 끈끈한 정과 비극적 운명은 민족의 공통 정서인 깊은 슬픔과 한의 정서를 확인케 해주는 부분이다.

이처럼 김소월의 시는 한에 육박할 만큼의 강한 슬픔의 정서를 형상화하고 있거니와, 그것이 개인적 정서에 그치는 것이 아니라 민족의 보편적 정서를 겨냥하고 있어 더욱 큰 공감을 자아낸다. 특히 위 시에서 볼 수 있듯 돌이킬 수도 해소할 길도 없는 체념적 상황에서의 슬픔은 슬픔의 정서를 그 누구의 시보다도 뚜렷이 각인시킨다 하겠다. 이점에서 김소월의 슬픔의 시는 위상시학에서 적극적으로 활용될 만하다. 출구가 보이지 않을 만큼의 깊은 김소월의 슬픔의 시는 우리 민족의 한을 달래주는 데 그치는 것이 아니라 분노의 감정까지도 다스릴 수 있는 감정 에너지를 함유하는 것이다.

이와 같이 슬픔은 분노라는 감정 에너지와의 관계를 전제로 하여 시 치료의 측면에서 수용될 수 있다. 하지만 그것은 어디까지나 과유불급의 관점에서 접근되어야 한다. 슬픔과 분노의 정서는 상극의 관계인 까닭에 슬픔이 과도할 경우 목(木) 기운의 소멸을 염려해야 한다. 슬픔에 의해 분노가 완전히 잠식당할 경우 간허증(肝虛症)이라는 또 다른 불균형을 초래할 수 있으므로 유의해야 하는 것이다. 상황에 따라 분노가 슬픔을 떨쳐내고 넘어서야 하는 경우도 얼마든지 발생할 수 있다. 우리 민족의 대표적 정서라고 할 한(恨)의 정서 역시 그것이 고착되어 버릴 경우 민족 전체의 무기력과 패배의식을 낳을 수 있다는 점을 외면해선 안 된다.

(3) 폐 질환의 시 치료 기제

슬픔은 분노의 정서를 극복하게 함으로써 항진된 간의 기능을 정상화시키는 데 기여할 수 있지만 그것이 지나치게 과잉될 경우 또 다른 측면의 문제점을 낳게 된다. 앞서 살펴보았던 슬픔의 정서는 그것이 지나치게 과잉되고 고착될 경우 슬픔의 심화라 할 수 있는 한(恨)으로까지 이어질 수 있다는 점을 고려해야 한다. 한의 정서는 슬픔과 좌절의 상황을 떨쳐버리지 못하고 자아가 체념과 무기력의 고리 속에 갇힐 때 발생하는 것이므로 그 자체로 볼 때 결코 긍정적이지 않은 감정이라 할 수 있다. 한의 정서가 우리 민족의 대표적 감정이라는 사실과 관련해서, 지정학적 위치에 따라 오랜 역사에 걸쳐 반복적으로 외세의 침탈에 부대껴왔던 우리 민족이 한의 정서를 지니게 된 것은 필연적인 것일 테지만, 잦은 침탈 속에서도 국력을 키우지 못하고 언제나 수세적인 위치에 놓인다면 크게 잘못된 일이다. 한의 정서가 좌절과 체념의 연쇄적 고리 속에서 헤어나오지 못함에 따라 형성되는 것인 만큼 그 고리를 끊음으로써 패배의식과 무기력으로부터 벗어나야 한다는 점도 절대적인 명제가 된다. 때로 과도한 슬픔으로 인해 상쇄의 위기에 놓이는 '분노'의 당찬 실현이 필요한 것도 이 때문이다.

과도한 슬픔이 일으킬 수 있는 문제는 정서적인 측면에서만 그치는 것이 아님은 물론이다. 그것은 인체에서의 간허증과 함께 폐질환을 일으키는 데로 나아갈 수 있다. 슬픔이 과잉될 경우 슬픔의 정서와 친연성이 있는 장기인 폐가 기능 항진을 겪게 되어 폐실증(肺實症)의 증상이 나타날 수 있는 것이다. 비정상적인 기능 항진으로 폐가 지치게 될 경우 대표적으로 알레르기 증상을 유발하게 된다. 비염, 천식, 아토피 피부염 등이 그것이다. 한방에서는 이러한 알레르기의 원인을 폐 이상에서 찾거니와 이때 나타나는 폐의 이상은 폐허증(肺虛症)이기보다는 폐실증(肺實症)이다. 폐실증은 생활 속 환경과 조건들에 대해 폐가 지나치게 예민한 반응을 나타내는 데서 비롯되는 것으로, 이에 따라 호흡기가 취약해져 만성 감기나 피로에 시달릴 수 있게 된다. 따라서 이와 같은 폐질환이 나타날 경우 우선 정서상 불균형이 있지 않았는지 검토해 보는 것이 요구된다. 슬픔의 감정에 오랜 시간 노출될 경우 이와 같은 폐의 이상 현상이 나타날 수 있기 때문이다. 혹은 반대로 폐 건강이 안 좋은 경우 습관적으로 슬픔의 감정에 빠지는 경향도 발생할 수 있다. 모두 주의가 요구되는 상황이다. 폐실증은 음(陰)적 에너지의 비대화로 음양의 조화가 깨진 경우에 해당한다.

이와 같은 정서적 신체적 불균형 시 고려할 수 있는 에너지는 화극금(火克金)의 이치에 따라 화(火)의 에너지이다. 쇠도 녹일 듯한 강한 양(陽)의 에너지인 화(火)가 금(金)의 에너지에 해당하는 슬픔의 무겁고도 어두운 감정을 극복할 수 있게 해주기 때문이다. 슬픔의 감정의 심화로 폐실증이 나타났을 때 슬픔의 감정을 극(克)할 수 있는 화(火)의 에너지가 필요하거니와, 이를 위해 위상시학에서는 화(火)와 관련된 기쁨의 감정 에너지를 고려할 수 있다.

> 시냇물에 빠진 구름 하나 꺼내려다
> 한 아이 구름 위에 앉아 있는
> 송사리떼 보았지요
> 화르르 흩어지는 구름떼들 재잘대며
> 물장구치며 노는 어린 것들
> 샛강에서 놀러온 물총새 같았지요
> 세상의 모든 작은 것들, 새끼들

풀빛인지 새소린지 무슨 초롱꽃인지
뭐라고 뭐라고 쟁쟁거렸지요

무엇이 세상에서
이렇게 오래 눈부실까요?

천양희, 「한 아이」 전문

위 시를 읽고 있노라면 아이들의 시끌벅적한 소리와 물소리가 어우러져 매우 흥겹게 들려온다. 시인은 분명 '한 아이'를 비롯해 '아이들'을 바라보면서 시를 쓰고 있지만 위 시에서 자극받는 감각은 시각보다 오히려 청각이다. 유년의 아이들을 묘사하고 있는 위의 시는 모든 것이 일체가 된 행복감의 극치를 보여주고 있다. 아이들과 구름, 물고기, 새, 풀꽃, 물 등의 자연과의 일치, 아이들과 아이들 사이의 어울림은 유년 시절의 모습이 아니고는 상상하기 힘들 만큼의 행복감을 자아낸다. '화르르 흩어지는 구름떼들의 재잘거리는' 소리는 천진한 아이들의 까르르 웃는 모습을 연상시킨다. 아이들의 맑고 높은 웃음소리에 시냇물도 구름도 송사리떼도 물총새도 풀잎도 초롱꽃도 모두 한 목소리로 들썩이는 것 같다. 화자의 말대로 참으로 '세상에서' 아주 '눈부신' 모습이다.

유년기 아이들의 물놀이 하는 모습을 그리고 있는 위의 시에서 느낄 수 있는 주된 정서는 완전한 행복에 가까울 만큼의 강한 기쁨의 정서이다. 무겁고 어두운 느낌은 전혀 섞이지 않는 순진무구한 유쾌함의 정서가 위 시를 가득 채우고 있다. 기쁨의 정서로 인해 위 시는 가벼이 하늘로 날아오를 것 같은 경쾌함도 지니게 된다. 신나게 노는 아이들의 모습은 강한 활기를 자아낸다. 위 시는 명백한 기쁨의 정서를 나타내는 시로서 시를 읽는 이마저도 유년시절의 즐거움 한가운데로 몰아가는 듯한 힘을 지니고 있다. 시를 통해 독자는 일시에 가벼운 마음을 얻을 수 있게 되는 것이다. 이러한 힘은 어떤 우울하고도 침체된 정서도 극복할 수 있을 것 같은 양적인 에너지라 할 수 있다.

기쁨과 슬픔은 서로 상극의 관계에 놓이는 감정으로 기쁨은 슬픔을 이기는 감정적 에너지이다. 분노마저 억압하는 강한 슬픔의 감정은 기쁨에 의해 극복될 수 있다. 슬픔의 정서에 친숙한 경우 유쾌한 체험을 자주 가지게 되면 점차적으로 성격이 밝아지고 활달해지며 건강도 좋아지는 것을 느끼게 될 것이다. 때문에 성격이 어둡고 침울한 경우라면 생활 속에서 의도적으로 기쁨을 느끼려 해보거나 혹은 마음을 가볍게 하는 경쾌한 시에 자주 노출됨으로써 슬픔을 기쁨으로 대체하고 정서적 균형을 유도하는 것이 좋다. 즐거움의 경험을 자주 할수록 우울의 정서에 침윤된 자아는 이를 극복할 수 있게 된다. 또한 이러한 체험을 한 자아는 화생토(火生土)의 관계에 따라 화(火)의 에너지에 의해 촉발된 토(土) 기운에 힘입어 성격이 사려 깊고 따뜻한 사람이 될 수 있다.

시에서 기쁨의 정서는 주로 유쾌함과 행복감과 동반된다. 흥겨움과 설레임, 쾌활함과 환희, 축복과 생명감, 감격과 충만감 등이 기쁨의 에너지와 관련된 정서들에 속한다. 서정시가 순간의 황홀한 감정을 표현하는 데 주력하는 만큼 이와 같은 정서를 담고 있는 시들은 주변에서 흔히 접할 수 있다. 자연과의 합일의 순간 느껴지는 충일과 생명감을 표현할 때라든가 유년체험과 사랑의 감정을 다룰 때의 흥겨움과 설레임을 나타낼 때, 또는 유토피아 체험에서의 벅찬 환희를 구현할 때가 대표적인 기쁨의 상황에 해당한다.

해야 솟아라. 해야 솟아라.
말갛게 씻은 얼굴 고운 해야 솟아라
산 너머 산 너머서 어둠을 살라 먹고
산 너머서 밤새도록 어둠을 살라 먹고
이글이글 애띤 얼굴 고운 해야 솟아라.

달빛이 싫여 달빛이 싫여
눈물 같은 골짜기에 달빛이 싫여
아무도 없는 뜰에 달밤이 나는 싫여.

해야, 고운 해야, 늬가 오면 늬가사 오면
나는 나는 청산이 좋아라
훨훨훨 깃을 치는 청산이 좋아라
청산이 있으면 홀로래도 좋아라.

사슴 따라 사슴을 따라
양지로 양지로 사슴을 따라
사슴을 만나면 사슴과 놀고

칡범을 따라 칡범을 따라
칡범을 만나면 칡범과 놀고.

해야, 고운 해야, 해야 솟아라
꿈이 아니래도 너를 만나면
꽃도 새도 짐승도 한 자리에 앉아
워어이 워어이 모두 불러 한 자리 앉아
애띠고 고운 날을 누려 보리라.

박두진, 「해」 전문

박두진의 시에 그려져 있는 자연은 고요한 관조에 의한 것도 아니고 풍경화 속 몽상된 것도 아니다. 박두진의 자연은 강한 활력을 지니고 있는 매우 역동적인 것이다. 그것은 꿈꾸어지고 이상화된 것이되 그 안의 생명체들을 모두 살아있게 하는 공간으로서 나타난다. 박두진의 시에서 그려지는 자연은 정적인 것이 아니라 생명감 넘치는 것이다. 박두진에게 그곳은 유토피아적 세계가 된다.

실제로 위 시는 슬픔의 기운을 극복하기에 충분할 정도의 힘과 에너지를 지니고 있다. 위 시의 중심 소재인 '해'부터가 활활 타오르는 화(火)의 에너지에 해당한다. 그러한 '해'를 가리켜 '솟아라'를 반복하고 있으므로 위 시는 '해'로 인한 생명의 에너지를 극대화시키고 있음을 알 수 있다. 또한 시의 화자는 직접적으로 '해'로 하여금 '어둠을 살라 먹으'라 명하고 있다. 그에게 '어둠'은 '눈물'이자 '골짜기의 달빛'처럼 침울한 것이다. 이들과 '해'를 대립시킴으로써 화자는 화(火)의 에너지를 선명하게 구현하고 있다. 슬픔과 기쁨 사이의 에너지 흐름을 나타냄에 따라 위 시는 화(火)의 에너지에 의해 금(金)의 에너지가 극복될 수 있음을 보여주고 있다. '해'는 '어둠을 살라먹는' 강력한 에너지인 것이다.

이러한 박두진 시의 현상은 우리 시사에서 매우 드물고 귀중한 것이다. 일제 강점기를 거치면서 대부분의 시들이 여성적이고도 슬픔에 찬 어조를 보여주고 있는 것에 비해 볼 때 박두진의 강한 남성성의 어조는 그와 정반대의 위치에 놓여 있기 때문이다. 일제 지배 하에서 억눌리고 신음할 수밖에 없었던 처지에 박두진이 이와 같은 강하고 경쾌한 에너지의 시를 쓸 수 있었다는 것 자체가 매우 경이로운 일에 속한다. 박두진의 활기 넘치는 시는 지독한 한의 정서에 찌들어 있던 우리 민족에게 한 줄기 시원하고 힘찬 에너지를 제공한다. 박두진의 시와 같은 밝고 생명력 넘치는 시야말로 우리 민족에게 필수불가결한 시라 할 수 있다.

박두진에게 '해'로 충일한 세계는 '훨훨훨 깃을 칠 수 있는 청산'으로서의 이상향의 세계였던바, 그에게 그것은 해방된 조국을 의미하는 것이었을 터이다. 그리고 박두진이 꿈꾸었던 그러한 국가에서는 '사슴'도 '칡범'도 '꽃도 새도 짐승도' 모두 구획되거나 구분되지 않고 동등하게 어우러지는 평등한 관계가 펼쳐졌을 것이다. 박두진이 꿈꾸었던 이상적 세계이자 국가의 모습이 바로 이것이다. 박두진은 이러한 유토피아적 세계를 통해 '해'가 환히 솟아오른 '양지'의 삶의 터전을 꿈꾸었다.

박두진이 '해'를 노래하면서 이상적인 세계를 꿈꾸었던 것은 그의 시가 단순히 개인적 차원에서 쓰인 것이 아니라 민족적 함의를 지니는 것임을 말해준다. '해'가 지니는 에너지가 강한 활력의 그것이며 동시에 유토피아적 세계의 핵심적 요소인 까닭에 그것은 우리 민족에게 절대적으로 요구되는 것이었다. 당시 우리 민족은 '해'의 에너지를 통해 슬픔에 침윤된 우리의 상황을 극복할 수 있었을 것이며 비로소 조국의 광복을 맞이할 수 있었을 것이기 때문이다. 요컨대 박두진이 위 시에서 제시한 '해'의 이미지를 통해 우리 민족은 한(恨)의 정서를 극복할 경로를 구할 수 있었다.

이처럼 기쁨의 감정 에너지는 슬픔의 정서를 극복하는 계기로 활용될 수 있거니와, 이는 개인적 차원의 정서적 문제뿐 아니라 신체적 문제, 나아가 민족적 차원의 문제에도 적용할 수 있는 역학임을 알 수 있다. 그것이 어떤 차원의 문제이든 무겁고 어둡고 침울한 에너지가 고착된다면 그것은 긍정적이지 못하다. 그러나 그것을 인지한다고 해서 편향된 감정 에너지가 쉽게 극복될 수 있는 것은 아니다. 마음의 성질은 신체적 특징과 분리되지 않는 까닭이다. 실질적인 마음의 변화는 신체적 변화를 동반할 때 이루어질 수 있다. 마찬가지로 신체적 변화가 이루어진다면 마음의 변화는 그에 따라 필연적으로 발생한다. 마음과 몸은 동시적 사태인 것이다. 정서적 상태를 바꾸기 위해서라도 인체적 조건을 재조정할 필요가 여기에서 생긴다. 그것은 곧 인체 시스템을 정비하는 일과 관련된다. 위상시학에서 의도하는바 시를 통해 감정적 에너지를 조정해나가는 일은 곧 인체와 마음 양 측면에서의 건강을 도모하는 일에 속한다.

(4) 위장 질환의 시 치료 기제

한의학에서 오행에 대응하는 장기는 간, 심장, 비장, 폐, 신장으로서, 이들은 오장육부 가운데 오장에 속한다. 육부는 담, 소장, 위장, 대장, 방광, 삼초인데, 이중 삼초를 제외하여 오부라고 하면서 각각을 오장에 대응시킨다. 오장은 장기 내부가 채워져 있으며 저장과 분비의 특징을 지니고 있고 오부는 비워져 있어 소화된 물질이나 노폐물을 운반하는 기능을 한다. 주로 이동과 운동의 역할을 담당하는 까닭에 오부는 양기를 띠는 기관으로, 오장은 음기를 띠는 기관으로 분류한다. 이들 오장오부는 상호 연계되어 음양의 조화를 이루면서 상호 작용한다.

그런데 이들 기관 중 토(土)의 기운에 해당하는 비장과 위장은 공히 음식의 소화와 흡수에 중요한 역할을 하며 소화에 관한 한 각각의 기능이 거의 같으므로 함께 이야기되곤 한다. 흔히 비위가 상한다는 말을 많이 하는데, 이를 보더라도 두 장기는 여느 장부와 달리 분리해서 보기 어렵다. 또한 오부 중에서 가장 중심에 놓이는 장기가 위장이므로 토(土)의 기운과 관련해서는 비장 대신 위장을 중심으로 살펴보고자 한다.

위장의 문제 가운데서 가장 중요한 것은 무엇보다 소화기능이 좋은가 나쁜가 하는 소화기능에 관련된 부분일 것이다. 위허증(胃虛症) 혹은 비허증(脾虛症)은 입맛이 없고 소화가 잘 안 되며 배에 가스가 차 더부룩하고 우글우글 끓으며 명치끝이 묵직하게 아픈 증상으로 나타난다. 소화가 안 돼서 병원에 가도 뚜렷한 병명이 없이 신경성이라는 진단을 받는 경우가 있는데 그 또한 이와 관련된다. 모두 위장의 기능이 저하되어 나타나는 현상이다. 위허증은 스트레스에 취약하므로 신경을 쓰게 되면 이와 같은 증상이 쉽게 나타난다. 때문에 신경성이라는 말도 틀린 얘기는 아닐 것이다. 하지만 그것이 위장에 질병이 없다는 뜻으로 쓰인다면 잘못이다. 위허증 역시 비정상적인 인체 구조 및 불균형한 인체시스템에 해당되기 때문이다.

소화를 시켜 인체 각 부분에 영양소를 골고루 나누어 주어야 할 역할을 하는 것이 비위(脾胃)인데, 기능 저하로 비위가 그러한 역할을 하지 못한다면 전체 인체가 제대로 된 활동을 하지 못하게 됨은 분명하다. 비위가 허하면 오장이 편치 못하다는 말도 여기에서 생긴 듯하다. 비위가 모두 실하면 잘 먹을 수 있고 살이 후덕스럽게 찌지만 비위가 모두 허하면 잘 먹지 못하고 여위게 된다. 비위의 기능을 잘 살펴야 하는 이유는 충분하다.

비위가 약한 것은 토(土)의 기운이 제대로 발휘되지 못한 데서 비롯된다. 그리고 그것은 목극토(木克土)라 하여 상극관계에 있는 목(木)의 기운이 거센 경우와 관련될 수 있다. 감정으로 치면 '분노'가 두드러지는 환경 속에서 비위가 약해질 수 있다. 스스로 성을 자주 내거나 성격이 성말라 화를 잘 내는 사람이 주변에 있을 때 그로 인한 스트레스로 비위의 기능이 저하될 수 있다. 여기에서 잦은 '분노'의 감정은 그와 직결되는 간도 손상시키지만 그로 인해 비위의 기능도 저하시키는 문제를 낳는다는 것을 알 수 있다.

이럴 경우 토(土)의 기능을 끌어올리기 위해 '사려'에 해당하는 감정에너지에 노출되도록 하는 것이 좋다. 예컨대 위로, 배려, 따뜻함, 넉넉함을 느낄 수 있게 하는 시를 자주 접한다면 스트레스가 해소되면서 비위의 기능이 좋아질 수 있을 것이다. 동시에 토(土) 기운을 억제하는 목(木)의 기운을 다스리는 방법을 택해야 한다. 즉 '분노'의 감정을 억제할 수 있는 힘과 에너지가 있다면 목(木)기운을 제어함으로써 상대적으로 토(土)의 에너지를 보호할 수 있게 된다. 이를 위해서는 앞서 살펴본 대로 금(金)의 기운을 이용할 수 있다. 목(木) 기운을 극(克)하는 것이 금(金) 기운이기 때문이다. 이외에도 화생토(火生土)의 이치에 의해 화(火) 기운을 보강함에 따라 토(土) 기운이 도움을 받을 수 있다. 화(火)의 에너지는 토(土) 기운과 상생의 관계를 띠므로 자연스럽게 토(土) 기운을 강화시키는 데로 나아가게 된다.

한편 토(土) 기운을 활성화시키게 되면 그것과 직결되는 비위가 튼실해지지만 수(水) 기운을 억제하여 신장 기능에 영향을 미칠 수 있다. 중요한 것은 오행 간의 상생상극 관계를 활용하되 이들이 치우치거나 편향됨 없이 균형있게 추구되어야 한다는 점이다.

토(土)의 기운은 감정상 '배려' 혹은 '사려'와 관련된다고 하였거니와 이러한 토(土)의 에너지를 지니고 있는 시 작품들은 역시 적지 않다. '사려'는 대체로 온후함, 따뜻함, 포용심, 아늑함 등으로 표현되는 것으로 흔히 모성과 연관되는 정서에 해당한다. 토(土) 기운이 후덕하고 넉넉한 흙의 성질을 띠는 까닭에 모성을 연상시키는 모든 온유하고 따듯한 정서들은 '사려'의 감정으로 분류될 수 있다.

언제부턴가 나는
따뜻한 세상 하나 만들고 싶었습니다
아무리 추운 거리에서 돌아와도, 거기
내 마음과 그대 마음 맞물려 넣으면
불 그림자 멀리 멀리
얼음장을 녹이고 노여움을 녹이고
가시 철망 담벼락을 와르르 녹여
부드러운 강물로 깊어지는 세상
그런 세상에 살고 싶습니다
그대 따스함에 내 쓸쓸함 기대거나
내 따스함에 그대 쓸쓸함 기대어
우리 삶의 둥지 따로 틀 필요 없다면
곤륜산 가는 길이 멀지 않다 싶었습니다.

고정희, 「쓸쓸함이 따뜻함에게」 부분

여성의 경험을 노래하며 정의로운 사회를 실현하기 위해 치열한 삶을 살다간 고정희의 위의 시는 세상에 대한 그의 바람을 선명하게 드러내고 있는 시에 속한다. 그가 바라는 따뜻하고 포용적인 세계의 이상은 위의 시에 고스란히 그 모습을 나타내고 있다. '아무리 추운 거리에서 돌아와도' 서로 마음을 모아 온기를 나눌 수 있는 세상을 그는 꿈꾸었다. 그러한 세상에서는 '얼음장'도 '노여움'도 '가시 철망'도 모두 녹아내리고 '부드러움'이 깊어지리라는 것을 그는 믿었다. 그에게 그러한 세상은 혼자서 만드는 것이 아니라 우리 모두가 합심하여 만드는 것이기도 하였다. 민중이 모두 함께 서로 소통하며 만든 평등하고도 민주적인 세상은 고정희의 유토피아였던 것이다. 그러한 고정희의 이상 속에서 위 시의 곤륜산은 세상의 중심이자 대지의 중심이라는 상징적인 의미를 띠고 등장한다. 곤륜산은 그가 꿈꾸는 세상의 정점에 놓여 있다.

인류의 시원이자 땅의 근원을 상징하는 곤륜산은 온 세상을 온화하게 뒤덮는 대지의 여신과 다르지 않은 존재다. 여신 서왕모 신화를 간직하고 있는 곤륜산은 대지모신의 성지로서, 곤륜산은 그곳에 깃들어 사는 모든 존재들을 온후하게 품어주는 존재다. 그리고 그것은 멀고 먼 별나라에서 만날 수 있는 것이 아니라 우리들의 마음속에 서로를 보듬는 따뜻함이 살아있는 한 도달할 수 있는 것이라 시인은 말하고 있다. 시인의 이와 같은 메시지에는 모성적 상상력이 가득 차 있다. 그에게 세계는 서로의 따뜻한 마음을 나눌 수 있을 때 비로소 성립되는 것이다. 이러한 세계에 대한 그의 의지는 매우 강한 것이어서 사실상 고정희의 시의 뿌리를 이루고 있다고 해도 과언이 아니다.

위 시에는 타인을 포용하고 감싸려는 마음, 온화하고 넉넉한 마음이 잘 나타나 있다. 위 시에 그려져 있는 이러한 마음은 마치 어머니가 그러한 것처럼 쓸쓸하고 외로운 자아, 노여움으로 지친 자아를 푸근히 안아줄 듯이 다가온다. 이는 추운 세상을 살아가는 모든 사람들에게 전해주는 따뜻한 위로와 위안의 마음이다. 그런 점에서 위의 시는 '사려'의 정서에 잘 부합하는 시라 할 수 있다. 위의 시를 통해 독자는 살아가면서 여러 부대낌으로 입었던 상처가 사그라들고 마음이 풀리는 듯한 체험을 하게 되거니와, 이는 위 시가 '사려'의 따뜻한 정서로 이루어져 있어 독자들의 마음을 위무하는 역할을 하고 있음을 말해준다. 사려 깊은 마음을 담고 있는 위와 같은 시가 그것을 읽는 독자의 토(土)의 기운을 강화함에 따라 스트레스로 약해진 비장과 위장의 기능을 보(補)해줄 것이라는 점은 타당해 보인다.

우리의 설날은 어머니가 빚어주셨다
밤새도록 자지 않고
눈오는 소리를 흰 떡으로 빚으시는

어머니 곁에서
나는 애기까치가 되어 날아올랐다
빨간 화롯불 가에서
내 꿈은 달아오르고
밖에는 그해의 가장 아름다운 눈이 내렸다

매화꽃이 눈 속에서 날리는
어머니의 나라
어머니가 이고 오신 하늘 한 자락에
누이는 동백꽃 수를 놓았다

섣달 그믐날 어머니의 도마 위에
산은 내려와서 산나물로 엎드리고
바다는 올라와서 비늘을 털었다

어머니가 밤새도록 빚어놓은
새해 아침 하늘 위에
내가 날린 방패연이 날아오르고

어머니는 햇살로
내 연실을 끌어올려 주셨다

김종해, 「어머니와 설날」 전문

김종해 시인과 작고한 그의 아우 김종철 시인이 엮은 공동시집 『어머니, 우리 어머니』에 수록된 위 시는 눈오는 설달 그믐을 배경으로 하여 그려지고 있다. 떡장사로 가정을 꾸려나가던 어머니는 그믐날 설날을 위한 떡을 밤새 썰고 어린 주인공인 나는 설레며 설날을 기다리고 있다. 어린 나에게 설날은 어머니가 밤새도록 불을 밝혀서 맞이할 수 있는 것이어서, 설날 아침이 되어 튼튼한 방패연을 하늘로 올릴 수 있었던 것도 어머니의 햇살 덕분이라 생각되었다. 이처럼 어머니에 대한 절절한 그리움과 사랑을 담아내고 있는 위의 시는 어머니에 대한 생각만으로도 따뜻함이 가득 느껴진다는 것을 알 수 있다.

위 시의 화자에게 설날을 열어주시는 어머니는 그 무엇도 대신할 수 없는 절대적인 존재이다. 어머니가 곁에 계심으로써 화자는 '애기까치'처럼 무구하게 '날아오를' 수도 있었고 추운 겨울날의 흰 눈도 아름답다고 느낄 수 있었다. 어머니가 세상을 짊어지고 계셨으므로 어린 나는 '빨간 화롯불 가'에서 따뜻한 꿈을 꿀 수 있었고, 하늘에 당당히 '방패연'을 날릴 수 있었다. 나에게 어머니는 하늘이었고 꽃으로 수놓인 아름다운 나라였다.

화자가 어머니에 대해 이와 같이 추억할 수 있는 것은 물론 자식에 대한 어머니의 사랑이 있었기 때문에 가능한 것이었다. 자식을 보듬고 사랑하는 어머니의 마음 없이 어린 나는 존재하지 않았을 것이다. 화자가 척박한 세상을 안온하고 아름답게 느낄 수 있었던 데에는 울타리가 되어 준 어머니의 온후한 마음이 필연적으로 가로 놓여 있다.

이러한 어머니를 그리는 위 시에서 독자는 강한 '사려'의 정서를 느낄 수 있다. 자식들을 자신의 세상 전체로서 여기고 품으려고 하는 어머니의 헌신적 사랑은 더할 수 없는 깊은 '사려'의 마음을 나타낸다. 어머니의 따뜻한 품은 그 안에 깃든 존재에게 방패가 되고 힘이 되어준다는 것을 알 수 있다. 자식을 사랑하는 어머니의 마음은 모든 천지를 살려낸다. 그것은 천지를 푸근히 포용하는 마음이고 온기를 넉넉히 전하는 마음이다. 위 시를 읽으며 어머니의 마음을 모두가 공유할 수 있는 것도 이 때문이다.

자식을 염려하는 어머니의 마음은 모든 생명체를 키워내는 대지의 마음과 다르지 않다. 씨앗이었을 때부터 싹을 틔우고 굳은 줄기로 세상에 보내고 그것이 열매를 맺을 때까지 생명을 돌본다는 점에서 대지는 지상의 양식이자 지상의 신이다. 그러한 대지가 흙으로 되어 있다는 점에서 토(土)의 에너지는 대지의 마음과 동일한 것이다. 어머니를 그리고 있는 위 시를 통해 토(土)의 기운을 느낄 수 있는 것도 이 때문이다. 생명을 살려내는 토(土)의 기운은 마음을 포근히 다독임과 동시에 비위의 기운을 다독여 인체가 지상에 건강히 뿌리내릴 수 있게 하는 데 도움을 줄 것이다.

(5) 신장 질환의 시 치료 기제

오행 가운데 수(水) 기운에 속하는 장기는 신장이다. 신장은 방광과 장부(臟腑) 상의 짝을 이루는 데서 알 수 있듯 인체의 진액을 관리하고 노폐물을 배출시키는 역할을 하게 된다. 이에 따라 인체에 진액이 부족하면 신장과 방광이 허약하여 정력이 감퇴되고 피로감을 잘 느끼며 소변이 자주 마렵게 된다. 또 수(水) 기운의 부족으로 빨리 늙고 주름이 잘 생기며 여성은 폐경이 쉽게 오고 골다공증을 앓기 쉬워진다. 신장은 콩팥이라고도 하는데, 이는 그 모양새가 콩과 팥처럼 생겼다는 데에 기인한다. 또한 수(水)와 관련되는 색은 검은색이다. 이점에서 신장이 허약할 때에는 검은 콩과 검은 깨, 검은 쌀 등을 섭취하면 좋다고 알려져 있다. 반면에 수(水) 기운이 너무 강하여 신장이 비대하고 기능이 성할 경우 체질이 냉해져 좋지 않아진다. 냉한 체질의 경우 특히 여성에겐 손발이 차고 자궁 냉증으로 나타날 수 있다. 신장결석이나 신장결핵과 같은 신장에 심각한 질병이 발생할 수 있는 것도 이러한 경우이다. 어느 경우도 마찬가지겠지만 '수(水)' 기운 역시 부족함도 넘침도 바람직하지 않다 하겠다.

신장이 수(水) 기운을 나타내는 장기이므로 신장의 건강과 관련해서 고려해야 할 감정 에너지는 '공포'이다. '공포'는 무서움, 두려움, 걱정, 불안과 초조 등의 감정을 나타내는 것이고, 이는 오행의 감정들 가운데서 가장 음(陰)적인 마음에 해당한다. 때문에 그것은 위축되고 응축되는 성질을 지니게 된다. 또한 그것은 항상 아래로 흐르는 '수(水)'의 성질에서 짐작할 수 있듯이 차분하고 냉정하게 가라앉는 마음으로도 나타난다. 이러한 '수(水)' 에너지의 기능과 관련해서는 수극화(水克火), 수생목(水生木), 토극수(土克水), 금생수(金生水)의 관계를 따져볼 수 있다. 신장의 기능이 항진되어 공포의 감정에 쉽게 부대낌을 겪는다면, 또한 잦은 공포의 감정으로 인해 화(火)의 감정에 해당하는 '기쁨'의 감정에 장애를 초래한다면, 토극수(土克水)의 관계에 따라 '사려'의 따뜻한 기운으로 이를 제어하는 편이 좋다. 반면 신장의 기능이 약하여 쉽사리 흥분하고 냉정을 찾을 수 없는 경우에 이른다면, 마음을 가라앉혀 주는 '공포'의 감정에 노출되거나 금생수(金生水)의 이치에 따라 '슬픔'의 감정에 기대어 수(水)의 에너지가 촉발될 수 있도록 유도하는 것이 바람직하다.

1

나는거울없는실내에있다.거울속의나는역시외출중이다.나는지금거울속의나를무서워하며떨고있다.거울속의나는어디가서나를어떻게하려는음모를하는중일까.

2

죄를품고식은침상에서잤다.확실한내꿈에나는결석하였고의족을담은군용장화가내꿈의백지를더렵혀놓았다.

3

나는거울있는실내로몰래들어간다.나를거울에서해방하려고.그러나거울속의나는침울한얼굴로동시에꼭들어온다.거울속의나는내게미안한뜻을전한다.내가그때문에영어되어있드키그도나때문에영어되어떨고있다.

4

내가결석한나의꿈.내위조가등장하지않는내거울.무능이라도좋은나의고독의갈망자다.나는드디어거울속의나에게자살을권유하기로결심하였다.나는그에게시야도없는들창을가리키었다.그들창은자살만을위한들창이다.그러나내가자살하지아니하면그가자살할수없음을그는내게가리친다.거울속의나는불사조에가깝다.

5

내왼편가슴심장의위치를방탄금속으로엄폐하고나는거울속의내왼

편가슴을겨누어권총을발사하였다.탄환은그의왼편가슴을관통하였으나그의심장은바른편에있다.

6

모형심장에서붉은잉크가엎질러졌다.내가지각한내꿈에서나는극형을받았다.내꿈을지배하는자는내가아니다.악수할수조차없는두사람을봉쇄한거대한죄가있다.

이상,「오감도-시 제15호」 전문

우리 시사에서 이상 시의 특이성과 독창성을 부정하는 사람은 없을 것이다. 그는 주지적 모더니즘이 창궐하던 시대에 그와 대척적인 위치에서 또 다른 시의 스타일을 시도하여 현대시의 새로운 개념을 제시한 시인이다. 그에 의해 시단은 초현실주의와 아방가르드 시의 진면목을 볼 수 있게 되었으며 철저한 내면의식에 대한 탐색의 계기를 경험할 수 있게 되었다. 뿐만 아니라 그가 보여준 새로운 언어의 개척과 세계관은 당대의 문학적 수준을 뛰어넘기에 부족함이 없는 것이었다.

전위적인 시의 형태를 통해 엿보게 되는 그의 내면 풍경은 주로 공포심으로 점철되어 있다. 그것은 그의 개인사적 측면에서 가늠해 볼 때 어릴 때부터 겪게 되었던 특수한 체험들, 가령 친부모를 떠나 백부의 집에 양자로 들여졌다거나 가문을 위주로 하였던 혹독한 가부장적 문화의 중압감에 놓였다는 점 등에서 그 근거를 찾을 수 있다. 혹은 그것은 결핵 진단으로 인한 죽음 의식이라든가 식민지 체제에서 겪어야 했을 피억압민족 지식인으로서의 자의식 등에 의한 것으로 해석될 수도 있을 것이다. 나아가 개인 내부에서 벌어졌을 초자아적 의식에 의한 정신의 분열을 통해 그의 공포심을 이해할 수도 있겠다. 즉 그것은 개인

사적인 특수한 것일 수도 있었을 것이고 다른 한 편으로 민족적이고 공동체적인 것일 수도 있었을 것이다. 분명한 것은 그의 시 전반을 가로질러 나타나는 가장 주된 감정이 있다면 그것은 공포심이었다는 것이며 이상은 그러한 공포심을 아주 사실적이고도 적나라하게 표출하였다는 점이다. 공포심은 그에게 가장 익숙한 감정이었고, 그는 그러한 감정 속에서 '오들오들' 떨면서 생의 거의 전부를 보냈다.

마찬가지로 위 시에 가장 뚜렷하게 제시되어 있는 감정 역시 '공포'다. 위 시의 공포는 상황 곳곳에 포진되어 있으면서 시 전체를 공포의 분위기로 몰아가고 있다. 위 시에서 공포의 원인은, 즉 시적 자아가 공포를 느끼는 대상은 '내'가 놓인 상황이다. '나'의 욕망과 의식을 둘러싸고 '나'는 '나'라는 정체성을 유지한 채 단일한 존재로서 정립되는 대신 갈갈이 찢기고 있는 것이다. 어릴 때부터 갖게 된 나르시즘적인 '나'와 그 연장에서 사회적 의식에 길들여진 '나', 그리고 그 사이에서 좌절할 수밖에 없는 실재의 '나' 사이의 이중 삼중의 찢김이 위 시에 잘 드러나 있다. 라캉식으로 말해 그것은 상상계의 나와 상징계의 나, 그리고 실재계의 나 사이의 분열이다. '거울 속의 내'가 등장하자마자 두려움에 떨게 되는 화자의 모습은 현실 속에서 보여지는 '나', 기대되는 '나'에 스스로를 맞추려는 데서 빚어지는 갈등을 사실적으로 표현하고 있다. 화자는 표상되는 자아인 '거울 속의 내'가 요구하는 바에 의해 극심한 심적 갈등을 겪고 있다. 그는 그러한 자신의 상태를 두고 '영어되어 떨고 있다'고 말하거니와, 이러한 감정은 본연의 자아와 실현해야 하는 자아 사이의 간격에서 비롯되는 공포이자 두려움과 관련된다.

이같은 자아의 분열은 위 시에서 '내 꿈에 결석하는 나'의 모습으로도 나타난다. 화자는 끊임없이 '꿈'을 좇게 되지만, 번번이 '내'가 꿈속에서 보이지 않는다는 점에서 자아의 내적 갈등을 드러낸다. 그의 꿈 속에 화자 '나'는 항상 '지각'하거나 '결석 중'인 것이다. 이는 화자 '나'에게 욕망하는 바가 있으되 매번 패배하여 그것을 실현할 수 없다는 인식을 나타낸다.

본래적 자아와 표상된 자아, 그가 꿈꾸는 세계와 거울처럼 차갑게 구속됨을 요구하는 세계는 항상 서로를 경계하고 반목한다. 상황이 그러하므로 그가 놓여 있는 실재의 세계는 언제나 불안과 갈등과 공포로 일그러지게 마련이다. 이러한 감정은 꿈을 실현하고자 욕망하되 그것의 현실화가 결코 쉽지 않은 젊은 세대들에게 필연적으로 있을 수 있는 감정이다. 혹은 언제나 표상된 자아를 염두에 두며 규범화된 세계를 살아내야 하는 모든 사람들의 공통된 감정이기도 하다. 그런 점에서 위 시는 자아에게 있을 공포의 감정이 결코 특수한 것이 아니라 보편적인 것임을 말해준다.

공포의 감정은 그것 자체만을 볼 때 마음을 위축시키고 경직되게 얼어붙도록 하는 부정적인 감정이다. 오행 중 가장 음(陰)적인 마음이라 하였듯 그것은 활기와 생명력을 억제하는 작용을 하기도 한다. 그러나 공포의 감정은 삶의 부조리를 응시하고 그에 대해 날카로운 시선을 던질 수 있게 하는 냉철한 에너지를 지니고 있는 것 또한 사실이다. 위 시에서처럼 사태가 분명 자아를 분열시키고 위선적으로 펼쳐지는 모순된 상황임에도 그것을 '무섭게' 느끼지 않는다면 그것이 오히려 잘못된 것이다. 이 같은 상황에서 '공포'와 '불안'은 부정적이기만 한 감정이 아니라 무언가 잘못되어가고 있음을 감지하는 예민하고 냉철할 수 있는 촉수로서 작용한다. 즉 '공포'와 '불안'은 사태가 바람직하지 않으며 위험하게 진행되어 가고 있다는 데 대한 비판적 인식과 관련되는 감정이다. 이러한 감정들은 들떠 있는 마음에서는 결코 생겨나지 않는다. 그것은 냉정하고 차분한 상태, 사태를 바르게 인식하려는 냉철한 상태에서 나타날 수 있는 지적인 감정에 속한다.

택시운전사는 어두운 창밖으로 고개를 내밀어
이따금 고함을 친다, 그때마다 새들이 날아간다
이곳은 처음 지나는 벌판과 황혼,
나는 한번도 만난 적 없는 그를 생각한다

그 일이 터졌을 때 나는 먼 지방에 있었다
먼지의 방에서 책을 읽고 있었다
문을 열면 벌판에는 안개가 자욱했다
그해 여름 땅바닥은 책과 검은 잎들을 질질 끌고 다녔다
접힌 옷가지를 펼칠 때마다 흰 연기가 튀어나왔다
침묵은 하인에게 어울린다고 그는 썼다
나는 그의 얼굴을 한번 본 적이 있다
신문에서였는데 고개를 조금 숙이고 있었다
그리고 그 일이 터졌다, 얼마 후 그가 죽었다

그의 장례식은 거센 비바람으로 온통 번들거렸다
죽은 그를 실은 차는 참을 수 없이 느릿느릿 나아갔다
사람들은 장례식 행렬에 악착같이 매달렸고
백색의 차량 가득 검은 잎들은 나부꼈다
나의 혀는 천천히 굳어갔다, 그의 어린 아들은
잎들의 포위를 견디다 못해 울음을 터뜨렸다
그해 여름 많은 사람들이 무더기로 없어졌고
놀란 자의 침묵 앞에 불쑥불쑥 나타났다

망자의 혀가 거리에 흘러넘쳤다
택시운전사는 이따금 뒤를 돌아다본다
나는 저 운전사를 믿지 못한다, 공포에 질려
나는 더듬거린다, 그는 죽은 사람이다
그 때문에 얼마나 많은 장례식들이 숨죽여야 했던가
그렇다면 그는 누구인가, 내가 가는 곳은 어디인가
나는 더 이상 대답하지 않으면 안 된다, 어디서
그 일이 터질지 아무도 모른다, 어디든지
가까운 지방으로 나는 가야 하는 것이다
이곳은 처음 지나는 벌판과 황혼,
내 입 속에 악착같이 매달린 검은 잎이 나는 두렵다

기형도, 「입 속의 검은 잎」 전문

1980년대에 쓰인 위 시 역시 정체가 뚜렷하지 않으면서도 떨쳐낼 수 없는 공포심을 형상화하고 있다. 이때의 공포심은 어떤 분명한 사건에 의한 것일 수도 있고 막연한 불안에 의한 것일 수도 있으며 '나'의 문제로 닥친 것일 수도 있고 '나'의 의식이 만들어낸 환상일 수도 있다. 위 시는 그와 같은 불명료함을 기저로 하여 '공포'의 분위기를 형상화함으로써 공포를 특정한 것이 아닌 세계에 가득한 전반적인 것으로 의미화하고 있다. 위 시가 일으키는 공포의 감정이 세계 전체에 걸친 불특정한 것이므로, 그것은 분명 화자가 느끼는 현재적 공포임에도 불구하고 시를 읽는 모든 이의 공포심을 자극하는 효과를 일으키고 있다.

위 시에서 화자의 공포는 자신과 '그'의 삶의 거리 사이에서, 그 커다란 거리에도 불구하고 피어오른다. '그'는 '나'와 아무런 상관이 없는 자이고 그저 '신문'과 같은 매체를 통해 본 적이 있을 뿐인 사람인데 말이다. 그는 여러 사람에게 회자되는 사람이었던 반면 '나'는 그저 평범하게 책이나 읽고 '먼지 나는 먼 지방'에도 오르락내리락 하면서 때론 '하인처럼 침묵'하며 살고 있는 사람이었는데도 '그'의 죽음은 충격적이다 못해 두려움을 일으키며 '나'에게 다가오게 된다. 그가 죽은 것은 화자에 따르면 '그 사건이 터진 후'였으나 '그 사건'과 그의 죽음 사이에 인과성은 밝혀지지 않은 상태다. 그리고 그후 화자는 '그'를 장례식을 통해 보게 된다.

화자는 그의 장례식을 아주 슬프고도 공포스럽게 묘사하고 있다. '백색의 차량 가득한 검은 잎들', '천천히 굳어져간 나의 혀', '갑작스런 많은 이들의 사라짐', '거리에 넘치는 망자의 혀들', '죽은 택시운전사' 등은 환상적이고도 그로테스크한 이미지들로서 음산하고 서늘한 느낌을 자아낸다. 그리고 화자는 이들에 짓눌린 듯 연거푸 '공포'감을 호소한다. 그는 자신의 '입 속에 악착같이 검은 잎'이 매달려 있다고 말하면서 두려워한다.

이처럼 화자에게 공포는 어디로부터 비롯되는 것인지 그 출처도 방향도 알 수 없이 다가온다. 그것이 촉발된 것은 '그'의 죽음 때문이었지만 '그'가 '나'와 일면식도 없는 사람이라는 점에서 '나'의 공포는 기괴하다. 분명 죽은 '그'와 '나' 사이에 '거리'가 있음에도 '공포'가 '나'의 것이 되어 '나'의 의식을 점령하고 지배하고 있다는 사실은 기이하고 혼란스럽다. 이는 위 시에 형상화되어 있는 공포가 결국 시대적인 것임을 말해주는 대목이다. 말하자면 '그'의 죽음은 시대적 사건과 관련된 것이고, 따라서 그것은 평범하게 사는 동시대인으로 하여금 양심의 자각과 상황에 대한 두려움을 지니게끔 몰아가고 있는 것임을 알 수 있다.

'그'의 죽음이 사회적 사건에 의한 것이라는 점에서 위 시에서의 화자의 공포는 막연한 것이다. 그러나 자신과 직접적으로 관계되지 않음에도 공포심으로 괴로워하는 대목은 시적 자아가 시대 및 사회에 대한 지각을 저버리지 않고 있다는 점을 말해준다. 요컨대 위 시의 화자의 공포의 근원은 당대의 비극성이고 화자는 이러한 자신의 공포심을 통해 당대의 비극성을 전달하고자 한다는 것을 알 수 있다. 짐작건대 위 시에서 제시되는 범사회적 공포는 1980년의 광주 항쟁과 관련될 것이다. 또한 죽은 '그'는 광주 항쟁에서 희생된 사람들 혹은 의문스럽게 죽어간 민주 투사들을 가리킬 것이다. 결국 위 시는 당시의 폭압적이었던 군부정권 체제와 그 아래서 전개된 민주주의 운동을 떠올리게 한다. 시인이 형상화한 '입속의 검은 잎'처럼 떨쳐지지 않던 '공포'는 동시대인으로서의 양심에 의한 것인바, 실제로 위 시는 동시대인들의 양심을 향해 강한 호소력을 발휘하고 있음을 알 수 있다. 이점에서 위 시는 공포의 감정을 통해 동시대 주체들의 의식을 일깨우는 역할을 하고 있다 할 것이다.

위 시에서처럼 '공포'는 양심을 자극하는 촉매제가 된다는 것을 알 수 있다. 사회에서 분명 부조리하고 비극적 사건이 발생했음에도 그에 대해 무감각하다면 그것은 올바른 자아의 모습이 아니다. 그런데도 그것이 자신과 직접적으로 관계되지 않는 일이라면 그러한 사건에 대해 무덤덤해지기 일쑤다. 이때 자아의 의식을 일깨우고 양심을 흔드는 감정이 '공포'인 것이다. 말하자면 공포는 사태를 정확하게 직시하도록 해주는 감정이다. 공포는 부조리한 사건에 대해 공감하게 해주는 감정이자 사태를 비판적으로 인지하게 해주는 감각인 셈이다. 공포의 힘에 의해 자아는 사건에 내재하는 부조리를 인지하고 그것이 직접적인 당사자에게만 국한된 것이 아니라 사회 전반에 걸친 비극임을 통찰하게 된다.

공포의 감정은 개인적 사태는 물론이고 사회 전반적 사태에 관해서도 호소력을 나타내는 것으로서, 그것은 자아가 문제를 자각함에 따라 그것을 개선시킬 수 있는 계기를 제공하는 감정이기도 하다. 때문에 공포의 감정이 결여될 시 자아는 비판력을 상실한 채 무자각적이고 무분별한 사람이 될 것이다. 그러한 자는 약한 자의식을 안고 살아가는 자로서, 세상의 진리에 대해 취약해질 것이다.

위의 시들은 '공포'의 감정이 어떤 성격과 의미를 지니는지 잘 말해주고 있거니와, 이로써 공포가 무조건적으로 배제하고 억제해야 하는 감정이 아니라 인간의 온전한 의식을 위해 필수적인 것임을 알 수 있다. 공포는 가장 음(陰)적인 감정이지만 그런 만큼 가장 냉철하고 지적인 감정이기도 한 것이다. 수(水) 기운에 해당하는 두려움과 불안의 감정이 있을 때 자아는 혼란스런 가운데서도 차가워질 수 있고 사태를 냉정하게 직시할 수 있게 된다.

이는 수극화(水克火)의 이치로도 설명될 수 있다. 습관적인 혼돈과 흥분의 상태가 지속되어 정서상 음양의 불균형에 처하게 되었을 때 수(水) 기운과 관련된 감정을 수용하게 되면 마음을 침착하게 가라앉히는 데 도움이 될 것이다. 수(水)의 에너지는 물처럼 차갑고도 차분히 침잠하는 성질을 가지고 있어서 불처럼 들뜨고 솟구치는 감정을 누르고 다스리는 역할을 하게 된다. 수(水) 기운은 그만큼 고요하고 잔잔한 성질을 지닌다. 이러한 수(水) 기운에 해당하는 감정이 곧 '공포'인 것이다.

이러한 '공포'의 감정은 그것이 수(水) 기운과 관련되기 때문에 인체에 있어서 신장에 영향을 미치게 된다. 즉 '공포'의 감정을 통해 수(水)의 에너지를 보강하게 되면 허약해진 신장의 기운을 북돋우는 데 도움이 될 것이다. 신장의 기능이 약화되어 인체 내 노폐물을 배설하는 데 어려움을 겪는 신허증(腎虛症)의 경우 시를 통해 '공포'의 감정에 노출됨으로써 인체의 에너지 흐름을 조절하는 데 도움을 받을 수 있다. 이외에도 '공포'의 감정 에너지는 '수생목(水生木)'의 관계에 따라 '분노'의 감정 에너지로 그 에너지가 이어질 수 있다. 수생목(水生木)의 이치가 말해주듯 '공포'와 '분노'는 서로 연접하고 순연하는 관계이므로 '공포'의 생성은 자연스럽게 '분노'의 생성으로 에너지의 흐름이 이루어질 수 있다는 것이다. 이는 사태의 부조리를 직시하고 문제점을 냉철하게 인식하였을 때 그것이 '분노'의 감정 에너지에 의해 행동으로 연결될 수 있음을 의미한다. '공포' 에너지에 의한 자각과 인지가 지적인 것이라면 '분노'는 행동을 유발할 수 있는 동적인 것으로서, 이 두 감정 에너지가 상생의 관계에 놓여 있다는 사실은 '공포'의 감정 에너지가 그 자체로 그치는 것이 아니라 실천력으로까지 이어질 수 있음을 말해준다.

3) 물리적 치료의 동질 요법

지금까지 위상시학에서 시도할 수 있는 정서적 측면에서의 치료 요법에 대하여 살펴보았다. 정서적 치료란 시의 성질 가운데 감정에 호소하는 특징에 기반하여 제시할 수 있는 시 치료 방법을 가리킨다. 그것은 시적 장르가 지닌 예술로서의 본질에 의해 가능한 것으로, 시가 나타내는 여러 다양한 감정에 따라 기능을 선별하고 유도할 수 있게 된다. 이와 관련하여 앞서 동질적 원리와 이질적 원리를 제시하였던 바, 이 두 요법은 시와 독자 사이의 감정의 구조 및 성격에 따라 구분되는 범주들이다. 전자가 독자가 지니고 있는 감정의 내용과 동질적인 시를 매개로 이루어지는 치료라 한다면 후자는 이질적인 시를 매개로 이루어지는 치료에 해당한다. 전자의 시 치료가 기존의 문학 치료에서 행해왔던 감정의 순화 및 정화의 기제를 활용하는 것이라면 후자는 음양오행 철학의 원리를 적용하여 감정의 균형과 조화를 꾀하는 시도와 관련된다. 이 두 요법은 치료의 대상과 매개 사이에 동질성과 이질성이라는 차이를 지니고 있지만 그러나 두 요법은 모두 감정에너지를 통해 독자의 정서에 호소하고 나아가 인체를 정상화시키는데 기여하고자 한다는 점에서 동일한 목표를 향해 있다. 감정 자체가 인간의 인체에 영향을 줄 수 있는 에너지가 되는 까닭에 감정의 성질을 활용하여 인체 에너지장의 변화를 유도할 수 있다는 관점이 여기에 있다.

한편 시 가운데에는 정서적 기능과 일정정도 무관한 채 존재하는 시들이 있다. 정서에 호소하기보다는 오히려 감정을 절제하거나 배제한 채 쓰여지는 시들이 그것이다. 대체로 현대시들이 여기에 속하는데, 이들 현대의 시들은 전통적 서정시들이 그러하듯이 감정을 순화한다거나 카타르시스를 유도한다거나 혹은 감정을 통해 독자와 교감을 나눈다거나 하는 등의 의도와 전혀 다른 관점에서 쓰여지는 경우가 많다. 난해하고도 해체적인 시로 분류되는 현대의 시들은 오히려 전통적 서정시들의 개념을 부정하면서 매우 다른 형태의 시양식을 보여주고 있는 것이다. 현대적 시인들은 독자와의 소통마저 부차적인 문제로 삼을 만큼 자신의 내밀한 언어에 기대어 시를 쓴다는 것을 알 수 있다. 이들은 전통 서정시들이 보여주는 안정되고 고요한 감정들, 그리고 그러한 정서를 전달하는 미적 언어들이 고루한 것이자 쉬운 시라 여기면서 이들을 넘어설 것을 주장한다. 이에 따라 이들의 내밀한 언어는 전위적이고 낯설며 불가해한 형태를 띠며 전개된 것이 사실이다.

포스트모더니즘 문화의 영향으로 전면에 등장한 이들 현대시들은 초기엔 서정시와 대별되는 해체시로서 명명되다가 경우에 따라 포스트모더니즘시로, 전위시로, 난해시로, 환유의 시로, 초현실주의의 시, 환상시 등으로 불리워졌다.[4] 1990년대부터 본격적으로 시단을 점유하게 되었던 이들 시들은, 그런데 1980년대 초반 문화 투쟁의 일환으로 발생했던 해체시들과는 성격을 달리 한 것에 주목할 필요가 있다. 1990년대 이후 시단의 큰 흐름을 차지하였던 이들 시들은 1980년대 초반 시의 형식을 과감히 파괴하면서 실험적으로 얼굴을 내밀었던 포스트모더니즘 시와는 다른 맥락을 지니고 있는 것이다. 이들은 보다 덜 정치적이었고 덜 실험적이고 덜 파괴적이었으며 일정하게 양식화되고 있었기 때문이다. 일정하게 양식화되어 가고 있던 까닭에 유사한 어법으로 시를 쓰는 시인군이 형성되었고 이들 시인군은 문단의 일정한 유형으로 분류될 수 있었음을 알 수 있다.

이러한 현상, 즉 일련의 시인군들에 의해 시적 양식화가 이루어진 현상은 그것이 시대적 요인 속에서 발생, 성장한 것을 의미한다. 시대적 조건과 필연성이 일정한 시적 유형을 양산하였다는 것이다. 이와 관련한 시대적 조건에 관해서는 여러 측면에서 제시될 수 있지만 무

---

4 1990년대 후반부터 등장하고 2000년대의 주된 양식이 되어 온 이들 시들에 대한 합의된 명칭은 없다. 다만 문단 내에서 그것들은 신세대들에 의한 시, 난해한 시, 새로운 시, 미래파의 시 등의 함의로써 유통되는 듯하다. 본고에서는 그것들이 전통적 형태의 서정시와 다른 스타일을 구가함에 따라 현대적인 모습으로 다가왔다는 점에서 총칭적 의미의 '현대시'로 명명하기로 한다. 이는 전통적 서정시와 구별되는 현대적인 시라는 의미로서 지칭될 것이다.

엇보다 중요한 것은 인터넷 세대라는 요건일 것이다. 이들이 1990년대를 거쳐 2000년대 주된 활동을 보인 시인들이라는 점에 주목할 때 이들은 컴퓨터와 함께 태어나고 자란 인터넷 1세대들에 해당한다. 이들은 인터넷이 점차 보편화되던 시점에 시단에 등장한 세대로서 컴퓨터와의 대화를 통해 자신의 정체성을 구축해온 시대적 특성을 지닌다고 할 수 있다. 이들은 컴퓨터가 제공하는 내밀한 공간에 의해 자기만의 세계를 키워갔으며, 컴퓨터의 자판을 두들기면서 소리 감각을 형성해갔고, 컴퓨터가 보여주는 속도감에 의식의 속도를 맞추어 나갔다. 또한 이들은 컴퓨터가 펼쳐내는 이미지에 따라 상상력을 길들여갔고 컴퓨터의 커서가 찍어내는 음운을 보면서 언어의 감각을 익혀나갔다. 그들의 의식은 점차적으로 컴퓨터와 닮아갔으며, 결과적으로 그들에 의해 쓰여진 시와 정서 역시 컴퓨터와의 교류에 의해 빚어진 형국을 나타냈다. 그들의 언어가 지극히 개인적이고 내성화되어 있으며, 그들의 상상력이 환상적 이미지로 가득 차 있고, 그들의 시가 충동에 의해 쓰여졌다고 할 만큼 빠른 속도감을 보인다는 점, 그들의 정서가 부드럽다거나 온화한 것과는 거리가 있으며 미적인 것보다는 반미적인 것을 추구한다거나, 그들의 의식이 통합적이기보다 파편적이고 서정적이기보다는 반서정적인 까닭은 모두 그들의 세대적 특성이자 그들의 의식과 정서와 감각을 지배하기 시작한 컴퓨터의 영향에 기인한 것이다. 그것은 디지털 세대의 탄생을 알리는 것이었다.[5] 요컨대 이들 현대시들의 등장은 철저히 시대적 특성이자 필연적인 것이며 그 기반엔 디지털 체제가 가로놓여 있다는 것이다.

5 이들 디지털 1세대의 특징에 대해서는 김윤정, 「인터넷 시대, 탈주체를 넘어서는 문학의 전략」, 『문학비평과 시대정신』, 지식과 교양, 2012, pp.31-32.

이렇게 등장하여 문단의 절반을 차지하게 된 이들 현대시들은 소통의 곤란을 겪으며 지지와 비판의 한가운데에 놓이게 되었다. 이들 시를 이끌어간 동력은 감정이나 미학이 아니었다. 따라서 이들 시에서 의식의 완성된 전개라든가 정서의 순화와 함양과 같은 서정시의 덕목들은 기대할 수가 없었다. 이들에게서는 시의 온화한 미학이라든가 따뜻한 예술적 정취를 얻을 수도 없었다. 이들 시를 이끌어나가는 것은 감정의 전개와 의미의 통일성이 아니라 순간순간 생성되었다가 사라지는 호흡과 리듬이며 이미지와 기표의 연쇄들이었다. 그리고 그 기저에는 순수한 언어들의 역동성만 입자처럼 혹은 파동처럼 흐르고 있었다.

시에서 나타난 이러한 현대적 경향은 음악의 경우에도 비견될 수 있다. 음악의 생리적 작용에 관해 연구해온 음악치료학에서는 음악에 의해 신체에 영향을 미치는 경로를 크게 두 가지로 구분, 하나는 음악에서 감정에서 신체로 전달되는 경로이고 다른 하나는 음악에서 바로 신체로 전달되는 경로가 있다고 말하고 있다. 즉 음악에는 음악이 가지고 있는 선율과 리듬의 흐름을 통해 감정의 역동성에 합치, 감정을 유발하는 음악이 있는가 하면 의도적으로 감정 표현을 억제하면서 음의 구성과 조직, 음의 완급과 강약 등의 움직임과 운동성만으로 투명하고 명쾌한 음악을 만들려는 음악이 있다는 것이다.[6] 이에 의하면 전자는 선율을 통해 마음에 울림을 일으키려는 아날로그 음악에 해당하고 후자는 불연속적 음들에 의해 입자와 같은 재빠른 소리를 만들어 낸다는 점에서 디지털 음악에 해당한다.[7]

6 무라이 야스지, 앞의 책, pp.58-60.
7 위의 책, pp.78-80.

음악치료학에서 말하는 두 가지 음악 치료의 경로는 시에 있어서 서정시와 현대시에 그대로 대응한다. 서정시가 정서의 정화를 목적으로 하면서 의미의 통일된 완성을 통해 감정을 조절해나가는 미적 태도를 보인다면, 현대시는 정서적 측면을 배제한 채 언어의 운동과 흐름으로 시를 써나가기 때문이다. 현대시에서 보여주고 있는 파편화된 이미지들의 구성과 기표들의 연쇄는 음의 단절적 구성으로써 비정서적 음악을 만들고자 하는 음악의 현대적 경향과 일치한다. 음악에서의 디지털 음악과 유사한 성질을 보이는 현대시의 양상이 컴퓨터 세대들에 의해 시도되었던 것은 우연한 일이 아니다.

현대시에서 시적 전개를 이끌어가는 동력이 정서가 아니라 호흡의 역동성이자, 의식의 통일성이 아니라 감각의 단절성과 파편성이라는 사실은 그것들이 디지털적 특성을 지니는 것임을 말해준다. 현대시는 서정시와 같은 완만한 정서적 선으로 표현되는 것이 아니라 역동적인 점으로 표현된다고 말할 수 있거니와 서정시가 아나로그적이라면 현대시는 디지털적인 셈이다. 현대시에서의 이미지와 기표는 그 자체로 물질이자 입자에 해당한다. 울림을 일으키지 않는 입자화된 기표들에서 깊이라든가 감동을 찾는 것은 어려워진다. 현대시가 독자와의 소통에 어려움을 보이는 이유도 여기에 있다. 현대시가 보여주는 것은 언어의 디지털적 기호에 해당할 뿐이다.

현대시의 언어가 보이는 이 같은 디지털적 성격은 그것이 불연속적 성질을 지닌다는 점에서 입자화된 형태로 운동하는 양자의 운동 양상과 유사하다. 양적으로 덩어리화되어 쏠림 현상을 나타냄에 따라 그 에너지의 기록 역시 불연속적이고 단절적인 양상을 나타내는 양자 운동은 연속적인 것을 잘게 잘라서 만들게 되는 디지털적 신호와 속성상 동질적이다. 즉 현대시에서 볼 수 있는 파편적이고 단절적인, 동시에 역동적인 언어 형태는 스스로 진동하고 있으되 어디로 이동할지 확정지을 수 없는 비연속적 양자와 비교될 만하다. 현대시의 언어는 그 하나하나가 입자화된 기표로서 그것의 연쇄와 흐름은 비트(bit)적 호흡에 의해 형성되는 일종의 파동이라 할 수 있다. 현대시의 언어의 본질은 정서나 의미가 아닌 양자적 에너지인 것이다. 그리고 양자 에너지로서 실현되는 현대시는 무의미하고 무가치한 것이 아니라 바로 그러한 성질을 통해 의미와 가치를 지닌다. 그것은 현대시가 양자 에너지로서 작용하여 인체에 영향을 미친다는 점과 관련된다. 현대시가 인체에 미치는 영향이 정서적 측면에서 이루어지는 서정시와 달리 물리적, 생리적 측면에서 나타나는 까닭도 여기에 있다. 현대시에 의한 인체에의 영향은 정서적 경로라기보다 물리적 경로를 통해 이루어진다는 것이다.

한편 위상시학에서 말하는바 시에 의한 인체의 물리적 치료 가운데 동종 요법이란, 앞서 정서적 치료의 범주에서도 살펴본 것처럼, 시와 인체 사이의 동질성에서 비롯하는 개념이다. 그것은 치료 매개가 되는 시의 형태와 치료 대상이 되는 인체와의 물리적 성격에 있어서의 동질성에 근거한다. 양자역학의 측면에서 볼 때 인체는 무수한 양자 에너지들의 이동과 조합에 의해 존재하고 그러한 양자들의 운동은 궁극적으로 일정한 형태로 구조화되는바, 인체의 위상구조체라 할 수 있는 이들 형태적 구조는 인간의 감각과 감정, 의식 등의 정신적 재료들조차 전기적 신호로 변환시켜 합류시킨 미시적이고 순수한 형태의 에너지 구조체를 의미한다. 이는 상위차원에서의 인체가 재료들의 화학적이고 정신적인 성질을 모두 추상시킨 채 순수히 입자와 파동만으로 형태를 구축해간다는 것인데, 이러한 위상학적 형태야말로 인체 에너지장의 성질을 구현하는 것이라 볼 수 있다.

상위 차원에서의 인체가 이와 같은 양자적 성질을 띠듯이 현대시 역시 언어의 의미와 감정을 모두 추상시킨 채 입자화된 기표를 이동, 조합시켜 일정한 위상학적 구조체를 구성하게 된다고 말할 수 있다.[8] 인체 내부에서의 양자 효과가 유동적이고 기괴한 위상 구조체를 형성하였듯이 시에서 역시 입자화된 언어가 의미와 상대적으로 무관한 언어 조직체를 구성할 수 있다는 것이다. 위상학적 구조체란 그것을 구성하는 요소들의 추상성 및 그것에 의한 다면체적 조합성을 바탕으로 하는 것으로서, 그것이 형성되는 과정을 들여다볼 때 그것은 구성 요소들의 추상성에 의해 무한한 연산의 축적이 가능해진, 상대적으로 안정된 유기적 구조물을 가리킨다.[9] 언어로 이루어져 있으되 그것의 정신적 성질을 소거하고 추상화된 기표를 무한한 연산적 방법에 의해 조합시

8 본래 위상학(topology)이란 공간의 요소를 모양이나 크기, 거리를 사상(捨象)한 채 연속이나 불연속과 같은 위치와 구조로써 파악하는 방법론을 의미한다. 서우석은 음악의 위상 공간으로서의 성격에 대해 말하면서 음악은 외부 현실로부터 가져온 음의 소리를 재료로 취하되 현실 속에서 지니는 음의 의미나 크기를 사상한 채 추상적인 음을 바탕으로 구성되는 것으로서, 이때 음악에서 사용되는 음들은 서로 간 무한한 접속을 이루어내면서 복잡하고 다면적인 망을 조직한다고 말한다(김윤정, 앞의 글, 2013.12). 이처럼 현실과의 관련 속에 있되 현실적인 의미와 성질들을 모두 소거한 채 요소들의 추상적인 배열들을 통해 이루어진 매체를 위상구조체라 할 수 있거니와, 이러한 관점에서 본다면 해체시에서 보여주는 언어적 구조물 역시 위상공간이자 위상구조체라 말할 수 있다.

9 이러한 위상 구조체에 대한 개념적 정의는 여러 분야에 적용될 수 있다. 이를 건축에 적용한 장용순은 근대건축과 현대건축의 가름이 위상학적 개념의 적용 여부에 의해 이루어진다고 주장하면서, 근대건축이 기하학적 구성의 특징을 지닌다면 현대건축은 연산을 특징으로 하는 위상학적 성격을 띠는 것이라고 말한다. 위상학적 개념을 도입함으로써 구조체는 단일성을 넘어서 다면성과 복합성을 띠게 되거니와 이를 가능하게 하는 핵심 요인이 요소들의 추상화에 있음을 짐작할 수 있다. 물론 이러한 위상학의 개념이 확산될 수 있었던 것은 위상기하학의 출현에 힘입는 것인 동시에 물질의 근원인 양자로의 추상화가 현대문명의 패러다임을 규정한다는 현실적 사태도 외면할 수 없다. 1장의 각주 13 참조.

켜 이루어내는 현대시는 성격상 위상구조체라 할 수 있다. 더욱이 기표들의 무차별적 연산이 이루어지는 과정에서 나타나는 리듬의 비트적 특성과 이미지의 불확정적 연상은 양자들의 이동과 조합에 대응할 수 있다는 점에서 현대시의 구성에 있어서의 위상학적 성격을 말할 수 있게 된다.

현대시를 위상학적 특성으로 규명할 수 있다는 점은 그것을 고차원의 인체가 나타내는 위상구조체의 특성에 견줄 수 있음을 의미한다. 인체의 위상구조체가 양자들의 불확정적이고 무한한 연쇄로 형성되는 것처럼 현대시 역시 기표들의 불확정적이고 무한정한 연산을 통해 구성되기 때문이다. 인체의 위상구조체가 인체의 호흡과 리듬이 뒤섞인 양자의 역학으로써 이루어지는 것처럼 현대시 역시 시의 호흡과 리듬이 파동으로 동력화되어 시의 저변에서 작동하고 있다. 특히 시의 동력이 되는 호흡과 리듬이 시를 발화하는 주체의 생명의 근저에서부터 솟아오른 것이라는 점에서 시의 구조적 형태를 인체와 상동적인 위상구조체라 할 수 있다. 시가 시인 내부의 생명 에너지에 의해 산출되는 만큼 시인의 내부 인체와 시 사이엔 위상동형체의 관계가 성립한다는 것이다. 이와 같은 기제와 동력에 의해 양산된다는 점에서 현대시는 매우 추상화되고 기계적인 것이라 할 수 있다. 정서와 의식 등 철저히 인간적인 속성들을 배제한 채 구성되는 현대시의 이러한 속성은 들뢰즈가 말한 '기관없는 신체'의 리좀(rhisome)적 운동 양상[10]에 대응할 만하다.

---

10 김윤정, 「이상시에 나타난 탈근대적 사유」, 서울대석사논문, 1999, p.10. '기관없는 신체'와 '리좀'은 들뢰즈의 용어로서, '기관없는 신체'란 전체에 대하여 부분이 실체가 되어 생성과 소멸의 운동을 주도하는 양상과 관련된다. 부분으로서의 '기관없는 신체'는 운동의 근원이자 동력이 되어 '리좀'과 같은 종횡무진 확장되고 엉키는 망상조직을 구축하게 된다.

현대시가 나타내는 이러한 위상구조체적 성격이 인체의 그것에 그대로 대응한다는 점에 의해 현대시는 위상시학에서의 물리적 치료 경로 중 동종 요법과의 관련 하에 규명될 수 있다. 동종 요법은 치료매체와 치료대상 간의 동질성을 가리키는 것이라고 했듯, 여기에서는 시와 인체 사이에 현상하는 위상구조체 상의 동질성이 근거로 작용하게 된다. 앞선 정서적 치료 경로에서의 동질 요법이 시와 자아 사이의 동일한 정서 구조를 통해 이루어지는 것이라면 물리적 치료 경로에서의 동종 요법은 물리적 측면에서의 동질적 요소를 기반으로 한다. 말하자면 위상시학의 물리적 치료에서의 동질 요법은 소위 해체시로 대표되는 현대시를 통해 범주화될 수 있다.

이러한 사정은 인체와 동형적 특성을 구현하고 있는 현대시를 읽음에 따라 인체가 물리적 차원에서의 자극을 받게 될 것이라는 점을 짐작하게 한다. 현대시를 통해 기표의 순수 운동에 접하게 될 경우 입자화된 기표를 수용한 인체가 일정 정도의 양자적 차원의 변화를 일으키게 될 것이라는 사실이다. 비트적 동력에 실려 수용된 기표들의 파동은 인체의 에너지장과 상호 교섭함으로써 인체를 충격하게 될 것이다. 더욱이 비트적 동력이 일으키는 디지털적 요소는 그것이 지닌 양자적 성질에 의해 인체의 에너지로서도 쉽게 흡수될 수 있다. 이는 현대시의 언어가 정서와 의미로부터 분리되어 있어도 인체와의 상호 교류는 상당히 활발할 것이라는 점을 말해준다. 요컨대 현대시의 언어 자체가 에너지인 셈이다.

그렇다면 이들과 교통하게 됨으로써 인체에 나타나는 영향은 무엇일까? 위상시학적으로 말해서 현대시가 지닌 언어의 동력들은 인체의 비정상이고 왜곡된 위상구조를 변화, 정상화시키는 데 있어 유효성을 기대할 수 있을까? 즉 현대시에 의한 물리적 치료의 동질 요법은 위상 시학이 추구하는 또 다른 경로에서의 치료의 방법이 될 수 있을까 하는 것이다.

배꼽에 거대한 입이 있다는 걸 이제야 깨닫는다
붉은 입이 웃는 일이란 좀처럼 쉽지 않은 일
어서오세요, 이 검고 칙칙한 땅의 어둠 속으로
아름다운 즙들로 우린 하나 될 수 있을 거예요
소리 나는 쪽으로 돌아눕고 있으니,

무덤들 위에서
검은 머리카락들이 자란다
검은 머리카락들은 무수한 변명처럼 자라,
검은 머리카락들은 무정형으로 아름답게,
부드럽고도 날카롭게 꺾인 채 솟아난다
이 숲에서는 머리카락만이 바람을 만들 줄 안다
어둠을 결정한다
검은 머리카락들이 영토를 넓혀 간다

취소되고 잘린 것들이 도착하는 곳
이곳에선 탄생이 없다
가까이에 겨자씨 미용실, 멀리 형제 이발소, 더 멀리 집에서 날아온 또 다른 숲들
거대한 숲은 멀수록 거대해지고
이젠 검은 불처럼 타오르고 있다
이건 차라리 거대한 생명으로 하늘을 뒤덮고
또한 하늘을 검게 물들였으니,

오늘 잘린 머리카락들은 새로운 영토를 찾아 굴러다니다
새로운 흙들 위에 자리를 잡을 것이다
생활의 수은을 머금은 채, 그 무거운 것들은
금세 뿌리를 내리고, 무관심의 전쟁을 버티며
그 세력을 키울 것이다
거대한 사이프러스 나무들처럼
묶이고 서로를 휘감고 밀어내며,

오르세 커피숍에서, 노란집 식당에서
오지 않을 연인을 기다리는 사람처럼,
우두커니 앉아 있는 사람처럼,
기다리면서, 날 생각하고 있을까
묻혀버린 시간 속에서 떠올라오는
이름조차 묘비명조차 없는 것들
가장 중립적인 목소리로 냉정한 목소리로
날 기입하라
사이프러스의 숲 너머로는
또 다른 내가 태어나고 세상은 조금 더 우울해졌을까
죽음 너머에 이르자 우울이 먼저 당도해 있었다

주영중, 「검은 사이프러스 숲」 부분

2011년에 발표된 위의 시는 많은 현대시들이 그러하듯 초현실적 시공 속에서의 환상적 이미지로 가득하다. '무덤들 위에서 자라는 머리카락'은 초현실주의 시에서 일반적으로 볼 수 있는 그로테스크한 이미지에 해당한다. 의미의 명확한 지시를 거부한 채 비현실적 이미지들의 연상과 연쇄에 의해 이루어지고 있는 위의 시는 난해한 그대로

이다. 위 시의 주된 모티프가 되고 있는 '검은 머리카락'은 명료한 의미 너머에서 음침하고 우울한 숲의 분위기를 형상화하고 있다. 그것은 '검은 사이프러스의 숲'인 것이다.

환상적 시공을 형상화하고 있으면서 현실주의적 의미망을 상실하고 있는 위의 시를 어떻게 이해해야 할까? 정서적 순화와 안정을 도모하기보다 오히려 공포의 분위기를 조장하여 마음을 불안하게 하는 위 시의 미적 가치를 어디에서 구할 수 있을 것인가?

이러한 질문 앞에서 위 시는 무력하다. 의미적 소통조차 어려운 난해한 시들에서 시적 가치와 역할을 찾으려는 시도는 늘 회의감으로 끝나기 마련이다. 다만 위 시는 새로운 어법과 양식에 입각한 실험성을 나타내고 있다는 점에서 주목되었던바, 특히 위 시를 이끌어가고 있는 것이 언어의 의미 및 정서적 전개라기보다 단위 이미지의 순전한 운동 양식이자 양자적 흐름이라는 사실은 위 시를 위상학적 관점에서 조명할 수 있게 한다. 여기에서 단위 이미지란 시의 중심 모티프라 할 수 있는 '검은 머리카락'으로, 이것은 시 속에서 명확한 지시성을 지니지 않는 대신 입자와 같은 에너지의 기본 단위로서 작용함으로써 일정한 파장이 되어 연접과 이접을 계속해나간다는 것을 알 수 있다. '검은 머리카락'의 이동하고 운동하는 양상은 들뢰즈의 '기관없는 신체'가 유기성을 탈각한 채 기계처럼 운동하고 증식하는 모습과 일치한다. 또한 그것은 양자가 불확정적으로 자신의 파장을 이어나가는 것과 다르지 않다. '검은 머리카락들'은 스스로 '자라나'고 '무수한 변명처럼 자라'나서 '아름답게' 혹은 '부드럽게' 혹은 '꺾인 채 솟아나'는 형태로 연장되거나 일그러진다. 무한히 증식되고 이어지는 그것들은 '새로운 영토를 찾아 굴러다니'면서 '뿌리를 내리기'도 하고 '묶이고 서로를 휘감고 밀어내기'도 하는 파장 형태의 양자 운동을 펼쳐나간다. 위 시에서 단위 이미지가 운동하는 이러한 모습은 양자들의 초끈이 무한히 연장되며 기괴한 형태로 일그러지는 양상에 견줄 만하다. 위 시에 등장하는 '검은 머리카락'의 상상적 움직임은 곧 미시적 차원의 양자의 흐름에 대응한다는 것이다. 말하자면 위 시의 상상력은 양자의 운동을 반영한 것이자 위 시를 전개하는 동력은 다름 아닌 양자의 역학인 것이다.

양자들이 초끈을 이루어 무한 증식하고 연장될 때 공간은 왜곡을 겪게 된다. 초끈의 엉김이 존재하는 곳은 또 다른 블랙홀의 지점이어서 이곳에서는 공간의 함몰 내지 응축 등의 공간 왜곡이 발생한다. 그리고 이러한 공간은 필연적으로 암흑 속으로 빠져들게 된다. 때문에 이 공간은 절망과 허무, 죽음에 어울리는 배경이 된다. 위 시에서 '영토를 넓혀 가는 검은 머리카락'들이 '어둠을 결정한'다고 말한 것도 이와 관련된다. 그곳은 '탄생이 없'으며 '하늘은 검게 물들'고 '멀수록 거대해지는 숲'은 '검은 불처럼 타오르'는 듯하다. 어둠 속에서 무한 증식되는 '검은 머리카락'의 지대는 '무겁게' '무관심의 전쟁을 버텨'야 하는 공간이 된다. 이 속에서 시간은 '묻혀버리게' 될 것이며 존재는 존재성을 잃은 듯 '중립적이고도 냉정한' 인간이 될 것이다. 이는 곧 암흑 같은 시공 속에 갇힌 인간의 운명을 말해주는 것으로서, 이속에서 인간은 기계처럼 경직된 채 죽음을 향해 맹목적으로 나아갈 뿐이다. 실제로 블랙홀이 지배하는 공간 속에서 살아남을 수 있는 존재는 아무도 없다.

최근의 환상시에 속하는 위 시는 그것이 단지 환상적 이미지를 활용하고 있다는 점에서가 아니라 그 속에 양자적 역학이 동력으로 개입되어 있다는 점에서 흥미롭다. 위 시의 표면에 나타나 있는 것은 이미지일 뿐이지만 이미지를 이끌어나가는 요인은 양자적 역동성인 것이다. 위 시의 이미지 전개 과정은 입자이면서도 파동인 양자가 불확정적이고 무제한적인 운동을 해나가는 형상에 비견될 만하거니와, 단위 모티프인 '검은 머리카락'이 이러한 양상을 잘 보여주고 있다.

위 시가 이 같은 양자역학적 이미지 전개를 선보일 수 있었던 요인으로 이 시를 창작한 주영중 시인이 1968년생으로서 디지털 1세대에 속한다는 점을 떠올릴 수 있다. 컴퓨터 세대들에게 양자역학은 생활의 감각 속에 프로그래밍화 되어 있다 해도 틀리지 않다. 시인의 내밀한 호흡을 통해 자연스런 역학을 보여주고 있는 위 시는 어쩌면 필연적으로 양자의 흐름을 이미지화할 수 있었다고 말할 수 있을 것이다.

> 와와와 아이들이 폭우가 쏟아지는 광장으로 뛰쳐나온다 여기는 지구다 달걀 속이다 세찬 빗줄기는 위에서 아래로 내리꽂힌다 허공에서 바닥으로 쏟아지며 전속력으로 벽을 쌓는 순간 전속력으로 벽을 무너뜨린다 콘크리트 바닥은 무너진 세계를 받아들이지 않는다 무너진 벽을 탕탕 튕기며 아이들은 아래에서 위로 뛰어오른다 뜨거운 것에 데인 듯이 한자리에서 펄쩍펄쩍 뛰어오른다 아이들의 발은 벽을 폈다 접었다 한다 발에 벽이 들어 있다 아이들은 젖은 몸으로 빗속에서 뛰어오른다 아이들이 뛰는 곳 말고는 사방이 점점 더 어두워진다 아이들 발의 사방이 어두워진다 한곳을 계속 뛰기 때문에 발아래가 깊어진다 깊은 것은 어둡다 야생이다 아이들의 발은 길의 끝이다 길의 시작이다 발소리가 깊어진다 절벽이 깊어진다 아니 절벽이 솟아오른다 절벽은 미어져내리는 깊이다 다시 솟구쳐오르는 날개다 온몸에 빗줄기를 화살처럼 꽂고 아이들은 숨구멍 하나 없는 하늘과 땅 사이에서 뛰어오른다 깔깔거리며 몸 밖으로 뚫린 눈으로 몸 안을 뚫으며 제자리에서 뛰어오

> 르고 또 뛰어오른다 빗줄기는 절벽 아래까지 단숨에 내리꽂힌다 그 소리도 깊다 야생이다 아이들의 발소리는 몸 안에 벽을 쌓는 순간 벽을 무너뜨린다 내출혈로 절벽이 들끓는다
>
> 이원, 「나이키-절벽」 전문

위 시에서 전면화되어 등장하고 있는 것은 '아이들'의 수직운동이다. 위 시를 지배하는 것은 '아래에서 위로 뛰어오르는 아이들'이다. 더 정확하게 말하면 아이들의 운동 에너지다. '아래에서 위로 뛰어오르는 아이들'은 '한자리에서 펄쩍펄쩍 뛰어오르'는가 하면 '무너진 벽을 탕탕 튕기며' 뛰어오른다. '빗속에서'도 뛰어오르고 '숨구멍 하나 없는 하늘과 땅 사이에서'도 뛰어오른다. '제자리에서 뛰어오르고 또 뛰어오른다'.

아이들의 '뛰어오르기'는 '벽을 무너뜨리'고, '발아래가 깊어지'게 하고 '절벽이 깊어지게' 하며 '절벽이 들끓'게 한다. 그것은 '벽을 폈다 접었다' 하고 '절벽이 솟아오르게'도 하며 '절벽이 미어져내리게'도 한다. 또한 그것은 사방을 어둡게 하고 사방이 점점 더 어두워지게 하는데 '아이들이 뛰는 곳'은 제외된다. 아이들은 그들의 수직운동으로 공간을 더욱 깊게 하고 어둡게 하지만 운동마저 멈추지는 않는다. 마찬가지로 아이들은 그들의 발아래를 깊은 어둠이 되게 하지만 그것을 끝으로 끝나게 하지는 않는다. 모든 끝은 또 다른 시작이기 때문이다.

아이들의 수직운동은 지구라든지 달걀 속과 같은 유기체의 내부에서 이루어진다. 그것들의 내부에서 발생하는 아이들의 운동은 공간을 깊은 어둠으로 몰아가면서도 동시에 그곳을 '야생'의 시작점으로 만든다. 아이들의 운동은 '뜨거운 것에 데인 듯'이 펄쩍이는 걷잡을 수 없는 에너지이고, 무너진 벽과 무너진 세계를 부정하는 힘이다. 또한 그

것은 '몸 밖으로 뚫린 눈으로 몸 안을 뚫'는 에너지이고, '온몸에 빗줄기를 화살처럼 꽂고'도 '깔깔거리며' 뛰어오르는 힘이다.

이처럼 위 시를 지배하고 있는 것은 '아이들'의 수직운동과 그것으로 인한 에너지이다. 실제로 시에서 전달하고 있는 것의 전부는 아이들의 수직운동이 어떠한가에 있다. 아이들의 수직운동의 양상과 힘을 보여주고 있는 것이 위 시인 것이다. 이로써 아이들의 운동은 어떤 조건 속에서도 정지가 없으며 가로막힘 또한 없다는 것을 확인할 수 있다. 그것은 외부의 어떤 요인이나 내적 상황에서도 멈추지 않으며 어떤 완고한 장애나 경계도 가로지르고 무너뜨릴 수 있는 에너지를 지니고 있는 것이다. 또한 그런 점에서 그것은 생명의 시작이며 야생의 힘이다. 시에서 보여주고 있는 이러한 아이들의 수직 운동은 근원적인 힘이자 생명력 자체를 가리킨다. 그것은 영원히 지속되는 에너지이다.

한편 위 시에서 상세히 묘사하고 있는 아이들의 수직운동은 사실상 입자의 운동 에너지와 그 양상을 공유한다. 그것이 에너지로 충전되어 있으면서 끊임없는 운동력으로 나타나고 있다는 점에서 그러하다. 어떤 막이나 장애도 그것의 운동을 가로막을 수 없다는 점에서 위 시의 시적 대상이 입자인 것은 분명해 보인다. 외적인 요인에 의해서가 아니라 자체 내에 쉼 없는 운동 에너지를 내포하고 있는 그것은 전자로 충만되어 있는 입자인 것이다. 그러한 입자가 정지해 있지 않고 계속해서 이동하고 가로지르며 관통하는 활동을 한다는 점에서 그것은 파장의 성질을 동시에 지니기도 한다. 이 모든 성질을 고려할 때 위 시에서 묘사되고 있는 입자는 양자와 다르지 않다. 특히 그것이 야생 자체로서 생명의 근원이자 시작을 가리킨다는 것, 또한 그것이 지구나 달걀과 같은 생명체 내부에서 역사를 이룩한다는 점에 기대면 입자의 운동에너지를 보여주는 '아이들의 수직운동'은 양자역학이 이루어지는 출발점을 나타낸다. 요컨대 위 시에서 보여주고 있는 '아이들의 수직운동'과 그 전개 양상은 곧 양자의 운동과 그 효과에 그대로 대응한다.

위 시가 사실상 양자들의 운동과 그 역학을 상세히 이미지화하고 있다는 점은 작가인 이원이 1968년생으로 1992년에 등단, 2000년대에 활발한 시작 활동을 벌인 시인이라는 점과 관련시켜 볼 때 상당히 의미심장하다. 이원 역시 디지털 1세대에 속하는 시인인 것이다. 이는 그들의 상상력이 환상적 이미지의 불확정적 확산에 따라 펼쳐지는가 하면 그들의 시를 이끌어 가는 동력 또한 생명의 가장 내밀한 근원이라 할 수 있는 양자적 에너지에 해당한다는 점을 상기시킨다. 이에 따라 그들의 시를 구성하는 언어는 아날로그적 의미의 언어라기보다 0과 1의 조합으로 샘플링 되는 디지털적 신호에 가깝다. 그들의 시에 구현되고 있는 양자 에너지적 요소는 시를 전통적 서정시에서와 같은 선율적인 리듬과 정서로 구성하는 대신 입자들의 수직 운동처럼 불연속적이고 단절적인 호흡과 추상적 언어 조직으로 만들어간다. 그들의 시에서 언어는 위 시의 아이들이 위아래로 폴짝폴짝하는 것처럼 오직 운동력으로 남게 된다. 시에서의 이러한 동력은 매우 현대적인 것이면서 또한 현대시에 있어서 매우 일반적인 것이다. 이러한 사실은 위 시와 같은 현대시가 디지털 1세대라 할 수 있는 신세대들의 호흡의 감각에 기반하여 형성되었음을 말해준다.

이처럼 위 시는 단순히 놀이 혹은 질주 등을 통한 아이들의 천진성을 표현하는 데 그치지 않는다. 위 시는 운동 에너지를 지니는 양자의 운동 양상을 그리는 것이자, 시를 이끌어가는 동력이 곧 입자화된 양자에 다름 아님을 보여주고 있는 것이다. 또한 시에서 실현되고 있는 이들 양자적 입자 및 운동 양상은 시적 언어의 성질 그것이라 해도 과언이 아니다. 이는 현대시의 언어가 의미를 위해 존재하는 대신 보다 우선적으로 이러한 양자적 성질로서 존재한다는 사실을 말해준다. 그런 점에서 현대시의 시적 언어는 그 자체로 시인의 근원적인 생명 에너지에 해당한다 말할 수 있다.

> 새들아 나의 해발에 와서 놀다 가거라 늑골 속에 머무는 해발에 목마른 나의 불들이 누워 잔다 성에들이 망령의 한 행을 내려온다 나의 늑골 속 해발에 머물고 있는 망령에 추위가 내려온다 새들아 내 망령에 너의 해발을 데려와다오 미친 새들의 눈에 머무는 중천에 머리털 달린 내 해를 띄워다오 나의 해발에 새들이 놀러 오면 나는 이 길고 검은 하수관을 들고 대도시를 달리겠다 나의 상위개념은 새의 색계(色界), 기민한 짐승이 병에 갇혀 *꾸꾸루꾸 꾸꾸루꾸* 주워 먹고 뭉친 개털이며 닭털이며 머리털을 토한다 어떤 수증기나 증발로도 발견된 적 없는 기슭에 우선 나는 "명작"과 "연대"를 은신시켰다 지혈이 안 되는 세계 속에서 해가 검은 탈수를 시작한다 천둥을 실은 꽃이 혀를 빼놓고 죽었다 개처럼 떠난 편지들이 세상 위로 익사했다 나의 해발에 놀러 온 수천 개의 혀들이 착시를 완성한다 망령이여 새들이 태어난 마을을 내 해발 위에 데려오라 따라서 이렇게 말할 수 있게 되었다 "기록의 활공"을 경험한 나의 혀, 허(虛)가 거울 속에서 향수병을 앓는다
>
> 김경주, 「*꾸꾸루꾸 꾸꾸꾸 꾸꾸루꾸 꾸꾸꾸* 엘도라도」 전문

위 시는 의미의 단선적인 통합을 나타내고 있지 않은 난해한 시이다. 위 시가 어떤 맥락에서 어떤 내용을 환기시키고 있는지 독자는 알 수 없다. 위 시가 전달하고자 하는 정서 또한 불확실하며 그가 추구하는 지향성이나 세계관도 불분명하다. 위 시에서 언어는 기표에 의해 기의

가 지시되는 일반적인 기호 작용으로부터 벗어나 있다. 그럼에도 불구하고 위 시에서 언어는 계속해서 발화되고 있으며 그렇게 토해진 언어들은 일정한 무늬를 그리면서 이어지고 있다. 이러한 양상을 이해하기 위해 위 시의 발화의 단위들을 분해하고 그러한 단위들 사이에 어떤 연관성이 있는 살펴보고자 한다. 이때의 연관성은 기호가 환기하는 의미의 연관성이 아닌 기표가 구성되는 짜임의 관계성이 될 것이다. 이를 선명히 드러내기 위해 발화의 단위들을 재배열해보기로 한다.

① *새들*아 나의 **해발**에 와서 놀다 가거라
② 늑골 속에 머무는 **해발**에 목마를 나의 불들이 누워 잔다
③ 성에들이 망령의 한 행을 내려온다
④ 나의 늑골 속 망령에 추위가 내려온다
⑤ 내 망령에 너의 **해발**을 데려와다오
⑥ 미친 *새들*의 눈에 머무는 중천에 머리털 달린 내 해를 띄워다오
⑦ 나의 **해발**에 *새들*이 놀러 오면
나는 이 길고 검은 하수관을 들고 대도시를 달리겠다
나의 상위개념은 *새*의 색계,
기민한 짐승이 병에 갇혀 뭉친 개털이며 닭털이며 머리털을 토한다
어떤 수증기나 증발로도 발견된 적 없는 기슭에 나는 명작과 연대를 은신시켰다
⑧ 나의 **해발**에 놀러 온 수천 개의 혀들이 착시를 완성한다
지혈이 안 되는 세계 속에서 해가 검은 탈수를 시작한다
천둥을 실은 꽃이 혀를 빼놓고 죽었다
개처럼 떠난 편지들이 세상 위로 익사했다

⑨ 나의 **해발**에 놀러 온 수천 개의 혀들이 착시를 완성한다
⑩ 망령이여
⑪ *새들*이 태어난 마을을
⑫ 내 **해발** 위에 데려오라
따라서 이렇게 말할 수 있게 되었다
"기록의 활공"을 경험한 나의 혀, 허(虛)가 거울 속에서 향수병을 앓는다

의미는 없으되 기표는 존재하며 의미화에 따른 기호작용을 발휘하지는 않지만 기표의 발화는 계속해서 이어지는 위 시에서, 주목할 수 있는 것은 상상력의 전개 양상 혹은 기표들의 짜임이다. 기의를 지향하지 않고 그 자체로서 존재한다는 측면에서 위 시에서 시적 언어는 기표라 불릴 만하다. 의미를 환기하는 식의 언어 행위에서는 벗어나 있지만 분명히 존재하는 기표들은 의미 대신 다른 것을 표현하며 다른 기능을 행하고 있다고 짐작할 수 있다.

위 시에서 기표의 발화는 순전히 시인의 상상력과 그의 내적 에너지에 의해 이루어지고 있다. 그것은 시인의 호흡에 밀착해 있고 그런 만큼 생명의 근원에 닿아 있다. 그것은 글쓰기의 바탕 위에서 '꾸꾸루꾸 꾸꾸꾸' 소리를 내는 듯 토해진다. 이렇게 하여 생성된 기표들은 물결치듯 언어의 줄기를 형성한다. 기표들은 입자처럼 존재하며 언어의 줄기 속에서 출렁인다. 또한 생성된 기표들은 소멸하지 않은 채 파동을 이루며 연속되는 또 다른 파동과 접속과 분리를 반복한다. 가령 위 시의 기표 '해발'과 '망령'에 주목할 경우 이들 기표들은 언어의 줄기를 이루는 각 단위들 속에서 중심 기표로 존재하면서 각각의 언어

의 띠들을 접속시키고 분리시키는 기점이 된다. 각 단위들은 이들 중심 기표를 중심으로 하여 파동의 띠를 형성한다. 다시 말해 「꾸꾸루꾸 꾸꾸꾸 꾸꾸루꾸 꾸꾸꾸 엘도라도」를 단위별로 구분한 위의 분석표에서 기표 '해발'은 ①, ②, ⑤, ⑦, ⑧, ⑨, ⑫의 단위들에서 지속되면서 각 단위들 사이를 연상적으로 이어주는 역할을 한다. 각 단위들에서 소멸하지 않은 기표 '해발'은 단위들의 중심 입자가 되어 각 단위에서의 언어의 파동을 형성하며 다른 단위의 언어의 파동과 연접과 이접을 이루어나간다. '해발'을 중심으로 하여 나타나는 언어의 줄기들의 형상은 위의 분석표에 나타나 있는바, 때로는 짧고 때로는 긴 문장들은 마치 파장들이 단파 혹은 장파의 형태로 물결을 이루는 것과 유사하다. 각 단위를 이루는 문장들은 핵심 기표를 입자로서 품은 채 그것의 진동에 의한 각 단위들의 파장을 형성하는 셈이다. 일정한 파장을 이루는 각 단위들을 가리켜 길거나 짧은 디지털 신호라 해도 틀리지 않다. 이러한 과정 속에서 ①, ②, ⑤, ⑦, ⑧, ⑨, ⑫에서 존재하는 '해발'은 각 파장들의 핵으로 존재하는 중심 입자로서 각 단위의 일정 파장들을 형성하고 이들 사이의 흐름을 이끌어내고 있다.

'해발'이 지니는 이러한 기능은 '망령'에 이르러서도 나타난다. 위 시에서 '망령' 역시 '해발'과 마찬가지의 주된 기표로서 위의 분석표를 통해서도 알 수 있듯이 한번 생성된 이후 마지막까지 소멸하지 않은 채 각각의 단위에 해당하는 언어의 줄기를 이끌어내는 입자로서 작용한다. 단위 ③에서 등장한 중심 입자로서의 기표 '망령'은 이후 ④, ⑤에서처럼 일정한 파장을 형성 접속되고는 ⑩에 이르러서 다시 한번 이어지는 모양새를 보인다. '해발'과 마찬가지로 기표 '망령'은 중심 입자로서 기능하면서 각 단위들의 언어의 파장을 이끌어내는 핵이 되고 있다.

'망령'을 중심으로 한 각 파장들 역시 길거나 짧은 파장이 되어 완만하거나 급하게 물결치며 연접과 이접을 이룬다는 것을 알 수 있다.

물론 기표들은 '해발'과 '망령'만으로 구성되지 않으며 파장들은 이들을 내포한 단위들만으로 형성되지 않는다. '해발'과 '망령'을 입자로 지닌 단위들이 위 시의 중심 파동들을 형성하고 있는 것은 분명하지만 그 외의 파동들과 기표의 입자들도 존재하는 것이다. 가령 '새들'을 중심으로 하고 있는 ①, ⑥, ⑦, ⑪의 단위들 역시 지속적인 파장의 형태를 보여주고 있음을 알 수 있다. 이때 '해발'과 '망령'의 파장들 사이에는, 그리고 그 이외의 언어의 줄기들 사이에는 접합과 분리라는 연접과 이접의 관계들이 형성되고 있다. 각각의 단위들은 그 내부에 입자의 핵을 내포한 채 단파 혹은 장파를 이루고 이들 간의 연접과 이접을 반복해나간다.

이러한 관점에서 보았을 때 위 시에는 일정한 기표들을 중심으로 연산적 관계가 이루어지고 있음을 확인할 수 있다. 위의 분석표에서도 볼 수 있듯 위 시에서 한번 생성된 기표들은 사라지지 않은 채 다음 단위들에 지속되고, 동시에 그러한 단위들을 반복이 아닌 변환의 형태로 이어나가고 있다. 즉 ①과 ②에는 동일한 기표 '해발'이 있지만 단위 ①과 ②는 복제가 아닌 변형의 관계가 있는 것이다. 이는 각 단위 상호 간에 연산의 관계가 놓여있다고 말할 수 있는바, 이러한 연산의 관계를 통해 단위들은 무한 증식되고 확대된다는 것을 알 수 있다. 또한 이와 같은 연산의 과정이야말로 위상학의 개념에 있어서의 핵심 내용에 해당한다. 위상학에서 다루는 위상구조는 단순한 기하학적 구조가 아닌, 그 내부에서 그 내부적 요소에 의한 증식과 연장을 이루고, 그에 따라 한없이 연장되고 증폭된 복합적이고 다면적인 구조체에 해당되기 때문이다.

위에서 시도한 「꾸꾸루꾸 꾸꾸꾸 꾸꾸루꾸 꾸꾸꾸 엘도라도」를 각 단위별로 구분하여 재배열한 것은 각 단위들 내에서 입자화된 기표들이 어떻게 존재하며 이들 기표들을 중심으로 이루어진 단위들 사이의 연산이 어떻게 이루어지고 있는가를 살펴보기 위한 것이다. 위의 분석표는 각 단위들이 그 안에 존재하는 기표들, 혹은 입자들을 바탕으로 문장들의 파장을 이루는 모습을 보여주는 동시에 각 단위들 사이에 핵심 기표들을 중심으로 증식과 변환이라는 연산의 관계가 있음을 형태화시켜 보여주고 있다. 이렇게 하여 형성된 연접과 이접의 결과물은 입자로서의 기표의 무한 증식으로 이루어진 기괴하고 복잡한 위상구조체에 해당하는바, 분석표에 나타나는 기표들과 문장들의 구성을 통해 이를 짐작할 수 있게 된다.

기표가 기의를 지향하는 대신 단지 기표로서 존재하며, 언어가 의미를 지시하는 것이 아니라 운동의 형태로 존재하는 것은, 시가 시인의 내적 에너지를 표출하는 것으로서 존재함을 말해준다. 즉 입자로서의 기표는 호흡의 주요 인자이고 문장은 호흡의 단위이며 이들 자체는 발화자의 생명의 근원이자 형태를 나타내는 것에 다름 아니다. 위 시에서 살펴볼 수 있듯 입자의 지속과 그것의 연산으로 이루어진 시의 위상구조체로서의 양상은 시가 의미를 중심으로 한 의식의 통합체로서 놓이는 것이 아니라 내적 동력을 중심으로 한 에너지의 형태를 현상시키는 것에 해당함을 말해준다. 특히 이러한 에너지의 형태화는 호흡과 그에 기탁하는 시인의 내적 충동 및 상상력에 의해 가능한 것이며 이들의 총체야말로 시인의 생명성에 근거한다. 말하자면 시인은 가장 내밀한 호흡을 통해 자신의 가장 기저에 놓인 생명의 근원에 가 닿고, 그 속에서 자신의 생명에너지를 현상시킴으로써 자신의 생명 에너지를 형태화시킬 수 있게 된다. 그것이야말로 위상구조체로서의 시에 해당하는 것이거니와, 이처럼 위상구조체가 된 시에서 확인할 수 있는 것은 시의 단일한 의미가 아니라 시인의 가장 근원적인 생명의 모습이다. 그리고 이러한 사실은 의미보다는 내적 동력을 통해 쓰여지는 오늘날의 현대시가 곧 위상학적 구조체에 다름 아니라는 것을 가리킨다.

시가 의미의 통합체가 아니라 시인의 생명에너지를 나타내는 것이라는 사실은 기능적 측면에서도 두 가지 시적 경향들 사이에 차이가 있음을 암시한다. 의미의 통합체로서의 시가 독자의 의식을 자극하는 것에 비해, 즉 그것이 정서에의 호소를 통해 독자의 의식의 변화를 유도하는 것에 비한다면 에너지의 형태로서 등장하는 시는 일반적인 시가 보이는 이러한 기능과는 전혀 다른 작용을 하게 될 것이라는 점이다. 내적 동력에 근거함으로써 시인의 생명성을 현상시키게 되는 현대시의 경우 그것은 일반적인 서정시가 그러한 것처럼 정서에의 울림을 일으키는 대신 독자의 내적 에너지에 직접 작용한다. 시인의 생명성을 직접적으로 드러내는 그것은 마찬가지로 독자의 생명 에너지와 직접적으로 관계한다는 것이다. 의미가 통하지 않아도 위와 같은 현대시를 접함에 따라 내적 에너지가 한층 상승되는 듯한 느낌을 받게 되는 것도 이와 관련된다. 그것은 의식적 차원 이전의 근원적인 에너지로서 소통되는 것이다. 이처럼 내부의 생명 에너지를 자극하는 현대시는 작용을 볼 때 그 양상이 정서적 경로이기보다는 생리적이고 물리적인 경로에 해당되는 것임을 알 수 있다.

이점은 시가 정서적 영향과 상관없이 생리적 작용을 가할 수 있다는 사실을 말해주고 있다. 시는 정서에 작용하지 않고서도 인체에 영향을 미칠 수 있는 것이다. 이러한 사실은 감정을 거치지 않고서도 바로 신체에 작용하는 음악치료의 일 경로를 상기시킨다. 음악에서와 마찬가지로 시 역시 의미를 통한 감정의 반응을 유도하지 않는다고 하여 그것이 시적 기능상 무가치하다는 것을 의미하지 않는다. 시에서 감정적 반응이 중요하지만 그것이 절대적인 것은 아니라는 것이다. 실제로 위 시에서 확인할 수 있었던 것처럼 현대시는 감정과는 별도의 기능을 행하고 있는바 그것은 내적 에너지를 포함함으로써 시가 인체 에너지장에 직접적으로 효과를 미친다는 점과 관련된다.

> 거북이가 사라졌어 거북이가 사라져서 나는 내 거북이를 찾아나섰지 거북아 내 거북아 그러니까 구지가도 안 불렀는데 거북이들이 졸라 빠르게 기어오고 있어 졸라 빠르게 기는 건 내 거북이 아냐 필시 저것들은 거북 껍질을 뒤집어쓴 토끼 일당일걸? 에고, 거북아 내 거북아 그러니까 내가 거북곱창 테이블에 앉아 질겅질겅 소창자를 씹고 있어 씹거나뱉거나 말거나 토끼들아, 너희들 내 거북이 본 적 있니? 거북이는 바닷속에 거북이는 어항 속에 아이 참, 창자 뱃속에 든 것처럼 빤한 얘기라면 토끼들아, 차라리 하품이나 씹지 그러니 거북아 내 거북아 그러니까 거북하니? 속도 모르고 토끼들은 활명수를 내미는데 내 거북은 정화조 속 비벼진 날개의 구더기요정 날마다 여치를 뜯어 먹고 입술이 푸릇푸릇한 내 거북은 전적으로 앵무새만의 킬러 내 거북은 바지를 먹어버린 엉덩이의 말랑말랑한 괄약근 내 거북은 질주! 질주밖에 모르는 저 미친 마알…… 오오, 예수의 잠자리에 사지가 찢긴 채 매달린 저 미친 말을 내 거북은 미친 듯이 사랑했다지 난생처음 사 랑 이라고 발음하면서 내 거북은 얼마나 울었을까 그러니 이제 그만 뚝! 하고 머리를 내밀어라 거북아 내 거북아 그러니까 왜 이래 왜 이래하면서 텔레비전에서 거북이 세 마리가 노래하고 있어 저렇게 노래 잘 하는 건 내 거북이 아냐 내 거북은 염산을

타 마시고 목구멍이 타버려서 점자처럼 안 들리는 노래를 부르지 내가 너를 네가 나를 껴안고 뒹굴어야 온몸에 새겨지는 바로 그 쓰라린 노래 자자, 이래도 안 나오면 네 머리를 구워먹을 테야 거북아 내 거북아 그러니까 삐친 자지처럼 내 거북이 머리를 쭉 내밀고 있어 선인장을 껴안고 선인장 가시에 눈 찔린 채 너 지금 머 하고 있니 언제나 선인장이 있어 선인장에서 죄를 묻고 마는 내 거북이, 불가사리처럼 내 안에 포복해 있는 붉은 네 그림자

김민정, 「거북 속의 내 거북이」 전문

위 시를 하나의 현상으로 보았을 때 위 시에서 얻을 수 있는 경험은 무엇일까? 언어로 쓰여진 것이므로 시로 분류되지만 위 시에서 구할 수 있는 시적 정서나 감각은 그다지 일반적이지 않은 것이다. 동화 속 토끼와 거북이 이야기를 모티프로 삼고 있다고 해서 서사 전개상 그것과 일말의 상상력의 유사성을 보이고 있다고 생각하면 오산이다. '거북이'를 통해 연상할 수 있는 '구지가'를 동원한다 해도 위 시를 이해하는 데 도움이 되는 것도 아니다. 새로움을 위한 새로움, 일탈을 위한 일탈을 시도하는 것이 아니라고 한다면 위 시가 보여주는 일 현상 속에서 독자가 취득할 수 있는 체험적 내용은 도대체 무엇일까.

이 모든 사항들이 아니라면 대신 위의 시에서 주목할 수 있는 것은 '거북이'를 중심으로 한 무방향적 연상과 무질서적 상상력이다. 위 시를 단위별로 분석해볼 때 역시 '거북이'라는 기표를 중심으로 한 무제한적이고 무차별적인 연산이 이루어지고 있음을 알 수 있다. ① 거북이가 사라졌어 ② 거북이가 사라져서 나는 내 거북이를 찾아나섰지 ③ 거북아 내 거북아 그러니까 구지가도 안 불렀는데 ④ 거북이들이 졸라 빠르게 기어오고 있어 ⑤ 졸라 빠르게 기는 건 내 거북이 아냐

⑥ 필시 저것들은 거북 껍질을 뒤집어쓴 토끼 일당일걸? 등에서 볼 수 있듯 '거북이'는 사건의 각 단위들에서 중심 기표가 되어 단위 별 무한 증식되고 동시에 무한 변환되고 있다. 각 단위를 통해 이루어지는 시인의 연상 작용 속에서 '거북이'는 소거되지 않는 핵심 기표로 존재한다. 이는 '거북이'로 기표화된 하나의 입자가 발화자의 내적 동력에 힘입어 그 정보가 사라지지 않는 채 지속되고 연장되어 있는 현상을 나타낸다. 내적 동력에 의해 에너지를 얻고 있는 입자는 운동력을 상실하지 않은 채 시간의 함수 속에서 양자 운동을 나타내게 된다. 그에 따라 입자는 문장을 통해 환기되는 파동으로 현상하고 나아가 단위와 단위 사이의 고유한 물결파를 이루며 그 속에서 조합과 연산을 통한 위상학적 함수를 취하게 된다. 무한 지속되는 멈추지 않는 입자가 이룩하는 연산은 망상조직이라 할 만한 복잡다기한 위상학적 공간을 구축하게 된다.

사정이 이러하므로 위 시에서 '거북이' 혹은 '토끼' 등의 언어를 통해 일정한 의미나 상징을 구하는 독법은 적절하지 않다. 단일한 서사나 이야기를 찾는 것도 무의미하기는 마찬가지다. 요컨대 위 시에서 언어는 기표를 통해 기의를 환기하게 되는 기호작용으로부터 무관한 채 존재한다는 것이다. 위 시의 기표는 그저 기표에 머물 뿐이며 그것은 발화를 통해 에너지를 얻게 되는 물리적 요소가 된다. 또한 그것이 발화자의 연상과 상상에 의해 증식과 변환의 과정 속에 놓이게 됨에 따라 그것은 위상공간 구축이라는 양자물리학적 현상의 한 가운데에 놓이게 된다. '거북이'라는 기표의 발화를 시작으로 발화자는 위 시와 같은 연산을 통한 위상학적 공간을 형성하게 되는 것이다. 이는 위 시가 그 자체로 일정한 물리적 힘이자 에너지장으로 존재하게 됨을 의미한다. 또한 이러한 과정 위에서 구축되어 있는 위 시는 독자에게 정서적 감동이나 변화를 주기 위해 있지 않다는 것을 알 수 있다. 그러나 그렇다고 해서 위 시와 같은 무의미의 시들이 독자들에게 무가치한 것도 무기능적인 것도 아니다. 위 시의 작용은 순전히 물리적 차원에서 이루어지는 것이다. 그것은 신체에 직접 작용하는 것이자 인체의 생리적 작용에 반응하는 것을 의미한다. 독자는 발화된 위 시에 노출됨으로써 기표를 기호로서가 아닌 입자로서, 문장의 각 단위들을 서사적 사건으로서가 아닌 파장이라는 물리적 사건으로 수용한다. 그리고 시의 이러한 요소들은 독자라는 특정한 인체 에너지장 속에서 새로운 파장을 형성하는 물리적 현상으로서 기능한다. 요컨대 발화되어 위상공간화된 위 시의 에너지장은 독자라는 에너지장과 충돌 또는 그 안에 흡수되어 변화된 에너지장을 구축하는 현상을 빚는다. 그런 점에서 위 시는 한 가지 사태이고 위 시와 독자의 만남은 일종의 사건이 된다.

한편 디지털 세대인 김민정 시인이 보여주는 에너지장의 성질은 대체로 숨 가쁘고 재빠르다. 그녀의 시의 호흡과 리듬은 '질주'의 속도에 어울릴 만한 그것이다. 위 시에서 '내 거북은 질주! 질주밖에 모르는 저 미친 마알……'이라는 외침이 의미심장하게 다가오는 것도 이 때문이다. '예수의 잠자리에 사지가 찢긴 채 매달린 저 미친 말을 내 거북은 미친 듯이 사랑했다지'는 위 시에 '미친 말'로써 구현되어 있는 속도가 어떤 의미를 지니고 있는지 짐작하게 한다. '거북이'가 '찢긴 채 매달린' '미친 말'을 '미친 듯이 사랑한' 것은, 짐작건대 그것이 예수와 같은 죽음의 상태를 넘어 예수처럼 부활을 꿈꾸는 것이기 때문일 터이다. '미친 말'은 전복이자 도전이고 반항이자 창조인 셈이다. 화자에게 이러한 꿈꾸기가 가능했던 것은 '미친 말'이 에너지이기 때문이다. 질주의 속도에 들린 '미친 말'은 특히 과잉된 에너지이다. 또한 그것은 죽음과 같은 고요를 찢어 생명의 활력을 일으키려는 거센 호흡이다. 위 시를 읽으며 독자가 느낄 수 있는 탈주감은 위 시가 구축하는 이 같은 속력에 찬 에너지장에 기인한다.

> 나에겐 고향이 없지 고향을 잃어버린 것도, 잊은 것도 아닌, 그냥 없을 뿐이야 그를 만난 건 내가 Time Seller Inc. 라는 회사에서 일할 때였지 그곳은 시간이 없는 자들에게 시간을 파는 일을 해 그것은 불법이지 그곳의 시간들은 대부분 훔친 것들이거든 나는 시간의 장물을 관리하는 일을 맡고 있었지 어느 날 그가 자신의 시간을 사줄 수 없겠냐고 문의를 해왔어 그는 오자마자 고향 이야기를 꺼냈어 그의 고향은 남쪽의 바닷가 마을이었는데 고향에서 지내던 어린 시절의 시간을 팔고 싶다고 했어 들어보니 사줄 가치도 없는 흔해빠진 시간을 들고 와선 아주 비싼 가격을 부르더군 그는 벨벳정장 차림에 고급 안경을 끼고 있었는데 먼 곳을 바라보는 사람처럼 눈동자가 깊었어 그냥 돌려보내려다가 그런 시간 한 개쯤 사두어도 괜찮을 것 같았지 혹시 팔리지 않는다면 내가 써볼 생각이었지 그래서 그의 시간을 헐값에 샀어 아무도 사가지 않은 그의 시간을 쓰겠다고 한 순간부터 이상한 일들이 벌어졌지 밤이면 잠을 이루지 못하고 신호등을 기다리다가도 깜박깜박 잠이 들었어 끝내는 눈을 뜨고 꿈을 꾸며 걷게 되었지 꿈꾸며 걷는 길가엔 은갈치떼가 몰려다니고 해초들이 발목을 감싸서 걸을 수가 없었지 나는 예전의 고향 없는 내가 그리워졌어 그때의 평화로움은 다시는 나를 찾아와주질 않았지 구입한 시간은 되팔 수 없었어 그것이 이 일의 룰이거든 그를 찾으면 꼭 보름의 달무리 진 풀밭으로 데려가야 해 그가 판 유년의 시간에서 가장 아름다운 곳. 그곳에서 부탁해.
>
> 유형진, 「피터래빗 저격사건－의뢰인」 전문

환상적이고 가상적인 이야기로 이루어진 위 시 역시 언어를 통해 현실적 차원에서의 의미를 구하는 것은 쉽지 않다. 위 시를 이끌어가는 것은 '시간을 팔겠다고 다가온 의뢰인'과 '시간을 훔쳐서 그것을 되파는 일을 하는 회사의 직원인 나' 사이의 거래에 관한 이야기이지만 그것은 현실에서는 존재하지 않는 가상적인 것인 까닭에 위 시의 내용은 현실적인 무게를 얻지 못한 채 부유하고 있다. 시간을 팔고 산다는 무게감 있는 이야기를 담고 있음에도, 또한 그것이 '불법'이라는 첨언을 통해 내용에 심각성을 부여하고자 한 의도에도 불구하고 위 시는 공중에 부상한 가벼운 풍선처럼 환상과 공상의 쾌감을 줄 뿐이다. 이는 시적 내용 전체가 현실과 다른 차원에 속한 가상의 이야기라는 점에 기인한다.

유형진이 보여주는 것과 같은 환상적인 이미지와 가상적인 이야기는 디지털 세대의 시인들의 시에서 매우 보편화되어 있다. 이들의 시에서 환상적 이미지들의 연상을 이루어내는 활달한 상상력을 만나는 일은 매우 유쾌하다. 디지털 세대가 보여주는 가상 세계는 매혹적이고 흥미진진하다. 그러한 요소들이 컴퓨터가 제공한 가상세계의 일상화에 의해 확산될 수 있었던 점 또한 흥미로운 사실이다. 그런데 가상세계가 비대해지고 그에 익숙해짐에 따라 현실이 본래의 무게를 상실하고 쉽게 조형과 조작이 가능해질 것이라는 점은 사태가 간단치만은 않다는 것을 암시한다. 가상세계는 인간에게 초월이 될 수도 있지만 위험을 낳기도 할 것이다. 가상세계의 가벼움이 주는 유쾌함이 단지 유쾌함일 수 없는 이유도 여기에 있다.

가상적인 이야기로 되어 있어 쾌적하고 가벼운 기분을 일으키는 위의 시에서 가장 현실적인 요소로 다가오는 것은 이야기를 이끌어가는 동력이 되고 있는 기표들의 연산과 조합의 측면이다. 그것은 주로 '고향'과 '시간'의 기표를 중심으로 이루어져 있음을 알 수 있다. 위의 시에서 이야기를 구성하는 두 축이 있다면 '고향'과 '시간'의 기표들이다. 위 시에서 이야기는 "① 나에겐 고향이 없지 ② 고향을 잃어버린 것도, 잊은 것도 아닌, 그냥 없을 뿐이야"의 '고향'의 기표 축과 "③ 그를 만난 건 내가 Time Seller Inc. 라는 회사에서 일할 때였지 ④ 그곳은 시간이 없는 자들에게 시간을 파는 일을 해 ⑤ 그것은 불법이지 그곳의 시간들은 대부분 훔친 것들이거든 ⑥ 나는 시간의 장물을 관리하는 일을 맡고 있었지 ⑦ 어느 날 그가 자신의 시간을 사줄 수 없겠냐고 문의를 해왔어"의 '시간'의 기표 축, 그리고 "⑧ 그는 오자마자 고향 이야기를 꺼냈어"의 '고향'의 기표 축이 서로 지그재그로 교차하면서 엮여지고 있다. 그리고 '고향'과 '시간'의 두 축의 기표는 급기야 "⑨ 그의 고향은 남쪽의 바닷가 마을이었는데 **고향**에서 지내던 어린 시절의 **시간**을 팔고 싶다고 했어"에 이르러 서로 만나고 있다.

여기에서 알 수 있듯이 '고향'과 '시간'의 기표는 이야기의 중심에 있을 뿐만 아니라 시인의 연상을 이끌어내는 기점이기도 하다. 이들 기표가 있음에 따라 서사적 사건이 발생하고 그것의 연장을 통해 전체적인 이야기를 이어가는 방식이 위 시에 놓여 있다. 말하자면 위 시를 이끌어가는 것은 전체적인 이야기라기보다 기표들에 의한 연상과 상상으로서, 시인은 전체적이고 통일적인 이야기 구도를 바탕으로 시를 써내려가기보다 중심 기표를 바탕으로 연산과 조합을 이루어가며 이야기를 이어가고 있다는 편에 가깝다.

사실상 이야기를 이끌어내는 데 있어서 이 두 가지 방식은 매우 다른 의미를 지닐 것이다. 전자가 통합된 의식에 의한 것이라면 후자는 즉자적인 무의식에 의한 것이다. 전자가 전체적인 구도 속에서 이루어지는 것이라면 후자는 즉흥적인 충동에 의한 것이다. 전자가 일정한 의미를 추구하는 것이라면 후자가 드러내는 것은 시에 흐르는 동력이다.

이런 점에서 위 시에서 대면하게 되는 것은 우선적으로 '고향'과 '시간'이라는 두 축의 기표의 운동에 의해 현상한 문장들의 배열들이다. 기표로서의 '고향'과 '시간'은 파장의 핵입자로 작용하면서 출렁이는 파장을 이끌어내고, 이들의 연쇄로 형성된 시의 기다란 끈은 시적 공간을 누비는 연속된 무늬를 만들어낸다. 이속에서 입자화된 기표의 동력이 일으킨 연산과 조합은 단위 문장들 간 연접과 이접의 과정이 되고, 이들은 또 다른 띠들과 만나 고유하고 기이한 위상구조체를 이루게 된다. 단위 문장들 간의 출렁이는 끈들 속에서 입자화된 기표는 소멸하지 않고 운동력을 발휘한 채 복잡다단한 망상조직으로서의 시를 그린다. 기표의 양자 운동에 의해 시는 하나의 위상구조체가 된다 할 수 있다. 입자화된 기표가 이루어낸 이와 같은 미세한 역학에 주목할 경우 기표들의 연쇄의 과정에서 경험하게 되는 이미지라든가 서사성은 부가적으로 얻게 되는 정보에 해당한다. 시를 이끌어가는 주된 동력을 고려할 때 결코 주(主)가 될 수 없는 그것들은, 그러나 기표의 역학이 이루어지는 과정에서 필연적으로 발생한 부차적 요소이기도 하다.

유형진의 위의 시에서 확인할 수 있는바 기표의 역학이라든지 이것의 진행 과정에서 발생하는 부가적 사태들은 전적으로 디지털적이다. 그것은 0과 1의 조합으로 이루어지는 디지털 세계가 입자들의 미세하고도 치밀한 역학에 의존하는 것이자 그 결과 현상하는 대표적인 정보가 문자와 이미지라는 점에 비추어볼 때 그러하다. 디지털 세계의 모든 정보는 0과 1의 조합과 연산에 의한 것이며, 여기에 속하는 정보들 가운데 문자와 이미지는 가장 초보적인 것이자 필연적인 것에 속한다. 컴퓨터를 통해 만나는 세계가 가상세계인 것은 그것이 현실의 정보를 디지털화한 데서 비롯한 것이며, 그럼에도 그것이 하나의 완전한 세계로 여겨지는 것은 그것이 제공하는 정보가 공감각적이기 때문이다. 이는 디지털 세계의 역학과 그로 인한 현상들을 말해주는 것으로서, 위의 시에서 살펴보았던 사태들과 그대로 일치하는 것이다. 그런 점에서 유형진의 시는 디지털적이라 단언할 수 있게 된다. 유형진의 시가 기표의 입자적 역학으로 비롯된 것이라는 점과 그 결과 환상적 이미지와 가상적 세계를 발현시켰다는 점에서 그러하다. 또한 이러한 양상들이 우선적으로 기표의 양자적 역학 속에서 발원하였다는 점에서 유형진의 시가 이미 위상학적 공간을 구축한 것에 해당한다는 사실을 말해준다.

지금까지 몇몇의 디지털세대의 시들을 살펴보았거니와 이들 시에서 공통적으로 확인할 수 있었던 것은 이들의 시를 이끌어가는 동력과 그 역학이었다. 무엇보다 이들 시를 이끌어가는 근원은 의미나 통일된 의식이 아니라 단지 기표였음을 알 수 있었던 것이다. 이들 시에서 기표는 입자로서 존재하면서 양자가 이끌어내는 운동의 양상들을 그대로 드러내고 있었다. 그것들은 지속되는 가운데 끊임없는 연산과 조합을 이루어내고 그것으로 인한 파장의 특수한 형태들과 그것들의 접속으로 이루어진 위상구조체를 만들고 있었다. 그들의 시가 생명력 그대로 다가올 수 있었던 것은 그들이 발화하는 기표 자체가 운동력을 지닌 입자였던 까닭이다. 그것은 기표가 기호작용과 다른 차원에서 존재하는 것임을 의미하는바, 발화자의 내부에서 토해진 것이므로 그러한 기표는 공허한 물질이라기보다 에너지로서 현상한다. 이에 따라 형성된 시는 그 자체로 기표와 그것의 역학으로 만들어진 고유하고 특수한 위상구조체에 해당한다.

시의 이와 같은 위상 구조체적 양상은 디지털 세대에 의해 쓰여지는 현대시의 특징이라 할 만하다. 컴퓨터 세대들에게 익숙한 디지털적 감각은 그들의 시쓰기를 이끌어가는 감각이 되었을 것이기에 그들의 시에는 이미 양자 효과가 내장되어 있다고 해도 틀리지 않다. 컴퓨터를 통해 양자 효과에 노출되고 디지털적 감각에 의해 시를 쓰는 디지털 세대에게 언어는 일반적인 기호작용과 전혀 다른 국면과 차원을 개시하게 된다. 그것은 언어가 의미를 환기시키는 기호이기 이전에 그 자체로 에너지가 되는 차원이다. 언어는 그 자체로 에너지이다. 그것은 발화자가 언어를 발화하는 순간에도 그러하며 발화된 언어를 소리로 수용하는 순간에도 그러하다. 발화자가 발화하는 순간 언어는 발화자의 내적 생명 에너지를 현현시키며 언어를 감각적 정보로서 받아들이는 순간에도 언어는 수용자의 내부 에너지장에 작용하는 에너지로서 기능하게 된다. 언어가 에너지라는 사실은 언어가 입자이자 파동의 성질을 지닌다는 사실을 의미한다. 입자와 파동의 성질을 동시에 지닌다는 점에서 그것은 양자로서 기능하며 양자가 취하는 역학을 따르게 된다. 언어가 더욱 실질에 가까운 양자의 역학을 따르게 되는 경우가 있다면 그것은 언어가 발화자의 생명의 근원에 다가가 있을 경우에 그러하다. 이러할 경우 언어의 에너지는 더욱 증폭된다.

디지털 세대의 시를 통해 위상시학의 물리적 작용을 말할 수 있는 것도 언어가 지닌 에너지적 성질에서 비롯한다. 또한 그러한 측면에서 위상시학에서 논하는 인체 치료의 관점을 제시할 수 있다. 자체 동력과 에너지를 지닌 채 양자역학을 현상시키고 있으므로 디지털 세대의 언어는 인체치료를 위한 매체로서 주목될 수 있다. 특히 젊은 세대의 시에 실현되어 있는 강한 비트 감각은 생명감을 강화시키는 주된 에너지로 기능한다. 이들의 시를 통해 강한 해방감과 탈주감을 경험하게 되는 것도 그것이 인체에 미치는 에너지적 요소 때문이다.[11]

언어 자체가 양자 에너지적 성질을 띠고, 그에 따른 시적 구성이 기승전결의 정연하고 논리적인 기하학적 구조체를 띠는 것이 아니라 입자들의 연산과 증식에 의한 위상학적 구조체를 띤다는 사실은 시와 인체 사이의 유사성을 상기시킨다. 시적 언어가 의미적 소통을 추구하는 기호이기 이전에 에너지적 교통을 가능케 하는 기표이자 입자라는 점, 그리고 그것이 양자 효과를 나타낸다는 점은 인체 내 에너지가 양자 에너지로서 작용하며 그에 따른 위상구조체를 이룬다고 한 사실과 직접적으로 대응한다. 즉 디지털 세대의 현대시와 고차원적 인체 사이엔 작용 원리상의 동일성이 있는 것이다. 이 둘 사이에는 작동의 근거가 되는 동력이라든가 운동 과정, 나아가 그에 따른 공간의 구조적 성격 등의 모든 측면에서 상동적인 성질이 놓여 있다. 시와 인체 사이의 이와 같은 유사성은 급기야 시와 인체 간의 위상구조체적 상동성, 즉 인체의 위상구조체와 시적 위상구조체 사이의 위상동형의 관계까지도 논할 수 있게 한다.

그렇다면 인체와의 유비성을 지니는 시적 위상구조체는 인체 내 에너지장에 어떠한 영향을 미치게 될까? 서로 구조적 상동성을 지니는

11 음악치료학자 무라이 야스지는 음악 가운데 격렬한 디지털 음악은 교감신경을 흥분시켜 꽉 막힌 억눌림을 경감시키거나 소실시키는 힘이 있다고 말한다. 상쾌함, 고음, 유쾌함을 특징으로 하는 디지털 음악은 만성 스트레스 상태에 좋은 치료 기능을 발휘한다는 것이다. 무라이 야스지, 앞의 책, p.80.

까닭에 현대시의 양상 못지않게 기괴하고 복잡하기 그지없는 인체 내 위상구조체에 시적 위상구조체는 어떤 작용을 할까 하는 것이다. 언어가 인지적 도구이기에 앞서 양자적 에너지로서 기능한다는 점에서 현대시는 독자에게 인지의 대상이 되는 것이 아니라 에너지원이 된다. 시인의 근원적 생명성에 기반하여 발화되는 현대시는 독자에게 수용되어 독자의 인체 에너지장에 반응을 하는 요소로서 작용하게 된다. 특히 현대시의 언어가 빠른 호흡과 강한 비트적 리듬을 바탕으로 쓰여진다는 사실은 그것의 에너지가 강렬하고 역동적일 것이라는 점을 짐작하게 한다. 현대시가 지닌 이러한 특징들은 분명 독자의 에너지장에 작용하여 독자의 에너지를 상승시키는 데 기여할 것으로 보인다.

그러나 현대시의 강하고 충동적인 에너지는 다른 한 편으로 그것이 순화되었다거나 고양된 것이라기보다 즉자적이고 자연발생적이라는 함의를 지닌다. 발화자의 내적 충동에서 비롯되어 생명에너지를 함축하는 것이지만 바로 그 이유 때문에 그것은 직접적이고 생경한 것일 수 있다. 그것은 정제되거나 다듬어지지 않은 날것의 감각을 담아내는 것이고 디지털 세대다운 과격하고 강렬한 성격 또한 드러내는 것이다. 말하자면 강한 비트의 동력과 난수표와 같은 위상구조가 발휘하는 것은, 발화자의 인체 에너지의 형태를 그대로 반영하는 발화자의 그것과 동질적인 것들이다.

이는 디지털 세대의 현대시에 의한 인체 치료적 효과가 일정 정도 한계를 지닌다는 것을 의미한다. 보다 고양된 차원에서의 조화와 균형, 질서와 안정이라는 위상시학의 치료 개념의 측면에서 그것은 제한적인 의미를 지닌다. 그것은 해방감과 탈주감을 부여할 수 있는 반면 복잡한 망상조직으로서의 인체 구조를 복제하고 재생산할 수 있다는 여지를 남기게 된다. 해방감과 탈주감은 순간적인 쾌감을 제공하지만 궁극적인 인체의 균형 및 안정과는 다른 차원의 문제다. 음악치료학이 음악에 의한 정신 치료에서 동질적 요법을 선행한 후 이질적 요법이 이루어져야 한다고 말한 것도 이러한 사정에 기인한다. 따라서 위상시학의 측면에서 디지털 세대의 현대시를 통해 물리적 치료의 동종 요법을 시행할 수 있었다면 이후 위상시학은 이종 요법을 통해 인체 위상구조의 조화와 질서, 나아가 인체 에너지장의 고양을 추구하는 데로 나아가야 한다.

4) 물리적 치료의 이질 요법

위상시학에서의 물리적 요법은 시가 정서적 반응을 유도하는 대신 그 자체로 물리적 에너지로서 기능하게 됨에 따라 제시되는 치료 경로에 해당한다. 대개 전통적 서정시와 해체적 현대시의 구별로서 나타나는 그러한 차이는 본질적으로 언어가 지닌 기능상의 구별에서 비롯된다. 서정시의 언어가 기호로서의 성질을 지닌다면 현대시의 언어는 기의를 배제한 기표적 측면을 지닌다. 기의를 지향하기보다 순전히 기표로서 작동하는 언어는 언어가 물리적 입자에 다름 아니라는 관점을 나타내고 있다. 그러한 입자로서의 언어가 입자와 파동의 양가성을 지닌 양자적 에너지로 기능할 때 그것은 독자의 정서를 자극하는 대신 인체에 직접적으로 작용하게 된다. 발화자의 호흡에 실려 발화된 그것은 음성 정보인 소리의 형태로써 에너지화되어 독자의 에너지장을 자극한다. 현대시의 언어가 지닌 에너지적 요소는 인체에 생리적 반응을 일으키고 궁극적으로 인체의 위상구조에 변화를 일으키게 된다. 이때 언어가 정서적 반응을 거치지 않은 채 물리적 에너지로서 인체에 직접 작용함에 따라 그것은 시가 인체에 미치는 정서적 경로가 아닌 물리적 경로라 일컬을 수 있다. 또한 디지털 세대의 현대시에서처럼 시가 형성하는 에너지 형태가 무질서한 망상조직을 띨 경우 그것이 인체의 자연 발생적인 에너지 형태와 구조상 일치한다는 점에서 이를 통한 접근을 물리적 치료 중에서도 동질 요법이라 명명할 만하다.

현대시에서 보이는 무차별적이고 무질서한 위상구조체적 성격에 대비해 볼 때 위상시학에서 이종 요법을 가능하게 하는 시는 어떤 것을 가리킬까? 물리적 치료에 있어서의 이러한 관계는 앞서 정서적 치료에 있어서의 동질 요법과 이질 요법에 대응한다고 할 수 있거니와, 정서적 측면에서의 동질 요법이 자아에게 문제되는 감정을 직접적으로 다룸으로써 치료에 기여하는 것이라면 이질 요법은 이질적 치료매체를 통해 치료대상자의 정서적 균형과 조화를 유도하여 보다 고양된 상태에 이르도록 하는 역할을 하게 된다. 이러한 관점에서 볼 때 물리적 치료에서의 이질 요법은, 인체와 위상동형체를 이루는 해체적 현대시의 경우와 달리, 보다 균형잡힌 시적 형태를 통해 수용자의 인체 위상구조를 보다 완전하고 궁극적인 조화와 안정의 상태로 이끌어 주는 것과 관련된다. 즉 물리적 치료의 이질 요법은 수용자의 기괴하게 일그러진 위상구조체와는 다른 구조적 매체를 통해 그의 복잡하게 얼크러져 있는 위상구조체를 변화시키고 질서화시킬 수 있는 치료 경로에 해당한다. 이점에서 이질 요법에서 요구되는 시적 양태는 인체의 무질서하고 일그러진 위상구조체와 다른, 보다 안정되고 균형잡힌 성질의 그것이 되어야 한다.

이와 관련된 시적 모델을 위상시학에서는 김춘수의 무의미시 이론을 통해 찾고자 한다. 김춘수는 초기의 존재론적 언어관으로부터 후

기의 무의미시론으로의 변모를 시도하였는데, 무의미시론 내에서도 초반의 서술적 이미지를 시도하였던 데에서 후반의 노래의 시로 변모해 나아갔음을 알 수 있다. 이 과정에서 김춘수는 언어의 순수성을 구하고자 하였던바, 이때 그가 가장 순수한 언어라고 여겼던 것은 의미가 제거되고 이미지마저도 소거된 자리에서 남는 리듬과 파동의 언어였다. 그에게 무의미시론의 초반에 제시하였던 서술적 이미지는 궁극적인 목표가 아닌 의미를 제거하기 위한 일 과정에 해당하였으며, 정작 중요한 것은 서술적 이미지를 제시하는 중에 나타나는 음색과 리듬이었다. 그는 이러한 음색과 리듬이야말로 의미를 초월한 상태에서 발휘되는 힘이자 행동이 된다고 말하였다.[12]

관념과 의미가 제거된 리듬과 파동이라는 절대적 순수성을 구하기 위해 김춘수는 음절을 해체하고 음운의 상태에 이르는 실험을 하게 되는데,[13] 이는 훈민정음을 창제할 당시 세종대왕이 음운을 소리의 성질에 입각하여 정립했던 상황을 떠오르게 한다. 김춘수가 음절 해체를 거쳐 음운의 차원으로 나아간 것은 세종대왕이 한글을 가리켜 정음(正音)이라 한 데서 알 수 있듯 한글의 본질을 소리 에너지로 규정하였던 의도와 일맥상통하는 것으로 보이기 때문이다. 실제로 훈민정음이 당시의 지배철학이었던 음양오행의 원리에 따라 창제된 것이며, 자음의 분류체계인 아설순치후(牙舌脣齒喉)음이 각각 오행의 성질에 대응되는 음운이었음을 고려할 때, 김춘수가 보여준 음절 해체의 시도

12 김춘수가 무의미시론을 통해 서술적 이미지의 단계에서 리듬과 파동의 언어의 단계로 나아가는 과정에 대해서는 김윤정, 앞의 글, 2015.12, pp.683-708 ; 김윤정, 앞의 글, 2017.12, pp.177-206 참조.

13 "ㅎㅏㄴㅡㄹㅅㅜㅂㅏㄱㅡㄴ한여름이다ㅂㅏㅂㅗㅑ / 올리브열매는 내년 ㄱㅏㅡㄹㅣ ㄷㅏㅂㅏㅂㅗㅑ"(김춘수, 「처용단장: 3부 메아리 39장」 부분).

는 언어가 의미를 환기하는 기호이기 이전에 소리로서 구현되는 물질적 에너지에 해당하는 것임을 시사하는 것이라 할 수 있다.

김춘수의 언어에 관한 이러한 관점은 시적 언어가 일차적으로 물리적 요소이자 생리적 작용을 일으키는 실체임을 보여주는 것이다. 그것은 언어의 기호로서의 측면이 아닌 물질로서의 측면에 주목하는 것으로서, 특히 언어의 음성정보로서의 청각적 성질에 준거한 언어관이다. 이에 의하면 언어는 소리로서 발음될 때 그 본질을 구현하게 된다. 소리에 의해 구현되는 언어야말로 일차적인 것이자 가장 원시적인 것이며 김춘수의 표현대로 순수한 것이자 행동이 되는 언어라 할 수 있다. 또한 이처럼 언어의 소리의 측면에 주목할 때 그것은 김춘수가 추구한 리듬과 파동의 언어적 차원과 직접적으로 만날 수 있게 된다. 소리야말로 파동 에너지의 단적인 형태라는 점에서 그러하다.

김춘수가 가장 순수한 언어로 리듬과 파동을 언급하면서 제시하였던 시는 흔히 해체시와의 관련성에서 언급되는 서술적 이미지 시[14]와는 다른 형태의 그것이다. 그것은 「타령조」 연작시 및 그 이후의 시집들에서 보이는 특수하게 구조화된 시들로서 주로 일정한 어구 및 어미의 반복적 활용에 의해 이루어진 것들이다. 김춘수가 무의미시론의 초반에 언급했던 서술적 이미지들은 이 시기의 시들 속에서 단지 일정한 부분으로 자리하고 있을 뿐 전체적인 틀에서 볼 때 두드러지는 것은 독특하게 구조화된 '노래'[15] 형식의 시들임을 알 수 있다.[16]

---

14 최라영, 『김춘수 무의미시 연구』, 새미, 2004.

15 김춘수가 이 시기 보여준 무의미시의 구조를 '노래'의 관점에서 본 연구로 김윤정, 앞의 글, 2016.8, pp.279-280 참조.

16 이 시점에 김춘수는 "장타령(場打令)이 가진 넋두리와 리듬을 현대 한국의 상황하에서 재생시켜 보고 싶었다"(『타령조 · 기타』 후기)고 말하면서 『꽃의 소묘』(1977)에서의 「타령조」 연작시 외에 『남천』(1977), 『비에 젖은 달』(1980) 등의 시집에서 질서화된

지귀야,
네 살과 피는 삭발을 하고
가야산 해인사에 가서
독경이나 하지.
환장한 너는
종로 네거리에 가서
남녀노소의 구둣발에 차이기나 하지.
금팔찌 한 개를 벗어주고
선덕여왕께서 도리천의 여왕이 되신 뒤에
지귀야,
네 살과 피는 삭발을 하고
가야산 해인사에 가서
독경이나 하지.
환장한 너는
종로 네거리에 가서
남녀노소의 구둣발에 차이기나 하지.
때마침 내리는
밤과 비에 젖기나 하지.
네 살과 피는 또 한번 삭발을 하고
지귀야.

김춘수, 「타령조 · 3」 전문

위의 시도 그러하지만 「타령조」 연작시들[17]은 일반적인 시의 의미 구조 및 형태와 매우 다르다. 그것들은 단일한 의미를 중심으로 내용

노래의 구조의 시를 보이고 있다.

17 김춘수는 「타령조」 연작시를 50여 편 지었다고 말하였으나 시집에 발표한 것은 13편 정도에 불과하다. 그러나 「타령조」 이외에도 일정어구의 반복과 변형으로 이루어진 노래의 형태는 이후 김춘수의 대부분의 시에서 발견된다.

상의 통일을 이루고 있는 대신 일정한 어구를 바탕으로 한 반복과 변형으로 시를 이끌어나가고 있는 것이다. 뿐만 아니라 시의 전체적인 골격이 되는 일정한 어구는 물론이고 이를 제외한 부분에서도 어미를 반복적으로 구사함으로써 음악적 리듬을 강화시키고 있다. 이때 반복되는 어구나 어미는 의미를 위해 제시되는 것이라기보다 소리의 차원에서 제시되는 것으로서, 이들 시는 특정한 정서나 의미를 환기시키려는 의도에서 벗어나 있다. 시는 철저하고도 일관되게 소리의 리듬과 음악성에 주의하고 있다 할 수 있다.

위 시에서는 반복과 변형의 중심이 되는 어구가 상당히 길어서 마치 노래의 한 소절이 반복적으로 이어진 것처럼 여겨질 정도이다. “지귀야, / 네 살과 피는 삭발을 하고 / 가야산 해인사에 가서 / 독경이나 하지. / 환장한 너는 / 종로 네거리에 가서 / 남녀노소의 구둣발에 차이기나 하지”의 구절이 10행에서 다시 반복되는 대목이 그것이다. 또한 19, 20행에서 “네 살과 피는 또 한번 삭발을 하고 / 지귀야”에서처럼 “지귀야, / 네 살과 피는 삭발을 하고”와 서로 선후를 달리하여 변형 반복되는 현상은 위 시가 전체적으로 「타령조」 연작시에서 나타나는 형태와 다르지 않음을 말해준다. 「타령조」 연작시는 일정한 어구의 반복과 변형을 통해 전체적으로 일정한 형태를 유지하고 있는바, 이를 통해 「타령조」 연작시가 노래의 구조를 띠고 있다고 말할 수 있다.

김춘수가 「타령조」 연작시를 통해 이와 같은 형태를 유지한 것은 그가 이 시기 시의 리듬에 얼마나 주의를 기울였는지 말해준다. 더욱이 서술적 이미지를 포함하되 시에서의 의미를 소거하고자 하였던 시도는 김춘수가 시의 리듬의 요소에 어떠한 지위를 부여하고자 하였는지 짐작하게 한다. 이 시기 소위 ‘무의미시’를 통해 김춘수가 보여주었던 열정적인 실험은 언어에 있어서 본질적인 차원이 무엇인가를 입증하고자 한 것이었다. 언어의 본질은 의미 이전의 소리이자 기호 이전의 물질이라는 것이다. 의미를 지시하는 추상적 기호가 아니라는 점에서 그러한 언어는 퇴행적인 것일 테지만 그러한 까닭에 순수한 것에 속한다. 김춘수가 언어의 가장 근원적인 차원에 속하는 것으로 본 '파동'이 현상하는 것도 언어의 이러한 차원에서다. 김춘수는 '파동'만 남은 언어야말로 가장 궁극의 것이며 세계의 본질에 다가간 것이라고 보았다. 또한 이것이야말로 불립문자와 같은 선(禪)의 언어이자 신에 다가갈 수 있는 초월의 언어라고 말하였다. 김춘수가 '주문(呪文)으로서의 언어'[18]에 주목하게 되는 것도 이와 같은 맥락에서다. 김춘수는 의미와 기호를 떠나 순수히 파동에 의거하여 이루어진 이같은 언어야말로 구원의 언어에 해당한다고 여겼다.[19]

이러한 관점에서 김춘수는 실제로 주문의 언어를 만들고자 시도한다. 이때의 그는 그가 초기 무의미시에서 보여주었던 서술적 이미지마저도 버리고 오로지 리듬만으로 되어 있는 시를 구현하고자 하였다. 「하늘수박」[20]을 대표작으로 하여 『남천』에 수록되어 있는 시들이 이에 속하거니와, 이들 시들은 극히 단조로우면서 시의 대부분이 일정한 어휘의 반복으로 이루어져 있다는 것을 알 수 있다.

> 메콩강은 흘러서 바다로 가나,
> 메콩강은 흘러서 바다로 가나,

---

18 김춘수, 「대상의 붕괴」, 『김춘수시론전집2』, 현대문학, 2004, p.551.

19 김윤정, 앞의 글, 2015.12, pp.701-703.

20 "바보야, 우찌 살꼬 / 바보야, / 하늘수박은 올리브빛이다 바보야, / 바람이 자는가 자는가 하더니 / 눈이 내린다 바보야, / 우찌 살꼬 바보야, / 하늘수박은 한여름이다 바보야, / 올리브 열매는 내년가을이다 바보야, / 우찌 살고 바보야, / 이 바보야,".

부산 제1부두에서
귀뚜라미 한 마리가 울고 있다.
가을이 오면 어디로 가나,
가을이 오면 어디로 가나,
여름을 먼저 울자, 여름을 먼저 울자.

김춘수, 「잠자는 처용」 전문

여황산아 여황산아, 네가 대낮에
낮달을 안고 누웠구나.
머리칼 다 빠지고
눈도 귀도 먹었구나.
충무시 동호동
배꽃이 새로 피는데
여황산아 여황산아, 네가 대낮에
낮달을 안고 누웠구나.
바래지고 사그라지고, 낮달은
네 품에서 오래오래 살았구나.

김춘수, 「낮달」 전문

모두 시집 『남천』(1977)에 수록되어 있는 위 시들은 공통적으로 같은 어구가 맹목적이다시피 반복되고 있다는 특징을 보이고 있다. 「잠자는 처용」의 '메콩강은 흘러서 바다로 가나', '가을이 오면 어디로 가나', '여름을 먼저 울자'와 「낮달」의 '여황산아', '네가 대낮에 낮달을 안고 누웠구나' 등이 그것이다. 위 시들에서 이들 어구의 반복은 시의 중심적 요소를 차지하고 있으며, 시의 그 밖의 요소들 역시 의미보다는 소리의 측면에서 제시되고 있음을 알 수 있다. 특히 「낮달」의 '누웠구나', '먹었구나', '누웠구나', '살았구나' 등의 어휘들은 동일한 어미를 중심으로 반복되고 있어 이점을 지지하고 있다.

위의 시들은 「타령조」 연작시에서 볼 수 있었던 노래 형태의 시들보다도 더욱 압축되고 단조로운 형태로서, 동일한 어구가 어떠한 확대도 발전도 없이 무한 반복되는 듯한 양상을 띠고 있다. 어떤 의미를 추구한다거나 이미지를 연상하는 것조차 지향하지 않은 채 단순히 반복을 목적으로 하고 있는 듯한 위의 시들은 이 시기 김춘수가 의도하였던 '주문으로서의 시'에 해당한다고 할 것이다. 그것은 '나무아미타불 관세음보살'이나 '옴 마니 반메훔', '엘리엘리라마사박다니' 등 실제 종교에서의 주문(呪文)처럼 특정 어구를 연속하여 반복하는 형태로 이루어져 있는 것이다.

본래 종교에서 제시하는 주문은 그것을 외움으로써 초월적이고 신비로운 힘을 경험할 수 있다는 믿음을 바탕으로 하고 있다. 종교에서는 주문을 암송함으로써 뜻하는 바를 성취하거나 주술적인 목적을 달성할 수 있다고 여겼다. 이때 주문에서의 뜻은 오히려 부차적으로 여겨졌을 정도로 무엇보다도 구술을 통해 효력을 얻고자 한 듯하다. 초월적인 힘에 기대어 행사되었던 것이 주문인 만큼 주문은 원시종교 시대로부터 인간과 신을 이어주는 매개체로 간주되었다.

이러한 주문의 의미를 상기할 때 시의 최종적 언어로서 리듬과 파동을 언급하였던 김춘수가 '주문으로서의 시'를 통해 추구한 것이 무엇이었던가에 관해 고찰하게 된다. 언어로부터 의미를 소거하고 노래의 시를 만들었으며 나아가 신과 조우할 수 있는 '주문으로서의 시'를 주장하였던 것은 시에서 인간적이고 세속적인 것을 배제함으로써 언어의 순수성을 회복하고 이를 통해 초월과 구원에 다다르고자 하였던 김춘수의 의도를 반영한다. 김춘수에게 언어의 순수성은 의미나 관념 등에 의해 이루어지는 것이 아니라 언어의 가장 근원적 차원인 파동의 차원에서 비로소 가능했던 것으로, 엄밀히 말해 그것은 소리라는 물질에 의해 구현되는 것이었다. 김춘수의 경우 파동으로서의 물질성에 의해 성립하는 '주문으로서의 시'는 인간의 현재적 상태를 극복하고 보다 나은 상태로 초월하게 하는 계기에 해당하였다.

김춘수가 무의미시를 자신의 내면의 혼돈을 극복하는 과정에서 제기[21]한 것인 까닭에 그에게 '초월'은 내적 혼란으로부터 탈피하여 안정과 평온을 구하는 것이었으리라 짐작할 수 있다. 그는 언어의 관념적이고 추상적인 기능과 분리되어 원시적이고 퇴영적인 상태로 하강할 때 이를 얻을 수 있다고 여겼던바, 이때 제시된 노래라든가 주문으로서의 시는 의미를 탈각한 것이자 회귀와 반복을 특징으로 한다는 점에서 그 자체로 안정과 평온의 상태에 귀결되는 것이었다.

김춘수가 제시하였듯 내적 혼돈을 다스리고 안정과 평온에 이르게 하는 방법이었던 노래와 주문의 시는 특히 그것이 리듬과 파동의 언어로 현상하였기 때문에 위상시학의 주목을 끌 만하다. 특정 에너지를 통해 인체의 에너지장을 치유하는 것을 의도하는 위상시학에서 볼 때 김춘수가 제기한 파동을 통한 노래와 주문의 시는 시적 언어가 인체에 미치는 물리적 측면과 관련하여 시사하는 바가 크다. 사실상 에너지로서 작용하는 파동으로서의 시는 그것들이 의미를 소거하고 있다는 점에서 언어의 소리의 측면과 직접적으로 관계되어 있으면서 자아를 안정과 평온의 상태로 이끈다는 점에서 고차원적 에너지를 띠고 있는 언어라

21 김춘수에게 언어의 의미는 폭력과 이데올로기에 의해 가중된 것이므로, 역사적 폭력에 의한 트라우마를 안고 있던 그에게 언어의 의미로부터의 도피는 폭력으로부터의 탈출이자 자기 회복의 방편에 속하였다. 김윤정, 앞의 글, 2015.12, p.693.

할 수 있다. 이러한 시적 언어가 초월의 매개가 된다는 것은 그것을 통해 현재적 심신(心身)의 조건을 넘어서서 보다 향상된 상태에 이를 수 있음을 말해준다. 특정한 파동으로 현상하는 특수한 시적 언어는 인간의 에너지장에 작용하여 그것을 보다 고양된 상태로 이끌어 갈 수 있다는 것이다.

여기에서 인체의 현재성을 극복한 고양된 에너지장이란 인체의 조건상 판별될 수 있는 것으로서, 이는 위상시학에서 문제로 삼는바 병적 인체의 상태를 회복하고 보다 조화롭고 균형잡힌 에너지장으로 개선되는 것을 의미한다. 그것은 혼돈에 찬 인간의 신체와 이질적이면서 무질서한 인간의 신체에 작용하여 긍정적인 영향과 효과를 미친다는 것이며, 나아가 인체의 위상학적 구조를 변형시킨다는 것을 가리킨다. 혼돈의 인체와 다른 성질로써 혼돈의 인체를 변화시킬 수 있다는 점에서 김춘수가 제시한 파동으로서의 고차원적 에너지는 위상시학에서의 물리적 치료의 이종 요법과 관련된 매개체로서 규정될 수 있다. 김춘수가 제시하였던 특수한 파동의 시적 언어는 스스로 자신의 혼돈을 극복하기 위해 치열한 모색을 하는 과정에서 도출된 것인 만큼 자연발생적인 것이라기보다 초월적이고 고양된 것이거니와, 이를 통해 인체의 회복을 의도하는 위상시학의 또 다른 경로인 물리적 치료의 이질 요법의 방법을 구할 수 있다 하겠다.

그렇다면 김춘수가 제시한 노래와 주문의 시가 구현하는 파동은 어떤 성격을 지니는 것이기에 자아의 심신을 안정과 평온으로 이끌어 결과적으로 인체 에너지장을 정상화시키고 고양시킬 수 있다는 것일까? 김춘수가 제시한 노래와 주문으로서의 조건이 과연 물리적 차원에서 실질적인 효과를 나타내는 것일까? 김춘수가 추구하고 실험한 언어는 단지 김춘수의 주관적 관념이 도출한 철학에 불과한 것인가 혹은 파동 에너지의 측면에서 실질적으로 인체의 에너지장의 개선에 도움을 줄 수 있는 물리적인 에너지를 지니고 있는가 하는 것이다. 이를 확인하기 일차적으로는 김춘수가 제기하였던 노래 및 주문으로서의 시를 구송함으로써 그것이 마음의 평온에 기여하는지 판단함은 물론 그것의 파동의 성질이 실제 인체에 유효한 파동에 비추어 그와 유사한 것인지 판별해 보아야 할 것이다. 김춘수가 실험한 노래와 주문의 시는 단지 실험적이라는 점에서 주목을 끄는 것인가 아니면 그가 의도하였던 대로 실제로 마음의 안녕과 평온을 유도하는 것인가.[22]

그의 시를 구송할 때에는 그가 의도했던 대로 노래 혹은 주문의 형태로서 체험해보는 일이 요구된다. 즉 김춘수가 추구한 「타령조」 창작의 의도에 맞추어 시가 '장타령'이 되게끔 읊조리는 경험을 해보아야 하며 '주문으로서의 시'에 대해서도 수도인들이 그러하듯이 눈을 감고 암송을 해보는 과정을 거쳐야 한다. 이러한 조건 속에서 시를 수용할 때 김춘수의 의도에 부합하는 시적 체험에 이를 수 있으며 그것의 실제적 효과를 판별할 수 있게 될 것이다.

물론 이러한 수행들이 개개인들에게 어떤 효과로서 나타날 것인지에 대해서는 객관적인 자료를 확보하기 힘들다. 그러나 분명한 것은 이들

---

22 지금까지 이에 대한 과학적 검증은 이루어진 바가 없다. 이제껏 이것은 단지 철학의 차원에서만 다루어져 왔을 뿐 김춘수의 관점과 의도에 따른 물리적 진단을 내린 적은 없었다. 김춘수 역시 『타령조 · 기타』에서 그가 무의미시에서 펼친 10년간의 실험을 가리키면서 "(「타령조」를 통해-인용자 주) 장타령(場打令)이 가진 넋두리와 리듬을 현대 한국의 상황하에서 재생시켜 보고 싶었다. 이러한 처음의 의도와는 달리 결과적으로는 하나의 기교적 실험이 되어 버린 듯하다"(김춘수, 『타령조 · 기타』 후기, 앞의 책, p.253)라고 말하고 있는 것처럼 그것은 그의 관념과 철학에 의한 실험 정도로 인식되었던 것이다.

시가 구현하고 있는 언어적 요소만으로도 효과를 입증할 수 있는 근거는 구할 수 있다는 점이다. 그것은 우리 언어의 탄생 자체가 소리에 의한 에너지로서의 관점에서 성립되었다는 점을 떠올리더라도 알 수 있는 사실이다. 훈민정음에서의 자음이 발음 기관의 특성 및 소리의 성질에 입각하여 창조된 점이나 모음이 천지인 우주 간의 화합의 관점에서 도출되었던 점은 우리의 언어가 우연적이거나 무분별한 것이 아니라 파동 에너지로서의 성격과 의미를 지니는 것임을 말해준다. 음운으로 이루어진 언어를 발화하는 순간 소리에 의한 파동 에너지가 형성되어 그것이 인체의 에너지장에 즉각적인 영향을 미치게 될 것이라 말할 수 있는 것도 이 때문이다. 이는 언어를 소리내어 발음함으로써 뇌기능 향상에 도움을 받을 수 있다는 이치로도 설명할 수 있는 것으로,[23] 소리에 의한 뇌기능 향상이 일어날 때 그것은 뇌에만 효과가 한정되는 것이 아니라 인체 전체에 그 결과가 미치게 된다. 언어의 성질이 이와 같다면 이러한 전제 하에 김춘수가 말하였던 노래와 주문으로서의 시는 소리적 성질만으로도 인체에 효과를 나타낸다고 볼 수 있다. 게다가 노래와 주문 형태로 된 회귀적이고 반복적인 소리의 구조는 인체에 강력하게 작용하는 파동 에너지로서 기능하게 될 것이다.

이외에 김춘수의 실험적인 시의 실질적 효능에 대한 근거를 확인하기 위해 김춘수 시의 파동의 성질을 진단해 볼 수 있다. 그것이 파동

23 시노하라 요시토시에 의하면 문자는 발화를 할 때는 물론이지만 묵독을 할 때에도 뇌에 영향을 미친다. 문자는 그것이 시각적으로 읽힌다 해도 뇌의 중추에서 청각적 정보로 바뀌어서 수용된다는 것이다(시노하라 요시토시, 『청각뇌』, 중앙생활사, 2006, p.133). 이는 언어 자체가 지닌 파동에너지의 성격을 보다 분명히 해주는 동시에 시적 언어의 기능에 대해서도 짐작하게 한다. 문자를 통해 혹은 시적 언어를 통해 파동으로서의 청각적 자극에 노출됨으로써 뇌는 기능적으로 향상될 수 있는 기회를 얻게 된다. 독서를 통해 지능이 좋아진다거나 학자들의 평균수명이 긴 사례는 문자의 청각적 정보가 뇌와 인체에 미치는 영향력이 어떠한 것인지 짐작하게 한다.

에너지로서의 성질을 지니고 있는 것이라면 김춘수의 노래 혹은 주문의 시들이 실제로 나타내는 파동의 형태는 어떠한가 하는 것이다. 그것은 김춘수의 의도대로 자아를 안정과 평온과 초월에로 이끌 수 있는 요인을 내포하고 있는 것인가? 이에 따라 오실로스코프라는 파형 측정기를 사용하여 김춘수의 시들의 파동의 형태를 확인할 수 있다. 오실로스코프는 최근 모바일 앱으로도 출시되어 있으므로 소리의 파형을 측정하는 데 활용할 수 있다. 오실로스코프는 파동으로서의 소리를 수용하고 그것의 청각적 정보를 바탕으로 파형을 나타내게 되어 있다. 이러한 오실로스코프를 이용해 김춘수의 노래 및 주문으로서의 시의 파동을 측정할 수 있다.

먼저 위에서 인용한 김춘수의 「타령조 · 3」을 비롯하여 이 시기 쓰여진 노래 구조의 시들의 파형을 측정해볼 경우 전반적으로 안정적인 물결파가 나타나는 것을 확인할 수 있다. 그것은 대체로 부드럽고 완만하게 이어지는 파형을 드러낸다. 다만 김춘수의 시에서도 발음되는 음운에 따라 부드러움의 정도가 다를 수 있어서 'ㅅ', 'ㅈ', 'ㅊ'과 같은 자음의 경우 'ㄹ', 'ㅁ', 'ㄴ' 등의 음에 비교해 볼 때 부분적으로 날카롭고 거센 파동이 인다는 것을 알 수 있다. 오행의 관점에서 볼 때 치음(齒音)인 'ㅅ', 'ㅈ', 'ㅊ'은 금(金)의 기운에 해당하는 음운으로서, 그것은 화(火)의 기운에 속하는 설음 'ㄴ', 'ㄷ'이라든가 토(土)기운에 속하는 순음 'ㅁ', 'ㅂ', 수(水)의 기운에 속하는 후음 'ㅎ', 'ㅇ' 등이 보이는 부드럽고 매끄러운 파동에 비해 훨씬 거칠고 격한 파장으로 나타난다. 반면 'ㄹ'과 같은 유음은 매우 부드럽고 완만한 파동이 일어난다. 또한 모음 중에서도 가장 부드럽고 완만한 파동을 보이는 모음은 'ㅜ'음과 'ㅗ'음으로 이들의 경우 확연하게 크고 부드러운 사인파(sin)가 나타난다. 이러한 각기 음운들의 차이에 따라 파동의 날카로움이나 부드러움 등의 차이가 나긴 하지만 그것은 부분적인 것일 뿐 노래의 어조로 읊조릴 때의 김춘수의 노래의 시는 전반적으로 낮고 완만한 파동이 나타난다. 김춘수의 위 시는 노래와 같은 부드러운 가락에 실려 길고 원만하게 이어지는 파동을 보이는 것이다. 이는 김춘수가 '장타령(場打令)이 가진 넋두리와 리듬을 재생하고자 하였다'라고 말하였던 대목을 떠올리게 하는 파동이기도 하다.

김춘수의 실험적 시에서 확인되는 이와 같은 형태의 파동은 앞서 물리적 치료의 동종 요법에서 살펴보았던 시들의 파동의 형태와 상당히 다르다. 복잡한 위상구조체의 형상을 띠며 인체의 자연발생적인 위상구조체에 대응하는 앞의 현대시들은 거칠고 거세며 불규칙적이고 힘차다. 그것은 때로 날카롭고 때로 부드러움을 왕복하면서 역동적인 형태를 나타낸다. 그것들은 완만하고 부드럽거나 느리고 긴 파동과는 거리가 매우 멀다는 것을 알 수 있다. 그들이 지닌 호흡의 빠른 속도감 역시 짧고 거센 파동의 형성에 관여한다. 동일한 음운에 의해 쓰여졌다 하더라도 주로 앞의 현대시의 파동을 이끌어가는 것은 호흡의 속도와 세기임을 짐작할 수 있다. 앞의 현대시들을 통해 탈주감이 느껴질 수 있었던 것 역시 그것들이 나타내는 거침없고 역동적인 파동에 기인한다 할 것이다. 요컨대 그것들은 현대라는 시대적 상황 속에서 비롯된, 현대인의 호흡에 가장 근접한 필연적이고도 자연발생적인 파동을 띠고 있는 것이다.

반면 김춘수가 의도한 '장타령의 리듬'은 거세고 역동적인 파동과는 거리가 먼 것으로, 노래를 음송할 때와 유사한 파동을 드러낸다는 것이다. 그것은 아리랑의 부드러운 파동과도 유사하고 노래처럼 흐르는 김소월의 시의 파동과도 크게 다르지 않다. 의도적으로 의미를 배제하려는 노력 한가운데에서 극도로 리듬에 주의를 기울이며 쓰여진 김춘수의 시들은 그가 인지했든 하지 못하였든 간에 지극히 부드럽고 원만하면서도 낮고 긴 파장으로 현상하고 있으며, 그가 "장타령이 가진 넋두리와 리듬을 현대 한국의 상황하에서 재생시켜 보고 싶었다"는 바램이 반영되기라도 하듯 화려한 서술적 이미지를 포함하되 결국은 우리 고유의 호흡으로 환원되는 리듬을 보여주고 있는 것이다. 그리고 이러한 현상은 더욱 집약적 형태로 리듬을 현상시키는 '주문으로서의 시'에 이르러서도 그대로 이어진다. 위의 「잠자는 처용」과 「낮달」에서 나타나는 파동 역시 낮게 읊조리는 상태에서의 길고도 부드러운 형태와 다르지 않은 것이다. 그것은 마치 불경을 욀 때의 나지막하고 부드럽게 흐르는 소리와도 유사하게 들린다. 요컨대 이 시기에 김춘수가 실험한 '노래의 구조' 및 '주문'으로서의 시편들은 파동 가운데서 가장 원만하고 부드러운 사인(sin)파에 가까운 것이며 낮고 길게 이어진다는 점에서 파장이 긴 저주파(低周波)의 형태와 유사한 것이라 할 수 있다.

일반적으로 저주파는 500Hz 이하의 낮은 주파수의 파동을 가리키는 것인 반면 고주파는 300kHz 이상의 높은 주파수의 파동을 가리키는 것으로 전자가 매우 리드미컬하며 부드러운 자극으로 작용한다면 후자는 파장이 짧아 초단파적이고 급격한 펄스를 나타낸다는 특징을 지닌다. 흔히 물리치료 시 저주파 혹은 고주파 요법을 언급하곤 하는데, 저주파의 자극은 손으로 지압을 하거나 주무를 때 혹은 가볍게 두드릴 때의 부드럽고 가벼운 느낌으로 다가온다. 이러한 저주파의 자극에 노출될 때 신체는 신경이 안정되고 긴장이 이완되며 피로가 풀리는 경험을 하게 된다. 이러한 저주파의 파동은 인체에 약하게 작용하면서 혈행을 촉진시켜 신체 에너지가 율동적이고 정상적으로 운용될 수 있도록 돕는 역할을 한다. 의료에서 이용하는 저주파 요법은 이러한 원리에 따른 것으로, 이것이 뭉쳐 있는 근육에 작용하여 근육을 이완시키고 신경을 진정시키는 데 도움을 준다는 점은 김춘수의 노래 및 주문의 시들과 위상시학의 관련성을 해명할 수 있는 관점을 제공한다. 위상시학의 측면에서 보았을 때 낮고 부드러운 파동으로 유지되는 김춘수의 실험적인 시들은 인체에 직접적으로 작용하여 인체의 생체 리듬을 회복시키고 인체를 정상화시키는 데 기여할 수 있다는 것이다. 이는 김춘수의 노래 구조의 시가 '노래'가 지니는 '풀기'의 본래 기능에 부합하는 것이자, 그의 주문의 시 또한 종교에서 경전을 조용히 읊조릴 때 심신의 안정이 이루어지는 것과 유사한 효과로서 나타난다는 점을 말해준다.

이처럼 언어의 청각적 정보, 즉 소리에 의해 구현되는 에너지는 그 성질이 파동으로 이루어지는 까닭에 인체 에너지장에 직접적으로 영향을 미치는 실질적인 요인이 될 수 있다. 양자 차원에서 이루어지는 인체의 에너지장은 양자에 대한 반응기작을 나타낸다고 할 수 있는데, 양자가 입자와 파동의 양가적 성질을 지니는 점을 볼 때 파동의 양태를 띠는 소리 역시 인체 에너지장과 무관하게 존재하지 않는다는 것을 알 수 있다. 소리의 파동이 인체 내에 수용될 때 그것은 인체 내 양자와 간섭의 형태로써 쉽게 만날 수 있는 까닭이다. 뿐만 아니라 언어의 소리가 뇌에서 처리될 때에는 전기적 신호 체제를 거치기 때문에 인체 내에서 소리는 그 자체로 양자적 성질에 흡수된다고 말할 수 있다. 즉 소리는 인체 내에서 에너지적 성질을 띠고 발휘되는바, 소리의 요소를 지니고 있음에 따라 언어는, 설령 그것이 의미를 환기하는 기호작용을 나타내지 않는다 해도 무의미하다거나 무가치한 것이 아니라, 인체에 작용하고 반응을 일으키는 에너지로서 성립된다. 언어의 소리는 파동에너지의 형태로 양자와 동일한 기작에 따라 인체에 영향을 미칠 것이라는 점이다. 특히 인체 에너지장이 위상학적 구조체를 띠기 때문에 그것은 인체의 위상구조를 변화시킬 수 있는 요인으로 작용한다. 그것이 치료적 관점에서 추구될 때 이때의 위상구조의 변화란 인체 시공성의 함몰과 굴곡에 따른 기괴하고 복잡한 위상구조체의 양상이 왜곡이 해소되어 질서와 균형을 이루는 형태의 위상구조체로 변모해나가는 것에 해당한다. 그것은 인체의 병적 위상 구조로부터 건강한 위상 구조로의 변화를 의미한다.

이때 언어의 물리적 요소인 소리 에너지가 인체 에너지장에 영향을 미치는 과정에서 이것이 이종 요법의 측면에서 논의될 수 있는 것은 치료 매개체인 시와 치료 대상인 인체가 구조적으로 이질적인 점에서 비롯한다. 앞서 디지털 세대의 현대시가 인체의 복잡한 위상 구조와 상동적이고 유사한 성질을 띠는 것과 달리 이종 요법에서 제시되는 이때의 시들은 인체의 상태와 차별되면서 인체의 구조에 변화를 일으키고 인체를 더욱 균형있고 고양된 상태로 이끌 수 있는 성질을 지니게 된다. 이종 요법의 이러한 개념은 위상시학이 단지 일시적인 해방감과 만족감에서 멈추는 것이 아니라 인체의 내적 구조를 근본적으로 변화시킴으로써 궁극적으로 인체의 체질을 개선시키는 데까지 이르는 것을 목적으로 하고 있음을 의미한다. 인체와 이질적 요소를 지닌 시에 노출됨으로써 인체는 현재성을 극복하고 보다 완전하고 이상적인 상태에 도달할 수 있는 계기를 얻고자 하는 것이다. 이러한 목적을 위해 위상시학에서는 시적 언어를 통해 그에 합당한 에너지를 생성함으로써 인체의 에너지장에 개입하는 과정을 밟아나가게 될 것이다. 이러한 상황에 적합하도록 고안된 언어는 단지 관념을 나타내고 의미를 지시하는 추상적 과정에만 놓이는 것이 아니라 실제로 물리적 힘을 지니고 인체와 충돌하여[24] 인체의 양자 차원의 위상구조를 변화시키는 역할을 할 수 있게 된다. 말 그대로 언어는 그 자체로 파동 에너지가 되어 인체를 변화시킬 수 있는 물질이 되는 것이다. 위상시학에서 언어의 청각적 정보에 관심을 기울이는 까닭도 여기에 있다. 이때의 언어는 김춘수가 말하였듯이 단지 관념의 차원에 머무는 것이 아니라 '행동이자 논리'가 되는 '철저히 실재주의의 입장'[25]에 놓이게 된다.

그런데 언어의 개입으로 변화시키고자 하는 병적 위상 구조체의 근원에는 그것을 발생시킨 블랙홀이 놓여져 있으므로 위상시학에서는 이를 어떻게 해소시킬 것인가가 여전히 논의의 중심이 되어야 한다. 단적으로 말해 위상시학의 중심 논제는 인체의 블랙홀을 어떻게 상쇄시켜 인체의 위상 구조를 정상화시키는가에 있다. 이러한 현상을 한의학에서는 허증의 개념을 중심으로 규명하고 있다고 하였던바, 한의학에서 인체의 병증의 기원을 '허증'에 둔 것처럼 위상시학에서 역시 문제적 인체의 중심에 블랙홀을 위치시키고 있는 것이다. 한의학에서 인체에서 발생하는 질병의 대부분이 허증으로 말미암으며 허증이야말로 모든 병의 근원이라 말하는 것처럼 실제로 허증은 인체 기능의 무기력을 낳고 실증을 유발시켜 기와 혈행에 장애를 일으킨다.[26] 한의

24 소리와 인체의 충돌, 즉 소리가 인체 에너지장에 작용하고 흡수되는 과정에는 그 사이에 뇌의 기작이 가로 놓여 있다. 소리는 뇌에 이르러 뇌의 신경전달체계 속에서 일차적으로 뇌파를 자극하고 그것을 바탕으로 생체 파동과 만나 인체 에너지장에 흡수된다.

25 김춘수, 「대상의 붕괴」, 앞의 책, 2004, p.548.

26 인체의 공간 구조의 왜곡은 허증에서 시작되어 허증으로 인해 심화된다. 허증이 심화됨으로써 인체는 제 기능을 못하게 되고 부실한 영역은 확대되며 결국 만성적이고도

학에서 언급하는 이러한 현상이 블랙홀의 발생 및 초끈의 연장과 굴곡에 대응함은 물론이다.

인체 질병의 양상을 허증과 실증으로 제시하는 한의학은 인체를 고차원적 구조체로 인식하는 아주 특별한 학문이다. 한의학에서 치료의 대상으로 여기는 인체의 범주는 눈에 보이는 그것이 아닌 미시적 차원으로서 이는 한의학이 인체를 양자적 구조체로 인식하는 것을 뜻한다. 한의학의 가장 중요한 개념인 기(氣)는 결국 생체 에너지, 혹은 양자적 에너지를 가리킨다. 기의 순환을 건강의 절대적 요인으로 판단하는 한의학은 인체의 양자적 흐름에 관여하는 양자 의학이라 할 수 있다. 이때 인체의 위상구조는 인체 내에서 양자가 어떻게 이동하고 운동하는지를 가늠케 하는 지표가 된다. 인체의 위상구조는 불확정적 운동을 하는 양자가 어떻게 이동할 것인지에 관한 방향성을 짐작하게 해주는 근거가 된다는 것이다. 인체가 위상구조체를 띠게 됨에 따라 무차별적인 양자는 일정 정도 예측 가능한 구조 내에서의 운동을 하게 됨을 알 수 있다. 이점에서 인체의 위상구조체는 인체의 에너지의 형태라 할 만하다. 또한 그것은 '신은 주사위 놀이를 하지 않는다'는 믿음으로 양자역학을 극복하려 했던 아인슈타인의 기대에 부응한다. 양자는 불확정적이되, 그것은 아인슈타인이 발견하였던 블랙홀이라는 공간의 특이성 속에서 운동하고 이동하기 때문이다. 이러한 구조

종합적인 기능 장애로 이어진다. 부실한 영역들의 산포의 정도는 허증의 심화 정도를 가늠케 하고 질병의 중증도를 짐작하게 한다. 허증이 일으킨 실증은 인체의 전 영역에 거미줄처럼 뻗어갈 수 있으며 실증 가운데에는 인체의 각 영역을 한 지점으로 모으는 경우도 발생한다. 이러한 인체 구조 하에서는 인체는 근위축증을 앓는 것처럼 수축과 응축의 고통을 겪게 된다. 이 정도에 이르렀을 때 인체의 위상구조는 손 쓸 도리 없이 얽히고설킨 복잡한 형태가 된다. 반면 허증이 점진적으로 해소되면서 실증의 정도가 감해지게 되면 수축되고 응축되어 있던 인체가 주름펴지듯이 펴지게 된다.

와 형태를 초끈이 이룬다는 사실은 앞서 언급한 대로이다.

초끈은 공간 내에 따로 존재하는 실체로서의 끈이 아니다. 초끈은 공간 그 자체이기 때문이다. 초끈은 여분 차원일 따름이고 빈 공간일 뿐이다. 여분 차원이 있는 곳이라면 어김없이 초끈이 형성되는바, 따라서 여분 차원의 제거는 곧 초끈의 해소에 다름 아니고 초끈의 해소는 여분차원의 제거가 된다. 이는 실증과 허증이 서로 다른 지대에서 발생하되 그 치료가 구분되지 않음을 말해준다. 마찬가지로 블랙홀 해소와 초끈의 해소는 두 가지 사태가 아닌 하나의 사태이다. 블랙홀을 해소하는 것이 곧 초끈 해소로 이어지게 된다는 것이다. 이점에서 허증과 실증은 동시적으로 치료하되 순차적으로 치료된다 말할 수 있다. 허증에 대한 치료가 이루어지게 됨에 따라 실증이 우선적으로 치료되는 현상이 나타나는 것이다. 이는 허증과 실증이 한 공간 속에서, 시공성의 구조화에 의해, 시간차를 두고 발생한, 동일한 원인에 따른 두 증상이라는 사실에 기인한다.

블랙홀의 심화에 따라 여분차원으로 밀려난 양자들이 초끈의 형태로 얽히고설킬 때야말로 한의학에서 말하는 실증에 해당되거니와 한의학에서 허증과 실증을 모두 병증으로 보는 관점은 이와 같은 공간의 원리를 떠올릴 때 매우 합당하고 논리적이다. 한의학에서 보는 대로 허증과 실증은 모두 문제적 증상일 뿐만 아니라 그 기원조차 공유하는 동일한 원인의 양가적 결과라 할 수 있다. 혹은 시간적 진행 과정을 고려할 때 허증이 원인이고 실증이 결과라 말할 수도 있겠다. 분명한 것은 두 지점 공히 기의 소통이 이루어지지 않는다는 점 때문에 모두 병증으로 나타난다는 사실이다. 반면에 이 두 증상의 차이점은 허증이 무기력을 낳는다면 실증은 과민함을 낳는다는 데 있다. 허증은 공허하고 실증은 통증이 있다. 하지만 실증이 여분차원에 의해 형성된 것인 만큼 실증의 지점에서도 공허함은 나타난다. 마찬가지로 허증 자체가 여분차원이므로 그 역시 실증이 발생하는 지점이 된다. 이러한 관계 속에서 허증의 치유는 실증의 해소로 이어지고 실증의 치유는 허증의 해소로 나타난다.

사정이 이러하므로 무엇보다 질병의 치료에서 우선시 되어야 할 것은 허증을 다스리는 일이다. 주의할 점은 허증을 다스린다는 것은 빈 공간을 채운다기보다 공간 자체를 없앤다는 것을 의미한다. 하지만 이 빈 공간을 없애는 방법이 채움에 있다는 것 또한 틀리지 않다. 허증은 보하고 실증은 사한다는 허실보사(虛實補瀉)의 한의학의 원리가 생겨난 것도 이점에서 비롯된다. 또한 선보후사(先補後瀉)라 하여 보함을 먼저 하고 사함을 후에 하라는 한의학적 치료 방법은 허증이 실증의 원인이 된다는 정황을 반영하는 것으로 허증 치료의 우선성과 중요성을 말해준다. 이는 허증을 치료하게 되면, 즉 인체의 블랙홀을 소멸시킴에 따라 함몰된 공간 구조를 변화시키게 되면 실증은 그것의 결과로서 자동적으로 치료될 것임을 의미한다.

그렇다면 모든 병증의 근본이자 인체의 왜곡된 위상구조체의 원인인 허증은 어떻게 치유할 수 있는가? 말하자면 인체 내의 블랙홀은 어떻게 해소시킬 수 있는가? 인체 내 블랙홀을 해소시킬 수 있는 방법은 있는 것인가? 그것이 인체에 적용되어 언급된 적은 없지만 우주의 블랙홀의 상쇄에 대해서는 과학자들이 많은 논의를 하고 있으며 일정 부분에 대해서는 입증되거나 유력한 가설이 제시된 바 있다. 스티븐 호킹이 호킹 복사를 통해 소규모 블랙홀의 소멸에 관한 이론을 제시하였으며, 디랙은 진공상태에서 고에너지 감마선이 전자를 들뜨게 하여 양전자를 발생시키는 원리를 입증하였기 때문이다. 스티븐 호킹과 디랙 연구의 공통점이 반양성자 혹은 양전자와 같은 반물질의 존재를 통해 공간의 성질을 변화시키는 원리를 규명한 데 있다는 사실도 이미 확인한 바 있다. 말하자면 이들의 논의는 블랙홀 소멸에 관한 원리를 제공한 것이라 볼 수 있다. 문제는 그러한 과학적 성과가 인체 내에서 어떻게 활용될 수 있는가이다. 인체의 허증은 어떻게 치유될 수 있으며 인체의 블랙홀은 어떻게 채워지고 어떻게 해소될 수 있을까? 사람이 평생을 사는 동안 허증을 온전히 치유할 수 있는 길은 과연 있을까?

한의학에서는 분명 선보후사(先補後瀉)라 하여 허증을 치료의 우선 순서로 여기며 침구 치료 시 보법의 침술과 사법의 침술을 구분하고 있지만[27] 실질적으로 허증은 실증을 치유하는 데 비해 훨씬 어려운 것으로 간주한다. 허증에 대한 한의학적 치료는 실증에 비해 그 효과가 뚜렷하지 않다는 것이다. 즉 허증의 우선성과 중요성을 강조함에도 불구하고 실제 한의학에서는 허증 치료에 곤란을 겪고 있다. 한의학에서 활용하는 음양오행이 인접 장기와의 상생상극의 관계망을 통해 특정 장기를 간접적으로 치료하는 원리를 띠고 있음은 인체의 블랙홀을 직접적으로 다스리는 것이 결코 쉽지 않은 일임을 우회적으로 말해준다.

여러 난점에도 불구하고 김춘수가 제기한 문제의식과 그가 보여준 실험적 결과물은 시적 언어에 관한 하나의 커다란 가능성을 열어놓고 있다. 김춘수가 보여준 파동 에너지적 성질을 지니는 시적 언어는, 그가 말한 초월과 구원의 의미를 논외로 하더라도, 인체 에너지장을 안정화시키는 데 있어서의 실질적인 역할을 발휘할 수 있으리라고 짐작하게 한다. 더욱이 김춘수가 제시하였던바 낮고 부드럽게 읊조리는

27 2장의 각주 15 참조.

형태의 '노래' 및 '주문'의 시가 우리의 전통 문화 속에서 실제 응어리진 마음과 몸을 '풀이'하는 데 소용되었던 소리로서의 타령(打令)이나 종교의 독경(讀經)과 그대로 닮아있다는 점은 그들 시가 실제 기능면에서 치유의 효과를 나타내는 것이 아닐까 생각하게 한다. 실제로 우리의 고유문화 속에서 만날 수 있는 타령이나 독경은 비단 연행 문화나 종교 의식에 형식화되어 존재하는 것이 아니라 민중들의 한과 설움을 풀어주고 운명을 극복하게 하는 힘을 가진 것으로 인식되어 왔거니와, 이것들과 유사성을 지니고 있는 김춘수의 실험적 시들은 바로 이들과 그 의미와 기능의 측면에서 맥락을 같이하고 있다는 것이다. 특히 이때의 '풀이'와 '극복'의 기능은 단지 마음의 문제에 국한된 것이 아니라 인체의 변화에까지 이르는 실질적인 것이라는 논리를 김춘수의 언어론을 통해 확보할 수 있게 된다. 위상시학에서 김춘수의 무의미시론에 주목하게 되는 것도 이 때문이다.

이때 위상시학에서는 김춘수가 밝힌바 파동에너지로서의 언어의 성질에 근거하고, 그것이 인체 에너지장에 작용한다는 관점에 입각하여 시적 언어가 인체 블랙홀의 해소를 일으킬 수 있는 매개체에 해당한다는 가설을 세울 수 있다. 물리적 성질로서의 시적 언어가 특유의 에너지를 지니고 그것이 타령과 독경처럼 '풀이'와 '운명 극복'의 기능을 한다는 점에서, 즉 그것이 인간에게 구원의 역할을 한다는 점에서 이를 인체의 병증 해소의 관점에서 볼 수 없겠는가 하는 것이다. 인체의 병증이 인체 내부의 공간 구조로 말미암는 것이고 그것이 오장육부와 직결되는 마음의 운용에 따른 것임을 볼 때, 노래와 독경의 '풀이'와 '극복'은 결국 '마음'의 초월을 넘어서 인체의 초월에도 다다르는 것이 아닐까. 그러한 인체에서의 초월이 위상구조체의 변화에 해당한다면 김춘수가 말한 시적 언어는 곧바로 인체의 블랙홀에 반응을 일으키게 된다는 것이다. 이러한 가설은 스티븐 호킹이 블랙홀의 상쇄를 구원의 의미로 보았던 점과 만나는 대목이다.

김춘수가 제시하였던 '노래'와 '주문'의 시를 통해 파형을 측정해본 까닭도 여기에 있다. 노래와 주문으로서의 시가 나타내는 파동은 인체 에너지장에 어떻게 작용할까 하는 것이다. 앞서 고찰하였던 대로 낮고 부드러운 파동을 나타내는 그것을 근육 이완과 신경 안정을 유도하는 저주파의 성질과 관련시켰던 것도 이러한 맥락에서이다. 이 모든 현상들은 물리적 성질로서의 시적 언어가 인체에 긍정적인 효과를 미치는 요소로서 판명됨을 말해준다. 낮게 이어지는 시적 언어의 파동은 부드럽게 인체에 스며들어 인체의 생체 리듬을 활성화시키고 그것을 조화롭고 안정되게 이끌어주는 기능을 하게 된다는 것이다. 부드럽고 원만하게 이루어진 언어의 파동은 인체와 융화되어 인체의 공허한 곳을 채우고 인체에 기력을 부여한다. 이들 언어는 격앙되고 거칠고 빠르고 벅찬 언어가 보이는 짧고 높은 파동과 다른 성질을 나타내는 것이며, 인간의 격한 희로애락의 감정들로부터도 벗어나 있어 숱한 감정의 부대낌으로부터도 안전한 초월적 언어에 해당한다. 여러 감정과 파동의 무질서함을 극복한 고요와 평온의 이들 언어는 잔잔하게 인체의 무기력하고 취약한 곳에 다가가 인체와 마음을 고요하고 충만하게 한다. 이러한 언어는 몸과 마음에 독경에서 경험할 수 있는 평화와 안정감을 부여할 것이다. 이러한 점에서 이들 언어를 절대적인 언어이자 구원의 언어라 해도 틀리지 않다. 또한 이러한 현상을 가리켜 이들 시적 언어가 인체의 블랙홀에 작용하여 인체 에너지장을 정상화시키는 일에 기여한다고 말할 수 있게 된다.

단, 시적 언어가 인체의 블랙홀을 채움으로써 공허함을 해소시킨다는 이러한 치유의 원리는, 스티븐 호킹을 비롯한 과학자들이 블랙홀의 소멸 및 공간적 특질의 변화가 내적이든 혹은 외적이든 고에너지에 의한 반물질의 형성과 관련된다고 말하였던 점을 고려할 때, 보다 정밀하게 규명되어야 한다. 호킹복사가 사건의 지평선 근처에서 벌어지는 양성자 증발과 그에 의한 미니블랙홀 소멸을 지시하고 있다는 사실과, 디랙이 입증한바 고에너지 감마선에 의해 양전자가 형성되고 이것이 진공 상태를 들뜨게 할 것이라는 사실은 블랙홀 소멸에 있어서의 절대적인 조건으로서 고에너지를 제시하는 것이다. 그것이 양자의 운동에너지에 의한 것이든 외부에서 유입되는 고에너지에 의한 것이든 블랙홀에 가해지는 고에너지가 존재할 때 반물질이 생성되어 블랙홀의 내부 물질을 쌍소멸을 통해 상쇄시키고 그것이 블랙홀 내부의 질량을 감소시켜 함몰된 공간 구조를 바꾸게 될 것이라는 점이다.

이러한 원리를 고려하면 인체 내 허증의 소멸도 반물질의 작동 원리와 마찬가지로 채움으로써 비워짐이라는 양가적이고도 역설적인 과정을 통해 이루어져야 한다. 인체에 형성된 블랙홀이 질량에 따른 중력의 작용에 다름 아니라는 사실은 그 비어있음이 단순히 채워짐으로 해소되는 것이 아님을 말해준다. 말 그대로 채워짐은 질량의 가중을 의미하고 그것은 블랙홀의 심화로 이어질 것이기 때문이다. 따라서 여기에서 논하고 있는 '노래'와 '주문'의 시적 언어가 인체 내 빈 공간을 채움으로써 블랙홀을 해소시킨다는 설명에는 몇 단계의 논리가 보완되어야 한다. 즉 인체 내 블랙홀을 소멸시키는 데 있어서도 과학자들이 입증한 것과 같은 반물질의 존재가 요구된다는 것이다. 반물질이야말로 채움이 단지 채움으로 끝나는 것이 아니라 채움이 비움으로 이어질 수 있도록 하는 요인이기 때문이다. 무언가를 지속적으로 채움에도 불구하고 그것이 질량의 증가로 이어지는 대신 질량의 감소로 이어지고 그것이 블랙홀의 소멸로 이어지려면 내부에서 물질과 반물질 간의 쌍소멸이 발생해야 하는바 이는 인체 내부에서도 마찬가지의 상황인 것이다.

여기에서 인체에 있어서의 반물질을 생성시키는 고에너지를 상정할 수 있게 된다. 그리고 시적 언어와 관련한 지금의 논의가 '풀이'와 '운명극복'에 기여하는 전통적 '타령(打令)'과 종교적 '독경(讀經)'에 기대어 이루어지고 있음은 이들의 특수한 파동에너지가 고에너지와 관련됨을 암시해준다. '타령'과 '독경'과 유사한 김춘수의 '노래'와 '주문'의 시가 곧 반물질을 생성시킬 수 있는 고에너지로서의 파동에너지와 관련된다는 가설이 여기에서 성립한다. 주의할 점은 여기에서 '주문으로서의 시'라 하여 그것이 종교와 관련됨을 상정하는 것은 아니라는 사실이다. 대신 '노래'와 '타령', '주문'과 '독경'은 모두 동일 성질의 언어로서 그것들이 지닌 고유하고 원만한 파동에 의한 동일한 성질과 효과를 나타낼 것이라는 점이다. 그렇다면 이들이 동일하고도 고유하게 지니는 어떠한 성질이 고에너지와 관련된다는 것일까? 이들의 낮고 완만한 파동에너지 자체가 고에너지에 속하는가? 여기에서 제시할 수 있는 것은 이들 공통의 파동에너지가 우주에너지와 조응함으로써 궁극적으로 인체에 고에너지로서 작용할 것이라는 사실이다. 즉 이들은 공히 우주 에너지와 공명하여 고에너지로서 작용할 수 있다. 인간이 마음 혹은 소리의 파동 에너지를 통해 우주 에너지와 공명할 때 그때에 인체가 수용하게 되는 에너지는 인체를 변화시킬 수 있을 정도의 고에너지가 될 것이다.

이는 명상의 원리에도 닿아 있는 내용이다. 잘 알려져 있듯 인간이 눈을 감고 묵상을 하는 상황에서 뇌에서 알파파가 발생하게 되는데 이러한 알파파는 우주 에너지와의 공명주파수에 해당한다고 알려져 있다. 흔히 명상이 인체에 미치는 효과를 언급하면서 알파파의 필요성에 대해 강조하는 경우를 종종 접하게 되거니와, 명상에 의한 알파파가 인체에 나타내는 이러한 효과는 결국 그것이 우주 에너지와 파장이 일치하여 인체에 고에너지로 작용하게 됨에 따른 것이 아닐까 하는 것이다. 그것이 명상에 의한 것이든 타령이나 독경에 의한 것이든 인간의 '풀이'와 '운명극복'이 단순히 마음의 차원이 아닌 몸과 마음의 동시적 현상이라면 여기에는 인체의 위상구조를 변화시키는 고에너지의 도입이 필수적인 것이 된다.[28]

---

28 '노래'와 '주문'의 시를 통해 구현할 수 있는 고요와 평온, 조화와 균형, 질서와 안정의 성질을 지니는 파형은 뇌파 가운데 알파파에 근접하는 것이다. 기도나 참선, 명상 시 알파파가 발생한다고 할 때 타령이나 독경과 유사성을 지니고 있는 이들 시를 읽을 때에도 마찬가지로 알파파에 가까운 파형이 나타나게 될 것임을 알 수 있다. 이들 시의 느리고 원만하고 부드러운 리듬이 이를 뒷받침한다. 또한 알파파의 주파수가 8-13Hz라는 사실은 알파파가 지구의 평균주파수인 7.83Hz와 가까워 이와 공명할 수 있음을 말해준다. 인간의 뇌파가 지구 자기장의 주파수와 일치할 수 있다는 사실을 1952년 독일 물리학자 슈만이 처음 발견하여 그의 이름을 따 슈만공명이라 하는 이러한 현상은 인간이 우주의 에너지와 공명할 수 있는 원리를 제시해주고 있다. 즉 뇌의 상태를 알파파 상태로 유지하게 되면 우주와 교감하여 우주 에너지를 받아들일 수 있다는 것이다. 이러한 상태 속에서 인간은 자연의 품에 있는 것처럼 편안해질 수 있으며 영적 각성도 이룰 수 있게 된다. 또한 그것이 우주 에너지를 수용할 수 있는 상태가 된다는 점에서 이를 인체의 변화와 치료에도 활용할 수 있다. 이와 관련하여 에너지 의학의 주창자 제임스 오스만(James Oschman)은 스칼라파(scalar wave)라는 우주의 허공에 충만한 파동이 고에너지로서 인체에 작용하여 인체치료에 응용될 수 있다고 주장한다. 오스만에 따르면 스칼라파의 주파수는 슈만공명 주파수와 일치하며 인체에 안전하고 전자파를 막는 효과도 나타낸다고 한다. 오스만은 스칼라파가 지구 중력의 영향 하에서의 인체의 구조와 에너지 균형을 회복시키는 데 기여할 것이라고 하면서 스칼라파를 발생시키는 장치를 만들어 이를 인체 치료에 활용할 수 있다고 말한다(제임스 오스만, 『놀라운 에너지의학의 세계』, 김영설 · 박영배 역, 노보컨설팅, 2005, pp.216-222). 파동 에너지와 관련한 이러한 사실들은 고에너지를 통해 인체의 구조를 변화시킬 수 있는 가능성을 열어주고 있다.

인체에 관한 이러한 사실은 시적 언어의 유효한 성질에 대해 고찰하게 한다. 언어는 김춘수가 실험하였던 대로 특유한 파동에너지로 현상할 수 있고 또한 그것을 통해 초월과 구원의 기능을 행할 수 있게 된다. 시적 언어가 고유한 파동에너지를 실현할 때 그것은 그 자체로서도 고요와 평온함을 줄 수 있을 뿐만 아니라 우주에너지와 공명하여 고에너지가 됨으로써 인체의 블랙홀 해소에도 직접 관여할 수 있게 된다는 것이다. 요컨대 언어는 의미를 상실함에 따라 무가치한 것이 아니라 존재 자체로서 기능적 가치를 지닌다. 시적 언어는 의미를 추구하고 정서를 환기함에 따라 의의를 지니는 것 이외에 이와 다른 경로를 통해서도 역할과 기능을 행하는데, 그것은 언어가 지니는 소리로서의 청각적 정보에 기인하는 것이자 그에 따른 파동 에너지로서의 성질에 따른 것이다. 이 점에서 시적 언어를 통한 물리적 치료 요법이 가능해진다. 이때의 언어는 부드럽고 원만하게 고안됨으로써 인체에 적합한 파동 에너지를 유발할 수 있거니와, 이것이야말로 인체의 현재성을 극복할 수 있는 초월적인 언어에 해당한다. 부드럽게 이어지는 나지막하고 고요한 언어는 무질서하고 혼돈에 찬 인체에 작용하여 인체를 조화롭고 안정되게 할 것이며, 이로써 인체는 현재의 한계를 극복하고 한 단계 고양되고 상승되는 체험을 하게 될 것이다. 인체의 블랙홀이 해소되는 것도 이때로서 이러한 언어로 인해 인간은 충만감을 느끼고 평온을 되찾게 된다. 또한 이와 같은 경험이 오랜 시간을 두고 지속적으로 이어질 때 인체는 궁극적으로 병증을 해소하고 구원에 이르게 될 것이다. 언어가 일으키는 물리적 치료의 이종 요법은 이같은 과정에서 언급될 수 있다.

지금까지 시적 언어에 의한 물리적 치료의 이종 요법에 대해 논하였거니와, 이러한 치료 범주에서 활용할 수 있는 시적 목록은 김춘수가 실험한 시들과 더불어 그의 실험시에 준거하는 원리를 지닌 모든 시가 될 것이다. 김춘수가 '노래' 혹은 '주문'의 시라 명명한 그러한 시들은 언어적 성질에서 완만하면서도 부드러운 파동 에너지를 나타내는 것이었다. 김춘수가 의도적으로 의미를 배제한 데엔 소리에 의한 언어의 파동 에너지를 구하고자 한 측면과 언어의 순수성을 구현하고자 했던 두 가지 의미가 가로 놓여 있는데 유효한 파동 에너지를 구현함에 있어 이 두 가지 측면은 서로 다른 것이 아니다. 김춘수가 추구하였던 시적 언어는 의미가 마음을 교란시켜 부정적 효과로 작용하지 않는, 즉 마음의 고요와 인체의 평온에 기여하는 고유한 파동 에너지의 그것이었다.

한편 시적 언어에 의한 물리적 치료의 가능성은 시낭송을 통해 치매 및 조현병 환자 등 정신질환자를 치료하는 경우를 통해서도 확인할 수 있다. '한국시낭송치유협회'[29]에서 보여주고 있는 시낭송의 임상 효과는 시적 언어가 인체에 미치는 영향력을 실질적으로 입증하는 것

29 한국시낭송치유협회(회장 도경원 시인, 2010년 10월 창립)는 서울시의 비영리민간단체로 등록되어 있는 단체로서 시낭송을 통해 치매 환자 및 조현병 환자를 치료하는 활동을 진행하고 있다. 소속 회원들은 노인복지센터(노원구 노원실버센터, 구립 도봉실버센터)라든가 치매지원센타(도봉구 치매지원센터, 서울형 데이케어센터), 혹은 정신장애인 사회복귀시설 등을 정기적으로 방문, 시를 통한 봉사활동을 해오고 있다. 이때 시 전달 매체는 낭송이다. 회원들은 시를 암기하여 낭송함으로써 치매환자 및 정신 장애인들이 시를 체험하도록 돕게 되는데, 이때 시를 체험한 치매환자들은 일시적으로 정신을 회복하기도 하고 어느 정도의 기간 동안 낙상 사고가 줄어든다고 한다. 또 조현병 환자들의 경우는 시를 통해 마음의 안정을 찾아서 취업을 하는 등의 사회진출을 하는 경우도 종종 볼 수 있다고 한다. 치매환자들과 조현병 환자들이 보여주는 치료 효과는 시야말로 가장 어두운 곳에서 사는 이들에게 빛을 밝혀 주는 좋은 처방임을 말해준다. 특히 정신적으로 불완전한 이들 환자의 경우 시를 온전히 이해하는 것이 불확실하다는 점 때문에, 의미에 치중하기보다 의미와 소리를 병행하는 치유를 하게 된다. 이들에게 낭송이라는 시 전달 방법이 무엇보다 우선시되어야 하는 까닭이 여기에 있다. 시낭송 치유는 낭송가들이 환자들에게 시를 들려주는 것으로 시작되지만 이후 환자들이 직접 시를 읽으면서 스스로 치유하기도 한다.

이다. 이들이 주로 찾아가는 대상이 특히 치매 환자들이라는 점은 시적 언어에 관해 시사하는 바가 크다. 치매 환자들의 경우 시를 의미로서보다는 일차적으로 소리로서 전유할 것이기 때문이다. 의식이 온전하지 못한 이들이 경험하는 시는 의미의 경로를 거치지 않은 순수 소리를 매개로 해서이다. 소리로써 전달되는 시적 언어는 의식이 온전하지 못한 상태에서도 뇌와 인체에 작용함으로써 이들을 안정적으로 변화시키는 기능을 발휘하게 된다. 이때의 소리는 환자들의 뇌파를 자극하여 뇌를 활성화시키는 전기적 신호로서 작용한다는 것을 알 수 있다. 더욱이 이때의 소리가 일반적인 보통의 소리가 아니라 발음에 따른 언어의 소리라는 점은 언어야말로 뇌파의 활성화에 보다 기능적이라는 사실을 짐작하게 한다. 이는 시낭송이 치매환자를 위한 매우 적합한 치료 매체임을 말해준다. 이 경우 치매환자들의 시 체험이 낭송가들에 의해 피동적으로 이루어지는 것보다 환자 본인 스스로 낭송을 함으로써 이루어진다면 그 치료 효과는 더욱 증폭될 것이다.

시낭송에 의한 뇌와 인체에의 영향력을 말할 수 있는 것은 시가 소리를 통해 파동 에너지로 구현된다는 점에 기인한다. 시의 낭송 소리는 파동 에너지가 되어 뇌를 자극하고 인체를 변화시키게 되기 때문이다. 뇌파의 변화는 곧 인체의 변화로 이어지거니와, 이를 일으키는 일차적 요인은 언어의 발화에서 구현되는 음성적 정보, 즉 소리의 파동에너지라는 것이다. 이에 따라 낭송을 할 때에는 시가 유의미한 소리로서 기능할 수 있게 하기 위해 몇몇 요건들이 요구된다. 발음을 정확히 하고 자연스런 호흡을 유지하며 천천히 리듬감을 살리는 것이야말로 시 낭송에서의 기본적 요건으로, 이러한 요건들은 시 낭송이 부드러운 노래처럼 들리게 하는 데 기여한다. 이를 가리켜 시낭송의 소리 예술적 성격이라 해도 좋을 것인바, 이에 적합한 시들은 구상의 「꽃자리」, 김종삼의 「누군가 나에게 물었다」, 문병란의 「불혹의 연가」, 신달자의 「내 나이를 사랑한다」, 문정희의 「한계령을 위한 연가」, 이해인의 「어떤 결심」, 이향아의 「어쩌다 나같은 것이」, 조지훈의 「낙화」, 김소엽의 「가장 소중한 별」, 신동호의 「피고 진 꽃에 대한 기억」, 서정주의 「국화 옆에서」 등[30] 너무 길지도 짧지도 않으면서 은은히 노래의 리듬으로 구현할 수 있는 것들이다.

반갑고 고맙고 기쁘다
앉은 자리가 꽃자리니라
네가 시방 가시방석처럼 여기는
너의 앉은 그 자리가
바로 꽃자리니라

앉은 자리가 꽃자리니라
앉은 자리가 꽃자리니라
네가 시방 가시방석처럼 여기는
너의 앉은 그 자리가
바로 꽃자리니라

---

30 이들은 한국시낭송치유협회의 시낭송치유사 양성을 위한 시낭송 교재에 수록되어 있는 시들이다. 이들 시 외에 특별히 치매 환자들을 위해 선정된 작품으로는 김소월의 「진달래꽃」, 「못잊어」, 「초혼」, 한용운의 「인연설」, 「사랑하는 까닭」, 신석정의 「들길에 서서」, 서정주의 「국화 옆에서」, 김상옥의 「봉숭아」, 김남조의 「약속」, 천양희의 「단추를 채우면서」 등으로서, 이들 시의 공통점은 너무 길지 않다는 점과 소리의 측면에 있어서 일반인을 상대로 하는 낭송의 시들보다도 더욱 리듬의 규칙성과 반복성이 강조되어 있다는 점이다. 이들 시에서 잔잔하고 느린, 때로는 호소력 강한 청각성을 발견할 수 있다. 이러한 청각적 요소에 부가하여 내용적 측면을 고려한다면 감동이 크면서도 어렵지 않아 쉽게 이해할 수 있고 읽는 순간 지난 일들을 추억할 수 있는 시들을 선정할 수 있다. 이는 이들 시가 음성적 정보나 의미적 정보에서 모두 소통에 무리가 없어야 함을 뜻한다.

나는 내가 지은 감옥 속에 갇혀 있다
너는 네가 만든 쇠사슬에 매여 있다
그는 그가 엮은 동아줄에 묶여 있다

우리는 저마다 스스로의
굴레에서 벗어났을 때
그제사 세상이 바로 보이고
삶의 보람과 기쁨을 맛본다

앉은 자리가 꽃자리니라
네가 시방 가시방석처럼 여기는
너의 앉은 그 자리가
바로 꽃자리니라

구상, 「꽃자리」 전문

시낭송치유협회의 시낭송 교재에 수록되어 있는 위 시는 자연스럽고 안정된 율격을 지니고 있다는 특징이 있다. 위 시는 완만하고 편안한 호흡을 담고 있으며 적절히 반복 어구를 구사하여 리듬감을 극대화시키고 있다. 또한 가장 주요하게 들리는 음운은 'ㄴ'음과 'ㄹ'인데, 이는 차분하고도 부드러운 느낌을 자아낸다. 반복되는 '앉은 자리가 꽃자리니라'라는 구절은 "앉은 자리가 꽃자리니라 / 네가 시방 가시방석처럼 여기는 / 너의 앉은 그 자리가 / 바로 꽃자리니라"를 중심으로 하여 1, 2, 5연에서 약간씩의 변용을 이루고 있는데, 이러한 형태는 김춘수가 「타령조」 연작시를 통해 시도하였던 노래로서의 시의 구조와 흡사하다는 점에서 흥미롭다. 김춘수의 「타령조」의 시들에서 역시 특정한 마디가 간격을 두고 변용 반복됨으로써 순환하는 노래의 구조로서 나타났기 때문이다. 구상은 그가 의식했든 안하였듯 이와 같은 구조를 만듦으로써 「꽃자리」를 낭송에 적합한 노래의 시가 되도록 하였다. 실제로 위 시를 파형측정기로 진단해 보았을 때 김춘수의 노래의 시들과 유사한 형태의 파형을 나타낸다는 것을 확인할 수 있다. 위 시의 파형은 전반적으로 나지막하고 부드러운 사인파(sin)를 이루고 있다.

다만 김춘수의 시와 비교해볼 때 이 시는 의미로부터 자유롭지 않으므로 전적으로 리듬을 배려하는 언어 구성에 있어서는 일정 정도의 제약이 있었을 것으로 보인다. 4연의 "우리는 저마다 스스로의 / 굴레에서 벗어났을 때 / 그제사 세상이 바로 보이고 / 삶의 보람과 기쁨을 맛본다" 부분이 특히 그러한 정황을 드러낸다. 이 대목은 시의 전반적인 운율감에 비추어 산문에 가깝다는 느낌을 준다. 4연의 이 부분은 '앉은 자리가 꽃자리니라'의 주제 의식을 완결시키기 위해 제시된 것으로 음악성으로부터 가장 거리가 있게 다가오는 것이다. 이러한 사정은 김춘수가 「타령조」에서 보인 실험이 얼마나 완결된 리듬에 근접하고자 한 것인지 짐작하게 한다. 리듬을 중심에 두었을 때 의미는 과감히 배제될 수 있음을 김춘수의 실험은 보여주고 있다. 대신 위 시의 4연은 "우리는 저마다 스스로의 / 굴레에서 벗어났을 때"의 행 구분을 달리 하여 "우리는 저마다 / 스스로의 굴레에서 벗어났을 때"로 고쳐 읽는다면 운율감이 훨씬 살아난다는 것을 느낄 수 있다. 이는 의미에 치중할 때 리듬에의 배려가 일정 정도 제한이 이루어질 수 있다는 사정을 말해준다. 의미의 통일성에 주의하면 할수록 리듬을 위한 음운의 선택에서는 제약이 발생할 수 있다는 것이다. 4연의 파형이 가장 원만하지 못한 것은 이러한 사정을 보여준다.

어머니∨
이제∨ 어디만큼 흐르고∨ 있습니까∨

목마른∨ 당신의 가슴을∨ 보듬고∨
어느 세월의∨ 언덕에서∨
몸부림치며∨ 흘러온∨ 역정∨
눈 감으면∨ 두 팔 안으로∨
오늘도∨핏빛 노을은∨ 무너집니다∨

삼남매∨ 칠남매∨
마디마디 열리는∨ 조롱박이∨
오늘은 모두 다∨ 함박이 되었을까∨
모르게 감추어 놓은∨ 눈물이∨
이다지도 융융히∨ 흐르는∨ 강∨
이만치∨ 앉아서∨ 바라보며∨
나직한 대화를∨ 나누고 싶습니다∨

보셔요.∨ 어머니∨
나주벌 만큼이나∨ 내려가서∨
3백리 역정∨ 다시 뒤돌아보며∨
풍성한 언어로 가꾸던∨ 어젯날∨
넉넉한 햇살 속에서∨ 이마 묻고∨ 울고 싶은∨
지금은∨ 고향으로 돌아가는 시간입니다∨

흐른다는 것은∨ 사랑한다는 것∨
새끼 네명을 키우며∨
중년에 접어든∨ 불혹의 가을∨
오늘은∨ 당신 곁에 와서∨

귀에 익은 노래를∨ 듣고 있습니다∨

문병란, 「불혹의 연가」 부분

위 시 역시 시낭송치유협회의 시낭송 교재에 수록되어 있다. 그만큼 낭송에 적합하다는 점을 말해준다. 특히 위 시는 시낭송 교재에 수록되어 있을 뿐만 아니라 여러 시 낭송가들에 의해 빈번히 선택되어 낭송되는 시에 속하는데, 이는 위 시가 사용하는 언어적 특질 및 구성에서 그 요인을 찾을 수 있을 것이다. 유독 'ㄹ'음운이 많이 사용되고 있다거나 일관되게 차분하고도 완만한 호흡을 유지하고 있다는 점이 그것이다. 위 시에 기록된 쉬어 읽기 표시에 따르면 2음보와 3음보가 안정적으로 지켜지면서 빠르지도 처지지도 않는 원만한 속도로 낭송되고 있음을 알 수 있다. 또한 이때의 쉬어 읽기대로 낭송을 하며 파형을 측정해보았을 때 부드럽고 나직한 사인파로 기록된다. 이 시는 거세거나 격하거나 불규칙한 시의 파장들과는 무관한 것이다.

위 시에서 보여주듯 낭송에 적합한 음운 선택이나 호흡의 요건은 음악성에 기반한 서정시에서 줄곧 강조해 온 요소들로서 사실상 새로운 것은 아니다. 유음을 통해 부드러운 어조를 유도하고 3음보나 4(2음보+2음보)음보를 지향하는 것은 서정시에서 시도해왔던 매우 전통적이고도 일반적인 태도에 해당한다. 자유시와 산문시가 보편화되는 와중에서도 일정 정도 이러한 전통적인 시의 율격은 지켜지고 있거니와, 위 시처럼 전통적 리듬 감각을 통해 강한 음악성을 나타내는 시들이 여전히 다수 존재하고 있다. 오늘날의 이러한 현상은 궁극적으로 시의 리듬과 호흡이 일으키는 기능적 효과에 따른 것임을 짐작할 수 있다.

부드러운 음운과 원만한 리듬의 시를 접할 때 그에 대한 독자와 청자의 반응은 예나 지금이나 근본적이고 본질적인 것에 속한다는 것이다. 특히 위 시와 같이 음악성이 강조되어 있는 시들이 치매 환자들에게 일으키는 작용은 이들 시가 뇌의 기능 및 인체의 회복에 끼치는 영향도를 짐작하게 한다. 이들 시가 지니는 리듬은 인체에 정합적인 것으로서 인체의 에너지장에 긍정적으로 작용한다는 것이다. 위 시가 나타내는 부드럽고도 원만한 파형은 이에 대한 근거가 될 것인바, 이러한 형태의 파형이야말로 인체의 생체 리듬에 가까운 파형으로서 인체의 생명성을 북돋우며 기능을 활성화시킬 수 있는 에너지라 할 수 있다.

시낭송을 단지 예술 활동이나 여기로 행하는 것이 아니라 치매환자들의 정신 치유에 활용하고 있다는 사실은 시낭송의 기능적 성격에 대해 새삼 주목하게 한다. 이는 시낭송의 조건들이 뇌에 미치는 작용과 영향에 대해 질문하게 한다. 시낭송에 의해 실현되는 언어의 발화, 그리고 음운과 호흡을 통해 구현하는 시의 음악성은 인간의 정신과 신체에 유효한 기능을 나타낸다는 것이다. 특히 시의 이러한 기능이 낭송에 의해 이루어진다는 점은 소리로 실현되는 언어의 청각적 정보가 인체에 작용하는 실제적인 에너지임을 의미한다. 소리는 파동의 성질을 띠는 까닭에 그 자체로 에너지인 것이다. 이에 따라 위상시학의 물리적 치료의 이종 요법에 관해서 범주화할 수 있다. 물리적 치료의 이종 요법은 시의 언어적 특질이 인체의 혼돈스럽고 불완전한 상태와 다른 차별되는 것으로서, 이러한 언어는 인체의 현재적 상태에 초월적으로 작용하여 인체의 부정적인 상태를 극복하고 이를 더욱 완전한 상태로 고양시켜 줄 것으로 기대된다. 조화롭고 안정된 소리의 물질적 에너지가 그에 해당될 것인바, 이들 시는 고요하고도 잔잔한 파장으로 인체에 스며들어 인체의 공허한 지대를 채우고 인체의 왜곡된 공간 구조를 해소하여 인체를 정상화시킴으로써 인체 에너지장의 안정과 고양에 기여할 것이다.

물론 이때의 채움이 인체 블랙홀에 대한 작용을 가리키는 까닭에 액면 그대로의 채움이 아니라는 사실에 주의해야 함을 다시 한번 강조하고자 한다. 인체 블랙홀로 인해 느껴지는 이 지대에 대한 공허함의 감각은 그것이 순수히 비어있기 때문에 느껴지는 공허함이 아님을 기억해야 할 것이다. 블랙홀의 내부엔 양자로 가득 차 있기 때문인데 가득 찬 양자의 질량으로 인한 공간의 만곡이 블랙홀이라는 점은 어쩌면 이곳의 공허함이 비어있기 때문이 아니라 가득 차 있기 때문의 공허함일 수 있음을 의미한다. 말하자면 이때의 비어있음은 가득 차 있음을 동반하는 양가적 상태이며 따라서 채움 역시 비움을 동반하는 양가적 작용이어야 한다. 단순한 채움은 블랙홀을 가중시킬 뿐 그 해소에는 도움이 되지 않는다는 것이다. 실제로 우주에서의 블랙홀은 내부의 양자 물질을 쌍소멸을 통해 자체 소멸시켜주는 반물질의 작용을 보여주고 있으며 이러한 작용이 내부적이든 외부적이든 고에너지의 존재를 요구하는바, 인체 블랙홀의 해소 역시 고에너지에 의한 반물질의 생성과 그와의 쌍소멸을 통한 내부 물질의 증발에 따른 것이라는 점을 알 수 있다.

블랙홀에서의 이러한 작동 원리 때문에 인체 블랙홀 소멸을 인체 치료의 근원으로 보는 관점에서는 채움으로써 동시에 비움이 되는 작용을 유도하는 고에너지의 실체에 대해 규명해야 했다. 김춘수의 시에서처럼 특수한 시적 언어를 통해 에너지 생성을 고안하고자 하였던 것도 이 때문이다. 이때 제시된 시적 언어가 우주에너지와 공명할 수 있는 고유한 파동으로서의 '노래' 혹은 '주문'의 시였음은 물론이다. 이들 시의 고유한 파동이 시낭송에 의한 정신 치료를 통해서 그 에너지적 효과를 발휘함도 확인할 수 있었다. 이같은 인체 치료를 위한 고에너지에 관한 논의는 그간의 시적 상상력이 왜 그토록 자연, 신, 절대, 초월, 우주 등의 담론을 향해 펼쳐지고 있었는지를 짐작하게 해준다. 이들을 중심으로 형성되어 온 형이상학적 담론은 철학과 문학의 주된 내용으로 자리 잡으면서 인간의 구원을 향한 의지를 지지해온 관념에 해당한다. 그런데 위상시학에 따르면 이러한 인문학적 현상은 단지 관념적 상상력에 기인하는 것이 아니라 자연과학적 의미 또한 띠는 것이라는 판단을 하게 된다. 인문학의 오랜 전통 속에서 추구해왔던 절대적 세계를 향한 의지는 단순한 상상력이나 호기심에서 비롯하는 것이 아닌 실질적 차원에서의 인간의 구원에 대한 갈망에서 비롯된 것이라는 점이다. 이는 이와 같은 전통적 담론이 사실상 의식에만 관여하는 대신 물질에도 공히 관여하는 성질의 것임을 말해준다. 김춘수가 '노래'와 '주문'의 시를 언급하면서 이러한 고유한 파동의 시야말로 인간과 신을 매개해주는 것이라고 한 것이나 세종대왕이 한글을 창제하면서 우주와의 교감 속에서의 소리를 정립하고자 하였던 것, 나아가 물질주의화된 세상 속에서도 여전히 신비로운 시적 울림을 추구하는 것 등은 모두 인문학이 놓인 정신적이고도 물질적인 지평을 나타내는 것이다.

위상시학
(位相詩學)

6

양생(養生)과 시 치료의 가능성

지금까지 인체가 지니는 위상학적 성격을 논증하고 양자역학의 측면에서 시가 인체에 작용하는 원리에 대해 탐색하였다. 인체를 위상학과 관련시킬 수 있음은 인체의 4차원 이상의 미시적이고도 고차원적 지대에서 중력을 비롯하여 인체에 미치는 각종 힘들에 기인한다. 눈에 보이지 않지만 부재하다고도 입증할 수 없는 인체의 미시적 차원에서는 중력, 자기력, 약한 핵력, 강한 핵력 등 우주의 모든 존재들에 동일하게 영향을 미치는 힘들이 작용한다. 이는 인체 내의 에너지 작용을 물리학적 개념을 통해 규명하는 것을 가능하게 한다. 인체에 작용하는 이러한 힘들과 인체를 이루는 최소의 단위가 입자라는 점에 근거하여 인체에 상대성이론과 양자역학을 적용할 수 있게 된다.

인체가 그 무엇보다 중력의 영향력 아래 놓인다는 점에서 우선적으로 고찰할 수 있는 일반 상대성이론은 우리에게 인체 시공간의 구조에 관한 통찰을 제공한다. 중력의 작용 하에 인체의 미시적 지대의 공간 구조는 아인슈타인이 제시한 만곡된 형태의 그것과 한 치의 오차도 없이 일치한다. 미시적 차원에서 인체는 편평하지 않고 함몰된 구조로 현상하는 것이다. 그리고 이러한 함몰된 공간 구조 자체가 인체 에너지장에 교란을 일으켜 이 지대를 에너지의 내외적 조건에 대해 민감하게 반응하는 영역으로 만들어 간다.

인체에 자리잡게 된 이러한 구조는 비극의 출발점이 된다. 기원이 언제부터인지도 알 수 없는 이와 같은 구조는 시간의 진행과 더불어 더욱 심화될 경향성을 지니게 된다. 중력의 자연스런 진행 방향은 시간의 방향과 동일한 방향이지 그 역방향이 아니기 때문이다. 시간과 중력에 따르는 순방향은 인체의 구조를 더욱더 기괴한 형태로 일그러뜨릴 것이다. 만곡되었던 공간은 그 크기와 깊이에 있어서 더욱 확장되고 심화될 것이며 이러한 공간의 끝점은 결코 정지하지 않은 채 복잡한 연산과 연장을 지속해갈 것이다. 이속에서 나타나는 형상이야말로 인체 블랙홀과 초끈의 엉김 구조이다. 이와 같은 형상의 인체를 두고 위상학을 적용하는 것은 너무도 당연하다. 미시적이고 고차원적 지대에서 인체는 기괴하고 복잡한 위상기하학적 형태를 띠게 되는 것이다.

위상시학은 이와 같은 성질의 인체를 대상으로 하여 이러한 인체를 변화시키려는 관점에서 고안되었다. 기괴하고 복잡하게 얽혀있는 인체 구조가 일으키는 다양한 병증과 외적 사태들은 자아의 삶을 옭죄고 위축시키는 주된 원인이라 판단되기 때문이다. 이미 이러한 형태로 구조화된 인체에 있어 필연적으로 작용하는 여러 힘들은 자아가 능동적으로 대응할 수 없는 압도적 실체들에 해당한다. 이같은 인체 구조를 지닌 자아는 여러 외적 조건들에 대해 속수무책이기 쉽다. 이속에서 자아의 패배는 언제나 기정사실화되어 있는 것이라 해도 과언이 아니다. 따라서 이러한 인체 구조를 변화시키고자 하는 것은 자아의 운명에 대한 도전이 된다. 이러한 변화는 시간과 중력의 진행 방향을 거스르는 것이 된다. 그것은 시간을 되돌이키고 중력을 역방향으로 끌어올리는 작업에 해당한다.

인체의 기괴한 위상학적 구조를 변화시키는 일은 무엇보다 이같은 구조의 근원인 블랙홀의 해소에서 비롯한다. 따라서 본 연구에서는 여러 과학자들의 이론을 통해 블랙홀 해소의 방법을 규명하였다. 그리고 시의 에너지적 측면에 입각하여 시가 인체 블랙홀을 해소하는 요인으로서 작용할 수 있는지를 검토하였다. 이에 따라 시의 정서적 성격과 물리적 성격을 구분하여 이들 양 측면에서 시가 인체 위상구조에 대응하여 반응하는 기작을 살펴보았다. 정서적 경로에서의 동종요법과 이종 요법, 물리적 경로의 동종 요법과 이종 요법은 모두 시간의 진행과 축적으로 기괴하게 일그러지고 엉킨 인체의 위상학적 구조를 풀어내고 단순화시키는 방향으로 제시되었다.

여기에서 시가 인체에 작용하는 정서적 경로와 물리적 경로는 시적 언어의 성질에 따른 것이다. 그것은 시적 언어가 지닌 의미적 요소와 음성적 요소에 의해 구분되는 것으로서 전자가 정서 환기를 통한 감정적 에너지 형성에 관여한다면 후자는 리듬을 통한 파동 에너지 형성에 관여한다는 것을 확인하였다. 시에서의 정서적 측면은 일차적으로 독자로 하여금 자신의 감정에 집중하고 다스리게 함으로써 독자에게 내적 성장의 기회를 제공한다. 시와 함께 공유하게 되는 경험들은 때로 독자의 내면에 잠재되어 있는 상처와 아픔의 흔적들을 상기하게 하는 동시에 그것을 관조하고 수용하게 한다. 시는 독자에게 있어 과거의 시간 속에 묻혀 있던 경험을 현재로 끌어내게 하는 매개이면서 트라우마로 남아 있는 기억을 어루만지고 보듬어주는 계기가 된다.

시를 통해서 기억 속에 잠겨 있던 체험을 끄집어내고 되짚는 일은 시간을 가역적으로 되돌이키는 일이자 응어리져 있던 마음을 풀어내는 일에 해당한다. 또한 이것은 어둠 저편에 있던 과거를 현재로 소환하여 그것에 빛을 투과하는 일이며 과거와 현재를 소통시켜 자아를 통합시키는 일이라 할 수 있다. 이러한 정서상의 작용을 거침으로써 자아는 비로소 마음의 안정과 평온을 되찾을 수 있게 된다. 반면 이와 같은 치유의 과정이 이루어지지 않는다면 자아에게 현재는 늘 불안에 차 있을 것이며 미래는 암울할 것이다. 시적 언어의 정서 환기 기능에 있어서의 가장 중요한 의미는 바로 이러한 치유의 기능에 놓여 있다.

그런데 시가 제공하는 이러한 정서적 치유의 기능이 단지 마음의 차원에서만 이루어지는 것이 아니라 인체의 치료에까지 이른다는 것이 위상시학의 관점이다. 마음과 몸이 분리되지 않으며 이 둘의 현상이 동일한 기반 위에서 발생한다고 여기는 위상시학은 고찰의 대상을 몸과 마음이 동시에 작용하는 지대에 두고 있다. 그것이 곧 인체의 가장 미시적이고 근원적인 차원이라 할 수 있는 양자역학이 작동하는 지대이다. 여기에서는 마음과 몸이 함께 운동하고 동시에 작동한다. 위상시학은 인체의 위상기하학적 구조로부터 시작하여 이를 몸과 마음의 동시적 측면에서 변화시켜 나가는 데 주력한다. 이때 이 두 국면의 변화는 시공간의 함수로 해명할 수 있게 된다. 이는 양자의 이동 및 그에 따른 구조가 시공간의 형태와 일치하기 때문일 텐데, 이때 마음과 몸의 평온은 시공간의 뒤틀린 구조를 해소한 것에 해당하며 마음과 몸의 혼돈은 시공간의 왜곡된 구조에 대응한다. 위상시학의 궁극적인 지향은 인체의 정상화이자 몸과 마음의 평온이거니와 시의 정서적 기능은 이를 실현하는 데 기여할 수 있게 된다는 것이다. 위상시학에서 시의 정서적 기능을 논하는 이유도 여기에 있다. 특히 이때의 시에 의한 치료가 시에 구현된 동일한 경험을 통해 이루어지는 까닭에 이를 정서적 치료에 있어서의 동질적 치료라 하였다.

이에 비해 정서적 치료의 이종 요법은 한의학적 치료 원리로부터 도출되었다. 즉 한의학에서 제시하는 음양오행의 원리를 시의 정서적 요소와 관련시킴으로써 인체에 조화와 균형을 이루고자 하는 시도가 정서적 치료의 이종 요법에 해당된다. 이는 오행 간의 상생상극의 관계에 따라 시적 감정 에너지를 활용하여 인체의 불균형을 극복하는 일과 관련된다. 여기에서의 인체의 불균형이 인체의 왜곡된 위상학적 구조에 기인하는 것임은 물론이다. 기(氣)와 에너지를 치료의 대상으로 삼는 한의학은 그 자체로 인체 내의 양자를 다루는 양자 의학인바, 한의학에서 치료의 중심에 두는 허증과 실증은 인체의 기괴하게 왜곡된 위상기하학적 구조체에서 비롯하는 것이다. 한의학에서의 허증과 실증은 인체의 위상학적 구조 내에서 블랙홀 및 그것의 심화에 따른 초끈의 엉킴에 대응한다. 따라서 한의학의 음양오행의 치료법으로 허증과 실증을 다스려 인체의 균형과 조화를 꾀하는 일은 에너지 간의 상생상극의 관계를 통해 블랙홀과 초끈의 엉킴을 해소하는 일과 같다. 이것은 인체 내 기혈의 순환을 원활하게 하기 위한 근원적 치료에 해당한다.

한의학과 위상기하학 사이의 이러한 관련 속에서 오행의 에너지들은 다섯 가지 감정 에너지로 환원될 수 있다. 예로부터 목화토금수의 오행 에너지들은 감정의 차원에서 분노, 기쁨, 사려, 슬픔, 공포로서 분류되었던바, 정서를 환기시키는 데 주력하는 시는 이들 정서를 분별적으로 활용함으로써 인체의 불균형을 치유하는 데 기여할 수 있게 된다. 상생상극의 관계망 속에서 다루어지는 다섯 가지 감정들은 인체의 위상구조체 내에서 오장육부 간 함몰 지대와 엉킨 지대에 작용하여 허증을 다스리고 실증을 풀어내는 기능을 담당하게 된다. 시들이 환기하는 이들 감정들은 상호 간의 역학(力學)을 통해 독자의 몸과 마음을 동시적으로 변화시킨다는 것을 알 수 있다. 이처럼 감정이 에너지로 작용하여 몸과 마음을 동시적으로 운용해나가는 양상은 한의학적 치료가 양자 차원을 겨냥하는 것이자 음양오행의 원리가 양자역학의 원리에 준거하여 이루어진 것임을 말해준다.

음양오행의 상생상극 관계를 통한 인체의 치료는 그것이 인체의 위상학적 구조에 대해 상대적으로 작용하는 것이므로 동종 요법이라기보다 이종 요법이라 부를 만하다. 즉 음양오행에 의한 치료 원리는 특정 장기에 대한 직접적 치료법보다는 인접 장기와의 관련을 통한 간접적 치료법에 해당된다는 점에서 이질적 접근을 통한 치료라 할 수 있다는 것이다. 대신 이와 같은 이질적 요법을 통해 장기 상호 간의 전체적인 균형과 조화를 도모하게 되는 까닭에 정서적 치료에 있어서의 이종 요법은 현재적 상태의 인체를 한 차원 더 상승시키고 고양시키는 치료법에 속한다.

시 치료의 정서적 경로가 시적 언어의 기호 작용에 따른 정서 환기 기능에 힙입은 것이라 한다면 시 치료의 물리적 경로는 시적 언어의 물질적 차원인 음성적 요소에 기인하는 것이다. 즉 시적 언어에서의 소리의 측면 역시 인체 치료를 위한 중요한 에너지원으로서 작용한다 하겠다. 그것은 음운의 발화 시 구현되는 소리가 파동 에너지로서 기능한다는 사실에서 비롯한다. 언어적 기능과 관련하여 전자가 언어의 추상적이고 고차원적인 기호 기능에 해당하는 것이라면 후자는 언어의 근원적이고 원시적인 물질적 기능에 해당한다. 뇌과학적으로 말해 전자의 경우 감정적 정보가 뇌의 변연체에 작용하여 전기적 전환을 거쳐 신경체계에 도달하는 것이라 한다면 후자의 경우는 음성적 정보가 뇌의 측두엽에 작용하여 또한 전기적 변환을 거친 후 신경체계에 도달하는 것이라고 볼 수 있다. 이 과정에서 전기적 전환 체계로 유입되는 감정과 소리는 모두 에너지에 해당하며 전기적 에너지가 된 이들은 인체 내에서 양자역학에 따른 운동력을 지니게 된다.

위상시학에서의 물리적 치료는 정서와 소리라는 두 측면의 에너지 가운데 언어의 소리로서의 요소를 통한 치료에 해당한다. 언어의 발음과 호흡과 리듬 등 음성적 요소가 지닌 파동 에너지를 통해 인체에 변화를 일으키고자 하는 것이 위상시학의 물리적 치료에 속한다. 언어의 물질적 차원에 근거하여 이루어진다는 점에서 물리적 치료라 할 만한 이것은 정서적 치료와 마찬가지로 동종 요법과 이종 요법으로 구분할 수 있었다.

물리적 치료의 동질 요법이라 함은 시와 인체 사이의 구조적 상동성에 따른 개념이라 할 수 있는바, 특히 그것은 치료 매개인 시와 치료 대상인 인체 사이에 위상학적 구조의 동질성을 가리킨다. 인체의 근원적 형태가 양자 운동에 따른 시공간의 구조에 해당하여 그것을 위상기하학적 형태라 말할 수 있는 것처럼 시 역시 위상학적 성격을 드러낸다는 것이다. 시가 위상구조체처럼 시적 요소들의 질적 특성이 사상(捨象)된 채 순서와 위치 개념에 의해 규정된다는 것인데, 이에 따라 시는 의미로서 환기되기보다 언어의 물적인 배치로서 정립될 따름이다. 이때의 시적 언어는 그 자체로 물적 요소인 입자가 되어 고무판 위에서 춤추는 것과 같은 양자(量子) 운동을 벌인다. 의미가 사상된 입자로서의 시적 언어는 이리저리 쏠림 현상을 나타낸다. 입자인 언어는 쏠림의 출렁임을 겪으면서 반복과 변형, 확장과 지속의 운동 양상을 이어간다. 이는 질적 성격을 상실한 언어가 양자적 운동을 함에 따라 나타나는 것으로서, 이에 따라 구성되는 시는 논리적이지도 정연하지도 않은 기괴한 위상학적 구조체의 그것이다.

이러한 시의 위상학적 구조는 시적 언어가 의미를 띠면서 일정하게 내용을 구조화하는 경우와 매우 다른 것이다. 일정한 의미 구조를 띠며 내용상 단일성과 인과성에 따라 구성되는 일반적인 시들을 평면이나 도형과 같은 정연한 유클리드 기하학에 대응시킬 수 있다면 입자의 불확정적인 연산에 의해 이루어지는 위상구조체적 시는 비유클리드 기하학에 대응한다고 말할 수 있다. 그리고 위상구조체로서의 이와 같은 시 속엔 양자적 운동력을 발휘하는 입자 언어가 내재되어 있는 것이다. 소위 해체시라 명명되는 오늘날의 현대시들이 여기에 해당하거니와, 이들 현대시에서 시적 언어는 에너지를 함축한 입자로서 등장하면서 입자와 파장의 양가적 성질을 지닌 양자처럼 운동한다는 것을 알 수 있다.

시적 언어의 양자적 성질에 따라 빚어진 시의 위상구조체적 형상은 인체 내부의 기이한 위상구조체적 형상과 동일시될 만하다. 근원적 차원에서 보이는 인체의 구조가 양자에 의한 시공간의 구조에 다름 아니며, 양자역학적 운동에 따른 기이한 위상구조체로 현상하는 것이라 할 때 현대시가 보여주는 위상구조체적 성격은 인체의 형상과 그대로 일치하는 것이다. 현대시가 시인의 근원적인 내적 동력에 따라 형성된 것이라는 점은 현대시의 형태가 기괴한 위상구조체 이외의 것이 될 수 없음을 말해준다. 즉 그것이 모두 에너지의 형상이라는 점에서 시의 형상과 시인의 내적 구조 간의 일치는 필연적이라는 것이다. 위상시학에서는 이때의 시와 인체 사이의 위상학적 동질성에 근거하여 물리적 치료의 동질 요법을 말할 수 있게 된다.

위상시학의 물리적 치료에서 동질 요법이 행할 수 있는 역할은 정서적 치료에서와 마찬가지로 동질적 매개체로서의 시를 통한 인체의 현재적 상황에 대한 극복이다. 정서적 치료에서 과거적 상황에 대한 시적 재현을 통해 자신의 현재적 상태를 극복하고자 하는 것처럼 물리적 치료에서 인체의 위상구조와 동질적인 시적 위상구조에 노출되는 것은 자아의 현재적 속박으로부터 탈주와 해방을 느끼는 계기가 된다. 이는 인체의 현재적 질곡으로부터의 극복을 의미한다.

이에 비해 물리적 치료의 이질 요법은 정서적 치료에서 보여주었던 것처럼 현재적 상태의 극복은 물론 인체의 전체적인 고양과 상승으로 이어질 때와 관련된다. 정서적 치료의 이질 요법의 경우 그것이 감정의 음양오행 간 상호 균형으로 제시되었다고 한다면 물리적 치료의 이질 요법에서 역시 인체 구조와 이질적인 시를 통해 인체의 현재성을 극복하고 나아가 인체의 궁극적인 고양과 상승을 꾀하게 된다. 여기에서 제시할 수 있는 시는 언어의 음성적 측면에 있어서 소리에 의한 특정한 파동을 지니고 있을 경우에 해당한다. 이때의 특정한 파동은 낮고 완만하여 인체의 안정에 기여하는 것을 가리킨다. 소리의 파동에너지로 나타나는 나직하고 부드러우며 원만한 리듬은 자연과 생명의 파장에 가까운 것으로서, 인체의 현재적 상황을 다스리고 나아가 인체의 생명성이 자연에 가까운 상태로 고양될 수 있도록 이끄는 것이다. 이는 특정한 소리의 파동이 에너지로 현상하여 인체의 현재적인 위상구조를 변화시키는 과정을 내포한다. 즉 이것은 소리의 특정한 파동이 인체 내부의 빈 공간에 작용, 궁극적으로 인체의 위상 구조를 복잡성으로부터 단순성으로 변화시키는 것을 의미한다. 이때 인체의 구조는 함몰된 공간적 상태에서 편평한 공간적 상태로 변모되고, 공허함의 감각은 충만함의 감각으로 이행하게 된다.

인체의 위상학적 성질과 이질적이면서 인체의 위상학적 구조를 변화시키는 데 기여하는 시적 매체는 특히 반복과 회귀를 통한 음악성이 강조된 시들이라 할 수 있다. 음운의 성질과 리듬과 구조에서 음악성이 강하게 발휘되는 시들의 경우 잔잔한 노래처럼 인체에 스며들어 인체의 변화를 이끌어내게 된다. 음악성이 강한 시들은 시적 의미에 앞서 소리에 의한 파동의 속성이 강조되는바, 이때의 파동 에너지에 의해 인체 변화가 가능해진다. 음악성이 강조되어 나직하고 부드러운 노래처럼 다가오는 시들이 혼돈에 차고 부조화한 성질의 인체에 작용하여 인체를 고양시켜 나간다면 이를 이질적 요법에 의한 시의 물리적 치료의 경로에 해당한다 할 수 있다. 이는 위상시학의 물리적 치료 가운데 이질 요법에 해당한다.

이처럼 시적 언어의 성질에 기대어 시 치료의 정서적 경로와 물리적 경로를 구분하고 각각의 경로에 속하는 동질 요법과 이질 요법의 방법을 시의 양상을 통해 살펴보았거니와, 이때 제시되는 시의 양태들은 전통적 서정시와 해체적 현대시를 망라하면서 시적 언어의 기호적 요소와 물질적 요소 양 측면에 기대어 형성되는 것이었다. 시적 언어의 의미적 요소와 음성적 요소 각각에 의한 정서 환기적 기능 및 청각적 물질화 기능은 모두 인체 내에서 에너지로서 실현됨에 따라 인체 에너지장에 영향을 미치게 된다. 시적 언어의 이러한 작용을 통해 인체는 가역적이고도 구조적으로 변화할 수 있게 된다.

시적 언어가 에너지가 되고 이와 교섭하는 인체가 에너지장으로 나타나는 것은 이들이 놓여 있는 지대가 근원적이고 미시적인 차원임을 말해준다. 그것은 의식이나 무의식과 같은 정신적인 영역이라기보다 물질과 비물질이 공존하는 물리적인 영역이다. 이 지대에서는 시적 언어에 있어서의 소리와 감정이 공히 에너지로 전환되어 작용하게 된다. 위상시학은 이들이 인체라는 플랫폼에서 어떻게 작용하여 인체를 어떻게 변화시키는가에 초점을 두고 있다. 특히 각각이 에너지이며 인체 역시 에너지장인 점은 필연적으로 인체의 시공간의 구조에 관해 질문하게 한다. 미시적이고도 초거시적인 차원의 시공간의 구조는 그것의 형태 자체로 인해 물리력을 발휘한다. 인체가 에너지장이라는 것은 인체 역시 그 내부에 물질의 질량과 밀도에 따른 휘어진 공간을 지니고 있음을 가리키는 것이며, 그것이 외부 에너지들과의 상호 작용 속에서 운동과 변화를 이루는 역학의 구도 속에 놓이게 됨을 의미한다. 이때 인체가 보여주는 역학이 양자 효과에 의해 이루어지며 그에 따른 인체 내 구조적 형태가 위상기하학적 구조체에 가깝다는 관점이 위상시학의 출발인바, 위상시학은 시를 통해 이같은 인체의 위상구조를 변화시키는 데 목적을 두게 된다.

인체의 위상구조체는 외부 에너지와의 경향화된 반응 양상을 나타낸다는 점에서 인체의 체질이라 할 만하다. 흔히 한의학에서 말하는 체질(體質)은 결국 기의 입출(入出)과정에서 나타나는 일정한 반응양태로서, 특정 인체에 있어서 일정한 경향성을 나타내는 그것을 고질적인 것으로 본다거나 혹은 변화시킬 수 있는 것으로 보는 사정은 체질이라는 것이 인체의 에너지 구조와 관련된 개념임을 짐작하게 한다. 인체가 내면화한 에너지의 역학적 구조인 체질은 내외의 에너지 간 상호 작용

속에서 인체의 반응 과정을 경향화시킨다. 고착화된 체질은 인체가 외부의 에너지에 대해 피동적으로 내맡겨질 수 있음을 의미한다. 자아가 외부 환경 및 외부적 조건에 대해 보다 대자적이고도 선별적으로 대응해야 하는 이유도 여기에 있다. 예컨대 인체 에너지장의 측면에서 보았을 때 그 작용 양상에 따라 좋은 에너지와 나쁜 에너지, 긍정적으로 작용하는 조건과 그렇지 않은 조건이 구별될 수 있고 구별되어야 한다는 것이다. 이점은 예부터 음양오행 철학이 인간과 땅과 하늘의 조화를 말하고 풍수와 섭생을 논하며 나아가 에너지 작용에 따른 인간관계를 설파했던 이유에 대해서도 짐작하게 한다.

인체의 체질이라 할 수 있는 위상학적 구조는 시를 논함에 있어서도 이와 같은 에너지 역학이 충분히 고려되고 입증되어야 한다는 점을 말해준다. 시의 경우 그것이 시라는 이유로 모든 시가 좋은 것은 아니라는 것이다. 누군가에게 좋은 영향을 미치는 시가 나의 인체에도 좋은 영향을 미칠 것이라 단정지을 수 없다. 시에 대해서 가치 평가가 이루어질 수 있고 또 이루어져야 한다면 그때 내세울 수 있는 기준은 적어도 위상시학의 경우 시의 인체 에너지장과의 반응 양상에 두어지게 된다. 즉 좋은 시는 인체에 좋은 영향을 미치는 시인 반면 나쁜 시는 인체에 부정적인 영향을 미치는 시이다. 또한 이에 대한 판별은 보편적이거나 절대적인 것은 아니어서 누군가에게 필요한 시가 다른 누군가에게도 동일하게 요구되는 것은 아니다. 결국 시에 대한 판단은 개별적인 인체 내에서의 에너지장의 작용에 기인한다. 개별 인체의 측면에서 보았을 때 긍정적으로 작용하는 것과 부정적으로 작용하는 것은 구별되며, 이러한 판단과 선택은 인체의 체질에 기인해야 한다는 것이 위상시학에서의 주장이다. 지금까지 다루어본 위상시학의 여러 치료 경로 가운데 특히 한의학적 원리를 적용한 정서적 치료의 이질 요법은 시 선택에 있어서 상대적이고도 선별적인 접근의 필연성을 뚜렷이 말해준다.

시가 에너지로서 기능함에 따라 개별 인체와의 에너지 역학에 따른 상대적 선별이 이루어져야 한다는 관점은 시적 체험에 있어서 두 가지 영역에 대한 인식을 전제하도록 요구한다. 하나는 시의 에너지적 성질에 대한 인식이고 다른 하나는 인체의 에너지적 성격에 대한 인식이다. 지금까지 위상시학은 이 두 영역의 측면에서 논의를 이끌어 왔거니와, 인체의 위상구조체적 성질에 대한 논의가 후자와 관련된 것이라면 시적 언어의 기능을 구분하고 그것이 인체에 작용하는 경로를 해명한 것이 전자와 관련된 것이라 할 수 있다. 즉 시적 언어의 정서적 성질과 물리적 성질이 시의 에너지를 결정하는 것이라면 인체의 위상학적 구조는 이들을 받아들임으로써 그 변화를 도모하는 인체 에너지장의 근거에 해당한다. 시를 에너지로서 바라보는 위상시학에서는 시가 인체 에너지장에 작용하여 인체의 위상학적 구조를 변화시키며 동시에 인체의 체질을 바꿀 수 있는 요인이 된다는 관점을 제시하고 있다.

인체의 위상학적 구조를 변화시키는 일은 인체의 시공간의 구조를 바꾸는 것임에 따라 인체에 대한 가역적 변화를 나타내게 된다. 인체는 자신이 체험한 에너지의 성질에 따라 내적으로 공간의 굴곡을 형성하고 시간의 굴절을 이룬다. 이는 인체의 위상학적 구조가 인체가 경험한 시공간의 정보가 기록된 것이라는 사실을 말해준다. 이러한 시공간의 구조에 있어서 병적 위상구조체와 건강한 위상구조체는 분명한 차이가 있다. 병적 위상구조체가 공간구조의 굴절과 왜곡, 그리고 그것의 심화된 형태라 한다면 건강한 위상구조체는 공간 구조의 평면화와 균질화에 해당한다. 따라서 위상시학이 추구하는 인체의 유의미한 변화는 기괴한 시공간의 구조가 평이하고 단순해지는 것을 가리킨다. 그것이 오랜 시간에 걸쳐 축적된 시공간 구조의 왜곡을 해소하고 엉킨 초끈을 한 가닥씩 풀어내는 작업이라는 점에서 이를 인체에 대한 가역적 변화라 할 수 있다. 인체에 대한 가역적 변화란 인체가 시간을 거슬러 올라가 축적되어 있던 정보들을 덜어냄을 의미하는 것으로, 이를 통해 인체는 내부에 쌓여 있던 질량과 밀도를 덜어내고 가벼워진 상태가 될 수 있다. 또한 그것은 인체를 병증이 나타나기 이전의 상태로 되돌려 인체가 기록한 과거의 정보와 만나게 되는 일을 의미한다. 인체의 가역적 변화가 감정상 기억된 정보를 해소하고 질병의 오랜 요인을 해결하는 데까지 이르게 됨은 궁극적으로 인체의 위상학적 구조의 변화에 기인한다. 지나간 시간들의 감정상의 상처를 극복하는 일이라든지 막힌 기운을 풀어주어 순환이 잘 되게 하는 일, 그리고 체질을 변화시키는 일은 모두 인체의 시공간의 구조에 변화를 줌으로써 이룩한 가역적 인체 치료 행위에 해당한다.

이러한 관점에 따라 에너지로서의 시가 인체 에너지장에 긍정적으로 작용하는 것이란 시를 통해 인체의 시공간의 구조를 가역적으로 변화시키는 일에 다름 아니다. 이는 시를 통해 인체의 위상학적 구조를 바꾼다는 것으로, 이때 인체 내에서는 함몰된 공간이 해소되고 엉킨 초끈이 풀어지는 등의 시공간의 구조에의 변화가 이루어짐을 알 수 있다. 한의학에서 이는 허증과 실증의 치료에 해당할 것이며, 그것이 인체의 시공간의 구조를 변화시켜 에너지 반응의 경향성을 변화시키는 데까지 이르렀을 때 체질의 변화가 이루어졌다고 말할 수 있게 된다. 이때 인체의 허증 및 실증의 치료와 체질의 변화는 사실상 서로 구분되지 않는다. 두 현상 모두 인체의 시공간 구조에서 비롯된 것이기 때문이다. 또한 인체에서 나타나는 이러한 현상은 블랙홀을 내포하는 우주의 구조와도 일치하는 것이다. 블랙홀의 발생과 그 심화에 따른 초끈의 형성 및 여분 차원으로의 말림 현상은 인체에서의 허증과 실증, 나아가 기의 흐름을 반영하는 경락의 엉김 형태와 일치한다. 이러한 사정은 스티븐 호킹이 호킹복사를 통해 블랙홀의 소멸을 언급했던 것처럼 인체 역시 허증의 해소를 기대할 수 있음을 말해준다. 인체에서의 블랙홀인 허증을 소멸시키는 일이야말로 인체의 함몰된 공간을 해소시키고 궁극적으로 인체의 시공간의 구조를 변화시킬 것이다. 이러한 과정들은 블랙홀의 해소에 기여하는 에너지가 과연 무엇인가 하는 문제를 논의의 중심에 떠오르게 한다.

그것이 인체 내의 사태가 되었을 때 인체 블랙홀 해소를 위한 에너지는 물리학에서 말하는 우주선(宇宙線)에 버금하는 것으로서의 외부에서 가해지는 어떤 것이 될 것이다. 한의학에서는 그것을 한약재에서 구했을 것이며 침의 전기적 자극이라든가 뜸뜰 때의 열 등이 이용되었을 것이다. 이들은 모두 외부에서 에너지적 자극을 가함으로써 내부의 에너지장에 변화를 주려는 의도를 나타내고 있다. 위상시학에서 역시 외부에서 가해지는 에너지의 성질과 역할을 논하게 된다. 위상시학에서는 특히 시적 언어를 통해 에너지를 형성, 작용시킬 수 있다는 관점을 취하고 있다. 위상시학에서 제시하였던 네 가지 경로의 치료법들은 위상시학의 궁극적 지향이 인체의 위상학적 구조의 변화에 있으며 이를 위해 시적 언어가 어떤 작용을 하게 되는지를 보여주고 있다. 네 가지 경로의 치료법을 통해 인체 위상 구조에 관한 여러 측면들을 다루었지만 그 무엇보다도 가장 중점적으로 고찰해야 할 것은 블랙홀을 해소하는 데 기여하는 에너지 형성의 문제이다.

이러한 관점에서 볼 때 위상시학에서 살펴본 언어의 정서적 요소와 물리적 요소는 단순히 시적 언어라는 점에 국한해서가 아니라 그것이 어떻게 에너지로 변환되는지와 관련해서 해명되어야 한다. 그것들은 모두 전기적 신호로 변환된 채 인체 내로 흡수될 것이라는 사실이다. 이를 이루는 것은 물론 뇌의 신경회로일 것인바, 이에 의해 전기적 신호로 전환된 그들 언어야말로 인체라는 플랫폼에서 양자로서 기능하면서 양자 효과에 의거하여 작용하게 될 것이라는 점이다. 언어의 소리가 단지 소리로서 그치는 것이 아니라 파동 에너지가 되어 인체 내 위상공간의 변화에 기여하는 유의미한 양자 에너지가 될 수 있는 것도 이러한 사정에 기인한다. 인체의 뇌는 소리의 청각적 정보를 받아들여 이를 에너지로 변환하여 활용하고 있는 셈이다. 음운을 소리 내어 발화하는 것뿐만 아니라 글자를 묵독하는 것만으로도 청각적 정보 실현에 귀결된다는 사실은 플랫폼으로서의 인체의 역할에 대해 암시한다 하겠다. 요컨대 뇌는 청각적 정보가 단지 음성 정보에서 멈추지 않고 에너지가 될 수 있도록 하는 에너지 생성 회로에 해당한다. 뇌의 이러한 작용을 이루는 요소로 모든 감각과 감정을 포괄함은 물론이다.

뇌의 회로에 유입됨에 따라 에너지로서 변화 생성된 언어의 감정 및 소리의 요소들은 인체 내에서 모두 고유 파동이 되어 인체 에너지장과 교섭하게 될 것이다. 또한 이들은 양자화되어 인체의 블랙홀과 여분 차원에 반응하게 될 것이다. 이들이 작용하게 됨으로써 인체의 빈 공간은 점차적으로 소멸하고 결과적으로 초끈의 엉킴도 점진적으로 해소될 것이다. 따라서 이러한 원리 속에서 무엇보다 핵심이 되는 사안은 양자화된 이들 에너지들이 빈 공간의 해소에 얼마만큼 기여하는가에 있다. 이들이 인체의 블랙홀을 어느 정도로 해소하는가가 인체의 위상구조 변화에 있어 가장 결정적 요인이 될 것이라는 점이다. 이러한 에너지의 양적 문제는 인체의 병증 치료가 시간의 함수가 될 것이라는 사실 또한 암시한다. 인체의 병증이 오랜 시간에 걸친 경험들의 결정(結晶)화에 의한 것인 만큼 이것의 치료 또한 시간을 거슬러 올라가는 일에 해당되기 때문이다. 병증을 일으킨 시간만큼의 시간을 통해 인체에 형성된 빈 공간과 여분차원을 해소시켜나갈 때 초끈은 자동적으로 풀어지면서 복잡한 위상 구조체가 단순화될 것이다. 이때야말로 한의학에서 말하는 대로 막힌 부분이 해소되면서 기혈의 순환이 원활하게 이루어질 것이다.

인체 구조의 이러한 성질을 고려할 때 시적 언어에 의한 에너지 형성은 사실상 매우 절박한 문제라 할 수 있다. 시적 언어를 통한 에너지 생성 외에 인체의 빈 공간을 채우는 데 기여하는 긍정적인 에너지를 어떻게 구할 수 있을 것인가? 지금까지의 고찰에서도 확인할 수 있는 것처럼 언어는 음성적 요소 및 의미적 요소라는 복합적 층위를 지니고 있기 때문에 여러 성질의 에너지 형성에 용이하다는 특성을 지닌다. 뇌의 여러 다양한 영역에 관여하는 언어는 인체와의 작용에 있어서 가장 풍부하게 유효한 에너지를 생성할 수 있는 매개체라 해도 과언이 아니다. 사정이 이러하므로 위상시학에서 살펴보았듯 네 가지 경로의 치료법을 통한 언어의 역할에 주의를 기울여야 할 것이며 이 외에도 언어를 통해 구현할 수 있는 에너지에 관한 탐구는 더욱더 확장되어야 한다.

언어의 감정 및 소리에 의한 파동 에너지가 인체 에너지장과 교섭할 때 뇌파를 매개로 이루어진다거나 혹은 특정한 장기와 선택적으로 교섭한다거나 혹은 그것이 외부 에너지와의 공명 속에서 이루어진다는 등의 현상들은 매우 흥미로운 것이다. 이러한 현상들은 인체 위상구조를 변화시키는 목적을 위해서라도 보다 정밀하게 고찰되어야 한다. 시적 언어의 고유 파동이 우주 에너지와 공명할 때 고에너지가 현상할 것이라는 사실은 위상시학에서 매우 의미있게 여기는 대목이다. 또한 시적 언어의 고유 파동이 음양오행상의 구분처럼 특정 장기와 선택적으로 교섭한다는 가설은 위상시학을 더욱 정밀하게 하는 데 도움이 될 것이다. 이밖에 시적 언어를 통해 구현되는 초월적 상상력, 가령 종교적 체험이나 영적 사유들이 에너지로서 현상할 때 인체에 어떤 변화를 일으킬 것인가도 흥미로운 내용이다. 이러한 시적 현상들은 모두 차별적인 에너지로 기능하면서 인체에 변화를 가져올 것이다. 더욱이 시의 긍정적인 체험이 오랫동안 지속적으로 이루어질 때 시는 시간의 함수 속에 놓인 인체를 가역적으로 변화시키는 데 매우 의미있는 기여를 하게 될 것이다. 좋은 시적 체험에 오래도록 노출되면 될수록 시적 언어는 인체의 위상구조를 변화시킬 수 있는 양질의 에너지로서의 역할을 하게 될 것이라는 점이다. 이점에서 시는 자기만족적으로 존재하는 데서 그치지 않고 인체를 위한 일종의 양생법(養生法)으로서 자리매김 될 수 있을 것이다.

Abstract

Topological Poetics and Poetry Therapy

'Topological Poetics' is written in terms of defining the human body as a topology structure, and poetry can change the topology structure of a morbid body. Topological Poetics corresponds to the treatment of a medical condition because poetry is intended to treat the disease of the human body.

In order to better understand the concept of 'Topological Poetics', one must first know what the human body as a phase structure is. Phase structure is a shape that is determined through topology, not by quantitative characteristics such as size or volume, but by location and condition. Although the size and width of the two shapes differ, the two shapes may be phase-like, given that the points and lines have the same relationship in their position and order. At this point, the projections between the two shapes are not between two parallel planes, but over three dimensions of curvature. It is said to be more than three dimensions and it includes all four to eleven dimensions of infinite dimension. The topology structure projected onto the higher-level curvature is not a stereotyped shape that can be distinguished from Euclidean geometry, but an unstructured shape that is bent, folded, and distorted. It's like a knot made out of long strings. However, the shape of the knot is only imagined in three-dimensional space, and at a high level, it is a muddle of lines that do not meet each other.

The premise of 'Topological Poetics' that the human body is a topology structure doesn't refers to the characteristics of the human body in a three-dimensional space. It is meaningless to look at the anatomy of a human body to understand its personality, as it does not identify the characteristics of a human body in a visually occupied space. The phase structure corresponding to the characteristics of the human body at a higher level is formed along the route that the quantum, the smallest unit of matter. In particular, the movement of the protons is determined by the structure of the space in human body at high dimension, which is following the dynamics of uncertainty, the movement of the protons is consistent with the shape of the time and space in human body. These points suggest that the phase structure is not different in the construction of the time frame. Thus, calling the body of a human body a phase structure is like calling the body of a construction of time.

Gravity is the most important consideration when looking at the human body as a construction of the time and spaces. Because gravity determines the structure of space of human body, my argument is that it applies not only to the universe but also to the micro-level of the human body. It is not only the universe that is affected by gravity, but also all matter, and the living human with energy flowing is the spin of matter that is very sensitive to small forces. Gravity is a very important factor determining the nature of the human body, phase structure in human body, what is formed at this point is the extra dimension as an empty space. Oriental medicine considers this to be the source of the disease.

Since identifying the structure of the human body as a symptom is a key part of establishing the human treatment test, 'Topological Poetics' will discuss how the human phase structure will undergo distortion based on empty-symptom. Whereas Western medicine explains the human body based on a long-term perspective, knowledge of oriental medicine that comprehensively diagnoses various symptoms will help to present types of human topology. For example, it is not due to the nature of the organs but to the location of the points in the body that the heart problem starts to affect the surrounding organs according to the extent of their development and to the point where it seems to have nothing to do. Based on the points at which symptoms appear, structured them will produce a grotesque distorted shape and a tangled string that becomes a human phase structure. The clinical experiences accumulated in Oriental medicine will provide many possible forms of the human body's topology.

Just as empty space caused by gravity determines a topology structure, the center of treatment lies on how to control the problem spot, given that the empty symptom is the core of the disease. This is where poetry should be. In physics, 'empty space' is referred to as black holes and discusses how black holes die. Changes in black holes are a very important issue for scientists because they relate the existence of black holes to the origin of space creation. The control of the empty spot in the human body responds to the disappearance of the black hole. Although there is a difference between the ultra-fine world and the hyper-gigant world, the two phenomena are identical in that gravity and quantum mechanics dominate. In other words, treating the empty symptom follows the same principles as killing black holes.

The human body's black hole, called empty symptom, suffers from evaporation and decay just like that in space. Materials caught by black holes in the universe may escape through white holes, evaporate black holes, and fill black holes with critical density may expand black holes to collapse. This is consistent with changes in the human body's topology, and the treatment of falsehood should be done in this way with the aim of killing black holes. I think this is the unknown principle of all alternative medicine. That is, a change in the human phase structure. This implies that a quantum unit of matter is injected into the treatment factor. In that sense, all alternative medicine is quantum medicine. The direction of poetry treatment presented in Topological Poetics is also unchanged.

How can poetry therapy become quantum medicine? There are four main ways to treat poetry in Topological Poetics. It is first distinguished by emotional and physical methods, each with a lower level of homogeneous and heterogeneous therapy. Homogeneous therapy in emotional ways is a common poetry treatment that has been performed so far. That is how to restore self-identity through emotional sensitivity. In emotional methods, heterogeneity therapy involves applying the philosophy of Em-Yang-O-Haeng in oriental medicine to promote harmony and balance of emotions. Physical methods are not meaningful but based on the nature of language as particles. Language as a particle means sound and the nature of the wave and can in itself represent the function of both. Here, the homogeneous method is exposed to modern poetry in the form of pathological phase structures, and the heterogeneity method corresponds to the encounter of poetry with stable rhythms, such as songs of sorcery. While the first method is to take in traditional literary therapy, the other methods are newly proposed in 'Topological Poetics' This will expand the scope and path of literary therapy, which will ultimately contribute to changes in the human phase structure, helping mankind enjoy a healthy life.

참고문헌

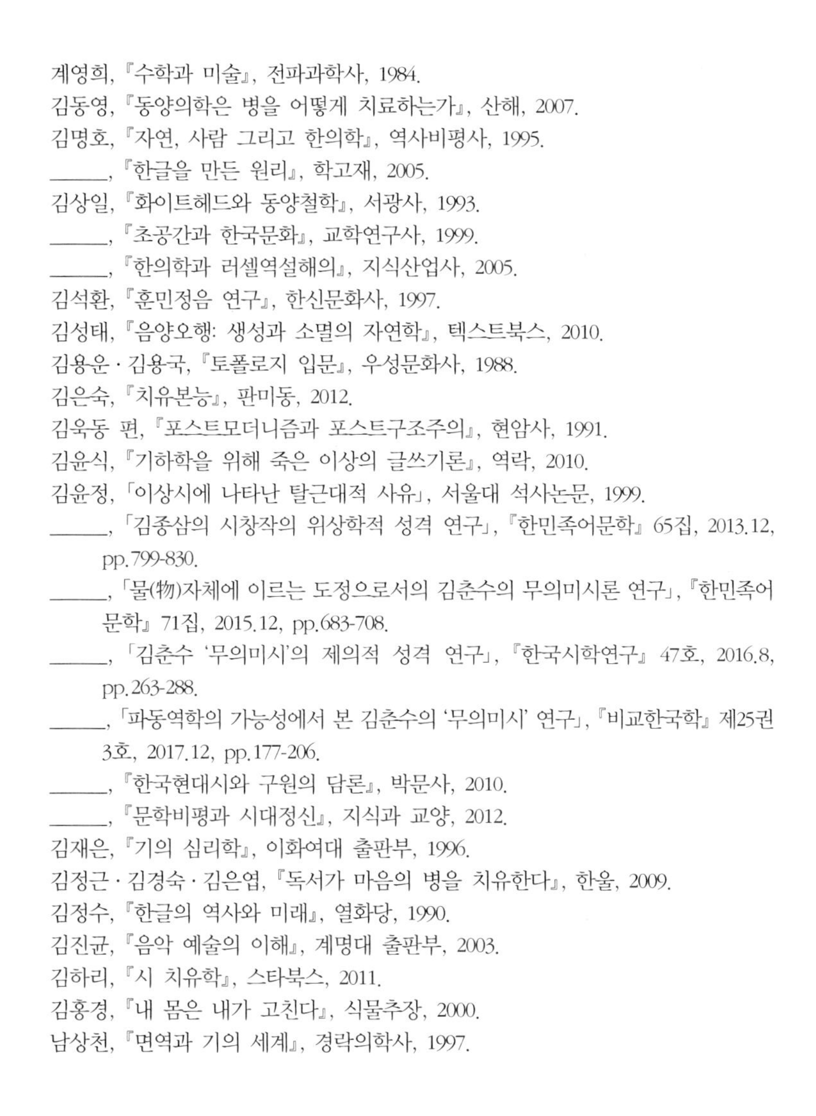

계영희, 『수학과 미술』, 전파과학사, 1984.

김동영, 『동양의학은 병을 어떻게 치료하는가』, 산해, 2007.

김명호, 『자연, 사람 그리고 한의학』, 역사비평사, 1995.

_____, 『한글을 만든 원리』, 학고재, 2005.

김상일, 『화이트헤드와 동양철학』, 서광사, 1993.

_____, 『초공간과 한국문화』, 교학연구사, 1999.

_____, 『한의학과 러셀역설해의』, 지식산업사, 2005.

김석환, 『훈민정음 연구』, 한신문화사, 1997.

김성태, 『음양오행: 생성과 소멸의 자연학』, 텍스트북스, 2010.

김용운 · 김용국, 『토폴로지 입문』, 우성문화사, 1988.

김은숙, 『치유본능』, 판미동, 2012.

김욱동 편, 『포스트모더니즘과 포스트구조주의』, 현암사, 1991.

김윤식, 『기하학을 위해 죽은 이상의 글쓰기론』, 역락, 2010.

김윤정, 「이상시에 나타난 탈근대적 사유」, 서울대 석사논문, 1999.

_____, 「김종삼의 시창작의 위상학적 성격 연구」, 『한민족어문학』 65집, 2013.12, pp.799-830.

_____, 「물(物)자체에 이르는 도정으로서의 김춘수의 무의미시론 연구」, 『한민족어문학』 71집, 2015.12, pp.683-708.

_____, 「김춘수 '무의미시'의 제의적 성격 연구」, 『한국시학연구』 47호, 2016.8, pp.263-288.

_____, 「파동역학의 가능성에서 본 김춘수의 '무의미시' 연구」, 『비교한국학』 제25권 3호, 2017.12, pp.177-206.

_____, 『한국현대시와 구원의 담론』, 박문사, 2010.

_____, 『문학비평과 시대정신』, 지식과 교양, 2012.

김재은, 『기의 심리학』, 이화여대 출판부, 1996.

김정근 · 김경숙 · 김은엽, 『독서가 마음의 병을 치유한다』, 한울, 2009.

김정수, 『한글의 역사와 미래』, 열화당, 1990.

김진균, 『음악 예술의 이해』, 계명대 출판부, 2003.

김하리, 『시 치유학』, 스타북스, 2011.

김홍경, 『내 몸은 내가 고친다』, 식물추장, 2000.

남상천, 『면역과 기의 세계』, 경락의학사, 1997.

박성일, 『내 눈 속의 한의학 혁명』, 천년의 상상, 2012.
박상화, 『정역을 말한다』, 우성문화사, 1988.
박용규, 『주역에서 침술까지』, 태움, 2008.
박재주, 『주역의 생성논리와 과정 철학』, 청계, 1999.
박찬국, 『한의학 특강』, 집문당, 1995.
백두기, 『상한론과 경락으로 본 삼음삼양의 실체』, 의성당, 2012.
백유상, 「한방음악치료의 시간적 구성에 대한 연구」, 『대한한의학원전학회지』 23-1, 2010.1, pp.203-215.
서우석, 『음악을 본다』, 서울대출판문화원, 2009.
소재학, 『음양오행의 원리 이해』, 하원정, 2009.
신과학연구회 편, 『신과학문고』, 범양사 출판부, 1986.
신지영, 『말소리의 이해』, 한국문화사, 2000.
_____, 『한국어의 말소리』, 박이정, 2011.
양진배 외, 「類經附翼에 나타난 음악이론과 한의학이론과의 상관성에 관한 연구」, 『한방재활의학회지』 vol.8-1, 1998, pp.333-351.
오세영, 『한국 낭만주의 시 연구』, 일지사, 1980.
육창수 외, 『음양오행설』, 신일상사, 2004.
윤종빈, 『정역과 주역』, 상생출판, 2009.
윤청, 『기적의 자율진동법』, 한언, 2005.
윤호병 외, 『후기 구조주의』, 고려원, 1992.
이성구, 『훈민정음 연구』, 동문사, 1985.
이성권, 『기적을 부르는 생각치유법』, 건강다이제스트, 2005.
이성환 · 김기현, 『주역의 과학과 도』, 정신세계사, 2002.
이숭원, 「시의 환상과 현실」, 『20세기 한국시인론』, 국학자료원, 1997.
이승현, 『한방음악치료학』, 군자출판사, 2009.
이승현 · 김여진, 「한방음악치료의 기법에 관한 연구」, 『대한한의학원전학회지』 21-4, 2008.1, pp.226-232.
이 열, 『시간공간의 물리학』, 홍릉과학출판사, 2003.
이정우, 『시뮬라크르의 시대』, 거름, 1999.
이정호, 『훈민정음의 구조원리』, 아세아문화사, 1975.
_____, 『정역연구』, 국제대학, 1976.
_____, 『제3의 역학』, 아세아문화사, 1992.
이진경 외, 『철학의 탈주』, 새길, 1995.
________, 『탈주의 공간을 위하여』, 푸른 숲, 1997.
이호영, 『국어운율론』, 한국연구원, 1997.
장용순, 『현대 건축의 철학적 모험』, 미메시스, 2010.
장현갑, 『마음 vs 뇌』, 불광출판사, 2009.
전세일 · 김선현, 『동서의학과 동서미술치료』, 학지사, 2009.
정영조 편저, 『음악치료』, 하나의학사, 2001.

정진명, 『우리 침뜸의 원리와 응용』, 학민사, 2011.
조남권, 『동양의 음악사상』, 김경수 역, 민속, 2000.
조성문, 『국어 자음의 음운 현상에 대한 원리와 제약』, 한국문화사, 2000.
최라영, 『김춘수 무의미시 연구』, 새미, 2004.
최소영, 『문학치료학의 이론과 실제』, 고요아침, 2016.
하규용, 『기의 구조와 위락의 발견』, 정상, 2003.
한국물리학회, 『빛과 파동 흔들기』, 동아사이언스, 2006.
한동석, 『우주 변화의 원리』, 대원출판사, 2013.
한태동, 『세종대의 음성학』, 연세대 출판부, 2003.
현순길, 『건강경: 음양오행원리 우주운동』, 신인류회, 2010.
황준연, 『한국 전통음악의 악조』, 서울대 출판부, 2005.
주역풀이 연구회 편, 『주역풀이』, 일문서적, 2010.
가스가 마사히토, 『100년의 난제 푸앵카레 추측은 어떻게 풀렸을까』, 살림 math, 2009.
마에다 게이이찌, 『우주의 토폴로지』, 김영진 역, 대광서림, 1992.
무라이 야스지, 『음악요법의 기초』, 김승일 역, 삼호뮤직, 2003.
미쓰토미 도시로, 『음악은 왜 인간을 행복하게 하는가』, 이상술 역, 해나무, 2004.
미치오 가루, 『초공간』, 최성진 외 역, 김영사, 1997.
사토 후미타카, 『양자역학으로 본 우주』, 김재영 역, 아카데미서적, 2004.
시노하라 요시토시, 『청각뇌』, 고선윤 역, 중앙생활사, 2006.
아사다 아키라, 『구조주의와 포스트구조주의』, 이정우 역, 새길, 1995.
아시다 히데미, 『기 흐르는 신체』, 이동철 역, 열린책들, 1996.
오구리 히로시, 『중력, 우주를 지배하는 힘』, 박용태 역, 지양사, 2013.
유소홍, 『오행, 그 신비를 벗기다』, 송인창 역, 국학자료원, 2008.
유장림, 『주역의 건강철학』, 김학권 역, 정보와 사람, 2007.
장유파, 『현대과학으로 본 인체 경락시스템』, 남봉현 외 역, 주민, 2003.
혼다 마쓰오, 『위상공간으로 가는 길』, 임승원 역, 전파과학사, 1995.
Bergson, H., 『물질과 기억』, 홍경실 역, 교보문고, 1991.
Bentov, I., 『우주심과 정신물리학』, 류시화 · 이상무 역, 2016.
Boslough, J., 『스티븐 호킹의 우주』, 홍동선 역, 책세상, 1990.
Brockman, J. 편저, 『과학의 최전선에서 인문학을 만나다』, 안인희 역, 소소, 2006.
Capra, F., 『새로운 과학과 문명의 전환』, 범양사, 1985.
________, 『현대물리학과 동양사상』, 범양사, 1989.
________, 『신과학과 영성의 시대』, 범양사, 1997.
Deleuze, G., 『차이와 반복』, 김상환 역, 민음사, 2004.
__________, 『주름; 라이프니츠와 바로크』, 이찬웅 역, 문학과 지성사, 2004.
Elderman, G.M., 『신경과학과 마음의 세계』, 황희숙 역, 범양사, 1998.
Friest, S., 『마음의 이론』, 박찬수 역, 고려원, 1995.
Gamow, G., 『1, 2, 3 그리고 무한』, 김계원 역, 김영사, 2012.
Gleiser, M., 『최종이론은 없다』, 조현욱 역, 까치, 2010.

Greene, B., 『우주의 구조』, 박병철 역, 승산, 2004.
Guattari, F., 『자유의 새로운 공간』, 갈무리, 1995.
Gunzel S. 편, 『토폴로지』, 이기홍 역, 에코리브르, 2010.
Hamilton, D.R., 『마음이 몸을 치료한다』, 장현갑 · 김미옥 역, 불광출판사, 2012.
Hilbert, D., 『기하학과 상상력』, 정경훈 역, 살림, 2012.
Hwaking, S., 『호두껍질 속의 우주』, 김동광 역, 까치, 2001.
__________, 『시공간의 미래』, 김성원 역, 해나무, 2006.
Hokins, D., 『의식 혁명』, 이종수 역, 한문화, 1997.
Jang, D.S., 『뇌는 춤추고 싶다』, 염정용 역, 아르테, 2018.
Lederman, L.M., 『시인을 위한 양자물리학』, 전대호, 승산, 2013.
Levitin, D.J., 『뇌의 왈츠』, 장호연 역, 마티, 2008.
Needam, J., 『중국과학과 문명』, 이면우 역, 까치, 2000.
Newton Highlight 편집부, 『시간이란 무엇인가?』, 뉴턴코리아, 2007.
____________________, 『현대물리학 3대이론』, 뉴턴코리아, 2013.
Oschman, J., 『놀라운 에너지 의학의 세계』, 김영설 · 박영배 역, 노보컨설팅, 2005.
__________, 『에너지의학』, 김영설 역, 군자출판사, 2007.
Patty, C.W., 『위상수학』, 허걸 역, 희중당, 1996.
Penrose, R., 『우주 양자 마음』, 김성원 역, 사이언스북스, 2002.
Piguet, J.C., 『20세기 음악의 위기』, 서우석 · 이건우 역, 홍성신서, 1982.
Pickover, C.A., 『뫼비우스의 띠』, 노태복 역, 사이언스북스, 2011.
Randall, L., 『숨겨진 우주』, 김현중 · 이민재 역, 사이언스북스, 2005.
Rosenblum, B. · Kuttner, F., 『양자 불가사의』, 전대호 역, 지양사, 2012.
Thorne, K. S., 『블랙홀과 시간굴절』, 박일호 역, 이지북, 2005.
Zee, A., 『놀라운 대칭성』, 염도준 · 양형진 역, 범양사, 1994.
Zukav, Gary, 『춤추는 물리』, 김영덕 역, 범양사, 1981.

찾아보기

(ㅅ)

(ㅇ)

(ㅈ)

(ㅊ)

(ㅋ)

(ㅌ)

(ㅍ)

저자 **김윤정**

서울대학교 국어국문학과 및 동 대학원 졸업
문학박사, 문학평론가
현재 강릉원주대학교 국문과 교수

주요 저서
『김기림과 그의 세계』『한국 모더니즘 문학의 지형도』『언어의 진화를 향한 꿈』『한국 현대시와 구원의 담론』『문학비평과 시대정신』『불확정성의 시학』『기억을 위한 기록의 비평』『한국 현대시 사상 연구』

위상시학(位相詩學)
시 치료의 원리와 방법

초판인쇄 2019년 10월 28일
초판발행 2019년 11월 11일

저　　자 김윤정
발 행 인 윤석현
발 행 처 도서출판 박문사
등록번호 제2009-11호
우편주소 서울시 도봉구 우이천로 353
대표전화 (02) 992-3253
전　　송 (02) 991-1285
전자우편 bakmunsa@daum.net
책임편집 박인려

ISBN 979-11-89292-49-2 93800 정가 25,000원